謎解きはどこにある

現代日本ミステリの思想

渡邉大輔

南雲堂

謎解きはどこにある——現代日本ミステリの思想

謎解きはどこにある——現代日本ミステリの思想◉目次

はじめに 005

第1部 ミステリという「近代」——二〇世紀ミステリに「現在」を読む 029

第1章 「青春」の変遷とノンヒューマン時代の思弁小説——二一世紀の埴谷雄高……031

第2章 探偵小説と二〇世紀精神のゆくえ——〈矢吹駆〉シリーズのふたつの顔……059

第2部 ゼロ年代ミステリを読み直す——ウェブ・キャラクター・社会 093

第3章 自生する知、自壊する謎——森博嗣の可塑的知性……095

第4章 メフィスト系の考古学（アルケオロジー）——高里椎奈に見るミステリの近代……121

第5章 精神分析と地図——ゼロ年代の米澤穂信をフロイトで読む……139

第6章　現代ミステリと公共性――辻村深月と「リベラル」な希望……167
第7章　環境からプレイヤーへ?――『ファウスト』とゼロ年代の文学的想像力……201

第3部　ポストヒューマン化する現代ミステリ――謎解きは誰のものか……231

第8章　検索型ミステリの誕生――テクノロジーと推理の変容……233
第9章　オブジェクト指向化するミステリ――現代ミステリの「奇跡」……275
第10章　情報化するミステリと映像――『SHERLOCK』に見るメディア表象の現在……305
第11章　ミステリとしての考察系ドラマ――『あなたの番です』『真犯人フラグ』に見る映像メディア環境と謎解き……321

おわりに　338
あとがき　355
索引　366

装丁　奥定泰之
装画　ナカムラユウキ

はじめに

1　乱歩デビュー一〇〇年の年に

読書が好きだった子ども時代の一時期、のめり込むようにハマった江戸川乱歩の小説が、ミステリとの最初の接近遭遇だったと思う。もちろん、それ以前からマンガやアニメのミステリものや児童向けのシャーロック・ホームズの読み物などに触れていなかったわけではない。

きっかけは、一九九三年の春、小学校六年生に上がる時の転校だった。

生まれてからそれまで住んでいた埼玉県南東部の街から両親の実家がある栃木県南部の人口一万人あまりの小さな田舎町へと家族で引っ越すことになった。東京近郊のマンションに住んでおり、いま振り返れば、幼心にもどこか多幸感に満ちていたそれまでの生活から、辺りは田んぼと自動車道ばかりが延々と広がる北関東の風景に突然飛ばされて、当時の私はポッカリと心に穴が開いたような心情だった。その気分の変化は、ちょうどバブル景気崩壊の前後の、世の中の空気とも重なっていたと思う。もちろん、転校先の担任の教師やクラスメートにも温かく迎えてもらい、徐々に友人もできていった。とはいえ、まだ栃木弁に馴れない自分の言葉遣いに、周りから奇異の目を向けられることもあり、気持ちはどんどん塞ぎ込んでいった。

校内の目を避けるようにして学校の図書室に逃げ込んでいた私が、ある時なんとなく手に取ったのが、ポプラ社版のハードカバーでお馴染みの、乱歩の「少年探偵団」シリーズだった。一巻目の『怪人二十面相』（一九三六年）から読み始めたら、面白くて止まらなくなった。そのまま二冊目、三冊目……と毎日のように耽読し、放課後も、帰宅するまで続きを読めないのがもどかしく、校舎から自宅の家までの二、三キロの道中を、ページに頭をめり込ませるようにして読み耽りながら帰った（いま思い返すと、よく側溝に落ちたり車に撥ねられなかったと思う）。

当時の私はそれと並行して芥川龍之介やドストエフスキーといった純文学系の小説もポツポツ読み始めていたので、背伸びを始めた一一歳の少年の読むものとしては、やや年少向けの、それも当時からしても半世紀以上昔の風俗が記された児童向け読み物に、なぜあんなに熱中したのか、いまとなってはよくわからない。ただ、もしかすると、いきなりそれまでと違う、荒涼とした非日常の世界に投げ込まれた少年の心に、乱歩の造型する、あのどこか浮世離れした幻想的な異世界が馴染んだのかもしれない。当時の私にとって、乱歩の世界は実存的な救いとなっていた。

その後、中高時代に映画と出会って本格的にのめり込むようになり、また、読む本のジャンルもどちらかといえば、哲学や純文学系、アート方面などに傾くようになった私が（もちろん、『古畑任三郎』や『名探偵コナン』のようなものは普通に見ていたけれども）、ミステりとふたたび邂逅を果たすのは、大学時代である。きっかけはいろいろあったと思うので、なんだったのかは忘れたが、二〇〇三年、四年生の時に前年に出ていた西尾維新の『クビキリサイクル』（二〇〇二年）を読んで衝撃を受けた。そしてその年の晩夏に、本書でも論じる西尾らをフィーチャーした文芸誌『ファウスト』が講談社から創刊された（発売直後に、友人と渋谷のＴＳＵＴＡＹＡの書店で購入したように記憶している）。現代の批評というものを読み始め、東浩紀の著作などによって多少の理論的な枠組みも押さえるようになってい た二一歳の私は、自分とほとんど同年代の西尾ら新世代作家が集結した『ファウスト』こそ、まさに自分たちの世代の文学運動だと強く感じた。以後、舞城王太郎、佐藤友哉といった周辺の作家たち、またそこから遡って、中井英夫、笠井潔から綾辻行人、法月綸太郎、麻耶雄嵩、京極夏彦、森博嗣と、新本格までの主要作家を次々と読んでいった。並行して、ＳＦやミステリに詳しい友人の指南で、クリスティやクイーン、カーなどの黄金期の英米系本格なども文字通り乱読していった。

そして、大学卒業後、ひょんなきっかけから文芸批評家としてデビューした二三歳の私は、これもまたひょんなきっかけから、当時、紀尾井町の文藝春秋本社ビルの一室で勉強会をやっていた同世代の友人のライターの紹介で、作品のファンであった笠井潔氏と知遇を得る。ゼロ年代（二〇〇〇年代）のサブカルチャー批評と現代思想の古典を並べて読んでいくその月例の勉強会はやがて「限界小説研究会」という名前が与えられた。同じ世代の若い書き手たちと始めたこの会の名義でやがて担当することになった雑誌連載などを通じて（その一部は現在でも継続している）、大学院での映画研究の傍ら、いつしか私もミステリ評論を書くようになった。

そして、それからもさらに二十年近い歳月が経ち、ちょうど三十年前、あの子ども時代の私が熱中した乱歩が短編『二銭銅貨』（一九二三年）でデビューしてから、今年（二〇二三年）でちょうど百年が経った。

2　変容・解体し続ける本格ミステリ

本書『謎解きはどこにある――現代日本ミステリの思想』は、おもに二一世紀以降の日本の本格ミステリ（探偵小説）に起きているさまざまな変化を、ジャンル内外の今日の社会的・文化的変化や学問的知見を絡めながら、多角的に論じる評論書である。

本格ミステリ（探偵小説）――「主として犯罪に関する難解な秘密が、論理的に、徐々に解かれて行く経路の面白さを主眼とする文学」[*1]（江戸川乱歩）としばしば定義されるこのジャンルが、日本のエンターテイメントに本格的に根づいておおよそ一世紀が経とうとしている。[*2] 一九世紀のエドガー・アラン・ポーをルーツに持ち、一九二〇年代の英米の黄金期本格をその重要な範例とし、「謎とその論理的解明」「読者とのフェアプレイ」などのお馴染みのジャンル規則から成り立つ本格ミステリは、二一世紀の現代日本にあってもその存在感は薄れるどころか、ますます求められているように見える。

私の専門である映像の分野ではとりわけその傾向は強いようだ。たとえば、国内のテレビドラマでは、昨今のいわゆる「若者の恋愛離れ」などを背景としてか、一九九〇年代に絶頂を迎えた「月9」を筆頭とする恋愛ドラマ（トレンディ・ドラマ）はかつてと比較して人気に翳りが出始め、それと入れ替わるようにして目立つのが、「ミステリドラマ」である。本書でも取り上げた、二〇二〇年前後にブームとなった「考察系ドラマ」をはじめ、ここ数年はほぼ毎クールといってよいほど、謎解きも交えたミステリものがドラマ化されて高視聴率を記録したり話題を呼んでいる。また、アニメの世界でいえば、青山剛昌のマンガが原作の『名探偵コナン』の劇場版シリーズ（一九九七年〜）は四半世紀を超えて、『ドラえもん』（一九八〇年〜）、『クレヨンしんちゃん』（一九九三年〜）の劇場版などと並んで、いまや「親子二世代コンテンツ」、「国民的風物詩」となっている。

さらに、海外映画でも、よく「パズル映画 puzzle films」とも称される、極端に時系列や

＊1　江戸川乱歩「探偵小説の定義と類別」、『幻影城』（江戸川乱歩全集第二六巻）光文社文庫、二〇〇三年、二一頁、原文の太字は省略。

＊2　なお、本書では、ややイレギュラーな区分ながら、「本格ミステリ」「探偵小説」という用語をほぼ同義に用いている。「ミステリ」と表記する場合は、前二者よりももう少し広いジャンル区分の用法で用いている。ミステリ評論の一般的な用語区分では、むしろ「探偵小説」は、「本格探偵小説」というその下位カテゴリ的な呼称が用いられる場合もあるように、むしろ「ミステリ」とニュアンス的には近い用語である。ただ、少なくとも私がこれまでに活動してきたミステリ評論の場では、たとえば笠井潔『探偵小説は「セカイ」と遭遇した』（二〇〇八年）や限界研編『21世紀探偵小説』（二〇一二年）のように、明らかに「本格ミステリ」（謎とその論理的解明）の意味で「探偵小説」を用いている事例もしばしば見られたため、本書では右の区分を採用することにした。一方、「推理小説」という呼称は本書では基本的に用いていない。

シーン連鎖がバラバラになっていて、観客側の積極的な考察を要求される『インセプション』(二〇一〇年)や『TENET テネット』(二〇二〇年)などのクリストファー・ノーラン作品も人気が高い。よく持ち出されるように、「ボワロー＝ナルスジャック」で知られるフランスのミステリ作家トマ・ナルスジャックは、推理小説を「読ませる機械」と表現したが(『読ませる機械＝推理小説』)、その機能は今日においても遺憾なく発揮されているといえるだろう。

その一方で、これから見るように、「謎解き」(論理的推理)をはじめとする本格ミステリのジャンル形式や慣習がその形を変え、壊れていっている局面も、ひときわ目につくようになった。たとえば一部では、ミステリドラマの配信や録画視聴などで、視聴中にあらかじめ考察サイトやネタバレサイトなどで重要な伏線やトリック、真犯人などを確認してから続きを観るといった行動も現れているという。二〇二三年の新書大賞でも第二位となるなど、その前年に大いに話題となった『映画を早送りで観る人たち』(光文社新書)でライターの稲田豊史は、以下のような驚くべきケースを報告している。

ヒアリングしたある女性(30代)は、ドラマを観る場合はあらすじを先に最後まで読む。先々に出てくる登場人物の顔と名前とプロフィールもすべて頭に入れておく。その上で第1話から見始める。

「ミステリーもので、『この人、殺されるのかな？　助かるのかな？』ってドキドキするのが苦手なんです。突然殺されてびっくりさせられるのも嫌。込み入った話についていけなくなって『え、これどういう意味だっけ』ってなるのも気持ち悪いから避けたい。娯楽のために観てるのに、それだと全然楽しめないじゃないですか」

彼女にとっては、「めくるめく展開」や「予想もしないどんでん返し」や「複雑で込み入った物語」はすべて不快。ゆえに避けたいのだ。

彼女にとって好ましい物語とは、「思っていた通りになる」物語である。[*3]

Netflixなどの配信サービスの浸透によって「倍速視聴」が当たり前となったコンテンツ消費の現状においては、あらゆる作品（コンテンツ）は「すきま時間」を埋めるためのいわゆる「タイパ」（タイムパフォーマンス）の効率の良さによって測られるようになる。その「快適至上主義」の世界に、かつての本格ミステリのような「複雑で込み入った物語」や「突然殺されてびっくりさせられる」ような「予想もしないどんでん返し」は、すべて「不快」なノイズとなるのだ。これはある意味で本格ミステリそのものの存在否定にも等しい、新たな感性だろう。

ともあれ、以上はほんの一例だが、二〇二〇年代の現在にあってもなお、ミステリ的なコンテンツはますます大衆に好まれつつあると同時に、その本質はかつてからずいぶんと隔たってしまった。むろん、おおよそここ半世紀ほどの日本ミステリの状況を例にとれば、一九

＊3　稲田豊史『映画を早送りで観る人たち――ファスト映画・ネタバレ――コンテンツ消費の現在形』光文社新書、二〇二二年、二〇五頁、傍点引用者。

八〇年代後半の綾辻行人、我孫子武丸、有栖川有栖、法月綸太郎らの「新本格ミステリ」の台頭から、京極夏彦の鮮烈な登場の後、一九九〇年代半ばの講談社の文芸誌『メフィスト』創刊と「メフィスト賞」創設に始まる森博嗣、清涼院流水、高田崇史、殊能将之などの相次ぐデビュー。そしてゼロ年代以降に文芸誌『ファウスト』の創刊とも連動して注目を集めた舞城王太郎、佐藤友哉、西尾維新、北山猛邦、あるいはそれ以外の米澤穂信や辻村深月、桜庭一樹といった面々、そして二〇一〇年代以降の早坂吝、井上真偽、円居挽、森川智喜、青崎有吾、阿津川辰海、今村昌弘……といった新鋭たち。もちろん、これらは今日のミステリシーンのほんの一角に過ぎない。しかしそれでも彼らの作品群は、従来の「本格ミステリ」とは一線を画した要素を備え、読書界に衝撃と困惑と熱狂をもたらすと同時に、ミステリ論壇の言説の対象ともなってきた。

本書もまた、基本的には、以上のような現代において見られる本格ミステリ＝探偵小説というジャンルの広いパラダイムシフトを前提とし、その経緯と背景と意義を幅広く考察しようとするものである。

3　現代ミステリ評論の論点

ここで参考までに、本書が連なる、現代本格ミステリのジャンル的変容を検討した重要な先行研究を、管見の限りで掲げておきたい（念のため付け加えておけば、ここには本書の元原稿の一部も収録された、私が参加した共著も含まれている）。巽昌章『論理の蜘蛛の巣の中で』（二〇〇六年）、笠井潔『探偵小説と記号的人物（キャラ／キャラクター）——ミネルヴァの梟は黄昏に飛びたつか？』（二〇〇六年）、小森健太朗『探偵小説の論理学——ラッセル論理学とクイーン、笠井潔、西尾維新の探偵小説』（二〇〇七年）、円堂都司昭『「謎」の解像度（レゾリューション）——ウェブ時代の本格ミステリ』（二〇〇八年）、限界小説研究会編『探偵小説のクリティカル・ターン』（二〇〇八年）、笠井潔『探偵小説は「セカイ」と遭遇した』（二〇〇八年）、飯城勇三『エラリー・クイーン論』（二〇一〇年）、諸岡卓真『現代本格ミステリの研究——「後期クイーン的問題」をめぐって』（二〇一〇年）、野崎六助『ミステリで読む現代日本』（二〇一一年）、限界研編『21世紀探偵小説——ポスト新本格と論理の崩壊』（二〇一二年）、小森健太朗『探偵小説の様相論理学』（二〇一二年）、一田和樹・遊井かなめ・七瀬晶・藤田直哉・千澤のり子『サイバーミステリ宣言！』（二〇一五年）、藤田直哉『娯楽としての炎上——ポスト・トゥルース時代のミステリ』（二〇一八年）、法月綸太郎『法月綸太郎ミステリー塾 怒濤編 フェアプレイの向こう側』（二〇二一年）、限界研編、蔓葉信博編著『現代ミステリとは何か——二〇一〇年代の探偵作家たち』（二〇二三年）……といったところである。[*4]

これらのミステリ評論では、小森の仕事に代表される論理学的な知見から現代ミステリの描く推理（論理）の変容を専門的に分析したもの、飯城や諸岡のように、「後期クイーン的

＊4　他に、押野武志・諸岡卓真編著『日本探偵小説を読む——偏光と挑発のミステリ史』（二〇一三年）、押野武志・谷口基・横濱雄二・諸岡卓真編著『日本探偵小説を知る——一五〇年の愉楽』（二〇一八年）という北海道大学出版会から刊行された一連の論集も重要である。

問題」に象徴されるような、ミステリジャンルに内在する固有の問題を扱ったものを別にすれば、おもに（1）世紀の端境期頃から顕著になったマンガ、アニメ、ライトノベルなどの隣接するポップカルチャーの表象からの影響、および（2）やはり同時期から台頭してきたインターネットなどの情報環境からの影響に着目した文献が目立つ。そのなかで、かつての「謎とその論理的解明」に裏打ちされたジャンル規則から逸脱する要素を持った興味深いミステリ小説が次々と注目され、評論家たちはそれらに、「ジャンルX」「脱格系」（笠井潔）、「ロゴスコード」（小森）、「壊格系」（限界研）、「サイバーミステリ」（一田ら）といったコンセプトやキーワードを与えて、変容し続けるミステリの現在地を探ってきた。

そのなかでも、本書が置かれる文脈では、近年だとやはり藤田の『娯楽としての炎上』が注目すべき成果のひとつだろう。私とも限界研（限界小説研究会）でしばしば活動をともにしてきたが、藤田はこの著作で、やはり右の先行する批評的成果を踏まえつつ、「ポスト・トゥルース時代のミステリ」の副題の通り、「真実」や「現実」の根拠が曖昧になった二〇一〇年代の社会や文化の構造を前提に、あらためて現代ミステリの地殻変動について検討を試みている。藤田の議論は、本書の私の問題意識とも重なる論点が多く、また、米澤穂信の『インシテミル』（二〇〇七年）や城平京の『虚構推理　鋼人七瀬』（二〇一一年）など扱う作品も共通点が多い（実際、遊井かなめの議論を経由して私の原稿も参照されている）。なかでも重要なのは、これまでにも笠井や限界研などが問題化してきたが、円居挽の「ルヴォワール」シリーズ（二〇〇九年〜）や一田和樹の『公開法廷――一億人の陪審員』（二〇一七年）などを例にして、現代のミステリにおける名探偵の推理が、唯一の真実を論理的に導き出すことから、ネットの炎上にも似て、「情緒」や「共感」に基づく相対的で確率的な「確からしさ」に移行しているという指摘だ。

『丸太町ルヴォワール』の場合は、「証拠」「論理」「真実」「真相」への拘りはかなり低下している。人心掌握ができればいい、ぐらいの開き直りである。「物語」や「虚構」や「見栄」、演出などを全面的に肯定している主人公達が描かれている（「真相」に拘る人物もいるが）。言ってみれば、ドナルド・トランプ的な、フェイクニュースであろうとなんだろうと利用し、多くの人間を説得して多くの得票があれば勝ちなのだ、という世界観である。[*5]

この裁判では、「証拠」も「論理」もあまり重要ではない。基本的に人気投票に過ぎない。それらしく見えればいい。多数決で犯人であると決められてしまう。ネットで人気の人物が発言すれば、それだけでもっともらしく見える。扇情的な「物語」が感情を動員すればいい。[*6]

＊5　藤田直哉『娯楽としての炎上――ポスト・トゥルース時代のミステリ』南雲堂、二〇一八年、六四頁。
＊6　同前、一一〇頁。

この藤田の論述は、ここ十五年ほどのミステリ評論の主要な問題系の一部を集約的に示している。また、私も所属している限界研のミステリ論集の最新刊『現代ミステリとは何か』でもまた、井上や森川など、本書でも論じた注目作家が取り上げられている。そして、編著者であるミステリ評論家の蔓葉信博は、二〇一〇年代の日本ミステリの主要な潮流を、（1）ライトミステリ、（2）特殊設定ミステリ、（3）異能バトルミステリ、（4）新社会派ミステリの四つに分類している。[*7] このうち、（2）の特殊設定ミステリと、（3）の――しばしば「多重解決もの」とも重なるが――異能バトルミステリは本書でも扱っているが、やはりその隆盛の背景には右に見たような推理＝論理の変容が大きく関わっている。このあたりに依然、ミステリ評論のフロントラインが張られていると見てよいだろう。

4　思想としての本格ミステリ

ただ、それだけでなく、本書の問題意識と深く共鳴するのは、藤田のつぎの記述だ。「ポスト・トゥルースを、単にデマが蔓延るとか、真偽が曖昧になるという平板な理解をしてはいけない。人間のあり方、世界認識の仕方が変化していると考えるべきだ。［…］主体や自己の変容を無視したポスト・トゥルース論や、民主主義論は、基礎のないものになりかねない」。[*8]

これまでの類書と比較した際の本書の独自性は、以上のような現代ミステリがはらむさまざまな論点の分析に際して、単にミステリ／ミステリ評論ジャンル内の問題意識や関心に留まるのではなく、現代思想をはじめとした多様かつ最新の学問的知見を援用し、いわば文化や社会、そして人文知全般の変容との関わりの上に今日のミステリの変容を深く捉えようと試みている点にあるといえる。より具体な例を挙げれば、藤田もまた、『娯楽としての炎上』のなかでポストヒューマン論へ言及しているけれども、二〇一〇年代以降に日本国内でも広く注目を集めている動向——メディア技術的には人工知能（ＡＩ）がもたらす社会的変化、そして思想的には思弁的実在論やオブジェクト指向の哲学をはじめとする「ポストヒューマニティーズの思想」の観点から現代ミステリのパラダイムを捉え返すという作業である。本書ではそれを特に第三部で中心的に行っているが、ひるがえって、第一部で取り上げた二〇世紀の往年の文学や本格ミステリにもその観点から新たなアクチュアリティを見直そうとした。

こうした私の問題意識には、とりもなおさず私が本来的にミステリプロパーの人間ではなく、もともとは映画研究や映像文化論を専門とし、映画批評やアニメ批評を手掛けてきたという経緯が関わっている。そして、『イメージの進行形——ソーシャル時代の映画と映像文化』（人文書院）や『新映画論——ポストシネマ』（ゲンロン叢書）といった私の過去の著作を知る読者ならばおわかりのように、映画論の領域でも先行して、私は本書と同じような試

＊7　蔓葉信博「二〇一〇年代ミステリの小潮流、あるいは現代ミステリの方程式」、限界研編、蔓葉信博編著『現代ミステリとは何か——二〇一〇年代の探偵作家たち』南雲堂、二〇二三年、一九頁。
＊8　前掲『娯楽としての炎上』、一二九頁、傍点引用者。

みを行ってきた。右の作業は、前著『新映画論』でも、現代の映画や映像文化を題材に先駆けて試みている。動画サイトやサブスクリプション・サービスといったデジタル化の浸透やポストヒューマン的な文化状況を背景として、やはり映画を取り巻く状況でも、二一世紀以降、「映画」をめぐる定義が大きく揺らぐような変化がいたるところで起こっている。

すなわち、考えれば当然のことだが、個別のジャンルを横断して、映画でも本格ミステリでも、時代の変遷に伴って、同じようなパラダイムシフトが起こっているのだ。それゆえに、言葉の真の意味で事態をラディカルに捉えようとするならば、単なるジャンル内部のトピックや専門分化した学問内の法則という視野を離れて、「人間のあり方、世界認識の仕方が変化している」という視座から俯瞰することが重要になる。本書で私は英米系哲学（分析哲学）から思弁的実在論まで、あるいは精神分析からプラグマティズムまで広範な思想的知見を動員して現代ミステリを論じているが、それは何も「ポピュラーなミステリ小説に難解な哲学を応用してみた」というような類の作業ではない。戦後から現代までを通じた日本の本格ミステリの営みを思想的強度によって捉え、またより普遍的なパースペクティヴで理解しようとする時にそれは必要だからだ。

他のところでも繰り返していることだが、本来、「批評 critic」とは個々のジャンルや自らの拠って立つ足場それ自体の自明性を問い直し、そのアイデンティティを不断に「危機 crisis」に陥らせる営みのことである。それを通じて、ジャンルの自己像をアップデートするのが批評の役割である。したがって、本質的な意味でのジャンル批評とはつねに横断的で、しかも複数的でしかありえない。私が今回、ミステリ評論で実践したいのも、そうした私なりの「ミステリ批評」なのである。

名探偵の特権的な推理が意味をなさなくなり、時には読者や視聴者からも求められなくなり、もしかしたら「人間」すらもいなくなった世界において、いま、「謎解き」はいったいどこにあるのか？　「ミステリ批評」がいま問うべきは、まさにこの問いなのだ。

5　近代のテスターとしての映画と本格ミステリ

また、最後にもうひとつ付け加えておけば、映画と本格ミステリに着目する私の姿勢は、実際にはきわめて正統的なものでもある。これもよく言われることだが、映画と本格ミステリ（探偵小説）とは、同じ「近代」という時代の産物だとみなせる点でまるで「一卵性双生児の兄弟」のような存在である。その歴史的にも、探偵小説の嚆矢とされるポーの『モルグ街の殺人』の発表（一八四一年）と、写真のルーツのひとつである「ダゲレオタイプ」の発明（一八三九年）、コナン・ドイルの『シャーロック・ホームズ』シリーズの開始（一八八七年）とトーマス・エディソンによる「キネトスコープ」の最初のアイディアの発表（一八八八年）と、ふたつのジャンルの誕生と発展は同期している。[*9] さらに、笠井潔が強調するように、クリスティやクイーン、ヴァン・ダインといった英米系黄金期の探偵小説は、一九一八年に終結した第一次世界大戦（総力戦）のインパクトのもとに生じたと説明されるが、同様に、「ハリウッド」の誕生に象徴されるアメリカ映画の隆盛など、文化史的に映画にもまた同様の徴候を見出すことは可能だろう（したがって、笠井のいわゆる「大量死理論」に対して、実証的な裏づけに乏しいなどの批判は、ジャンルを越えた文化史的な並行性を見ていないと個人的には感じる)。

何より精神史の面で、映画と探偵小説とは、そのパラダイムの本質を共有しているだろう。それは本書第二章の笠井潔論のなかでも言及している二〇世紀の「形式主義」の精神である。「謎とその論理的解明」、あるいは「ノックスの十戒」や「ヴァン・ダインの二十則」に象徴されるコードに基づいた文学である探偵小説と、オリジナル=実質を欠いた複製メディアの代表者である映画とは、いずれも徹頭徹尾「形式」に準拠した表現である。イギリスの歴史家エリック・ホブズボームの著名な「短い二〇世紀」の議論を参照するまでもなく(『20世紀の歴史』)、一九一四年の第一次大戦の開始をもって実質的に始まったとされる二〇世紀という時代とは、それ以前の一九世紀的なもろもろの価値体系——濃密で合理的な内面(実質)を持った「人間」像や啓蒙的な市民社会像などの意味づけが空虚化し、そうした実質を骨抜きにした「形式」が自己増殖を遂げていった過程だと要約できる。であれば、キャラクター(人間)の濃密性や人生が「トリック」や「死体」のようなコードや記号性に還元されてしまう探偵小説や、古典芸術の固有性(アウラ)が剝奪され、無数に同じ作品をコピー可能にしてしまう「複製芸術」としての映画の台頭は、いずれもそうした「二〇世紀精神」=形式主義を強く反映させている。これもよく言われることだが、だからこそ、ヴァルター・ベンヤミンであれ、ジークフリート・クラカウアーであれ、ジャック・ラカンであれ、エルンスト・ブロッホであれ、二〇世紀の優れた思想家は往々にして映画と探偵小説について論じているのだ(現代であれば、たとえばスラヴォイ・ジジェクがそうだろう)。同時代の日本でいえば、第一章で見るように、まさに埴谷雄高の世代がそうだろう。埴谷とは一歳違いの植草甚一が象徴的な存在だ。

いずれにしろ、私たちの生きる社会が、近代が終わり、ポストモダンと呼ばれる時代なのだとすれば、いわば近代という時代の「テスター」であった映画と探偵小説がジャンル的変化を迎えるのも必然だろう。本書でも、映画や映像文化に関する論述が少なからず含まれている。むろん、自分をベンヤミンやクラカウアーになぞらえる意図は毛頭ないが、私が本書を『新映画論』と並べるようにして執筆し、ジャンル批評を超えた広範な人文知を念頭に置いてこの二冊を構想したのも、以上のような背景が関係しているのだ。

その意味でも、本書はいっぷう変わった（だいたい私の書く本はいつも「いっぷう変わって」いるのだが……）ミステリ評論の本になっていると思う。昨今、ミステリ評論はおろか

＊9　私は本来、日本映画史の研究者なのだが、こうした映画と探偵小説の時代的並行性は実証的にいくつも実例を示せる。たとえば、日本映画史において、制度的にはじめて「映画」が見出されるきっかけになったフランス映画『ジゴマ』（一九一一年）は、レオン・サジー原作のいわゆる「ロマン・フィユトン」（探偵小説の起源ともいえる通俗的な新聞連載小説）の映画化であり、大正時代の日本に探偵小説の一大ブームを巻き起こした。主人公の怪盗ジゴマのキャラクターは、後に江戸川乱歩の「怪人二十面相」の着想源にもなった（アーロン・ジェロー「『ジゴマ』と映画の〝発見〟」や永嶺重敏『怪盗ジゴマと活動写真の時代』などを参照）。あるいは同じ大正期に『アルセーヌ・ルパン』シリーズの先駆的な翻訳を行い、自ら探偵小説の創作もした保篠龍緒は、本名の「星野辰男」としての本業は文部省の官僚であり、社会教育・民衆娯楽調査委員として映画検閲にあたり、後年は『日本映画年鑑』の編集やニュース映画製作にも携わった人物だった。

文芸批評の本もあまり読まれなくなっているだろうが、それでも、本書で提起した「検索型ミステリ」や「オブジェクト指向のミステリ」といったキーワードが、本格ミステリを愛する読者に少しでも新鮮な気づきをもたらし、ミステリの未来を展望するための一助になってくれれば、著者としてそれに勝る喜びはない。

6 本書の概要

それでは、本書の内容の概要を示しておこう。

本書は、全体で三つの部に分かれている。

第一部「ミステリという「近代」——二〇世紀ミステリに「現在」を読む」は、第一章と第二章を含んでいる。

第一章「「青春」の変遷とノンヒューマン時代の思弁小説——二一世紀の埴谷雄高」は、未完の長編大作『死靈』で知られる戦後派の作家・埴谷雄高を取り上げる。埴谷の観念小説は探偵小説の強い影響を受けていることが知られる一方、彼自身は直接的には終生探偵小説は書かず、また彼の思想自体も現在の目から見ると、二〇世紀的な観念性に限界づけられているように見える。この章ではまずこうした埴谷の文学を(近代小説の亜種としての)「青春小説」として捉えた上で、その近代からポストモダンにいたる変容のプロセスから埴谷文学の本質と可能性に迫る。また、さらに後半では埴谷の残した特異な映画論に着目し、そこから従来の埴谷思想とは対照的なノンヒューマン性とでも呼べる現代的な側面を読むことを試みる。

第二章「探偵小説と二〇世紀精神のゆくえ――〈矢吹駆〉シリーズのふたつの顔」の主題は、二〇世紀末からの新本格ミステリムーブメントを準備し、また現代のミステリ評論を理論的に先導する笠井潔である。笠井潔もまた、埴谷と同様に、観念＝テロリズム批判からミステリ評論の分野でよく知られた「大量死理論」（探偵小説＝二〇世紀小説論）にいたるまで、その思索と実作は二〇世紀精神の解明に費やされてきた。しかし、代表作の〈矢吹駆〉シリーズをはじめとする彼の仕事には、私の見るところ、ある「捻れ」がある。ここではそれをさしあたり《経験》と《実在》というタームで読み解き、笠井が現代が抱える課題に対して、ミステリで答えようとする内実を明らかにする。また、本章でも現代の実在論的転回を踏まえつつ、笠井の仕事に埴谷と似たような現代思想に通じる可能性の射程を見出すことを試みる。ここで取り上げる埴谷も笠井も、本来知られている側面とは別の、もうひとつの顔を備えている。私はそのふたつの要素を対置することで、それぞれの仕事が二〇世紀に担っていた意義を二一世紀の文脈でアップデートすることを目指したのである。

続く第二部「ゼロ年代ミステリを読み直す――ウェブ・キャラクター・社会」は、二〇〇〇年代（ゼロ年代）に台頭したミステリの状況を、三人のメフィスト賞作家、二人の直木賞作家を含む四人の主要作家の仕事と、雑誌を中心に巻き起こった状況論をもとに辿っていく。

第三章「自生する知、自壊する謎――森博嗣の可塑的知性」はメフィスト賞の記念すべき第一回受賞者である人気作家・森博嗣を扱っている。現代におけるいわゆる「理系ミステリ」の先駆者でもあった森は、ウェブ時代に即応して登場した新世代作家でもあったわけだが、その意味を改めて総体的に捉え直した上で、情報社会の進展に伴い、とりわけ近年描かれている独特の「知」のありようを、現代の技術哲学の個体化論なども念頭に置き「コンクリート」の比喩で論じてみた。

第四章「メフィスト系の考古学（アルケオロジー）——高里椎奈に見るミステリの近代」は、メフィスト賞を受賞してデビューした後、二十年以上にわたって数々の人気シリーズを生み出している高里椎奈の作品群に注目する。高里の小説は、のちの西尾維新にも直接繋がるような、キャラクター小説（ライトノベル）的な世界観を持った新世代ミステリの典型と呼べるものだが、ここではそうした彼女の小説世界に見られる初期近代西欧的な意匠に着目することで、現代のミステリに垣間見える本格ミステリジャンルの始原的想像力について考えている。

第五章「精神分析と地図——ゼロ年代の米澤穂信をフロイトで読む」は、ゼロ年代の米澤穂信の小説をフロイトの精神分析理論と照らし合わせて読む試みである。第一章の埴谷論とも関連するが、「小市民」シリーズをはじめとする「日常の謎」の米澤作品には、ビルドゥングス・ロマンのある種の不可能性が胚胎されている。それはミステリ小説の持つ構造的な特性であるとともに現代特有の問題でもある。ここでは、ビルドゥング＝主体の成熟の機制を理論化した精神分析の「無意識」の概念と米澤作品に見られる「地図」のモティーフとの関係に注目し、米澤作品の可能性を考える。

第六章「現代ミステリと公共性——辻村深月と「リベラル」な希望」は、米澤と並んで直木賞作家にもなったベストセラー作家・辻村深月について論じる。辻村作品に頻繁に現れる「責任」の問題と、対照的に他者との繋がりを見出せない「自己愛」の問題との関係を現代社会論の観点から検討する。その過程で、辻村もしばしば手掛けるファンタジーというジャンルの現代的意味についても俎上に載せ、「ファンタジーのプラグマティズム化」という切り口も提示する。

これらはひとまず個別の作家論として書かれているが、読んでいただければおわかりのように、それを通じて、全体的に二〇〇〇年代から今日にいたるミステリシーンの動向が浮かび上がるような議論の構えになっている。

第七章「環境からプレイヤーへ？——『ファウスト』とゼロ年代の文学的想像力」は、ここまでの章が採用してきたような個別の作家論という形ではなく、ゼロ年代の新世代ミステリ——ひいては、二〇〇〇年代の文芸全般も含む固有の状況について論じた。その主要な素材としたのは、二〇〇三年九月に創刊し、現在のところ、二〇一一年まで刊行されている講談社の文芸誌『ファウスト』周辺の「文学運動」である。同誌は、舞城王太郎、佐藤友哉、西尾維新、乙一といった当時二〇代を中心とした若手作家を起用して、セカイ系とミステリと現代ファンタジーが交錯する先鋭的な作品群を次々に掲載し、ミステリに新風を送り込んでいた。また、それを批評的・理論的にフォローするものとして、批評家・東浩紀の評論も読者の注目を集めた。ここでは、『ファウスト』編集長の太田克史と東の当時のスタンスの差異に注目することから、ゼロ年代半ばの文学的想像力の一角に起こっていたパラダイムシフトを「環境」から「プレイヤー」への変化と捉え、それをこの時期の具体的な作品と哲学的知見を相互参照することで仮説的に検討している。

最後の第三部「ポストヒューマン化する現代ミステリ——謎解きは誰のものか」は、おもに二〇一〇年代から二〇年代にかけての本格ミステリの状況を論点ごとにまとめた四つの論考を収めている。さらにこの部では、小説以外の映像作品について扱っているのも特徴だ。

第八章「検索型ミステリの誕生――テクノロジーと推理の変容」は、二一世紀以降の現代ミステリでこれまでにも問題になってきた作中における推理や論理の変容を問題にしている。笠井潔から小森健太朗、円堂都司昭など、何人かの論客によるこれまでの重要な論点を整理しつつ、ここでは「検索」という情報技術に基づく用語を援用して、現代ミステリの示す新たな謎解きの表現の特徴（それをここでは「検索型ミステリ」と名づけた）を明らかにしている。

第九章「オブジェクト指向化するミステリ――現代ミステリの「奇跡」」は、ゼロ年代以降のミステリに見出した、前章の「検索型ミステリ」のパラダイムを、ある意味でさらに敷衍して、二〇一〇年代以降のミステリに見られる展開を論じた。ここではそれを「虚構推理」シリーズなどを題材に、さしあたり「オブジェクト指向の本格ミステリ」という用語で輪郭づけている。その背景にあるのは、ＡＩ技術の社会的浸透やポストヒューマニティーズの哲学の台頭だ。本章では最後に、そこから現代のミステリにおける「奇跡」の問題へと視点を広げていく。

最後に置いたのは、やや補論的な意味合いを持つふたつの章である。第一〇章「情報化するミステリと映像――『SHERLOCK』に見るメディア表象の現在」は、イギリスＢＢＣ制作、ベネディクト・カンバーバッチ主演の大人気連続テレビドラマ『SHERLOCK』（二〇一〇、一二、一四、一七年）を取り上げた。映像メディア論の視点も交えつつ、この日本でも話題を呼んだドラマが描く新しい推理ドラマの姿を分析している。

最後の第一一章「ミステリとしての考察系ドラマ――『あなたの番です』『真犯人フラグ』に見る映像メディア環境と謎解き」は、今度は日本のテレビドラマを扱った。コロナ禍を前後して、日本ではおもに秋元康の手になるいわゆる「考察系ドラマ」が流行した。この章では、考察系ドラマの代表的なタイトルである『あなたの番です』（二〇一九年）と『真犯人フラグ』（二〇二一～二〇二二年）を題材に、本格ミステリとしての時代的意義をメディア論などの視点から考える。

以上の各章は、作家論からテーマ論、作品論まで雑多な形式を持つが、終戦直後から二〇二〇年代の作品まで、おおまかな時系列に沿って配列されており、章のあいだで論点の重なりや連続性もある。しかし、ほとんどが作家論のスタイルを採っていることもあり、各章はほぼ独立した内容になっている。そのため、基本的にはどの章から読んでいただいても構わない。

それでは、本題に入ろう。

第1部　ミステリという「近代」

──二〇世紀ミステリに「現在」を読む

第1章

「青春」の変遷とノンヒューマン時代の思弁小説

二一世紀の埴谷雄高

1　埴谷雄高を本格ミステリから読み解く

二一世紀日本の本格ミステリには、この時代の文化や社会、テクノロジーの影響を受けた新たな表現や思想性が見られる。第一部では、それらの可能性の射程を見据えながら、ひるがえって、二〇世紀の日本の本格ミステリの思想史におけるその重要な先行例をいくつか確認しておきたい。

まず本章で取り上げたいのは、埴谷雄高である。埴谷は、戦前昭和期から平成のはじめまで活躍した特異な文学者・思想家だ。終戦直後から最晩年まで半世紀近く書き継がれた壮大な形而上学的思弁小説『死靈』（一九四八年～、未完）でもっとも知られ、文学史的には、同年（一九〇九年）生まれの花田清輝や野間宏（一九一五年生まれ）と同じく第一次戦後派に含められる。つまり、どちらかといえば、ミステリというよりも、いわゆる純文学や戦後思想の文脈で語られることの多い人物である。

とはいえ、小説好きや探偵もののファンには、さしあたりこの作家が、同時代の探偵小説の絶大な影響を受けていることは比較的よく知られているだろう。周知のように、一九〇九年生まれの埴谷の世代は、年の鼎談を含め、つぎのような感慨をいたるところで語っていた。

と青春期がちょうど重なり、総じてそれらを同時代的に愛好していた。埴谷自身、大岡、丸谷才一との後サ・クリスティの翻訳を手掛けた堀田善衛（共に一九一八年生まれ）など、戦間期の探偵小説の黄金時代た大岡昇平（一九〇九年生まれ）、あるいは「加田伶太郎」の筆名で推理小説を書いた福永武彦やアガ『不連続殺人事件』（一九四八年）を書いた坂口安吾（一九〇六年生まれ）、『事件』（一九七七年）を書い

体験的にいえば、［…］ぼくの年代の人間の青春時代は、映画と探偵小説によって支えられていた。［…］探偵小説も映画もぼくたちはちょうど黄金時代に出合ったので、非常に感銘深く、こんな老人になってもまだ映画や探偵小説のことになると気持が浮き立ってくるというふうなところがありますね。[*1]

ここで埴谷が挙げるふたつのジャンルのうち、現実には、『闇のなかの思想——形而上学的映画論』（一九六二年）や小川国夫との対談『闇のなかの夢想——映画学講義』（一九八二年）などの著作にまとめられた映画に比較すると、探偵小説やミステリについて直接的に言及した文章の数はそれほど多くはない。むろん、中井英夫のアンチ・ミステリ『虚無への供物』（一九六四年）を戦前の小栗虫太郎『黒死館殺人事件』（一九三五年）と夢野久作『ドグラ・マグラ』（一九三五年）と系譜的に結びつけたいわゆる「黒い水脈」論は戦後探偵小説批評に大きな存在感を示している。とはいえ、彼の晩年に登場した新本格ミステリの作品群についての言及も、管見の限り残していないようだ。

しかしながら、先ほどの鼎談で、「［…］大岡昇平の『野火』にしても、ぼくの『死靈』にしても、いずれも探偵小説的で、推理的作品なんですよ。つまり作者があらゆる衝動の行方を推理している。ただ探偵

が出てこないだけでね。まあ作者がいわば探偵なんだね」[*2]と述べていたように、その作品に、陰に陽に「探偵小説的構成」(『死靈』)[*3]が強烈に影を落としていることは、自らが繰り返し告白している。ごく最近でも、文芸評論家の安藤礼二が、探偵小説の祖エドガー・アラン・ポーをはじめ、探偵小説的な世界と埴谷の文学との関係を論じていた。[*4]だとすると、埴谷は、自作に自覚的に「探偵小説的」な構成や想像力を導入しながらも、なぜ同世代の安吾や大岡のように、探偵小説の実作や探偵小説批評を書かなかったのか。ここには、彼自身の持つきわめて特異な思想や世界認識が深く関わっていると思われる。

一方、本書が主題とする二一世紀の社会や文化との関係で見た場合、率直に言って、埴谷の仕事の数々は、やはり私たちにとって隔世の感を拭えないところがあるだろう。たとえば、代表作と目される未完の長編『死靈』をとってみても、ドストエフスキーを髣髴とさせる、左翼青年たちの陰鬱な内ゲバ闘争とそのなかで連綿と交わされる抽象的な議論の物語を、ひたすら観念的な饒舌体で綴っていくスタイルは、およそ二〇世紀に絶頂をきわめる近代的ニヒリズムの典型であり、今日の眼からはリアリティもアクチュアリティも積極的に見出すことはなかなか難しいように思える。

とはいえ、このような埴谷の作品群も、現在にいたる文学史の流れからまったく切り離されてしまった

＊1　大岡昇平・埴谷雄高・丸谷才一「推理小説の魅力」、『埴谷雄高全集』第一五巻(思索的渇望の世界)、講談社、二〇〇〇年、三六〇頁(初出は『中央公論』夏季臨時増刊、一九八〇年八月)。
＊2　同前、三六七頁。
＊3　埴谷雄高「自序」、『死霊Ⅰ』講談社文芸文庫、二〇〇三年、八頁。
＊4　安藤礼二「宇宙的なるものの系譜――埴谷雄高、稲垣足穂、武田泰淳」、『光の曼陀羅――日本文学論』講談社文芸文庫、二〇一六年、三三～九一頁。

わけでもないはずだ。あえて現代の本格ミステリの文脈で捉え直せば、以上のような『死靈』の思弁的小説としての側面は、たとえば、次章で扱う笠井潔の〈矢吹駆〉シリーズ、そして西尾維新の「戯言」シリーズへと、それぞれの明確な影響関係のもとに二〇〇〇年代まで連なっているだろう。

それゆえにこの章では、現代の本格ミステリ、あるいは現代小説の視点から、そのような埴谷の文学や思想に、何らかの現代的な意義を見出してみたい。

2 青春小説としての『死靈』と言語の問題

その取っ掛かりとして、まず試みてみたいのは、『死靈』をはじめとする埴谷の小説や思想を、一種の「青春小説」として捉えてみることである。というのも、先の西尾をはじめ、本書でこのあと取り上げる米澤穂信や辻村深月など、ゼロ年代の「メフィスト系」や「ファウスト系」――総じて「脱格系」のミステリ作家たちの作品の多くもまた、――それらの一部に影響を与えた「セカイ系」を含め――いわゆる「学園ミステリ」や「青春ミステリ」として書かれ、読まれてきたからである。また、ある意味で笠井の矢吹シリーズもそうだろう。また、現代日本のミステリの文脈では、メフィスト系やファウスト系に先駆ける、綾辻行人『十角館の殺人』(一九八七年)や有栖川有栖の『月光ゲーム Yの悲劇'88』(一九八九年)に始まる「学生アリス」シリーズ、法月綸太郎の『雪密室』(一九八九年)など、初期新本格の作品群なども卓抜な青春小説として(も)受容された経緯がある。

そして、ラディカルな「二〇世紀小説」としての『死靈』を「青春小説」(青春ミステリ?)として読むことは、むしろ容易なことでもある。そもそもかつて文芸評論家の三浦雅士も主題にしたように、「青春」という概念それ自体が、「近代」の産物でもある。[*5] その典型的な起源には、いうまでもなく、ヘーゲルの哲学とも一体となり、「成熟」（ヘーゲル風には「絶対精神」）に向けて弁証法的に人格を陶冶していく人物を描く「教養小説（ビルドゥングス・ロマン）」がある。ただより厳密にいうと埴谷の場合は、こうしたゲーテのような一九世紀市民社会的な教養小説のパラダイムからはまた重要な点で隔たってもいる。

『死靈』には、主人公のインテリ青年、三輪與志をはじめとし、多くの青年が登場するが、彼らの多くが「秘められ隠された想念とまるきり違った行動をとっていてしかもそんな見せかけの行動など髪の毛一筋ほども信じていず敢えて生きることすら殆ど重視もしていない青年達」[*6] として描かれている。作中の登場人物によっても問題にされるこの「虚無主義（ニヒリズム）」は、知られるように、ドストエフスキーや『父と子』（一八六二年）のツルゲーネフに端を発する一九世紀的な精神に由来するが、ひるがえって二一世紀の今日にも続く、青春期特有の心性であることも言を俟たない。しかし、作家の笠井潔が厳密化するところによれば、『死靈』の体現するニヒリズムとは、埴谷個人の履歴からすれば戦前の非合法活動（共産主義活動）からの転向経験、また象徴的な思想的事件としては世界戦争（第一次世界大戦）の精神史的な衝撃がもたらした「空虚な主体性」であり、中野重治や大岡らとともに獲得しえた稀有な「二〇世紀的な思想性」であった。[*7]

＊5　三浦雅士『青春の終焉』講談社学術文庫、二〇一二年。また、二〇世紀の大衆文化の領域において、いわゆる「ティーンエイジャー」のイメージを確立したのは、戦後ハリウッドの青春スター、ジェームズ・ディーンだとされるが、ディーンが活躍し、夭逝した一九五〇年代は、国内の青春ミステリの嚆矢とも言える高木彬光『わが一高時代の犯罪』（一九五一年）が発表された時期とも重なる。

＊6　前掲『死霊I』、一四二頁。

いずれにせよ、二〇世紀的な空虚な自我を抱え込んだ「青春小説」としての『死靈』の戦略とはいかなるものであるか。たとえば、埴谷は一九五八年に記された有名なエッセイにおいて、つぎのように書く。曰く、「二十世紀は事実と事物の世紀であって、そのなかに置かれた文学の特質は、［…］暗黒のなかで微光をはなっているような《存在論》を掌のなかに握って、宇宙論的ヴィジョンのなかに私達の生を置くことにある。ここでは存在に目を向けてみるが、その茫洋たる表面をかいなでられるかどうかも解らない漠たる出発点から出発しなければならない」[*8]。

埴谷にとって文学表現とは、簡単には捉えられないどころか、永遠に実現不可能かもしれないものを目指し、できればそれを乗り越えることにあった（不可能性の超克）。しかもそれは『死靈』においても、人間個々人の成熟の過程＝青春にも非常に関係するものとして語られている。「――そう、あの頃はいろんなことを考えるものだ。考えてはならぬことも、考える必要もないことも――考えられる凡てを考えるのさ。それが青春時代の特徴だが……考えてはならぬ考えにはまりこむことが最も魅惑的なのだよ」[*9]。彼は青春の、あるいは近代文学の成熟とは、私たちにとって表象、経験不可能なものごとに、ある関数を代入させることでそれらを逆説的に操作可能なものとして自分の手元に一挙に引き寄せようとしてしまうことが不可避だし、また妥当な作業でもあるとみなしているわけだ。

しかも私たちにとって興味深いのは、こうした早く成熟したいがために、自らの自意識や観念で、一足跳びに世界の真実にいたる筋道を作り出そうとする意志が、埴谷の考える探偵小説の本質的魅力とも呼応しているように見える点だ。埴谷はいう。

名探偵というのは、いわば直感探偵でね、何でもかんでも神のごとく推理してたちどころに解決しちゃう、その反動として地味な刑事――ぼくは『点と線』なんかそうだと思うんだけど、いわゆる社会派ものに出てくるような刑事とか探偵が脚光を浴びるようになる。〔…〕クロフツ以前の、そういう考え方がぼくの頭にはしみついていて、君がさっき言ったフリーマンのソーンダイク博士のような人物が出てくると、ぼくはとたんにうんざりしちゃうんだ。ソーンダイクは何でもすぐ顕微鏡で見るでしょう。そんなのはバカな証拠じゃないかって、すぐ思うわけだ(笑)。〔…〕いまの現実感のある探偵というのは、直感探偵ではなしに、足で歩いて、いちいちアリバイをくずしたりするでしょう、これは仕方がないことなんだけれど、ぼくはそうなってきてからだんだん推理小説を読まなくなっちゃった(笑)。ぼくはデュパンに毒されているんですよ。[*10]

埴谷は、推理小説(探偵小説)の魅力を「足で歩いて、いちいちアリバイをくずしたりする」社会派ミステリや科学ミステリのスタイルではなく、あくまでも「何でもかんでも神のごとく推理してたちどころ

＊7　笠井潔『探偵小説論Ⅲ――昭和の死』東京創元社、二〇〇八年、一四一頁を参照。とはいえ、一方で笠井は、埴谷の「黒い水脈」論に関しては、日本において「二〇世紀の時代性」を刻印した終戦直後の探偵小説ブーム(笠井のいう「第二の波」)を前提にした『虚無への供物』と、それ以前の戦前の小栗、夢野の作品が「前後関係が不明瞭なままに放置されて」おり、そこに「探偵小説論としての限界性」があるという真逆の評価も下している。笠井潔『探偵小説論Ⅱ――虚空の螺旋』東京創元社、一九九八年、六七~六九頁を参照。

＊8　埴谷雄高「存在と非在とのっぺらぼう」、立石伯編『埴谷雄高文学論集――埴谷雄高評論選書3』講談社文芸文庫、二〇〇四年、二五〇頁。

＊9　前掲『死霊Ⅰ』、一三二頁。

＊10　前掲「推理小説の魅力」、三六七~三七二頁、傍点引用者。

に解決しちゃう」「直感探偵」の個性のほうにこそあると述べている。ミステリ評論的には、この埴谷の感慨は、のちの笠井の「現象学的推理」（本質直観）や後期クイーン的問題を暗示させる要素がある。ともあれ、以上のスタンスは、『死靈』の虚無的な観念的超越性とも形式的に似通っているといってよい。

話を戻せば、埴谷は前掲のエッセイで、自身の文学のために「まったく新しい飛躍的な語法が必要である」[*11]という。そして、ほとんど青春小説的な内面描写を排除した『死靈』におけるその具体的な実践とは、いわば思考不可能性の「名詞化」という作業である。

この形而上小説にはその形容通り、「擬似無限大」や「意識＝存在」「《のっぺらぼう宇宙》」など、抽象的な用語がじつに数多く作中に登場し、登場人物のあいだで終始飛び交う。それらの用語は、ほとんど修辞的な言葉遊びにも近いものであり、実証性や論理性にほとんど立脚していない。それらは、通常の事実的かつ構文論的表現の規則を度外視した端的に不条理な言明であり、小説空間内部の語と語の連鎖を離れれば、まったく無意味な単語でしかない。自ら文学の本懐であるといった表象、経験不可能なもの（「考えてはならぬこと、考える必要もないこと」）への到達を、埴谷は本来名詞化、実在不可能な論理形式を、あえて記号（単語）のレヴェルで過激に接続させて用いることで可能にしているわけだ。[*12]文芸評論家の川西政明は、『死靈』の中心をなす「虚体」という概念を例に出しながら、「三輪与志の虚体について、黒川建吉は正確に表現できない。黒川建吉が語れないのではなく、埴谷雄高が正確に表現できないのだ」[*13]と身も蓋もなく指摘しているが、これも同じことを指しているだろう。ミステリ作家の法月綸太郎にいたっては、こうした埴谷の用語をヒッチコックのいう「マクガフィン」にすらなぞらえている。[*14]

元来まったく無内容な詩的な語を有意味な論理として仮構するこの試みには、明らかに観念的なトリックが潜んでいる。また、この非論理的「名詞」群はその空虚さゆえに、何度でもリサイクル可能な一種の永遠性＝不死性をもまとうだろう。青春とは成熟への志向とともに、皮肉にもまさに死霊のような永遠性も欲するのだから。そして、『死靈』という作品の論理＝物語叙述は、とりわけ後半になるほど、このような「語の暴走」が突出していく。

ともあれ、こうした埴谷の戦略は、おそらく思想史的には、論理実証主義の代表的な哲学者であるルドルフ・カルナップが一九三〇年代に行った有名なハイデガー（あるいは形而上学）批判にも対応している。[*15] カルナップは、命題形式と命題変数、つまり事実的なレヴェルでの論理と単語（事物）の使い方の区別を曖昧にして、表象、経験不可能な領域（存在論的範疇）にある思考対象をも、語（哲学素）のレヴェルでどんどん置き換えて論じてしまうマルティン・ハイデガーの存在論哲学、ひいては以後の大陸系現代思想を語の名詞化（物象化）にすぎないと指摘した。カルナップにとっては、ハイデガーらの形而上学は、こ

＊11　前掲「存在と非在とのっぺらぼう」、二六三頁。

＊12　埴谷は、『死靈』を含む自らの思想の主要概念である「自同律の不快」も、「一種の自己語なんですよ。これは疑似哲学言葉です」と語っている。河合隼雄・鶴見俊輔・埴谷雄高「未完の大作『死霊』は宇宙人へのメッセージ」、鶴見俊輔『埴谷雄高』講談社文芸文庫、二〇一六年、一二六頁。

＊13　川西政明『定本 謎解き『死霊』論』河出書房新社、二〇〇七年、七四頁、傍点引用者。

＊14　法月綸太郎「「屍体」のない事件――『死霊』（埴谷雄高）に関する一考察」、『法月綸太郎ミステリー塾 怒濤編 フェアプレイの向こう側』講談社、二〇二一年、二〇六頁。

＊15　たとえば、以下を参照。ルドルフ・カルナップ「言語の論理的分析による形而上学の克服」、『カルナップ哲学論集』永井成男・内田種臣編、紀伊國屋書店、九〜三三頁。余談ながら、カルナップのこの論文が発表された一九三二年とは、非合法活動に関わっていた埴谷が不敬罪および治安維持法違反によって起訴されたのち、移送先の豊多摩刑務所の独房でカントの『純粋理性批判』を読んで、『死靈』の最初の構想を抱いた年でもある。

の現実世界ではまったくあてにならない語を持ち上げて戯れているだけであり、それは哲学の使命ではないと考えたのである。だとすればこのカルナップの主張は、当然そのまま『死靈』にもあてはまるだろう。他方で後年、「言葉は存在の家である」と執拗に繰り返したハイデガーがもし『死靈』を読んだとすれば、確実に快哉を叫んだはずだ。

いずれにせよ、埴谷にとって、文学や、文学者に象徴される人間の成熟の手触り、つまり青春の態度とは、何よりも現実では追いつかない世界への到達不可能性を、自意識のレヴェルで先取りし、一挙に全体性を獲得する（「分かった気」になる）空虚な情熱にこそあった。言い換えれば、文学＝言葉とは、それを自意識に代わって肩代わりするアイロニーの装置だったのである。そして、その跳躍的なアクロバットは、彼が見出す探偵小説の本質とも重なっていたのである。

3 『死靈』の二つの時代——情報化・小説・青春

以上のように、埴谷は「探偵小説的構成」をも用いた『死靈』で近代を体現する空虚な主体の青春像を描いた。しかし、問題はまだその先にもある。全編にわたり先ほどの虚体なる難解な観念の謎をめぐって、ただ延々と閉塞的な思考を展開する三輪について、埴谷は以下のように記す。いわゆる「自同律の不快」について吐露する有名な件を見てみよう。

彼［註：三輪］が少年から青年へ成長するにつれて、少年期の彼を襲ったその異常感覚は次第に論理的な形をとってきた。［…］それは一般的にいって愚かしいことに違いなかったが、（俺は——）と呟きはじめた彼は、(――俺である) と呟きつづけることがどうしても出来なかったのである。敢えてそう呟くことは名状しがたい不快なのであった。[…]

主辞と賓辞の間に跨ぎ越せぬほどの怖ろしい不快の深淵が亀裂を拡げていて、その不快の感覚は少年期に彼を襲ってきた異常な気配への怯えに似ていた。それらは同一の性質を持っていて、同一の本源から発するものと思われた。彼が敢えてそれを為し得るためには、[a] 彼の肉体の或る部分をがむしゃらにひっつかんで他の部分へくっつけられるほどの粗暴な力を備えるか、それとも、或いは、[b] 不意にそれがそうなってしまったような、そんな風に出来上がってしまう異常な瞬間かが必要であった。[*16]

さて、ひとまずここで彼は、じつは主人公の経験のパターンが少なくともふたつに分岐しうることを指摘している。

簡単にいえば、[a] は、自分にとって有益な経験の糧を自力で引っ張ってこようとする能動的な自由意志であり、[b] は、同じようなことをほかの誰かもやっていて自分にもそのお裾分けが回って来るんじゃないか、という受動的な予期を意味している。もちろん、マルクスが「人間は社会的諸関係の総体である」(『ドイツ・イデオロギー』) と書いたように、普通はこのふたつがうまく折り重なるところで、規範的な近代的人間像 (成熟) ができあがる。さらにマルクス主義なら、そうした二重性ゆえに疎外や物象化のようなイデオロギーにも絡め取られてしまうというだろう。

しかし、ここまでに述べたことは、この二重性のうち『死靈』の叙述では、[a] の側面が特権的に暴

*16 前掲『死霊I』、一六二頁、[] 内引用者。

走しているということだった。実際、この小説では人物たちの観念的対話と、三輪と津田安寿子の婚約話などの現実世界のエピソードが、いまでいうSNS上のコミュニケーションと寡黙な日常生活のように、ほとんど繋がることなく並列され、前者が主眼となって綴られていく。つまり、ここで描かれる［a］はきわめて近代的ではあるものの、そこには厳密な意味でのイデオロギーや、ミハイル・バフチンがいうようなポリフォニー的対話の成り立つ底が抜けている。『死靈』の各章が、まるでワンシーン＝ワンショットの映画のように見えるのもそのためだ。『死靈』の近代小説を逸脱する過剰さは、この作中人物の経験の被る分岐にある。では、［a］から分岐した他方の［b］の経験は、どのような青春のありように向かうのか。

ここで『死靈』の成立した時代的文脈を詳しく確認しておこう。『死靈』を風変わりな観念小説として、それだけで読んでいるとつい忘れがちになってしまう事実がある。じつはこの長編の半分は、私たちがいつも読んでいる現代文学の世界とほとんど同じ時期に書かれている。具体的にいうと、『死靈』全九章のうち第一章「癲狂院にて」から第四章「霧のなかで」までは一九四九年までに発表されているが、著者の腸結核罹患に伴う四半世紀近くの長い中断期間を経て、続く第五章「夢魔の世界」は一九七五年から発表されているのである。つまり、いいかえれば、『死靈』という小説は少なくともその半分が、二一世紀の私たちにとっても馴染み深い、高度経済成長期後の大量消費社会（ポスト産業社会）を現実的な時代背景として記されているのだ。この意味でも、『死靈』を「現代文学」として捉えることは可能である。[*17]

では、その現代文学の風景を具体的に考えてみたい。ここで、さしあたり『死靈』の再開とほぼ同時期に文壇に登場した村上春樹を参照してみよう。たとえば、村上の小説はその初期から、多様な文化産業の出現やそれらを包み込む情報インフラが整備された一九七〇年代以降の現代の世界観を巧みに小説世界に持ち込んでいた。

小説というものは情報である以上グラフや年表で表現できるものでなくてはならないというのが彼の持論であったし、その正確さは量に比例すると彼は考えていたからだ。[*18]

村上は小説、つまり世界の物事とは本来的に「情報」であるし、データに還元可能なものだと述べている。しばしば注目されるように、彼の作品には、自分の行動をやたら細かい数値に換算して記憶している人物が登場するが、それもこうした還元主義の一表現である。ここで注目すべきは、情報とはそれ自体は意味（語）ではないことだ。かつてサイバネティクスの創始者であるノーバート・ウィーナーが情報量とは負のエントロピー（いわば無意味性の低さ）の度合に関わると述べたように、情報自体はひとつの形式――たとえばビットを表す0と1や、ウェブページを作成するために記述されるＨＴＭＬのように、無意

＊17　たとえば、法月綸太郎は、埴谷が『死靈』の執筆を再開した同じ一九七五年に、当時隆盛していたリアリズム型（社会派）の推理小説に異議申し立てをした伝説的なミステリ小説誌『幻影城』が創刊され、同誌に『死靈』の強い影響を受けた竹本健治の『匣の中の失楽』（一九七八年）が発表されるなど、新世代のミステリ作家に埴谷が再発見された経緯に注目している。また、再開後の『死靈』が連載されていた一九七五年から九五年とは社会学者・大澤真幸のいう「虚構の時代」の区分にも該当している（『虚構の時代の果て』）。前掲『フェアプレイの向こう側』、二二一頁。なおかつ、左翼青年たちのニヒリスティックな思弁と行動を描いた『死靈』が再開される三年前には、連合赤軍事件（あさま山荘事件）が起きている。次章で論じる笠井潔が連合赤軍事件に対する衝撃から出発し、また『死靈』の強い影響を受けていることは知られている。

＊18　村上春樹『風の歌を聴け』講談社文庫、二〇〇四年、一二三頁。

味かつ無秩序なコードの膨大な集積でしかない。ユーザが検索をかけ、そのコードの網目を適宜切り取ることで、意味（メッセージ）がその都度抽出されるわけだ。

近代的な自我がかつて起伏づけていた世界の輪郭が情報やデータの専制によって軒並みフラットなものとなり、もはや世界に質的な差異（意味）は見出せなくなった、もうあとは情報の強度というべき、受け手が納得する確率の高さ（情報量）で地道に勝負するしかない――このような了解は、ウェブやSNSがすっかり普及した現代社会においては、デフォルトのものになっている。文芸の世界を見ても、固有の「内面」（真実）の一度きりの描出に重きを置く昔ながらの私小説より、せいぜいいくつかの図式や見取り図にも置き換え可能である一方、膨大な「情報」の蓄積と検索のスキルが物語を駆動させるタイプの小説が、二〇〇〇年代に増えてきた。

この世界がひとしなみに情報（形式）に還元しえるというこの現代の認識は、ところが、じつは『死靈』が描く世界ともある意味で近い部分もある。なぜなら、いま自分の目の前にある価値、つまり意味ある語がつぎの瞬間にはまったく無意味なデータに変貌してしまう流動性につねに曝される世界に佇む経験的な「私」は、必然的にまた「私」自身の固有性（「私は私である」）という信頼も不断に疑わしく感じざるをえないだろうからだ。そこでは「私」もまたマイナンバーカードの数字のごとく、いくつかのデータに容易に回収されてしまうだろう。ここからも埴谷のいう「自同律の不快」は出てくるし、例の「語の乱用」もこれを逆手に取ることで可能になる。ともあれ、大量消費社会的かつ『死靈』的世界にあっては、結局、存在と世界は近代的な意味や真実よりも大きな、あるのっぺらぼうなシステムの力に逆らうことはできない点で共通しているのだ。

さらにこの事態は、語のトリック的使用について、また別の方向でも繋がっている。というのも、七〇年代以降の複雑化・多層化した現実は、一種の神秘主義や過剰なスペクタクルに近づく傾向がある。結局のところこれだけ無数の情報が氾濫し、その実質的な因果関係が現実的に遡行不能になると、ひとは数ある情報群のうち相対的に価値ある（「確からしい」）リアリティの上澄みを素朴に信奉するという傾向にも陥る。多少大きく取れば、ＳＮＳ登場以前のネット黎明期に流行した「美しい国」（伝統）、「スピリチュアルブーム」（運命論）、「昭和三十年代ブーム」（憧憬や教訓）などといった文化現象の数々は、かつてのヒッピーカルチャー同様、いずれも人々の素朴な「共感可能性」に訴えるものばかりだ。そのリアリティが、二〇一〇年代にはトランプ的な「ポスト・トゥルース」として、さらに増幅したのはいうまでもない。そして、この傾向は、たとえば第九章の井上真偽による「奇跡の存在証明」に見られるように、二〇二〇年代の現在にまで続いている。

結論をいえば、そもそも「難解」な形而上小説と目されている『死靈』もまた、本来このコンテクストで理解すべきなのではないだろうか。すでに触れたように、『死靈』を読んで感じるのは、圧倒的に「スペクタクル化」された語で述べられた情景だ。まるで現代詩のごとく本来は名詞化できない言葉がどんどん名詞化され、複数の人物の会話が次々と入れ子状に挿入されていく第七章などの趣向は、むしろ確実にニューウェーヴ以降の英米系ＳＦやスペキュラティヴ・フィクションが駆使する言語に近いのである。ただ、それらと埴谷的なニヒリズムとの決定的な違いは、現代ではその語のスペクタクル化が少しも成熟に繋がるとは思われないこと、いまある日常と並行して存在するパラレルワールドにズレこんでしまう点だ。

いずれにしろ、こうした複雑に情報化した世界で確実な存在の基盤を肩代わりするものは何か。いうまでもなく、「物質」でも「エネルギー」でもない、その中間的存在としての「情報」だろう。この生気論（生）と唯物論（死）の差異を超える「情報」こそ、まさに『死靈』が一貫して示唆していた、現代まで彷徨する「死／霊」にほかならない。たとえば、西尾維新が盛んに登場人物に語らせていた「物語」なる言葉が、まさにこのすべてを溶かし込み、そこから生成させるものとしての「情報」（死霊）の海を意味していたように……。つまり、『死靈』には、近代から現代文学までを貫くふたつの成熟（経験）の可能性が絶妙に組み込まれている。

　では一方、『死靈』から時を隔てた二一世紀の現代文学において、埴谷的な青春の条件は実際どのように変容しているか。現代の目立った青春小説の一部は、世界に遍在する不可能性や、それを克服する試みに一転して無関心である。のみならず、自分を社会に対して劣位に格下げする周囲のさまざまな桎梏に対して、かつてのように早々と高をくくってしまうのではなく、その抗い難い力に対していつまでも新鮮に驚き戸惑い続ける無防備な所作こそが、特権的に描写される傾向にある。

　たとえば、西尾とともにゼロ年代の若手青春ミステリを代表する作家であり、青春期特有の「自意識の病」を巧みに主題化していた佐藤友哉も、初期の代表作『水没ピアノ』（二〇〇二年）ではこんなふうに記していた。

> 自分が何を行おうとしているのか、何を望んでいるのか、そうしたものがいまいち理解出来ない。私は今、何を求めている。破壊か?修復か？［…］判らない。[*19]

　また、一見して佐藤とは対照的なエンタメ作家とみなされがちな西尾も、同時期の小説で、登場人物のひとりに、「意味はないさ……意味なんてない。意味があるのは結果の集積による過程だけだ」[*20]といわせていた。

すなわち、これら「ファウスト系」の作家の初期作に象徴される二一世紀初頭の青春において広く共有されていたタイプの認識とは、ただ個々人の局所的な視野からその都度獲得される瑣末な「結果の集積」（事実）だけが、少しずつだが自分の状況を改善していくだろうし、自分にはそれ以外なす術がないのだという、ある意味淡白な心情である。そこでは、もはやかつてあった自分の周囲の世界全体を、不可能性まで含めてシンプルにまとめあげる「意味」は、それが語による詐術にしろ、いっさい期待されていない。こうした姿勢は、先ほどのカルナップら英米系分析哲学の起源となった前期ウィトゲンシュタインの、整合的な論理＝言語の限界の内部のみを哲学の相手にするという禁欲的なスタンスにも近いだろう。[*21] しかもこうした姿勢は、すでに見た埴谷が「バカな証拠」だと「とたんにうんざりしちゃう」という、松本清張の『点と線』（一九五八年）や、もしくはF・W・クロフツの『樽』（一九二〇年）の刑事たちに代表される、「足で歩いて、いちいちアリバイをくずしたりする」社会派やリアリズムの推理法とも重なっている。

したがって、およそゼロ年代において、洗練された恋愛小説や青春小説の書き手は、登場人物の経験のインパクトを、成熟した自分を誇示すべく反則技を使ってまで邁進しようとする積極性よりも、いわば出たとこ勝負でぶつかった困難なできごとの処理し難さや不可解さにただただ逡巡し、いちいちオロオロと

＊19　佐藤友哉『水没ピアノ――鏡創士がひきもどす犯罪』講談社ノベルス、二〇〇二年、二四六頁。

＊20　西尾維新『ヒトクイマジカル――殺戮奇術の匂宮兄妹』講談社ノベルス、二〇〇三年、三七七頁、傍点引用者。

＊21　埴谷の仕事を終生論じ続けた哲学者の鶴見俊輔は、晩年の埴谷と行った鼎談のなかで、逆に、「ある意味でのウィトゲンシュタインの『論理哲学論考』は『死霊』と重なるところがあります。初めの九割九分まで論理演算なんですが、最後は黙狂になってしまう。〔…〕よくわからないことについては黙っているほかないと」と分析している。前掲「未完の大作『死霊』は宇宙人へのメッセージ」、一二五～一二六頁。

戸惑う野暮ったさにこそ込めるようになった。実際、佐藤や西尾と同世代作家で、第六章で取り上げる辻村深月もそうだろう。二〇〇七年に発表した『スロウハイツの神様』にしろ、彼女がこの決して短くはない青春物語を、登場する若者たちの伸びやかな人間的「成長」にフォーカスを合わせて書いたとは思えない。むしろ、どんなに頑張っても「どういうわけか」「咄嗟に声が出ないまま」「何となく」（casually）周囲の事態は変わってしまう事実に対して、彼らが驚き続ける局面にこの小説の強度はもっとも高まる。物語の結末にしても、周囲の人間関係や社会生活などは多少改善されてはいても、人間的な成熟が彼らにあったかどうかはどこか心許ない。結局のところ、辻村は、金閣寺を盛大に放火しておきながら、「生きようと私は思った」などといって一服する青年を描いて終わる小説などは絶対に書かないだろうし、また、彼女が描く人物たちの感じる端的な世界の「不可解さ」は、明治三六年に華厳滝に飛び込んだ一高生の胸中に渦巻いていた「「曰く不可解」さ」からは、文字通りずっとこぢんまりと、かつカジュアルなものになっている。純文学の領域でいえば、綿矢りさの同年の『夢を与える』（二〇〇七年）も、そうした驚き逡巡する人物たちの感じる「不可解さ」を、似たような手つきで突き放して描いていた。綾辻や法月が描いた初期新本格ミステリの若者たちも、ここまでの諦念には達していなかったと言える。

しかし、これはもちろん当時の若者が理想をなくして馬鹿になっているとか、未熟だったとかいう単純なことでもない。そうではなく、それまで頼りない段階にある人間を成熟させる要として想定されたり、捏造されたりした特権的な語なり物語なりをもって、自らの経験の価値を高めるという意味での「青春」の形が輝きを喪失したということなのだ。それゆえにこそ、近代的な「不可能性の超克」とは別の志向を描き出していた佐藤や西尾、辻村の感性を、もはや老成も未熟もなく、新たな「青春」の問題としても語りうる余地はあるのだ。

何にせよ、現代における青春小説の勘所の変化は、それぞれの時代の世界認識の変容と関係しているのは明らかだ。現代の青春は、アイロニーによる追認ではなく、実地を自分の眼や足で確かめて、戸惑い迷いながらも一歩一歩着実に経験のスキルを重ねていく、また相対的に眼をつけた目標を追いかけてたとえ途中で間違っていたとしても、とりあえずはそこで躓いて不断に軌道を修正していくことにドラマが宿るという筋道を備えている。そして、そうした現代社会への端境期に『死靈』の後半部分の物語を執筆していた埴谷も、以上のような認識を表面的には否定していたとはいえ、図らずも、それと同調するようなリアリティを書きつけていたのではないだろうか。

4　「自同律の不快」と対称性ミステリの可能性——埴谷の存在論的映画論から

さて、以上までで、埴谷の文学をおもに「青春（小説）」という視点から、今日の現代ミステリのパラダイムと繋げる作業を行ってきた。述べてきたように、基本的には、笠井潔のいう二〇世紀の空虚な主体性（ニヒリズム）を前提とした形而上学的な観念小説である『死靈』をはじめとした埴谷の小説や思想は、超越的視点への跳躍を期待せず、各自の局所的視野からヒューリスティックな解決を志向する二一世紀的な知や感性とはさしあたり対極にあるように見える（この二〇世紀的な傾向は次章の笠井潔にもあてはまるだろう）。

二一世紀の現在から見ると反動的に映る埴谷の文学や思想の示す近代性、ないし二〇世紀性というべきものは、ほかにも指摘できるだろう。たとえば、埴谷思想の最重要概念としてここまでにも何度も触れてきた「自同律の不快」。これは文字通り「AはAである」＝「私は私である」という「自同律」（アイデンティティ）に対する根本的な違和感の表明を意味している。[*22]

これに関して、哲学者の熊野純彦は、この自同律の不快の遠い論理的原型が、埴谷が終生深い影響を受け続けたカントの「誤謬推理論」にあったのではないかと推測している。

この誤謬推理論とは、『純粋理性批判』のなかの超越論的弁証論の箇所に含まれる有名な議論である。ここでカントが整理するところによれば、対象としての「私」を含むあらゆる対象への意識（認識）は、本来、「私は考える」という「超越論的統覚」と名づけられる作用によって裏打ちされている。したがって、ここには循環が生じてしまう。というのも、「私の表象」なるものを保証するのに、同じ「私」という根拠＝超越論的統覚が適用されるのだから。「「私」の表象は「単純な、それだけではまったく空虚な表象」なのであって、［…］超越論的統覚が与える「私という表象」は「一箇の概念」ですらありえない。［…］ひとが、この意味での「私」について概念を手に入れようとするならば、つねに「私」という表象をもちいなければならない。こうして、ひとは、「不断の循環」に巻きこまれてしまうのだ[*23]」。これが、カントが批判した誤謬推理である。

誤謬推理論にも顕著に表れている、この「人間中心主義」、つまり、「この世界とは人間＝私から見てこのようになっている」という見立ては、知られるように、二〇世紀後半から台頭してきたさまざまなポストモダン思想によって批判されてきた。さらに本書でものちに詳しく見るように、およそ二〇一〇年代以降の現代では、以上の世界認識は、思弁的実在論などの新たな現代思想によって、まさにカント以来の西洋形而上学全体に共通する「相関主義」という立場だと名指され、厳しく問い直されている。[*24]

しかも加えてここで注目したいのは、この誤謬推理論にも出てくる「表象」というキーワードである。これは、このカントの超越論的哲学をはじめ、その後の近代西欧哲学にも連綿と受け継がれる、物自体とその表象、つまりオリジナルとそのコピーや、主体と客体という伝統的な二項対立図式に基づく概念である。

この「表象」という問題系は、まさに近代＝二〇世紀を象徴するメディアである映画館のスクリーンの枠組み——カメラが記録した被写体自体とそのスクリーン上の映像（イメージ）との関係——にもなぞらえられるが、かねてから映画批評やメディア論の観点から私自身も問題にしてきたように、[*25] こうした「映画」をモデルにした図式は、今日では根本的なパラダイムシフトを迫られているといってよい。[*26]ただ、本章の最後では、そのような埴谷の仕事に、あらためて第三部の議論にも繋がるような今日的な意義を見出してみたい。それはある意味で、探偵小説（本格ミステリ）を愛好した埴谷の思想における、

＊22　伝記的註釈をつけると、鶴見俊輔は、この埴谷の自同律の不快という概念について、台湾という彼の出生地に注意を促している。つまり、「埴谷がはじめに存在した場所は、日本文化にすっぽりとくるまれている自明の場所ではなく、日本文化と今いるところの文化とのあいだに、はじめから亀裂があった」のであり、日本と台湾という自同律＝アイデンティティの揺らぎが深く関わっていると指摘している。鶴見俊輔「晩年の埴谷雄高——観念の培養地」、前掲『埴谷雄高』、一九五頁。

＊23　熊野純彦『埴谷雄高——夢みるカント』講談社学術文庫、二〇一五年、八〇～八一頁。

＊24　たとえば、以下を参照。カンタン・メイヤスー『有限性の後で——偶然性の必然性についての試論』千葉雅也・大橋完太郎・星野太訳、人文書院、二〇一六年。

＊25　渡邉大輔『イメージの進行形——ソーシャル時代の映画と映像文化』人文書院、二〇一二年、一四〇～一四六頁。同『新映画論——ポストシネマ』ゲンロン、二〇二二年、第八章などを参照のこと。

＊26　また今日の現代思想との関係でいえば、埴谷の初期の代表的な著作『不合理ゆえに吾信ず』（一九五〇年）の題名は、のちに哲学者の東浩紀が批判的に考察し、広く知られるようになったいわゆる「否定神学システム」と通底している。東浩紀『存在論的、郵便的——ジャック・デリダについて』新潮社、一九九八年。

皮肉にも「探偵小説＝ミステリの成立不可能性」を証立てることにもなるだろう。ここでは、そのための仮説的な論点を提示してみたい。どういうことか。

冒頭での紹介から何度か繰り返しているように、埴谷は探偵小説とともに、終生、映画を愛好してきた。そして、その代表的なエッセイでも、文学者の追求すべき「事物の核心」について、「現実からひきちぎられてきた網の目版のような映像の向こう側にぼんやりした焦点を結んでいる何か」と記し、「作家は現実からひきちぎられてきた一片の影絵を頭のなかの暗室におさめる」と書くように[*27]、その思索にも直接的に映画や映像の比喩――「表象」のモデル――が如実に反映している。

近年になって、映画研究者の山本直樹は、この埴谷の「存在論的映画論」と彼が呼ぶ独特の映画論の仕事に注目している。そこで山本もまた、白黒映画やサイレント映画がこの現実世界そのものにはなりえないのと同時に、現実の事物の形や重みを厳密に現前させるという矛盾に映画の独自性を見出す埴谷について、「このような視点を導入してみると、「映画とは何か」という一見単純に思える問いが、現象と実在、主観と客観、精神と身体のはざまで揺れ動く二〇世紀哲学の根本的課題と直結していることに気づかされる。そしてまた埴谷自身が、この哲学的課題との格闘を彼の文学活動の起点に据えている事実を省みるならば、[…] 彼の《自同律の不快》を、映画という存在そのものに含まれる自己矛盾や非決定性を論じる際の指針として読み換えることができるようにも思う[*28]」と、映画の表象システムと埴谷思想の類似性を指摘する。

このように、さしあたって山本もまた、映画という一九世紀末に誕生した視覚メディアの近代西洋哲学との同型性に注目し、それと埴谷との類縁性を強調する。

だがひるがえって、この埴谷の映画論では、そこから外れるような興味深いヴィジョンもいくつか認めることができるのである。たとえば、埴谷には一九五七年に刊行された『文学的映画論』という論集に寄せた「古い映画手帖」という映画論がある。この『文学的映画論』は、埴谷のほか、野間宏、佐々木基一、花田清輝、安部公房、椎名麟三という彼と同世代の戦後派作家によって編まれた書き下ろしのアンソロジーであり、山本によれば、「日本の文学者が意識的に行った集団的越境の一例であり」、映画史的にも、松竹ヌーヴェル・ヴァーグを筆頭に当時、続々と台頭しつつあった新世代の潮流にとって、「既存の文学的映画批評からの脱却を目指す同書の出現は、何にもましてこうした時代的要請に応えるもの」になった重要な書物だという。そのなかで映画評論家の松田政男からも、「新しい映画批評ないしは映画理論のあり方をもっとも明確に示すもの」として絶賛されたという「古い映画手帖」のなかで埴谷は、じつは先に示したカント的な人間中心主義とは異なる、どこか「非人間的」ともいえる認識を記しているのである。

> 私たちが闇のなかでスクリーンを眺めている外観は、スクリーン以外の一個独立した存在として前方のスクリーンに向き合っているような感じを与えるが、事実は、闇の中に坐っている観客は、暗箱の一端に鋭い感光度のフィルムがあり他の一端に白い光を透かし通しているレンズがある一つのカメラ以外のものになれないのである。私たちは、謂わば、私たち自身がその映画館とまったく同じ広さの空間にまで拡大した一つの巨大なカメラの暗い内部となって、深く息づいているのを感ずる。[*29]

＊27 埴谷雄高「観念の自己増殖——十九世紀的方法」、石井恭二編『埴谷雄高エッセンス』河出書房新社、一九九七年、四八頁。

＊28 山本直樹「暗箱からの透視——埴谷雄高の《存在論的映画論》について」、鳥羽耕史・山本直樹編『転形期のメディオロジー——一九五〇年代日本の芸術とメディアの再編成』森話社、二〇一九年、一一五頁、傍点引用者。

この引用文を受けて、山本は以下のように敷衍する。「このように暗箱（カメラ・オブスキュラ）としての構造を持つ映画館のなかでカメラという新たな知覚主体と同一化した私たち観客は、カメラの眼前に広がる現実世界、さらにはその世界に生きる私たち自身を、まさに客体として眺める視点を手にすることになる。そして、この観測されるものが客体であるとともにつねに主体であることを自覚する状態に至って初めて、私たちは私たち自身を、この世界を構成する歴史的時空間に投げ出された一つの「存在」として見つめ直すことができるのである」[*30]。この山本の指摘は、きわめて重要であり、また興味深い。埴谷は映画のメディア経験を通じて、人間＝主体が「映画館とまったく同じ広さの空間にまで拡大した一つの巨大なカメラ」という「新たな知覚主体」、すなわち「客体」＝モノに生成変化する局面を想像している。ここには、本来、埴谷思想が位置していると考えられているカント的な人間中心主義の磁場とは対極的なノンヒューマンな地平が開けている。おそらく、その類推が的外れでない証左のひとつとして、じつは埴谷は同じ文章のなかで、これものちに見る通り、現代のノンヒューマンの思想がしばしば言及する、「人類の絶滅」のヴィジョンが記されていることがあるだろう。

もしこの地球上にざわめく一切の物音が聞こえなくなるような死と絶滅の廃墟が何時か訪れて、荒涼たる音もない世界の何処かにがらんとのこった映画館の建物のなかの誰もいない暗い沈黙の裡に、何かの理由で映写機がかたかたとまわりはじめたとしたら、どうであろう。スクリーンの上にフィルムの投げかける白っぽい映像が写っているけれども、誰も見ているもののない廃墟のなかの沈黙からはそれに答える軋るような響きとてもなく、ただ画面のなかの人物が音もなくスクリーンの上に動いているだけである。ああと声をあげようとしてあげ得ず、かたちもない透明な精霊として、その場に腰かけて音もなくスクリーンを見上げているような不気味な恐怖が、そんなとき、私の全身を何時もとらえた。[*31]

人間がまったく存在せず、モノだけがひっそりとこの世界に取り残されている「廃墟の幻想」（埴谷）は、カントよりも、むしろ今日、「絶滅の哲学」を標榜するレイ・ブラシエなど二一世紀のノンヒューマン／ポストヒューマンの哲学の論者の描き出すヴィジョンに接近しているといってよい。さらにはその延長に、この論文の末尾で山本が、埴谷の映画論にも浮かび上がる彼の自己矛盾に満ちた二〇世紀的人間の存在論（自同律の不快）が、一方で、「現代思想史という視点からみると、この「対立物を対立のまま統一する」という一見レトリカルな主張」が、「主体と客体、現象と実在、ノエシスとノエマ、時間と空間、西洋と東洋といった従来の二元論的範疇の克服を目指」すという点で、ウィリアム・ジェームズや西田幾多郎といった哲学者の仕事と共通する要素があると指摘していることにも注目したい。[*32]というのも、ジェームズのプラグマティズムや西田の「絶対矛盾的自己同一」などの思想は、山本もいうように、自己と他者、一と多、全体と部分といった近代的な二項対立図式をフラットに対称化し相互包摂するという点で、

＊29　埴谷雄高「古い映画手帖」、『文学的映画論』中央公論社、一九五七年、一三五頁、傍点引用者。
＊30　前掲「暗箱からの透視」、一一九〜一二〇頁、傍点引用者。
＊31　前掲「古い映画手帖」、一三九〜一四〇頁。なお、埴谷は一九八六年に「人類の死滅について」という短いエッセイも記している。埴谷雄高「人類の死滅について」、『埴谷雄高全集』第一一巻（『「死靈」断章』）、講談社、一九九九年、四〇〜四四頁。
＊32　前掲「暗箱からの透視」、一二三〜一二四頁。

これも今日の現代思想のなかであらためて脚光を浴びているからである。[*33] だとすれば、「主辞と賓辞の間に跨ぎ越せぬほどの怖ろしい不快の深淵が亀裂を拡げてい」るという自同律の不快もまた、単なるカント的な主客図式（相関的循環）に収まるものではなく、主辞（主）と賓辞（客）のあいだのヒエラルキーを成立させている安定的システム（自同律）が絶えず競合的・流動的に攪乱される時に生じる「不快」を示すものとしても捉えることができるのかもしれない。[*34]

そして最後にあらためて本格ミステリの問題に戻ってみれば、埴谷はポーの探偵小説について、こんなことも語っていたのである。

> ポオは、われわれはドッペルゲンゲルだ、われわれは自己であると同時に反自己である、つまりあまのじゃく的存在なのであって、言ってはいけないと思ったら言うというふうな、そういう内部の分裂を非常に明らかにした。ポオは、個人は自己確立であるとともに自己否定の方へ向かうというわれわれの人間の精神の方向を探偵小説で示した。そういう意味でポオの作品は偉大なる芸術になりえたと思うけれど、片方のいわゆる反自己というものを頭にあまり入れないで、話の内容をただ探偵と犯人というふうに簡単に分けちゃったのが、ぼくはホームズだと思うんですよ。[…]
> つまりデュパンの場合は、探偵も犯人も同じなんですよ。[*35]

ここで埴谷がポーの探偵小説の特徴として述べている「われわれは自己であると同時に反自己である」という「内部の分裂」とは、もはや断るまでもないが、彼の自同律の不快の枠組みをなぞっている。そして興味深いのは、その結果、「探偵も犯人も同じ」になると言っていることだ。あるいは、こうしたポーの小説は、探偵小説が「偉大なる芸術」になりえる可能性を示していたが、その後に登場したコナン・ドイルの「シャーロック・ホームズ」シリーズは、「片方のいわゆる反自己というものを頭にあまり入れないで、話の内容をただ探偵と犯人というふうに簡単に分けちゃった」と否定的に評価する。すなわち、ここで埴谷が述べているのは、自己と反自己、探偵と犯人という二項対立が「同じ」(対称的)になり自同律が攪乱されるポーから、それら両者が明確に区分され対立的に表象されるようになったドイルへ、という本格ミステリの発展史であり、なおかつ埴谷が評価する前者の「対称性」は、まさに今日的な反人間中心主義＝ノンヒューマンの哲学との親近性を示しているという事実だろう。そして、だからこそ、埴谷はその生涯において、名探偵と犯人が対抗的に物語られる正統な探偵小説をついに書けなかったのではないだろうか。

＊33 ウィリアム・ジェームズや西田幾多郎と、思弁的実在論など今日の現代思想との関連性をめぐっては、哲学者の清水高志の以下の著作が有益である。清水高志『実在への殺到』水声社、二〇一七年。とくにジェームズについては、「鍵束と宇宙——ウィリアム・ジェイムズをめぐって」、西田については、「モノの人格化——オブジェクト指向哲学と西田」を参照のこと。

＊34 ちなみに、山本も注意を促しているように、「AはAである」という命題に対する不快、言い換えれば「AはAであると同時に非Aである」という埴谷のいう「自同律の不快」は、「対立物を対立のまま統一する」という評論家・花田清輝の「楕円」、そして具象と抽象を妥協折衷しないままに同居させるという芸術家・岡本太郎の「対極主義」とも相互に共鳴する要素がある。知られるように、同世代の埴谷、花田、岡本は一九四八年に「夜の会」を結成し、戦後日本のアヴァンギャルド芸術理論を主導していったが、花田が西田に影響を受け、岡本がジョルジュ・バタイユに影響を受けているように、こうした彼らの芸術理論を、今日のノンヒューマン／ポストヒューマンの思想から再解釈する可能性もあるだろう。

＊35 前掲「推理小説の魅力」、三六六頁、傍点引用者。

おそらくはこの地点にこそ、「現代ミステリの思想」として、いま埴谷の文学を読み直すアクチュアリティが存在しているのだ。

第2章

探偵小説と二〇世紀精神のゆくえ

〈矢吹駆〉シリーズのふたつの顔

1　本格ミステリと（いう名の）二〇世紀精神との格闘

第一章で参照した一九八〇年の埴谷雄高、丸谷才一との推理小説をめぐる鼎談のなかで、大岡昇平は、日本の推理小説のベスト5のひとつに、前年に出た笠井潔のデビュー作『バイバイ、エンジェル』（一九七九年）を挙げていた。[*1]『野性時代』に一挙掲載され、第六回角川小説賞を受賞したこの鮮烈なデビュー作から四〇年以上、同作から始まる〈矢吹駆〉シリーズの最新刊『煉獄の時』（二〇二二年）を上梓した現在にいたるまで、笠井潔は、小説家として、また批評家としてじつに精力的に活躍を続けている。ところで、現代日本の本格ミステリ（探偵小説）の世界で、その二〇世紀性、あるいは近代性との関係

＊1　丸谷才一・大岡昇平・埴谷雄高「推理小説の魅力」、『埴谷雄高全集』第一五巻（思索的渇望の世界）、講談社、二〇〇〇年、三八八頁（初出は『中央公論』夏季臨時増刊、一九八〇年八月）。なお、埴谷雄高の『死靈』は、作家デビュー以前に執筆された〈矢吹駆〉シリーズの前日譚『熾天使の夏』にも影響を与えていることを笠井自らが述べている。笠井潔「あとがき」、『熾天使の夏』講談社文庫、二〇〇〇年、二二六頁を参照。

を、笠井潔ほど自覚的、かつラディカルに考え続けている存在もいない。そのことは、ごく最近でも作家自らが語っている。

『バイバイ、エンジェル』を書き始めた時、20世紀青年の運命を描くというモチーフがありました。念頭にあったのは連合赤軍事件ですが、ただ普通の小説で連合赤軍事件を書こうと思ったら、あの事件そのものがファンタスティックなのでリアリズム小説ではうまくいかず、ミステリにした。〔…〕

その時から、20世紀――戦争と革命の時代を生きた青年の話を書こうと思っていました。19世紀はフランスでいえばナポレオン戦争が終わった平穏無事な時代で、スタンダールやバルザックがいた。ロシアではドストエフスキーというように、19世紀の作家たちはその時代の青年のことを書いている。それが念頭にあって、では自分は20世紀青年を描こうとしたんです[*2]」

右の矢吹シリーズを筆頭とする笠井の多岐にわたる膨大な仕事のうち、さしあたりミステリ評論の文脈におけるそのもっともわかりやすい例のひとつが、一九九〇年代以降に提唱し始めた「探偵小説＝二〇世紀小説論」、あるいは、そこから発展した俗にいう「大量死／大量生理論」だろう。

ごくかいつまんで要約すれば、そもそもその議論の前提には、モダニズムの本質としてしばしば指摘される「形式主義」との関係がある。形式主義とは、意味や実質、文脈といった何らかの「内容」を問題にせず、それらをカッコに括って（これを「形式化」や「抽象化」という）、それ自体は意味のない形式や構造、パターンの差異や関係に注目する態度である。

近代（モダン）という時代は一般的に、それまでの社会で支配的だった形而上的な理念や宗教的な価値規範が薄れ、理性と自我を備えた私たち「人間」＝主体が自律的に世界と対峙するようになった社会だとみなされる。そして中世までのように、そうした主体の外部によりどころ（宗教）を持てなくなった近代的主体は、やがて自らや世界の基盤を絶えず自己言及的に問い直し続けざるをえなくなる。この近代精神のはらむ自己言及性こそが、個々の局面における具体的な実質を抽象化した不変項に注目する形式主義と不可避的に結びついていく。そして、文芸批評家の柄谷行人が一九八〇年代に問題にしたように（「形式化の諸問題」など）、二〇世紀初頭に分野を越えて台頭したさまざまなモダニズム運動――数学基礎論や十二音技法、キュビズム、ロシア・フォルマリズム、小説における「意識の流れ」などは、まさにこの形式主義という特徴において（形式的に！）通底していたといえるのだ。

そしてひるがえって笠井は、まさに極端に記号化（形式化）されたキャラクター像と「謎とその論理的解明」といったお約束（形式）からなる探偵小説を、この二〇世紀（モダニズム）精神の典型的な産物のひとつ、つまり探偵小説こそ、プルーストやジョイスの作品群と同様の「二〇世紀小説」だと指摘する。たとえば、彼は以下のように記す。「[註：探偵小説は] 凡庸なアヴァンギャルド文学のように近代小説の外在的な批判や、近代小説の機械的な対立物を目指しているのだともいえない。探偵小説とは、近代小説を擬態しながら近代小説を裏返してしまう逆説的な小説形式なのである」[*3]。笠井は、形式主義に基づく近代小説それ自体を形式化する「メタ近代小説」として探偵小説を定義し、そこに二〇世紀小説としてのラ

＊2　「〈矢吹駆〉シリーズ最新作は2段組み800ページの超大作！　重厚なミステリ巨編を著者自ら語る」、本の話、文藝春秋、二〇二二年、https://books.bunshun.jp/articles/-/7556、傍点引用者。

＊3　笠井潔『探偵小説論序説』光文社、二〇〇二年、一三〇頁、[] 内引用者。

ディカルさを強調する。

そして、その探偵小説の持つ二〇世紀的性格を精神史的に跡づけようと試みるのが、大量死／大量生理論だ。

諸説はあるが、一般的な通説では、探偵小説は一九世紀半ばのエドガー・アラン・ポーに始まるとされるが、笠井はその本格としてのジャンル的成立の画期を、むしろこれも先ほどの一連のモダニズム運動と同時期である英米探偵小説の黄金期に見出す。その根拠となるのが、「グレート・ウォー」とも呼ばれた第一次世界大戦（一九一四～一九一八年）が与えた文明史的衝撃――すなわち「大量死」――との関係だ。

人類史上最初の本格的な総力戦として戦われた第一次大戦では、未曾有の数の莫大な戦死者を生んだ。塹壕にボロ屑のように積み上げられた匿名的な死体の山のイメージは、市民革命や人権宣言に象徴される、固有の自我を宿し、実質ある一九世紀的な市民社会的主体を過去のものとする。代わって、その「個人の尊厳ある死」を奪われた死体は、まさに物事の実質が空無化しすべてが記号とみなされる二〇世紀の形式主義精神を体現するものだったと言ってよい。そして、アガサ・クリスティ、S・S・ヴァン・ダイン、エラリー・クイーン、ドロシー・L・セイヤーズ、ディクスン・カーらに代表される黄金期の英米本格探偵小説の傑作群とは、この第一次大戦の大量死の衝撃が生み出した空虚な主体を前提とし、極度に記号化した死体の上に、犯人の狡猾なトリック、探偵の精緻な推理という二重の光輪によって、かつての「個人の尊厳ある死」を復権させるというシニカルな試みとして隆盛した、というのが笠井の立論だ。以上のように、笠井は、探偵小説（本格ミステリ）というジャンルの近代性＝二〇世紀性を誰よりも精緻に定式化してきた。

そして、このミステリ評論におけるモダニズム再検討の試みは、これもよく知られるように、笠井の作家デビュー以前の新左翼活動家体験に基づく初期からの一連の観念的テロリズム批判の仕事とも無関係ではない。

笠井の小説・評論を含めたデビュー以来のあらゆる著述活動は、じつに独創的かつ多彩な素材を扱っているにもかかわらず、総じて「弁証法」という二〇世紀的な思考運動に対する批判的考察に向かっている。その最初にして最大の成果が、小説デビュー作『バイバイ、エンジェル』の執筆時、その思想的モティーフを共有しつつほぼ並行して書き進められたという最初の理論的著作『テロルの現象学』(一九八四年)である。笠井の仕事は、一九七〇年代初頭に始まる自らの新左翼運動の挫折と、運動の象徴的末路としての連合赤軍事件に対する衝撃から沸き起こった「人は観念という〈悪〉の累積をいかに浄化しうるのか」[*4]という切実な問いに始まっている。

連合赤軍事件をはじめとし、ボリシェヴィズムの収容所群島、ナチズムのホロコーストなど、二〇世紀前半までに頂点を迎える近代の政治的テロリズムの歴史は、当初、人間性の全体的な解放を目指してもたげられた啓蒙精神が、いつしか精神の外部を強引に内部化するという自他抑圧的な観念的倒錯に陥ることによって、幾度も未曾有の大量殺戮の悲劇を生んできた過程であった。笠井はそうしたテロリズムの精神――とりわけヘーゲル＝マルクス主義の観念的暴力性に宿るメカニズムを丹念に腑分けし、それが「弁証法という権力知」によって担われていると主張する。革命の主体は、悪しき社会秩序が沈殿したこの世界を変革しようと企図するが、その過程で、しばしば自己の観念の正当性を逆説的に肯定する「外部」としての、身体や生活や〈民衆(ナロード)〉といったイメージを析出する。つまり、そうした自己観念の生み出したもろ

＊4 笠井潔「旧版あとがき」、『増補新版 テロルの現象学――観念批判論序説』作品社、二〇一三年、五一二頁。

もろの「外部」を弁証法的に「止揚」する作為の結果として他者＝外部を抑圧するテロリズムの主体が形成されるのだ、と。いってみれば、自らの外部を観念的＝形式的に自己の内部に取り込んでしまう――というよりも、そうした「内部－外部」の二項対立を捏造する弁証法という近代人の不断の観念的倒錯こそが、彼が批判する対象なのだといってよい。「僕が思い悩んでいたのは、どのようにして弁証法の罠を喰い破ることができるのかという難題でした[*5]」。

そして、笠井がそうした観念的テロリズム＝弁証法批判のために方法的に依拠したのが、これもまたきわめて近代的＝二〇世紀的な思想といってよい現象学だった。ごく最近でも、笠井は以下のように自著解題を述べている。「あの本［註：『テロルの現象学』］はヘーゲル弁証法を逆立ちさせようとしたもので、それだけだとマルクスと一緒だけど、マルクス的な〝止揚する弁証法〟ではなく、〝廃滅に向かう弁証法〟を意図しました。それはまさにバタイユから借りてきた方法論です。［…］あとはニーチェの〝禁欲主義的理想批判〟で、要するに『テロルの現象学』はニーチェとバタイユをベースにして書いた本です[*6]」、「ヘーゲル＝マルクス主義を外部から批判しても意味はない。外部から批判すれば、それを否定的契機として取り込んで、マルクス主義の党派観念はさらに膨張し全体化していく。としたら、どういう批判の方法が可能なのか。そこで浮かんできたのが、弁証法体系が内側から自己崩壊するように仕向けるという方法でした。こうした『テロルの現象学』の「現象学」には、感覚から始まって絶対知にいたるヘーゲル的な精神の遍歴史を裏返しにして、それを内側から自己崩壊・自己解体に導くような、反現象学としての現象学という意味もあります[*7]」。

そして、このような弁証法＝テロリズム批判の問題意識と方法としての現象学の適用は、よく知られるように、『バイバイ、エンジェル』に始まる笠井のライフワークというべき連作長編ミステリ〈矢吹駆〉

シリーズのベースにもなっている。本シリーズは、（著者自身が滞在していた）一九七〇年代後半のパリをおもな舞台に、パリ警視庁警視を父に持ち、哲学を専攻する探偵小説（ロマン・ポリシエ）好きの大学生ナディア・モガールを語り手＝「ワトソン役」、また謎の日本人青年・矢吹駆（ヤブキカケル）を「探偵役」として、彼らの周囲で巻きおこる数々の特異な殺人事件とその謎の解明を毎回の主題としている。ちなみにシリーズの作中、および現在では「フランス編」と銘打たれたこのシリーズ（本編）とは別に、スピンオフ的作品としてカケル自身を語り手に書かれた、観念小説風の前日譚『熾天使の夏』（一九九七年）などでは、カケルが過去に日本の新左翼（ヌーヴェル・ゴーシズム）活動に関わっていたことが繰り返し暗示されており、『テロルの現象学』との通底性が物語の設定からも垣間見られる。

　ともあれ、このシリーズの最大の特色が、カケルの駆使する「現象学的推理」と、彼の特異な現象学理解に基づく数々の「思想対決」による壮大な二〇世紀精神史批判の試みだろう。「現象学的推理」についてカケルは、『バイバイ、エンジェル』のなかでだいたいつぎのように説明する――二〇世紀の初頭に、オーストリア出身のドイツの哲学者エトムント・フッサールによって創始された現象学は、デカルト以来の近代西欧における知の体系の枠組み＝「観察と推論と実験」による実証的な合理主義の基盤を内部から批判する試みとして生み出された。高度に複雑化しつつある近代科学の世界像を前にして、誰もその全容

＊5　東浩紀・笠井潔『動物化する世界の中で――全共闘以後の日本、ポストモダン以降の批評』集英社新書、二〇〇三年、一〇五頁。

＊6　笠井潔・絓秀実（聞き手：外山恒一）『対論1968』集英社新書、二〇二二年、七七頁、［］内引用者。

＊7　笠井潔「インタビュー笠井潔 連合赤軍事件への思想的回答と展望――「観念的倒錯の病理」の切開」、『情況』冬号、情況出版、二〇二二年、九六頁。

を汲み尽くすことなどできはしない、そこに経験論と実在論の背反による懐疑や不安が派生する根拠がある。ならば、そのような合理的な近代精神自体を「カッコ入れ」し（超越論的還元）、無数にありうる判断のなかから物事の真相へ意識（志向性）の「本質直観」によって達するという方途が必要とされるべきではないか、現象学は、いわばそのような近代の経験諸科学（実証科学）の本源的な基礎づけを目的にした、アクロバティックなリスクヘッジの技法であった。

他方、カケルはこの現象学的方法を、社会的な犯罪現象の解明にまで応用した奇抜な推理法を用いる。近代の探偵小説もまた、作中で起こった殺人事件＝犯罪現象のありうる真相について原理的には無数の実証的な解釈を提出しうる。しかも、それらの解釈（推理）は、作品内在的に（オブジェクトレヴェルで）真偽を絶対に決定しえない。それゆえ探偵小説の名探偵という存在は、まさに現象学者と同様、事実からなる多数の解釈コードのなかから事件の唯一の真実を「正しい直観」を行使して一足飛びに指し示すことのできる特権的なキャラクターとして導入されているのではないか。こう語るカケルは、犯罪事件の複雑化した意味の連鎖から現象学的還元（本質直観）によって一挙にその中心をなす「支点」（犯罪現象の本質）を把握し、そこからすべての事件を解決に導いていくのだ。この意味で、彼は探偵小説的論理の「自意識」として振る舞っているといってよい。この設定はミステリ評論の文脈では、笠井自ら解説するように、九〇年代以降に注目を集めたいわゆる「後期クイーン的問題」とも重なる要素がある（実際、第一作でカケルはそれを『Xの悲劇』を例に説明していた[*8]）。

そして、笠井はメタ近代小説＝二〇世紀小説としての性質を持つ探偵小説の形式を借り、なおかつ現象学的方法を駆使した名探偵の台詞に仮託して、『バイバイ、エンジェル』ではクライマックスでの真犯人との対話を通じて弁証法＝テロリズム批判を描く。カケルは真犯人にいう。「叛乱は敗北する。秩序は回復される。しかし、叛乱は常にある。秩序は叛乱によっていつかふたたび瓦解するのだ。永続する敗北それ自体が勝利だ」[*9]。その後、シリーズ各作品には、シモーヌ・ヴェイユ、ジョルジュ・バタイユ、マルティン・ハイデガー、エマニュエル・レヴィナス、ミシェル・フーコー、ジャック・ラカン、ジュリア・クリステヴァ、ジャン＝ポール・サルトル、シモーヌ・ド・ボーヴォワールなどなど、それぞれ二〇世紀思想を代表する実在の著名な思想家をモデルとしたキャラクターが登場し、（著者の見解が仮託された）カケルやナディアと毎回、熾烈な思想対決を繰り広げる。その意味で、本シリーズはさながら二〇世紀西欧現代思想のアンソロジーとして読める要素もあるわけだ。

いずれにせよ、『バイバイ、エンジェル』と『テロルの現象学』から出発する笠井の以上の弁証法＝テロリズム批判は、基本的には、二一世紀以降の〈矢吹駆〉シリーズの諸作品にも一貫して認められる。たとえば、第三回本格ミステリ大賞を受賞したシリーズ第五作の『オイディプス症候群』（二〇〇二年）では、青年哲学者コンスタン・ジェールの著作『弁証法的権力と死』をめぐるカケルの見解として述べられてもいた。「きみがいうように、内部と対項的に措定されるような外部はすでに外部ではない。認識され実践的な対象となるような外部も、外部ではない」、「人間の根本的な存立構造が、論理的に相互性の原理を否定する。［…］私は他人を殺してもかまわないが、しかし他人は私を殺してはならない。これが現象

＊8　ただし、エラリー・クイーン研究家で、ミステリ関連の評論や翻訳も手掛ける飯城勇三は、笠井のいうカケルの現象学的推理と後期クイーン的問題との結びつきについて、ミステリ的な反証を複数挙げて、疑問を呈している。以下を参照。飯城勇三『数学者と哲学者の密室――天城一と笠井潔、そして探偵と密室と社会』南雲堂、二〇二〇年、三二二頁以下。

＊9　笠井潔『バイバイ、エンジェル』創元推理文庫、一九九五年、三七二頁。

学的倫理学の出発点になる」[*10]。

あるいは、続く第六作『吸血鬼と精神分析』（二〇一一年）では、カケルは「道徳的マゾシスム」とも言い換えられる自己破壊的行動に走るテロリストたちの動因を訊ねるナディアに対して、『バイバイ、エンジェル』の真犯人のテロリストにも言及しながら、「民衆（ナロード）という暗い混沌の底に神は棲まっているとテロリストたちは信じた。［…］道徳的マゾシスムに憑かれ破滅をめざして突進したテロリストたちは、死の欲動をはらんだ大文字の他者Aの前に立つ絶対的享楽を求めていたんだろう」[*11]と説明する。「民衆（ナロード）」という特権的な「外部」を二項対立的に措定し、それを倒錯的＝マゾヒスティックな形で内部化しようとする二〇世紀的なテロリストたちは、やがて実質のある社会的秩序に不穏な亀裂を走らせる絶対的な「外部」＝リアルを求めてエスカレートしていく。

その「外部」への実質＝目的なき空虚で破滅的な衝動（享楽）——以上のように、カケルが精神分析の語彙を援用して説明するテロリストの行動的ラディカリズムの構造は、『テロルの現象学』で笠井が参照し、シリーズ第三作『薔薇の女』（一九八三年）などでもそのモデル人物が登場するフランスの思想家ジョルジュ・バタイユの「蕩尽consummation」と相同的なものである。たとえば、笠井は冒頭にも引用した最近のインタビューでも、「たとえば我々が若い時は、とにかくカッコいい車に乗ってスピードを出す、という速度への欲望が共有されていた。20世紀の思想は、根本ではそういう20世紀青年の気分を土台にして哲学的に精錬していったというところがある」[*12]と述べている。ここで言われている「速度や極限への欲望」こそ、二〇世紀的な「気分」（感性）なのだ。そして、実質性や有用性を欠いているという点でモダニズム的な形式主義とも類縁的なこの享楽や蕩尽こそ、二〇世紀精神のハードコアなのだとカケル＝笠井はいう。

たとえば、先ほどのカケルの言葉は、バタイユのモデル人物（ジョルジュ・ルノワール）やシモーヌ・ヴェイユのモデル人物（シモーヌ・リュミエール）も登場する第七作『煉獄の時』の、「二〇世紀青年って」というナディアの問いかけに答える以下のカケルの台詞とも正確に呼応しているだろう。「イヴォンによれば、鮮やかなものへの渇望と果てまで行こうとする意志かな」、「二十世紀はニヒリズムの時代だ。内心に否応なく抱えこんでいる虚無が、たとえ破滅が待ちかまえていようと二十世紀青年を鮮烈で極限的なものに駆りたてる」。[*13] そして、『煉獄の時』のこの記述は、同年に刊行された『新・戦争論』（二〇二二年）では、「外部の思考という点でシモーヌ・ヴェイユの非暴力論と、ジョルジュ・バタイユの暴力論は二〇世紀思想としては双璧です。［…］キリスト教神秘主義に接近していくヴェイユ的な非暴力と、無償の消尽としてのバタイユ的な暴力は、ともに二〇世紀的な外部の思考から生じています」[*14] と補足される。以上に見てきたように、この点で、笠井の問題意識は現在にいたるまで一貫しているといってよい。

2 〈矢吹駆〉シリーズに見る「捻れ」の展開——《経験》と《実在》をめぐって

さて、以上のように、笠井の仕事は、小説実作にせよ、ミステリ評論にせよ、また社会思想にせよ、そ

＊10 笠井潔『オイディプス症候群』創元推理文庫、二〇二二年、九四、一〇五頁、傍点引用者。
＊11 笠井潔『吸血鬼と精神分析』下巻、光文社文庫、二〇一五年、四九二頁。
＊12 前掲「〈矢吹駆〉シリーズ最新作は2段組み800ページの超大作！」。
＊13 笠井潔『煉獄の時』文藝春秋、二〇二二年、五一二頁、傍点引用者。
＊14 笠井潔（聞き手：佐藤幹夫）『新・戦争論——「世界内戦」の時代』言視舎、二〇二二年、一七七〜一七八頁。

の主要な関心は近代≒二〇世紀精神のラディカルな検討に当てられているといってよい。

誤解のないようにつけ加えると、それは、保守的な懐古趣味を意味するものではまったくない。実際に、笠井はミステリ評論家としては、二〇〇〇年代に、アニメやゲームといったオタク文化の影響を受けた「ファウスト系」のミステリ作家たちをいち早く積極的に評価し、「ジャンルX」や「脱格系」などと呼んでそのミステリ的意義を論じてきた。[*15] また、批評家や思想家としても、冷戦終結から「9・11」、リーマン・ショック、「3・11」、新型コロナウイルス・パンデミック、そしてウクライナ戦争……と、その時々の新たな社会事象に鋭敏に反応し、絶えず先鋭的かつ独自の考察や提言を展開してきた。[*16] とはいえ、それらの議論もまた、弁証法＝テロリズム批判や大量死／大量生理論に集約される近代≒二〇世紀精神の問題系が重要な背景となっていることは間違いない。[*17]

とはいえ、その広範にわたる仕事の内実は、かなり複雑な表情を見せてもいる。

まず第一に笠井は、その近代≒二〇世紀精神の本質を個々の局面によって両義的に評価してきたように見えるからだ。なぜならば、たとえば、笠井の探偵小説＝二〇世紀小説論に基づく本格探偵小説に対する態度（評価）と、『テロルの現象学』から続く弁証法＝テロリズム批判の問題意識とは、どこか捻れて繋がっているように思えるからである。それはどういうことか。実際、笠井自身、作中で大量死理論が展開されるシリーズ第四作『哲学者の密室』（一九九二年）の文庫版あとがきにおいても、近代≒二〇世紀精神をめぐるこのふたつの問題系は、相互に通底していることを認めている。「テロリズム批判の主題が探偵小説形式を要求したことには、必然的な根拠があったのではないか。観念的倒錯に帰結する二十世紀的に空虚な主体性と、十九世紀的な小説形式から逸脱した大戦間探偵小説は、世界戦争による大量死という同じ土壌から生じている」。[*18]

ただ、だとすれば、いうまでもなく笠井自身が定義した「二〇世紀小説」としての探偵小説の形式性（空虚性）は、ある意味で、近代の「自意識の病」＝観念的倒錯がもたらした物象化の最たる残存物ともいえる。にもかかわらず、「世界戦争による大量死という同じ土壌から生じてい」ながら、笠井は、一方の「観念的倒錯に帰結する二十世紀的に空虚な主体性」を批判し、かたや「十九世紀的な小説形式から逸脱した大戦間探偵小説」の意義を積極的に評価している（ように受け取れる）。そしてこの「捻れ」の背景には、もちろん笠井自身が傑出した探偵小説作家であることが不可避的に関わっているだろう。すなわち、自らも本格探偵小説の書き手である笠井は、探偵小説の「謎とその論理的解明」という形式性を重視する。実際、知られるように、笠井の書く本格ミステリ小説自体は、二〇〇〇年代に相次いで登場した論理性の希薄なミステリ＝脱格系のようなスタイルではなく、ヴァン・ダインやクイーンを髣髴とさせるき

＊15 たとえば、以下の著作を参照。笠井潔『探偵小説と記号的人物（キャラ／キャラクター）——ミネルヴァの梟は黄昏に飛びたつか？』東京創元社、二〇〇六年。同『探偵小説は「セカイ」と遭遇した』南雲堂、二〇〇八年。

＊16 たとえば、以下の著作を参照。笠井潔『国家民営化論——「完全自由社会」をめざすアナルコ・キャピタリズム』光文社、一九九五年。同『例外社会——神的暴力と階級／文化／群衆』朝日新聞出版、二〇〇九年。同『8・15と3・11——戦後史の死角』ＮＨＫ出版新書、二〇一二年。同『例外状態の道化師（ジョーカー）——ポスト3・11文化論』南雲堂、二〇二〇年。前掲『新・戦争論』。

＊17 あるいは、笠井の仕事は小説の実作においても、二一世紀の何人もの新世代作家たちに大きな影響を与えていることが知られている。たとえば、若い世代から爆発的な支持を受けるミステリ出身の人気作家・西尾維新や、「TYPE－MOON」のシナリオライター・奈須きのこが、笠井をもっとも影響を受けた先行作家（西尾曰く「五大神」）のひとりとして挙げ、その代表作「戯言」シリーズ（二〇〇二～二三年）や『空の境界』（初出二〇〇一年）への本シリーズの影響（「思想対決的な要素」など）をいたるところで表明している。

＊18 笠井潔「創元推理文庫版あとがき」、『哲学者の密室』創元推理文庫、二〇〇二年、一一六四頁、傍点引用者。

わめて論理的構築性の強く重厚なものである。また、レビュー的なミステリ評論家としても、安易なメタミステリの構成に宿る「構築なき脱構築」を徹底的に批判し、脱格系ミステリのはらむジャンル的可能性を評価しつつも、「二一世紀的な時代精神を共有しながら、しかも「謎—論理的解明」の骨子において探偵小説以外のなにものでもない作品が登場することを期待しよう」[*19]とも書き加える。

左翼運動の自己清算として「観念という〈悪〉」を徹底批判する批評家・思想家としての笠井潔と、傑出した探偵小説作家として本格ミステリのジャンル的固有性を擁護する笠井潔。彼の著作や作品を読む者はおそらく、近代、もっと正確にいえば「二〇世紀精神」という巨大な主題を軸にしてこれら二人の笠井が捻れた状態で繋がっているという印象を否めない。このダブルバインドは、笠井が優れた実作者であり、理論家でもあるという現代ミステリにおける比類ない立ち位置からもたらされている。

だが、さらに彼の仕事が見せる複雑な表情は、もうひとつある。第二にそれは、〈矢吹駆〉シリーズのある時期以降の作品群から顕著に見られるようになった、ある特質だ。

ここであらためて、〈矢吹駆〉シリーズの概要を確認しておきたい。エラリー・クイーン〈国名〉シリーズの日本での慣例区分に倣いすでに「全一〇作完結」と予告されているシリーズは、二〇二三年現在、計七作が単行本として上梓されている（雑誌連載完結の作品でいえばあと二作、そして第一〇作「屍たちの昏い宴」が現在雑誌連載中である）。さらに、それら七作品は、一九八〇年代の『ヴァンパイヤー戦争（ウォーズ）』（一九八二〜八八年）を中心にした〈コムレ・サーガ〉（一九八二〜一九九〇年）と呼ばれる長大な伝奇SF小説の連作群をはさむようにして、その発表時期や内容にしたがって大きく二期に区分できる。すなわち、（1）第一作『バイバイ、エンジェル』から第二作『サマー・アポカリプス』（一九八一年）を経て、第三作『薔薇の女』までの比較的コンスタントに発表された三作品と、（2）『薔薇の女』刊行後の十年近くにわたる休止期間を置いて、九〇年代以降、それぞれおよそ十年ごとに刊行され、どれもその長い沈黙に見合う各ディケイド（年代）の本格ミステリ有数の大作となった四巨編――『哲学者の密室』、『オイディプス症候群』、『吸血鬼と精神分析』、そして『煉獄の時』である。

ところで、最近行われたあるインタビューで、笠井は、八〇年代に親しく交際し、いわゆる「形式化の諸問題」など近代批判の文脈でも共鳴する仕事をしてきた柄谷行人と自らの立ち位置について、つぎのように語っている。少し長いが、引用しよう。

> ぼくが一番いいと思うのは、『隠喩としての建築』と『内省と遡行』。そのあとの『探究』や『トランスクリティーク』はさほど評価できません。『隠喩としての建築』までの柄谷氏によれば、人間とは外部と直面しなければならない。しかし外部と直面したら、人は絶句するしかない。語り得ないから外部なわけで、語ってしまえばそれはもう内部化されてしまう。思想家が外部に直面せよと主張しているうちはいいけれども、本当に直面してしまったら絶句するしかない。［…］それで「外部」というタームを「他者」に変更し、『探究Ⅰ』になる。それは後退ではないかと思いましたね。他者とは握手もできれば言葉も交わせるわけですから。ただし外国人なら言葉が通じない場合がある。つまり内部であり、かつ外部でもある位相に他者は位置しているわけで、［…］柄谷氏は、外部から他者に逃げたんじゃないか。じゃあお前はどうなのかと言われたら、それはそれで難しいところがありますけど。いってみれば『探求（ママ）』以前の『隠喩としての建築』の路線で、さらに前に進むことはできないだろうか。ぼくはそ

＊19　前掲『探偵小説と記号的人物（キャラ／キャラクター）』、二三六頁。

のように考えてきました。[*20]

ここで笠井は、柄谷の仕事のうち、『探究』以降の後期の思想よりも『隠喩としての建築』に代表される前期の思想を肯定的に評価している。そして、「人間とは外部と直面しなければならない」が、「語り得ないから外部なわけで、語ってしまえばそれはもう内部化されてしまう」という前期柄谷思想の要約は、明らかなように、『テロルの現象学』における弁証法批判の枠組みと重ねられる。その上で、「『探求（ママ）』以前の『隠喩としての建築』の路線で、さらに前に進むこと」を試みてきたという笠井の思想は、おそらくは近年でいえば、二〇一〇年代前半に世界各国で沸騰したデモを念頭に置いた大衆蜂起（『テロルの現象学』のタームでいえば「集合観念」）の理論／実践が想定されていると考えられる。

その一方で、「柄谷氏は、外部から他者に逃げたんじゃないか。じゃあお前はどうなのかと言われたら、それはそれで難しいところがありますけど」という留保が具体的に何を意味しているのかは定かではない。ただ、私の考えでは、おそらくそれは、『哲学者の密室』以降の（２）の時期の作品群に顕著になった、（１）の時期の作品にはほとんど見られない、ある構成に関わっている。そして、ここにも笠井思想固有の「捻れ」というか「切断」があるのだ。振り返っておけば、第一の「捻れ」＝ダブルバインドは、近代＝二〇世紀精神をめぐる探偵小説評価とテロリズム批判に関係していた。だが、このダブルバインドは、笠井自身が、本格ミステリ作家でもあり本格ミステリの理論家でもあるという自己言及的＝内在的な立ち位置に基づいていた。すなわち、この「捻れ」自体は、ある意味で彼の近代＝二〇世紀精神をめぐる思想の実践から導き出されるものでもあった。

そして先に結論から言ってしまえば、〈矢吹駆〉シリーズのうち、（１）の前期三部作については、テロリズム＝倒錯的観念批判の文脈でおもに書かれたのに対し、『哲学者の密室』以降の（2）の時期の作品群は、前期のようにそうした二〇世紀精神の「罠」を内側から自壊させるのではなく、それにもうひとつのオルタナティヴな（ポストモダンの？）論理を対置することで両者を引き裂くという別種の戦略を打ち出しているように思える。具体的にいうと、笠井はこれらのミステリで、かつて自らが批判していた二項対立図式にも見えるような、何らかの対照的なふたつの要素を対比させる構成で物語や謎解きを描いていくという趣向を採用するようになるのだ。

ここからは、その新たなパラダイムをさしあたり**《経験》**と**《実在》**という用語で捉えて定式化してみたい。《経験》とはこの場合、簡単にいえば、笠井が批判してきた弁証法的思考に帰着するような主体の意識が世界に向けて能動的に何かを感じたり働きかけたりする作用のことであり（哲学的には経験論や観念論）、一方の《実在》とは、そうした主体の《経験》が作動する何らかの外部環境を物理的・実在的に構成し、時に主体の能力を制御したりもするような、厳然と存在するインフラのことだと理解してもらえばよい（同様にたとえばドゥルーズ哲学のいう「内在平面」）。

文学史的にはロマン主義とリアリズムの対比とも捉えられるこの二種類の認識の位相は、じつは『モルグ街の殺人』と『メエルシュトレエムに呑まれて』というその双方に連なる作品を残した探偵小説の祖エドガー・アラン・ポーのなかにすでに混濁した形で胚胎されていたといえる。しかし、これまでに敷衍してきた観点に立っていい直せば、笠井はいかなる他者＝外部にも依拠しない《経験》的なものが無際限に自己増殖し、暴走していく過程を批判すると同時に、《経験》の空転がもたらした世界観の小説形式であ

＊20　前掲「インタビュー笠井潔　連合赤軍事件への思想的回答と展望」、一〇八〜一〇九頁。

る探偵小説の固有性を（シニカルに？）肯定してきたことになる。

その経緯を批判するのであれその所産を擁護するのであれ、笠井の主たる関心は一貫して——近代的＝二〇世紀的なものとしての——《経験》的なるものに向けられ、他方の《実在》は、《経験》が自己延命を図るためにあつらえた内部的な他者＝「外部」と重なることに慎重なためか、あまり表立って語られることはなかったように思われる。

だが、繰り返すように、笠井は九〇年代以降の（2）の作品群において、こうした《経験》と《実在》という主題の対比をきわめて個性的な形で扱い出した。そして、それはあとに見るように、実際に、現代の社会や文化表現のなかで、《経験》とは無関係に現前している身も蓋もない他者＝外部としての《実在》の存在感が飛躍的に高まっていく時期でもあった。

3 《実在》の二一世紀性——もうひとつの〈矢吹駆〉シリーズ

それでは、『哲学者の密室』以降の作品群に見られる以上のような構成を、より具体的に確認してみよう。ここではひとまず本格ミステリ大賞に輝いた『オイディプス症候群』を見てみたい。

本作は、ザイール奥地に新型ウイルス感染症の調査のため赴任した黒人青年ウイルス学者フランソワ・デュヴァルが、現地で猖獗（しょうけつ）をきわめる謎の病原＝「アブバジ病」の存在を知るところから幕を開ける。ダッソー家殺人事件（『哲学者の密室』）から数ヵ月後の一九七七年の秋、パリ大学の女子学生ナディア・モガールは、カケルと連れ立って見舞いに行った病床の友人フランソワから一通の封筒をギリシャに住むある人物まで届けてほしいと頼まれる。彼はザイールで、免疫機能の著しい不全を引き起こすあの未知の病原に感染していたのだ。瀕死の彼の申し出を受けたナディア、そして一連の出来事の背後に積年の宿敵ニコライ・イリイチの影を感じたカケルは、紆余曲折を経て、目的の人物マドック博士がいるというエーゲ海の孤島・ミノタウロス島（牛首島）にそれぞれ向かうことになった。その結果、旅の道中に出会ったナディアの旧友で気鋭の青年哲学者コンスタン・ジェールや、世界的思想家のミシェル・ダジールを含む合計十人のさまざまな経歴の人物たちが、島の別荘＝「ダイダロス館」に集まることになる。外界から隔絶した孤島のなかで彼らの共有する不可解な目的に不審を覚えるナディア。その彼女の不安を証明するかのように、突如、島に集められたメンバーたちが次々とギリシャ神話や『ユリシーズ』を暗示させる奇怪な装飾に彩られながら殺されていく。

さて、繰り返すが、本作の物語もまた、〈矢吹駆〉シリーズの（2）の時期に含まれる作品群同様、《経験》と《実在》というふたつの認識の位相を如実に示している。それはどういうことか。

まずは笠井固有の問題圏である《経験》的なものの側面から見ていこう。たとえば、その最たるものが、先にも述べたコンスタンの著作『弁証法的権力と死』をめぐって綴られる一連の言説であるのは、いうまでもない。コンスタンの、「止揚という狡猾なメカニズムで、批判者や対立者の存在を消去してしまう究極の権力システムこそ弁証法だと」[*21]する主張は、もちろん著者自身の弁証法批判の要旨を正確になぞったものといってよいだろう。さらに本作には、哲学者ミシェル・ダジールのモデルとして選ばれたフランスの哲学者ミシェル・フーコーの「規律＝訓練（ディシプリーヌ）」（「知と権力」）の思想がある。ダジールが語るように[*22]、フ

＊21　前掲『オイディプス症候群』、一七九頁。
＊22　同前、五七八頁以下。

ーコーが『監獄の誕生――監視と処罰』(一九七五年)で注目したベンサムの「パノプティコン」(一望監視装置)は、〈見る〉〈見られる〉という視線の対称性を攪乱し、一方的に、〈見られる〉側の内部に〈見る〉側の視線を取り込むという非対称的な過程で、「内面」を充填した近代的な臣民(シュジェ)=主体を作り上げる権力システムとして機能する。ダジール=フーコーの権力論(「視線の政治学」)は、本作において度々議論の俎上に載るが、総じてそれらが内部と外部の根源的な不均衡の存在形態をもたらす弁証法(あるいはそれに対置される「外部の思考」)の問題と相関関係にあることは、明確であろう。

では、対照的に《実在》的なものの要素は、本作においてどこに認められるか。

むろん、それは小説の題名に挙げられ、本作の事件の中核をなす「オイディプス症候群(シンドローム)」なる奇妙な病理の存在だ。オイディプス症候群とは、ナディアがフランソワから預かってきたピエール・マドック宛の封筒のなかのタイプ文書に記されており、物語の冒頭で青年ウイルス学者の身体を蝕むあの謎の病原=「アブバジ病」の別名である。この病理は上述のごとく、人体の免疫機構を構成するリンパ球(ヘルパーT細胞など)を破壊し、多様な感染症を併発させながらじわじわと患者を死に至らしめる病原性ウイルスの一種として設定されている。いうまでもなく、これが模しているのは、かつてロック・ハドソンやフレディ・マーキュリー、そして件のフーコーの生命を奪うことになったあの現代の病だ。さらにソーニャ・ラーソンとナディアはこの病理の特徴を、こう敷衍する。

「[…]じかに患者を殺すのは、カリニ菌やコリプトコックス菌やサルモネラ菌などなど。でも菌に殺意はない。[…]オイディプス症候群(シンドローム)を惹き起こすウイルスのほうにも、やはり殺意はない。ウイルスはたんに、人体の免疫機能を弱体化させるにすぎないのだから。[…]」[…]

「それでデュヴァル先生とオーサはギリシア悲劇を連想したのね。〔…〕」―〔…〕
「運命が、人体の免疫機構を破壊する新型ウイルス。カリニ菌などが息子のオイディプス。[*23]〔…〕」

「オイディプス症候群(シンドローム)」（＝HIV／AIDS）は、デルポイの神託＝運命の不可避的な力が登場人物の能動性を執行停止に追い込む、ソフォクレスのオイディプス神話と類比的に語りうる（さらにW・H・オーデンの「罪の牧師館」を参照すれば、探偵小説の構造とも？）。すなわち、患者（＝父王ライオス）の死は、単独的な主体＝菌の《経験》的な意志＝「殺意」によってなされるのではなく、むしろあらゆる意志をそこから生成させる多形的な地平としての、のっぺらぼうな運命（＝ウイルス）によってもたらされる。言い換えれば、症状の原因＝起源はひとつではなく、つねに／すでに不確定的な複数のノイズが入り込んでいる。「この怖ろしい病気には犯人がいないの」[*24]。

したがって、オイディプス症候群(シンドローム)とは、笠井がこれまで主題的に描いてきた近代の観念的＝弁証法的主体の《経験》を脱臼させ、その生の形式を宙吊りにし続ける曖昧にして過酷な《実在》の作用にほかならない。そしてあたかもオイディプス症候群(シンドローム)の特性を模倣するかのように、この本格ミステリ小説にはある意味で「犯人がいない」。というのも本作にあって、大半の本格ミステリに登場する、犯罪事件を特権的に構成し自分以外の被害者や登場人物たちをメタレヴェルの超越的な地点から自在に操るような人物は、一人も存在しないからだ。

＊23　同前、四九五～四九六頁、傍点原文。
＊24　同前、四九五頁、傍点原文。

しかもこれは、クイーンの『Yの悲劇』(一九三二年)のような作品の登場人物と犯人=探偵の立ち位置をそれぞれオブジェクトレヴェルとメタレヴェルに峻別しておくことが最終的には不可能な(ロジカルタイピングの無効性)、本格ミステリ空間のはらむ否定神学的な意味での決定不可能性——いわゆる「後期クイーン的問題」とも異なる。より具体的にいえば、本作が描く事件には、犯人の行動を第三者が模倣したり、誰も意図せぬアクシデントが起こったりとさまざまな偶然や確率の産物が出来事の間隙に混じり込み、犯人=制作者が構築する犯罪現象の遠近法は幾重にも分裂=拡散し続け、決して鮮明な像を結ぶことがないという意味での不可能性(あるいは無限の可能性)が含まれているのだ(「周到に練りあげられた[…]計画だが、不運にも次々と深刻な齟齬が生じてしまう」)。カケルが本質直観によって見出した事件の支点的現象である「二重に装飾された屍体」とは、つまり「《経験》と《実在》とによって装飾された屍体」のことなのだ。したがって、本作の題名にはあらかじめいかにも兆候的な亀裂が隠されていたともいうべきだろう。すなわち、それは「オイディプス」=エディプス・コンプレックスという二〇世紀最大の弁証法的スキームの起源と、「症候群」=観念の外部に「実在」するフィジカルな病理との間に走る亀裂である(『オイディプス/症候群』)。

「「犯人がいない」、または犯人が遍在する犯罪現象を舞台に、いかにして「謎—論理的解明」を骨子とする本格ミステリ小説は成立しうるか」——本作で笠井が試みたのは、そのような問いである。そして本作はひとことでいえば、詩的な《経験》のもたらす欺瞞的な倫理性に、どこまでも散文的な《実在》を、《経験》の空虚さと測りあえるほどの《実在》を対置する「倫理」を模索した物語として読める。「倫理は、『殺してはならない』というところになんかない。たんに殺さない、たんに殺せないという事実が、倫理的なるものの根底にはある」[*25]。

笠井は本作で従来の弁証法（《経験》）批判の隘路に《実在》の持つ複数性＝不確定性をぶつけ、それらふたつのレヴェルの相互的な競合を通じて物語をドライヴした。そして、こうした笠井のキャリアにとって新たな局面は、本作のなかでも言及されるように、前作『哲学者の密室』から、最新作『煉獄の時』にいたるまで、おおまかに連繫するものでもあっただろう。

たとえば、現代パリのユダヤ系資産家ダッソー家と、そこから遠く第二次大戦末期、ナチの絶滅収容所で起こった密室殺人を、はるかな時空を超えて結びつける壮大な物語が描かれる大作『哲学者の密室』であれば、その《経験》と《実在》の対比は「制作された密室」と「生成した密室」と呼ばれて登場する。[*26] 作中で「ジークフリートの密室」と「竜の密室」とも呼び替えられるそれらは、その本質が「意図的に作られた密室と、そして偶然にできた密室」[*27]と簡潔に要約される。ここで重要なのが、このふたつの密室が備えている特徴が、先ほどの「規律（ディシプリーヌ）＝訓練」と「オイディプス症候群（シンドローム）」の対比と正確に重なり合っていることだ。後者の《実在》的な要素が、第一に、意志のない偶然的・確率的な存在であること。また第二に、抽象的な観念の介在しない徹底して即物的な存在であることだ。

前者の「制作された密室」は、作中に登場する「二〇世紀最大のドイツ人哲学者」と呼ばれるマルティン・ハルバッハのモデル人物であるマルティン・ハイデガー、後者の「生成した密室」は、同じくパリ大

＊25　同前、九八六～九八七頁。
＊26　ちなみに、同様の対比のモティーフは、おそらく〈矢吹駆〉シリーズ以外の同時期のほかの作品にも見られる。『天啓の器』（一九九八年）の文庫版巻末解説として執筆した以下の拙文を参照。渡邉大輔「虚無から天啓へ」、笠井潔『天啓の器』創元推理文庫、二〇〇七年、五四七～五五七頁。
＊27　前掲『哲学者の密室』、七七九頁。

学哲学教授エマニュエル・ガドナスのモデル人物であるエマニュエル・レヴィナスの哲学とそれぞれ対応している。そして、「生成した密室」の内実は、レヴィナス哲学の「ある Ilya（イリヤ）」という概念で説明される。この時、〈……がある〉という場合に用いられるイリヤは、〈あるもの一般〉つまり〈存在〉を示す名詞でもあるエートルと異なり構文であり名詞ではない。すなわち、「存在に主語がないこと、存在が名詞にはなりえないこと」、「存在者なしの、主語なしの、非人称で無名のまま「存在する」という事実そのものとしての、〈ある〉……[28]」と説明されるが、これはオイディプス症候群（シンドローム）の特性にもそのまま当てはまるだろう。また、このイリヤの典型的な事例がガドナス=レヴィナスによれば、「絶滅収容所の屍体の山」だという。ここには一切の認識や観念を峻拒して作動する、まさに《実在》の手触りがある。

ともあれ、『哲学者の密室』の「制作された密室」と「生成した密室」、『オイディプス症候群』の「規律=訓練（ディシプリーヌ）」と「オイディプス症候群（シンドローム）」の対比と類比的な構成は、その後の作品群にも反復して登場する。『吸血鬼と精神分析』であれば、まさに「精神分析」=「一神教」と「吸血鬼」=「多神教」、そして『煉獄の時』であれば「〈奪われる〉消失」と「〈消える〉消失」という対比に。しかも、『吸血鬼と精神分析』の場合は、《実在》の側に位置づけられる「吸血鬼」の性質が『哲学者の密室』の「生成した密室」のイリヤともよく似ている。ここでイリヤは「死にながら生きているような、あるいは死にきれないで生きるよう強制されている死者のような、人間ならざる人間、生者ならざる生者[29]」と表現されるが、この定義は、『吸血鬼と精神分析』のクライマックス、カケルと精神科医のジュリア・ヴェルヌイユが口々にいう、「吸血鬼（ヴァンピール）は甦る死者の一種ですが生者の前に出てくるのは霊魂ではないし、見えるけれど触れられない幽霊とも違う」、「死者が肉体として甦り、しかも生者でなく死者のままだったらどうなるでしょう」、「甦る死者として吸血鬼は生と死の境界を侵犯します、狼や蝙蝠に変身することで人間と獣の境界も[30]」という吸血鬼（ヴァンピール）の定義ともぴったりと重なり合っている。

『煉獄の時』ではどうだろうか。『哲学者の密室』の構成をふたたび反復し、全一六章のうち、中盤に置かれた六章分の第二次世界大戦中のスペインを描いた過去篇をカケルたちの活躍する現在篇が挟むという重層的な物語を備える本作では、手紙と首なし屍体にまつわる三つの消失事件の謎が描かれる。本作では、ナチズムのホロコーストの絶滅政策にまつわる倒錯的欲望に仮託して、「二十世紀の消失現象に生じている固有の偏差」としてやはり「〈奪われる〉消失」と「〈消える〉消失」という対概念が提示される。しかも、本作では作中で起こる女の首なし屍体事件と関連づけられる形でバタイユが戦時中に結成していた〈無頭人（アセファル）〉という実在の秘密結社が登場するが、これも先ほどの「生成した密室」のイリヤや「オイディプス症候群（シンドローム）」の「殺意はな」く、「主語なしの、非人称で無名」の存在と共通しているだろう。

もちろん、以上のような対照的なふたつの要素の対比は、『哲学者の密室』以前の作品からも見られてはいた。たとえば、デビュー作の『バイバイ、エンジェル』にもすでに「生物的な殺人」と「観念的な殺人」（「神や、正義や、倫理の名において犯される殺人」）というふたつの理念型が登場するし、[*31] 両者は私がここでいう《実在》と《経験》にもそれぞれ近い。だが、このふたつが本格ミステリのトリックとも緊密に連動する形ではっきりと打ち出されるようになるのは、やはり『哲学者の密室』以降だろう。

いずれにせよ、物語世界におけるこうした《経験》と《実在》の対置には、それまでの弁証法＝観念的

＊28　同前、七八〇頁。
＊29　同前、七八四頁。
＊30　前掲『吸血鬼と精神分析』下巻、四五〇～四五一頁。
＊31　前掲『バイバイ、エンジェル』、一九五頁。

倒錯批判の笠井の思想＝実践とは、明らかに別種の戦略が認められる。場合によっては、ここに先ほどの「外部から他者に逃げたんじゃないか」という笠井自身による批判を照合することもできるかもしれない。実際に、笠井が《実在》的なモティーフとして出したイリヤ（生成した密室）や吸血鬼の「死にながら生きているような、あるいは死にきれないで生きるよう強制されている死者のような」、あるいは「甦る死者」という存在は、笠井が後期柄谷思想の「他者」概念について言った「内部であり、かつ外部でもある位相」ともどこか似ている。

ただ、ここでは笠井がこうした戦略を要請したことの必然性をより積極的に読み取ってみたいと思う。その時にまず、不可避的に思い起こされるのは、いうまでもなく笠井がこうした対比を扱い始めた九〇年代から二一世紀にかけての私たちの現代社会では、人間の《経験》の過程や痕跡が引き起こす内的葛藤ではなく、むしろそれとは無関係に現前している身も蓋もない他者＝外部、もしくは主体の《経験》の根拠さえも提供してしまうような自生的なシステムとしての《実在》的なもののほうの存在感が日増しに高まっていったという事実である。

たとえば、二〇〇〇年代（ゼロ年代）の文化批評や情報社会論の分野でこぞって話題に取り上げられたように、二一世紀以降の現代では「アーキテクチャ」と呼ばれる――メディアアーティストの落合陽一ならば「デジタルネイチャー」と呼ぶだろう――もうひとつの自然環境＝《実在》が、かつてない支配力を行使する時代になっている。スマホやSNSで友人と会話し、アマゾンやSpotifyで商品（コンテンツ）を買い、VTuberの配信に熱中する現代の日常は、人々固有の《経験》が、《実在》のシステムの産物へとかつてなく化しつつあるように見える。文学に眼を転じても、ミステリやライトノベルなどのジャンル小説をはじめ多数の若手作家の作品が、世界を主観的に起伏づける人間のロマン主義的な意志よりもシステマティックな秩序のほうに物語的なリアリティを求めるようになっている。あるいは、笠井が八〇年代の中断ののち、ふたたび〈矢吹駆〉シリーズの執筆を再開する契機のひとつになったのは、八〇年代後半から始まった綾辻行人らの新本格ミステリムーブメント（笠井の言葉でいえば「第三の波」）があったと推測されるが、新本格ミステリにせよ、八〇年代からの大衆消費社会やパソコン通信などの《実在》的な諸システムの社会的浸透を前提に書かれた現代ミステリであった。

だが、その一方でかつて経営コンサルタントの梅田望夫がゼロ年代半ばにベストセラーになった『ウェブ進化論』（二〇〇六年）で述べたように（第四章）、それは新たな《経験》的＝ロマン主義的主体（「総表現社会」）の発生と相即してもいるのだ。実際、たとえばマンガ『DEATH NOTE』（二〇〇三〜二〇〇六年）などの作品は、《実在》的なシステムを糧に、ふたたび《経験》＝テロリズム的なリアリティが氾濫する可能性を主題化していた。また、YouTuber や VTuber、地下アイドルなどをはじめ、梅田がゼロ年代に「総表現社会」と呼んだ時以上に、いまや誰もが自分の存在をアピールできるようになった結果、「Z世代」と呼ばれる若い世代のロマン主義的な承認欲求や不全感はより高まっているとも言えるだろう。あまつさえ、笠井は近年でも安倍晋三元首相銃撃事件の犯人、山上徹也に「安倍暗殺における自己観念の暴力、反抗的テロリズムの重層的な意味」[*32]を見出しているが、観念的で倫理的、ロマン主義的な《経験》の位相もまた、《実在》的なプラットフォームの台頭と合わせてアップデートしてきている。

いずれにせよ、笠井が『哲学者の密室』以降の〈矢吹駆〉シリーズに、《経験》と《実在》と呼ぶべき新たな対比を導入したのは、おそらく以上のようなパラダイムシフトに鋭敏に対応した結果だったのだ。

＊32　笠井潔「増補新版あとがき」、前掲『増補新版 テロルの現象学』、五二八頁。

4 〈矢吹駆〉シリーズの《実在》的転回

消費社会化や情報社会化——お望みならばそれを「ポストモダン化」と呼んでもいいだろうが——が台頭する九〇年代以降の〈矢吹駆〉シリーズにおいて、笠井は、従来の弁証法＝テロリズム批判を意味する《経験》のモティーフに加えて、新たに《実在》と呼ぶべき問題系を前景化させていった。

最後に、この《実在》の問題系について、私なりに仮説的な論点をつけ加えてみたいと思う。さしあたり私は、『哲学者の密室』の「生成した密室」、『オイディプス症候群』の「オイディプス症候群（シンドローム）」、『吸血鬼と精神分析』の「吸血鬼」＝「多神教」、『煉獄の時』の「〈消える〉消失」という新たなモティーフ群を《実在》という用語で枠づけた。これらを現代思想の実在論的転回に即して、さらに捉え返してみたいのである。

ここには、先ほどもその特徴をまとめたように、非人称（ノンヒューマン）的で、なおかつ即物的な存在という要素が関わっている。たとえば、ミステリ作家の法月綸太郎は、九〇年代半ばに当時の最新作だった『哲学者の密室』を中心とした〈矢吹駆〉シリーズをアガサ・クリスティやエラリー・クイーン作品との比較から論じている。とはいえ、この時点の法月は、やはり当時の批評界で絶大な影響力を担っていた柄谷行人の思想を参照し、どちらかといえば、「固有名」や「記号」といった言語論的転回以降のパラダイムに沿って考察を働かせている。「固有名を奪われた無名の死者に対して、新たに任意に選んだ記号を付したのはクリスティの独創であると言わねばならない。ここで注意しなければならないのは、死者に与えられたＡＢＣ……という記号の連鎖は、被害者の固有名からかけ離れた、自由に置き換え可能なシニフィアンの戯れにすぎないという点である」[*33]。ただ、ここでも議論の過程で法月は、『哲学者の密室』に見られる「密室の内と外の逆転現象」という事態が、クイーンの『チャイナ橙の謎』（一九三四年）に先駆的に見てとることができることを指摘した上で、つぎのように記す。

> 『チャイナ橙の謎』の無名の死体は、ヒトの死体の山の中ではなく、あべこべの属性を付された家具や絨緞、すなわちモノの集合の中に置き去りにされている。そして、死体が有するあべこべ性が、これらあべこべのモノの集合に含まれてしまうからには、同じ集合の要素として、死体とこれらのモノとは全く同一のレベルにあると言わなければならない。そこでは、かつてヒトであったものと、単なるモノとの区別は全くなされておらず、言い換えれば、この無名の死体は、最初からヒトですらなかった、モノのレベルにまで引きずり下ろされているのである。モノだからこそ、あべこべにされた家具や絨緞、モノの山の中に埋もれてしまうことが可能なのだ[*34]。

クイーンの『チャイナ橙の謎』に登場する死体は、家具や絨緞といった「単なるモノとの区別は全くなされて」いない。法月が、「それは、もはや死体ですらない。単なるモノなのだ。サルトルが「吐き気」を覚えたような、人間に対してよそよそしくグロテスクに迫ってくる、いまわしいモノそのものである」[*35]

*33　法月綸太郎「大量死と密室――笠井潔論」、『法月綸太郎ミステリー塾 日本編 名探偵はなぜ時代から逃れられないのか』講談社、二〇〇七年、二七頁、傍点引用者。
*34　同前、四六頁、傍点引用者。
*35　同前、四七頁。

と要約したような、この特性こそ、近年、グレアム・ハーマンなどの哲学者が強調する、私たち主体から切り離された「オブジェクト」（客体）の生々しい手触りと重なるところがあるだろう。

そしてもちろん、そのノンヒューマン・エージェンシーとしてのオブジェクトの特性は、笠井の『哲学者の密室』が描くイリヤ＝「生成した密室」にも通底していると法月はいう。「笠井によれば、レヴィナスがハイデガーの存在に対置した〈ある（イリヤ）〉を前提にして考えると、「死は凡庸で、無限におぞましいものとなる。一瞬にして通過できるだろう点ではない、だらだらとした過程になる」。それはハイデガーが想定した瞬間的な、点のような死ではない。したがって、ターニング・ポイント性を失った死は本来的自己を可能にする特権的な瞬間ではなくなる、と笠井は言う[*36]」。

私の考えでは、以上のような〈矢吹駆〉シリーズにおける、人間＝主体の抽象的な観念との相関と断絶した《実在》的要素の持つオブジェクト性やノンヒューマン性は、おそらく現時点での『煉獄の時』においてこれまでになく鮮烈な形で煮詰められたと思われる。たとえば、カケルは、ボーヴォワールをモデル人物とする作家エルミーヌ・シスモンディに発生的現象学の前提について説明する際に、「シスモンディさんは気に病んでいませんか、核戦争による世界の終わり、人類の死滅の可能性を[*37]」と、図らずも「人類の死滅」＝ノンヒューマン的な世界イメージについて触れていた。また別の場所では、人間の屍体は通常、人間の死が宿されていると人々が信じることで単なるモノとは異なる特殊な物体だが、「殺人は人間を屍体に、ようするにモノに変えてしまう。［…］犯人は屍体に込められている人間の死という意味を暴力的に剝奪し、今度こそ本当に物体に還元してしまう[*38]」という認識が語られる。

ただ、ここで注目したいのは、現代のハーマンらのオブジェクト指向の哲学の枠組みとも共振する日本的アニミズムの問題系である。本作には、戦前のパリでバタイユとも交流のあった芸術家の岡本太郎を明らかなモデル人物とする吉田一太という日本人画家が登場する。その絡みからも『煉獄の時』には、岡本と文化人類学者マルセル・モースとの関係や有名な縄文土器論のエピソードが盛り込まれている。さらに、日本的アニミズムの精神については、サルトルを模した哲学者ジャン＝ポール・クレールとの対話の形で、カケルの口から語られる。「日本精神の基層はアニミズムで、ユダヤ精神が石だとすれば泥、かたちをもたない軟泥です。［…］日本では森羅万象、山や湖のような自然物だけでなく、竈や針などの人工物にまで精霊（アニマ）が宿っています[*39]」。

もっとも、政治的には、笠井自身はこうした日本固有のアニミズム的な精神性を『8・15と3・11』（二〇一二年）などでは「ニッポン・イデオロギー」と呼び、徹底的に批判している。また、のちに大阪万博のテーマ展示プロデューサーに就任し、「太陽の塔」を制作することになる岡本の仕事にしても「日本古代には吉本隆明の言う〝敗北の構造〟があるわけで、岡本太郎は、縄文的あるいは土着的な古層が天皇制に搦め捕られていくメカニズムについて、きちんと考えることができなかった[*40]」のではないかと述べている。

とはいえ、こうした作家自身の価値判断や評価とは別に、アニミズムも含めたオブジェクト指向性を、〈矢吹駆〉シリーズの世界観のなかに現代のポストヒューマンの観点から見出してみることは、今日的な

＊36　同前、六四頁、傍点原文。
＊37　前掲『煉獄の時』、四九頁。
＊38　同前、一六七頁。
＊39　同前、五九一頁。
＊40　前掲『対論1968』、七九頁。

問題からも積極的な意味があるだろう。最後に、そのことを短く示唆してみたい。

というのも、そもそもそれは笠井が思想的に依拠し続けてきた現象学的思考や大衆蜂起の思想の理解とも関わりうるだろうと思うからだ。たとえば、『煉獄の時』の冒頭では、戦前における京都学派に代表される日本人哲学者のあいだでの現象学受容の経緯が話題になる。そこで、カケルは現象学の根本的な発想を、「主観と客観の近代的な二律背反、あるいは近代哲学に不可避である観念論と実在論の相剋を最終的に解消すること」、「現象学の出発点は主客未分化な純粋経験で、根源的な現象経験が二次的に主体と客体とを産出する。しかし日本人は昔から、ごく自然にそのように考えてきましたから[*41]」とまとめる。カケルのいう通り、実質的には、ヨーロッパで生まれた現象学的思考の基盤である「二十世紀的なニヒリズム」を、「古代的なアジアのニヒリズム」（＝アニミズム）に引き寄せて理解されてしまったにせよ、西田幾多郎らの戦前の京都学派に象徴される日本哲学もまた、現象学的発想がもともと胚胎していた、主体と客体、自己と他者、自然と人為、一と多といった近代的な二項対立図式を流動的かつ競合的に攪拌させる（今日でいう）ポストヒューマニティーズの哲学の枠組みをはっきり共有していた。そして実際に、香港出身の世界的な哲学者ユク・ホイの仕事をはじめ、現象学に影響を受けた京都学派の哲学を、ポストヒューマン的な観点から評価し直す試みも、実在論的転回や思弁的実在論が台頭してきた二〇一〇年代以降に目立ってきている[*42]。こうした新たな観点からカケルの現象学的推理や《実在》的モティーフの持つ可能性について考えてみることもできるだろう。

さらに、笠井は、『テロルの現象学』の集合観念の発展形でもあり、彼の実存思想、社会思想の中核をなす二一世紀の大衆蜂起について、以下のように解説している。

わかりやすく言うと、集合観念とは大衆蜂起の観念のことです。大衆蜂起というのは、彼方から到来するわけです。誰か**が準備したり計画したりして起こるわけではない**。〔…〕**権力者にはもちろん大衆**にも、突如嵐のように襲ってくるように見える、そういうものです。党派観念というのは、大衆蜂起によって権力が揺らいだ機に乗じて、新しい権力に成り上がろうとする。〔…〕というわけで、大衆蜂起とマルクス主義党派の対抗として現れてくるものを、党派観念対大衆蜂起の集合観念という形で捉え返してみようと考えたわけです。*43

大衆蜂起とは、「権力者にはもちろん大衆にも、突如嵐のように襲ってくるように見える」、「誰かが準備したり計画したりして起こるわけではない」ものである。むろんこの性質は、『煉獄の時』にナチズムやファシズムに対抗する運動として登場する〈無頭人（アセファル）〉のように、ヘーゲル弁証法的なあらゆる二項対立のメタレヴェルに立つこと（マルクス主義の弁証法的権力への外部からの批判）を回避せねばならない以

*41　前掲『煉獄の時』、六八頁。

*42　たとえば、以下の著作を参照。ユク・ホイ『中国における技術への問い――宇宙技芸試論』伊勢康平訳、ゲンロン叢書、二〇二二年。浅沼光樹『ポスト・ヒューマニティーズへの百年――絶滅の場所』青土社、二〇二二年。なお、ミシェル・セールの研究などで知られる哲学者の清水高志が『空海論／仏教論』（以文社、二〇二三年）などで展開しているように、そもそも同一律、矛盾律、排中律といった西洋的二項対立の論理（ロゴス logos）の脱構築というパラダイムは、西田哲学も強く影響を受けた仏教哲学（唯識や華厳教のいう「レンマ lemma」）にまで基づくものである。また、ジャン・カヴァイエスやジルベール・シモンドンなどを専門とするフランス哲学研究者の中村大介が探偵小説、なかでも笠井の作品群に注目しているのは重要である。

*43　前掲「インタビュー笠井潔 連合赤軍事件への思想的回答と展望」、九七頁、傍点引用者。

上、必然的に要請されるものである。しかし、この確率的で非人称的で、ある種のアニミスティック（「突如嵐のように襲ってくるように見える」）な性質は、どこか《実在》的なモティーフの特徴とも似通っていないだろうか。

この地点において、笠井が二一世紀に〈矢吹駆〉シリーズで描いてきた《経験》と《実在》というふたつの位相は、まるでウロボロスのように円環をなして結びついているようにも見える。おそらく私たちは矢吹駆が辿る二〇世紀精神の遍歴史の可能性を、思想小説としても本格ミステリとしても、まだまだ汲み尽くしえていないのだ。笠井の〈矢吹駆〉シリーズは、未来に開かれている。

第2部 ゼロ年代ミステリを読み直す——ウェブ・キャラクター・社会

第3章

自生する知、自壊する謎

森博嗣の可塑的知性

1　「編集者化」するミステリ

本書は、著しい変化を遂げつつある現代のミステリを扱う評論だが、第一部では、その前提の確認の意味も含めて、それ以前の二〇世紀ミステリを論じた。埴谷雄高にせよ、笠井潔にせよ、二〇世紀に創作活動を開始した作家だ。また、だからこそ、彼らの探偵小説をめぐる作品や思想には、まさにそのジャンルを生み出した「近代」に対する問いが一貫して存在していた。

ただ、私が彼らを取り上げたのは、日本の文学史や探偵小説史のなかでも、ある意味でもっともラディカルに「近代」や「二〇世紀」について追究したにもかかわらず、この二人の作家が、他方でどこか、二一世紀のミステリが置かれている条件を先取りして描いているようにも思われたからである。

一九九六年、講談社が発行する雑誌『メフィスト』の主宰するエンターテイメント小説の新人賞「メフィスト賞」が始まった。同賞が現在までに輩出してきた小説家や小説作品は、単にミステリの枠にとどまらず、SFやホラーなどほかのジャンル小説をはじめ、純文学やライトノベル、ノベルゲームにいたるまで、世紀転換期の日本の文学的想像力と、それを枠づける批評言説の双方に計り知れない影響を及ぼしてきた。

では、それらの作品群が拓いた新たなパラダイムとはどのようなものだったのか。第二部ではいよいよ、おもにこのいわゆる「メフィスト系」や、そこから派生したといえる「ファウスト系」と称された書き手とその周辺の作家たち、そして彼らが台頭してきた二〇〇〇年代（ゼロ年代）の小説シーンを扱っていきたい。

まずこの章では、九六年にデビューしたメフィスト賞の第一回受賞者・森博嗣の作品世界を軸に考えてみよう。京極夏彦とともに、「ポスト新本格」を担う新しいタイプのミステリ作家として前世紀末に登場して以来、この作家は、二一世紀に入ってからも、SFからファンタジー、剣豪小説、さらにはエッセイや絵本、詩集、新書にいたるまで、驚くほど多彩な分野に手を広げ、また、当代屈指のベストセラー作家である一方、実験的な趣向を凝らした異色作もかるがると手掛け続けている。質量ともに余人の追随をゆるさないこの森博嗣という書き手を通常の文芸評論やミステリ評論の枠組みで過不足なく論じることは、けっして容易な作業ではない。

まず、森がデビューした当時の日本のミステリシーンを取り巻く状況から整理しておきたい。おおよそ二〇世紀の終わりころから、本格を含めた現代日本のミステリは、いうなればある種の工学、あるいは博物学的発想へと急速に接近していたといえる。それは、登場人物（読者）の眼の前を覆う何やら混沌として複雑に錯綜している事態（＝謎）を、適宜分類し、整理し、管理し、必要に応じて逐一選択・徴集していくスキルを作品内部で漸次的に鍛えていくというような身振りである。要は、事態の全貌を俯瞰し、類推の力を働かせ、美しく犯罪事件の解明を成し遂げる旧来の「名探偵」的な知の身振りとは、別のスタイルがデザインされつつあったのだ。

たとえば、ミステリ評論家の巽昌章は、二〇〇六年に刊行した卓抜なミステリ時評『論理の蜘蛛の巣の中で』（講談社）において、現代日本の本格ミステリのひとつの特色は、中心となっている物語（＝犯罪事件）の周囲に、いくつもの次元の異なる物語世界が互いを侵食しながら「同心球状に重なり合い」、結末でそれらが一挙にひとつの鮮明な輪郭を結ぶというイメージにあったと指摘している。[*1] 確かに、新本格系の法月綸太郎や北村薫、また笠井潔、竹本健治といった、いわゆる二一世紀初頭のメフィスト系を準備したとされる一群の小説家たちの作品には、複数の「物語」を並走させる特徴がひとしなみに認められただろう。しかし、その後のメフィスト賞、とりわけ二〇〇〇年代前半の小説雑誌『ファウスト』の商業的成功と一連のライトノベル・ブームを通過したあとの受賞作品には、上記の作家群が持っていた物語的な「全体化」（集約化）を回避しようとする姿勢は、ますます鮮明になっていたといえる。

そもそもこれまで本格ミステリが一貫して描いてきた推理とは、きわめて臨床的な手続きに支えられていた。すなわち、ミステリ小説の名探偵たちの前には、まずのっぺりとした表層的な日常のなかに、突如死体や証拠品といったさまざまな非日常的記号（精神分析風にいえば、「無気味なもの」）が特異点（深層）として現れる。そこで彼らには、日常的世界と記号的世界を往還しながら的確に補助線を引いて回ることで、それらに込められた謎＝抑圧を巧みに表層化する仕事、つまりは真相＝深層の発見が課せられてきたわけだ。そこでは、どれだけ複雑に見える物語が語られようと、世界は最後の解決場面においていっさいの「外部」なきイメージのもとにクリアな像を結ぶものとなるし、また作品の最初と最後では明らか

＊1　巽昌章『論理の蜘蛛の巣の中で』講談社、二〇〇六年、九二頁。

に作品世界のありよう（記号＝謎の配置）は根本的な変容をもたらされる。

だが、一方でゼロ年代のメフィスト賞作家の多くが執拗に描いていたのは、いわばそのように事態を性急に言語化＝全体化していくことではなく、膨大に存在する情報＝痕跡のなかからその時点でもっとも適当なものを小器用にサンプリングし、つぎつぎに当てはめていく取捨選択と調整の技術だった。逆にいえば、だからこそいったん構築した解決へのプロセスも、痕跡の組み換え次第によって、いくらでもチャラにできるのだ。かつてG・K・チェスタトンは自作の犯人に「犯人は創造的な芸術家だが、探偵は批評家にすぎぬのさ」（「青い十字架」）といわせていた。こうした類推は、「犯人＝作者／探偵＝読者」という図式を立てた『探偵小説論序説』の笠井潔にまで連なっているが、舞城王太郎や佐藤友哉の初期作品を読むとき、もはやこうした類推を変更するべきなのかもしれないと思う。ゼロ年代のミステリ小説空間のプレイヤー（探偵）はむしろ、あたかも膨大なテクスト（痕跡）の海を自在に周遊する「編集者」の意識に近づいていたのだ。

2　ウェブ社会における「壊れもの」としての謎

メフィスト系的想像力に顕著な、推理の「編集者化」の根底にあるのは何か。

それは、「謎はどこにでも遍在しているし、それを解決するような論理も無数に獲得可能である」という、ある意味でひどく淡白な認識である。そして結論からいえば、森博嗣とは、ミステリの分野で、そうしたエンターテイメント文学が達成するカタルシス（自己実現）の質的変容を鮮烈に示した先駆的作家のひとりであった。どういうことか。

たとえば、森の諸作品は、デビュー作『すべてがFになる　THE PERFECT INSIDER』(一九九六年)や『朽ちる散る落ちる　Rot off and Drop away』(二〇〇二年)、『φ(ファイ)は壊れたね　PATH CONNECTED φ BROKE』(二〇〇四年)といったタイトルが示す通り、登場人物=名探偵のなかに、事件の謎に対する決定的な「疎外感」が存在する。もちろん、ミステリ小説として事件を実際に解決に導くのは西之園萌絵なり瀬在丸紅子なりといったキャラクターなのだが、森が描く事件の展開と解決は往々にして、彼女/彼ら個人の傑出した推理力というよりは、いわば自らの自生的な秩序によって勝手に「Fになり」、独りでに「朽ちて」いったような印象を与える。森ミステリにおいてトリックは、どこか「壊す」ものではなく、「壊れる」ものとして描かれるのだ。むろん、それは森のミステリ作家としての瑕瑾ではない。やはり、彼の作品世界を取り巻くさまざまな情報工学的なインフラと、それがもたらす現代社会特有のリアリティが深く関係している。

新聞小説として一九世紀のパリで人気を博したウージェーヌ・シューの犯罪小説『パリの秘密』(一八四二〜一八四三年)以来、ミステリ小説ほど、その構造にメディア史的変遷が大きく陰を宿すジャンルもない。森がデビューした一九九六年は、いうまでもなく日本におけるインターネットや携帯電話の草創期であり、今日的意味での情報社会(ネット社会)の幕開けとなった年であった。

そのインターネットが現代人にもたらした世界認識とは、ひとことでいえば、世界のなかに散在する無限大の情報財=知がまるごとデファクトに蓄積され、公共的に開放されている、新たな知の再編/構築モデルが誰にも自明なものとなったということだったろう。哲学的にいえば、それ以前、何らかのまっとうな知の再編/構築には、ヘーゲル美学が想定したぶっちぎりの「天才」の独創性というロマン主義的な概念が期待されていた。しかし他方で、情報社会論の分野でも優れた仕事を残したフランスの哲学者ジル・

ドゥルーズは、「人間が夢想したことがなく、神が夢想したことがないほどの意味・自由・効果性を作り出している」「前個体的で、個性的でない特異性に語らせること」[*2]が真に今日的な知のありようであると記している。彼がこの文章を綴ったのは一九六〇年代後半だが、いま読むと、この新たな論理モデル（＝特異性）が紛れもなく草創期のネット環境というそれであることがわかるだろう。もちろん、こうしたある種「公共的」なインターネット空間のイメージや構造は、SNS（ソーシャルメディア）の登場やスマートフォンによる「ウェブからアプリへ」というメディア的変遷によって、二〇二〇年代の現在ではだいぶ過去のものとなってしまった。

とはいえ、今日でもディープラーニングからNFTまでを支える莫大なビッグデータの存在が象徴的であるように、インターネット以降の知は、いってみれば、人間が世界（普通の意味の自然）のなかからその都度多様な兆候を読み取って生み出すものではなく、それ自体が情報環境に堆積し続ける一種の「自然」として現前するようになった。すなわち、『有限と微小のパン THE PERFECT OUTSIDER』（一九九八年）のなかの言葉を借りていえば、「有限の秩序が無限の連鎖を生み、微小な複雑が巨大な単純を織り成す」[*3]ような不思議な世界である。

そんな多様にシステム分化し、不断に拡張し続ける知の自然を相手にするとき、いくら名探偵とはいえ人間ひとりの推理力などまったく覚束ない。したがって、彼らは、いっさいの虚偽から峻別されるたったひとつの「真実」を自分が超越的なポジションから獲得できるなどと、少しも信じることはできないだろう。だから少し極端にいえば、無数にある可能性のなかから相対的に確からしい情報を闇雲に検索して、誤謬と妥当性のあいだにある無限の可能性のグラデーションのうちもっとも上位にあると思われるロジックを導き出すのが、相対的に正当な方法ともみなすはずだ。「下手な鉄砲も数撃ちゃ当たる」というわけである。

実際、『有限と微小のパン　THE PERFECT OUTSIDER』では蜂の集団行動の話が登場し、「集団こそが意志を持ち、個人の意志とは幻想か、と思わせる現象」[*4]の可能性が語られるが、偶然にも二〇〇〇年代に情報社会の新たな秩序形成を論じたアメリカの科学ジャーナリスト、スティーヴン・ジョンソンは、それを蟻の集団行動の例で説明していた。[*5]またたとえば、デビュー作『すべてがFになる　THE PERFECT INSIDER』は、コンピュータプログラムのアルゴリズム機能が事件のトリックの重要な鍵を握る作品だった。それは人間不在のひとつの自律的なシステムが勝手にトリックを作り上げ、人間はその論理にあとから追随していくほかないような、奇妙な無力感と徒労感に満ちていた。世界の謎＝痕跡も、その解決への手掛かりも、いずれも巨大な情報環境のなかにあらかじめ一緒くたに潜在している、とそこで森は仔細ありげに呟いているかのようだ。二一世紀ミステリの最初の変容は、ここにこそあった。

それゆえに、森と同時代のミステリが示していたさまざまなスタイルの差異にしても、そうした知の自然に対する当時のそれぞれの作者のポジショニングのそれに密接に連動していたはずだ。たとえば、初期の米澤穂信を含む「日常の謎」派は、作者が日常と非日常の輪郭をできる限り一致させようとする「保守的」な志向を貫くがゆえに、話をあえてごく小さな範囲での世界に限定するという創意を持った形式であ

＊2　ジル・ドゥルーズ『意味の論理学』岡田弘・宇波彰訳、法政大学出版局、一九八七年、九五頁。
＊3　森博嗣『有限と微小のパン　THE PERFECT OUTSIDER』講談社文庫、二〇〇一年、九頁。
＊4　同前、九五頁。
＊5　スティーヴン・ジョンソン『創発――蟻・脳・都市・ソフトウェアの自己組織化ネットワーク』山形浩生訳、ソフトバンククリエイティヴ、二〇〇四年、第一章。

り、清涼院流水や舞城王太郎、西尾維新らのいわゆる「ファウスト系」（脱格系）は、本格特有の論理性や抑制された描写をあえて捨てることによって、あたかも「全体小説」のような全能感を凶暴に肥大させることになった作品群だったと捉えることができる。

さらにいえば、森の小説は一般に、その「理系ミステリ」としての側面と、現在のライトノベルに先駆する「キャラ萌え」の側面から語られることが多いが、この二点も右に述べたような経緯から相互に関係しているのだろう。つまり、真相解明への糸口のいくらかを知の供給システムのほうへ権限委譲してしまった名探偵は、もはやホームズやファイロ・ヴァンスのような凡人には及び難い超絶的な知性の持ち主としては描き難い（少なくとも、そうした方面からはキャラを立て難い）。森はその端的な事実を受け入れた上で、キャラクターの生理的な感情移入の度合（萌え）によって、名探偵の魅力を再エンパワーしようと試みたのだ。「キャラ萌え」こそ、二一世紀のミステリがキャラクターに施した、新たな「光輪」（笠井潔）にほかならない。むろん、著者の代表作である「S＆M」シリーズ（一九九六〜一九九八年）や「四季」シリーズ（二〇〇三〜二〇〇四年）に登場する天才プログラマ・真賀田四季は、もろに神秘的な「天才」として造型されているが（『笑わない数学者』の天王寺翔蔵博士なども）、しかし彼女は、犀川創平によって「僕が考えて動く。君が考えて動く。それも、博士の思考の一部なんだ[*6]」と評されているように、超絶的な知性を持った人物というよりは、むしろネットワークを張り巡らすシステムの「人格化」されたキャラ、人間の姿をした一種の情報ネットワーク（人間とメディア機械の一体化）として理解するほうが適当だろう。森の小説世界はこうした「ネットワーク型キャラクター」を媒介として、物語や謎が駆動していく。何にせよ、森博嗣のミステリを読むことは、何よりまず読者がそうした一連の「現実」を共有することでもある。

3 京極堂あるいは情報財としての「古書」

森が示すこうしたスタンスは独特だが、メフィスト系的な想像力のなかでもう少し相対化してみよう。たとえば、森にやや先行し、「第0回メフィスト賞受賞者」と呼ばれることも多い京極夏彦はどうか。「京極堂」シリーズに代表される京極のミステリ小説は、周知のように妖怪伝説をはじめとする日本の伝承的な民俗学的想像力をバックボーンとして成立している。したがって、一見するとそのコミュニタリアン的な態度（古来からの共同体様式をことほぐ態度）は、最先端の情報メディアを駆使して諸物を呑み込むようなネットワークの荒波をドライヴしていこうとする森の（いわば）テクノクラート的な態度とは対立するようにも思われる。

しかし、少し見方を変えれば京極もまた、森と同様な認識に立っていることがわかるはずだ。というのも、彼が上記シリーズの主要人物のひとりである京極堂・中禅寺秋彦に仮託して繰り広げる衒学的な意匠の数々は、まさに森が情報インフラの内蔵する価値として想定する膨大な情報財のイメージとほとんどコレラティヴだからである。したがって京極の衒学趣味は、かつての小栗虫太郎や中井英夫らが好んだそれとはじつは似て非なるものであるだろう。なぜか。京極の提示する妖怪に関するデータの数々の出典はほぼ古い稀覯（きこう）書の類に限定されるが、これはまさにこの小説が発表された当時の、ネット上に散在しつつ、ユーザの検索次第で精妙な配列・分類をかけられダウンロードされてくる情報データのイメージと限りな

＊6　前掲『有限と微小のパン　THE PERFECT OUTSIDER』、六六一頁。

く近い（京極堂シリーズの冒頭の古書の文章の抜粋は、まさに検索結果の表示画面を思わせる）。これらの知識は、単なるマニアックな付加物というより、たとえば『ニッポニアニッポン』（二〇〇一年）の阿部和重が作中で引用した「ネット情報」のほうに質的に等しいのだ。

実際、世界最大のインターネット企業Googleは二〇〇三年から現在まで、世界中の書物をネット上で自由に検索・閲覧できるサービス「グーグル・ブックス」のプロジェクトを進行中だが、中禅寺の営む古本屋＝京極堂は、そのアナロジーとも捉えられるべきものである。さらにいえば、京極が描こうとする超常的な存在たち（妖怪や「憑物」）にしても、森におけるネット環境同様、個々人の自意識の範囲の「外部」にあるものだ。京極的妖怪は、まさに情報社会がもたらす知の、エンタメ小説風にイメージ化（「物象化」？）された姿なのだろう。実際に、京極はしばしば「憑物」を「仮想現実」とも形容している。

なお私見では、森の場合、京極的な意味での「外部」（語りえぬもの）へ向かう心性は、むしろミステリ以外の、絵本や詩集といった仕事によって解消されているのではないか。いずれにしろ、京極堂の例の「この世には不思議なことなど何もない」というフレーズもまた、そこに込められた含意を正確に把握せねばならない。つまり、不思議なことなど何もないのは、ひるがえせば「すべてが不思議なこと＝謎に転化しうる可能性を秘めた世界」であるということなのだ。この地点において、森と京極という隔絶した作風を持つ両者は見事に一致する。ちなみに、超常的な能力を持つ探偵・榎木津礼二郎が、森の真賀田四季に対応していることは、いうまでもないだろう。

繰り返すように、森は、インターネットをはじめとした情報技術を主題に、「すべてが謎にもその解答にも転化しうる世界」の可能性を描こうとした。

こうした兆候は、物語的な想像力の面で、森のような情報論的なセンスと同時に、「生殖」や「生理現象」のようなある意味でフィジカルな要素（身体性のようなもの）と強力に結びつく。たとえば、京極夏彦のデビュー作である『姑獲鳥の夏』（一九九四年）は、母娘の連綿と続く生理的な因果（出産）がトリック＝謎を形成し、また物語全体を規定する重要なファクターとなっていた。

生理や身体感覚は、妖怪のようなアモルフな存在ではない。それは、「あるものはある、ないものはない」といった、あらゆる観念や妄想の類を吹き飛ばす身も蓋もないベタな価値観に彩られた「モノ」の位相である。京極はそこに立脚しつつ、それを逆手に取る手法（たとえば、想像妊娠など）でミステリ世界を作り上げた。似たような発想は、桜庭一樹の『赤朽葉家の伝説』（二〇〇六年）にも認められた。この作品も、まるで京極作品の登場人物のひとりの設定を裏返したようなキャラクターが一連の事件の発端となる。その意味で、この小説は京極＝メフィスト系的想像力の正統な嫡子とも呼べる。

おそらくこれらの作品における問題は、物語が壮大な「歴史」として展開されることである。先ほどの桜庭の小説は、母娘の三代にわたる世代史が日本の戦後史とそのまま重ね合わされるが、そこにある「格差」は祖母の持つ特殊な能力と女性特有のフィジカルな側面（出産）によって、ほとんど一続きのものとして捉えられてしまう。そこには「歴史」がある存在感を持って前景化してくるが、奇妙にも読者に変化や起伏の感覚は迫ってこない。しかも重要なのは、それが遺伝なり生殖なりといった堅牢なイメージの土台に支えられた歴史であるがゆえに、物語展開（推理の叙述）としてはひどく単純で保守的な結末しか導き出せないという可能性が生まれてくることだ。『赤朽葉家の伝説』のいかにも「幸福」な肯定のラストは、そのことを端的に示していたはずだ。

あるいは京極の京極堂シリーズにせよ、連作小説集「百器徒然袋」シリーズ（一九九九、二〇〇四年）、「今昔百鬼拾遺」シリーズ（二〇一九年）などの無数のスピンオフものや関連作品とも合わせて、昭和二〇年代後半を舞台にした正編を中心に、大正期半ばから戦前、そして平成一〇年代の二一世紀にいたるまでのクロニクルを構成している。しかも、二〇一五年からは、著者公認のシェアドワールド・プロジェクト「薔薇十字叢書」シリーズも展開されており、マルチバース化したその世界観＝歴史もまた、桜庭とはまた異なった意味での出口のない平坦さを感じさせる。

また一方で対照的に、伝統的なミステリ小説の形式、つまり推理を徐々に積み重ねていって、唯一無二の「真相」に辿り着くというスタイルが失効しつつあるからこそ、結末にいたるまでの一部の物語（推理の作動）のパーツの強度を瞬間的・断片的に高めようというもうひとつの志向が出てくる。これはたとえば、『エナメルを塗った魂の比重』（二〇〇一年）や『水没ピアノ』（二〇〇二年）などの初期の佐藤友哉が採った戦略だといえる。これらの作品での佐藤は、ミステリ作品全体としては失敗してもよいから、せめてここことここの部分だけは不抜の知的・物語的テンションを維持しよう、というような特異な構築意識に満ちみちていた。それはメフィスト賞受賞作である古野まほろ『天帝のはしたなき果実』（二〇〇七年）における独特のルビが振られた文章などにも感じることができる。

歴史（内容）の肥大化（a）と、断片（形式）の肥大化（b）。森の登場以後のゼロ年代のミステリ小説は、このふたつの要素のあいだで新たな方向を模索していた。

5　科学と詩——デジタルネイチャー時代のミステリ

ここまでに見てきたように、森博嗣は、現在のメディア史的な文化構造の変容を鋭敏に自覚した上で、知＝推理の適用の枠組みを鮮やかにシフトする作品群を発表し、ミステリ小説の想像力を刷新させた作家だった。二一世紀のデジタルメディア環境は、ミステリ小説を含めた現代の文化表現のパラダイムも一挙に刷新してきたが、その具体的な内実はどのようなものだったのか、以下ではさらに深く検討してみよう。

「昨日も話した僕の勝手な解釈だけどね、この三ツ星館は、内と外が反対になっている。外の庭は人工的で、人間のシンボルとして、あのオリオン像が立てられているみたいだ。自然は排除され、庭は一面のコンクリート。精確な平面、長方形。それに四つの頂点に建っているミナレット。これが、人間界の印象だ。そして、一歩三ツ星館の建物の中に入ると、通路には、自然を模した花壇。植物が自然のシンボルだね。さらに、一番中心には、プラネタリウムで宇宙が表現されている。実際と、反対なんだ。内側から外側への広がりが、ちょうど裏返しになっている」[*7]

S＆Mシリーズ第三作にあたる、『笑わない数学者 MATHEMATICAL GOODBYE』（一九九六年）のな

＊7　森博嗣『笑わない数学者 MATHEMATICAL GOODBYE』講談社文庫、一九九九年、一五八頁。

かで、探偵役の大学助教授・犀川創平は、殺人事件の現場となり、巨大なオリオンの彫像が一瞬で消失する謎めいた屋敷、「三ツ星館」の印象を、このように語っている。

記念すべき第一回メフィスト賞受賞による鮮烈な作家デビューと同じ年に書きつけられたこの文章は、森博嗣という作家の知性や作品世界を読みとく、ひとつの手掛かりを与えているように思われる。森がミステリ作家としてシーンに果たした役割は前節までで語ってきたので、ここからは、彼の一連の仕事に認められるひとつの「様式」に注目することで、そこから何が見えてくるかを探ってみたい。

たとえば、これはすでに多くの指摘があるだろうが、森の執筆活動や小説世界を輪郭づけている大きなモティーフとして、まず、「科学と詩」など、異なるふたつの要素の対照が認められる。

そもそもそれは、コンクリートの数値解析を専攻する国立大学工学部教員を務めるかたわら作家デビューを果たしたという彼の稀有な経歴自体に表れているものである。また、その作品は、専門の工学的な知識や、当時はまだ珍しかった情報通信技術関連のギミックを駆使する作風で「理系ミステリィ」と称される一方、作中には無数の言葉遊びやダジャレ、詩文などが頻出し、実際に詩集も刊行している。

そして、この対照は同じようなモティーフ群にすぐに変換できるだろう。

理性と感性、論理と情緒、客観と主観、あるいは理系と文系。

私たち人間の精神活動を包みこむ、この根本的なディコトミーが相互に絡まりあう姿こそ、森の作品群に広く共通する特徴だろう。もちろん、本格ミステリの文脈で考えた場合、こうしたスタンスは、まさに一九世紀当時の最新科学の知見を織りこんだ分析的知性を駆使する小説と、長編詩の傑作の双方を残した「探偵小説の父」エドガー・アラン・ポーにまでさかのぼってなぞらえることも不可能ではない。その意味で、森の作家的資質は、すでに触れたように、しばしば一九九〇年代初頭の「新本格ミステリ」から、笠井潔や限界研（限界小説研究会）の批評によって「脱格系」や「壊格」などと呼ばれてきた二〇〇〇年代以降の新世代ミステリの橋渡し役であったのみならず、このジャンルの持つ正統的な想像力を受け継いでいるものだともみなせる。

さて、話を戻せば、本節の冒頭に掲げた引用も、ひとまずは森作品のそうした「科学と詩」の多面的な関わり合いというモティーフの一変奏として捉えることができるだろう。この小説の舞台となる三ツ星館は、いわば同様に対立するふたつの要素、「外部」（庭）の「人工性」と「内部」（屋内）の「自然性」が、たがいがたがいを拒むことなく一体となっている状態を象徴している。冷たい無機物と血の通った有機物というふたつの側面は、やはりいま述べた「科学と詩」の対立図式ともある程度まで類比的である。こうした枠組みは、大学の実験室のコンクリート試験体や学生ロック歌手の歌う歌詞がトリックと事件の解決の重要な鍵として登場する、続く『詩的私的ジャック JACK THE POETICAL PRIVATE』（一九九七年）でも中心的に扱われていた。

とはいえ、やはり問題なのは、この「科学と詩」、あるいは理性と情緒、人工と自然の対立関係が、この作家のなかでたんなるスタティックなコントラストではなく、まさに三ツ星館のように、ときに「実際と、反対」で、「ちょうど裏返しになって」おり、ダイナミックかつ複雑に相互作用しあっているという点にある。ただ、いきなりその話に行く前に、ひとつ、前提となる重要な補助線として、ここでもまた、先ほどから論じてきた、森ミステリと所縁の深い「人工的な自然環境」としての「情報ネットワーク」との関わりを瞥見しておかなければなるまい。

繰り返すように、森のミステリ小説は、デビュー当時から、作品世界の細部やトリックの趣向に、マッキントッシュやUnixといったコンピュータや情報ネットワークの知見が積極的に用いられてきた。もとより、森がデビューした九六年は、Windows95がリリースされ、「インターネット元年」と呼ばれた一九九五年の翌年であり、森のキャリアは、二一世紀以降のメディア環境の大規模な変化と絶えず密接に連動してきたのである。

たとえば、ポーによる史上最初の探偵小説の一篇が「盗まれた手紙」（一八四四年初出）で、江戸川乱歩のデビュー作が「二銭銅貨」（一九二三年）であったように、本格ミステリというジャンルは、その性格上、「メディア」の問題と切り離せない。本格ミステリの面白さとは、目の前にひろがる匿名的な風景の彼方に隠れる犯罪事件の「真相」（唯一のメッセージ）を、名探偵が、「死体」や「物証」、「ダイイング・メッセージ」といったいくつかの象徴的記号（物質）を適切に解読することによって手に入れる記号の媒介性の経路にこそ宿る。作家の笠井潔の主張にならえば、この点にこそ「二〇世紀精神」としての探偵小説のはらむ興味深い「思想性」もあるわけだ（『探偵小説と二〇世紀精神』）。ともあれ、本格ミステリが一面において「メディアの文学」でもあったとすれば、そのメディア環境の構造的な変容は、なかば必然的にジャンル自体の変容をも招き寄せる。

いうなれば、森ミステリとは、犀川や西之園萌絵、瀬在丸紅子といった特権的な探偵役すらも、ある意味では「知の自然」として現前しつつある人間不在の自律的な情報システムの外部なきプラットフォームのなかにまるごと溶かしこまれ、その内部でのみ思索せざるをえない状況にとらわれた物語——文字通り、「完璧な内在者（パーフェクト・インサイダー）」の物語——だとみなすことができる。つまり、この場合、森的なモティーフとして三ツ星館などに体現されていた「人工と自然」という対立は、まさに九〇年代のミステリ作品における「擬似自然としての情報ネットワーク」の姿に集約されて描かれていたといえるのだ。

あるいは、「システムへの内在」という主題は、「スカイ・クロラ」シリーズ（二〇〇一～二〇〇八年）

や「ヴォイド・シェイパ」シリーズ（二〇一一～二〇一五年）といった、本格ミステリ以外の人気シリーズにも窺われそうだ。たとえば、押井守によってアニメ映画にもなった前者は、「キルドレ」と呼ばれる永遠に大人にならない不老不死の子どもたちが戦闘機に乗って終わらない戦争を何度も繰り返すというループ構造の物語である。これに対して、後者は、幼い頃からの剣術の師を失った青年剣士が各地を放浪しながら剣豪として成長を遂げていく物語。

　スカイ・クロラシリーズの場合は、登場人物たちが何度も記憶を失い、セカイ系的な無限ループ設定に巻き込まれているという点で、かなり明確にさきのミステリ作品の趣向と通じている。また、一見して現代風のビルドゥングス・ロマンの体裁をとっているヴォイド・シェイパシリーズにしても、主人公のゼンは、とりわけ『ヴォイド・シェイパ The Void Shaper』（二〇一一年）などの前半部においては、まったく世間知らずの純朴な青年として描かれている。「結局は、すべてが無になる。／もちろん、自分はなにもしていない。／ただ見ていただけ。〔…〕見て、考えて……、／そして忘れて、／おしまいだ」[*8]。つまり、彼もまた——たとえば、スカイ・クロラシリーズの草薙水素（クサナギスイト）や、四季シリーズの栗本其志雄らがそうであったように——外部で起こるさまざまな事件や出来事を、いくぶん距離をとってながめるシステム的な「内部観察者」といった趣きを呈しているのである。

　いずれにしても、私が注目する森ミステリの描く人工的自然＝情報環境というモティーフもまた、「科学と詩」といったもろもろの対立図式と通底していたことは紛れもないといえるだろう。

＊8　森博嗣『ヴォイド・シェイパ The Void Shaper』中公文庫、二〇一三年、二九四頁。スラッシュは原文の改行箇所を表す。以下、同じ。

6 「生命進化」化する情報環境——混淆する対立項

しかしながら、これもすでに触れたように、おおよそこうした見取り図は、森がデビューした当時のゼロ年代初頭の情報社会の風景だろう。その時点では、ゼロ年代後半から現在までの情報環境を大きく変えることになるFacebookやX（旧・Twitter）といったSNS、ニコニコ動画、初音ミクなどのプラットフォームはもちろん、スマートフォンも、グーグル検索のカスタマイズも、キュレーションメディアもまったく普及していないか、影も形もなかった。その後の情報のデータベースとしてのウェブ環境や、そこにアクセスするユーザとの関係のイメージは、現在では、二〇年前のように、単純でスタティックなものではなくなってしまっている。

すでに九七年の『幻惑の死と使途 ILLUSION ACTS LIKE MAGIC』のなかで、森は、ネットサーフィン（この言葉もいまや死語だが）をする萌絵に、「今みたいに一部の人が［註：ネットを］やっている間は価値があるけど。だんだん、自分の日記とか、独り言みたいなことまで全部公開されて、つまり、みんながおしゃべり状態で、聴き手がいなくなっちゃうんだよね」[*9]と語らせていた。

まさにその通りに、それらのもろもろのツールやデバイスの登場によって、日本の情報環境は劇的に変わってきた。

インターネットがその登場以来、堆積し続けた莫大な「知の自然」は、SNSによる微細なライフログの可視化という後押しもえて、いまやビッグデータと呼ばれ、名探偵はおろか、国家や大企業でさえその全体を到底手軽に見通せるものではなくなった。また、その影響で、イーライ・パリサーや東浩紀が論じたように、グーグルやアマゾンの予測検索技術やキュレーションメディアは、個々のユーザの好みにあわせてあらかじめ人々のインターフェースをカスタマイズしてしまうようにもなっている。[*10]

何にせよ、私の見る限り、こうした近年の「擬似自然」の変化にも、やはり森は敏感だった。たとえば、メタフィクション風の長編『実験的経験 Experimental experience』(二〇一二年)のなかでは、活字と映像、ゲームなど複数のメディアが渾然一体となったデジタルデバイス(電子書籍)以降の小説形式の可能性がさりげなく語られている。[*11] また、同じことで、映像メディアを専門とする私の問題関心からは、『キウイγ(ガンマ)は時計仕掛け Kiwi γ in Clockwork』(二〇一三年)の最後で語られる、「だからね、デジタルのデータなんて、どうにだってなるのよ。昔はさ、写真が証拠だった。写真に写っていれば、それは真実だったわけじゃない。でも、フォトショで簡単に素人でも加工ができるようになっちゃったでしょう」[*12] などという言葉も興味深い。これは図らずも、ここ十数年、映像の分野で「ポストメディウム」などと呼ばれている、アナログ写真の消滅とデジタル映像の浸透の問題を指している。

ともあれ、ここであらためて強調しておきたいポイントは、こうした「ウェブ2・0」を経た現代の情報環境の内実は、九〇年代から二〇〇〇年代半ばまでに比較して、ひとことでいえば、格段にダイナミックで流動的な形態になっているという点である。

＊9 森博嗣『幻惑の死と使途 ILLUSION ACTS LIKE MAGIC』講談社文庫、二〇〇〇年、三五一頁、[] 内引用者。
＊10 イーライ・パリサー『フィルターバブル——インターネットが隠していること』井口耕二訳、ハヤカワ文庫NF、二〇一六年。東浩紀『弱いつながり——検索ワードを探す旅』幻冬舎文庫、二〇一六年。
＊11 森博嗣『実験的経験 Experimental experience』講談社文庫、二〇一四年、一二七、二八〇頁。
＊12 森博嗣『キウイγ(ガンマ)は時計仕掛け KIWI γ IN CLOCKWORK』講談社文庫、二〇一六年、三五三頁。

たとえば、膨大なログが循環的に堆積し、それらがオープン／フリーにシェアされているビッグデータ時代の情報環境では、あらゆる成果物やコンテンツが、それらの過去の「生成プロセス」（履歴）までを可視化され、受容されるようになりつつある。かつてのアナログ時代であれば、現在の静的な「結果」（情報）のみで云々されざるをえなかったモノや作品、人々の行動は、デジタル時代のいま、その過去とありうる未来の履歴までをも含んだ動的なプロセスの総体として認識されるようになっている。情報学研究者のドミニク・チェンは、まさにこうした情報環境の様態を、生態学の知見を借りつつ、一種の「生命進化」の過程、つまり、「個体と環境（他者）のカップリングによって作動する自律的なプロセス」[*13]として捉えなおそうと提唱している。

個体と環境、主観と客観、形相と質料、そして内部と外部のカップリングが、過不足ない安定性や固定性をいっさい持たずに、絶えず両者が動的なフローのなかで複雑にせめぎあいながら均衡し続ける。チェンが「プロクロニズム prochronism」と呼んだ、そうしたダイナミックで有機的なプロセスこそが、現代のネットで日々起こっていることだといえるだろう。

そして、もはや明らかなように、それは再度繰り返すなら、「外部」（庭）の「人工性」と「内部」（屋内）の「自然性」が、「実際と、反対」で、「内と外が反対にな」り、天王寺博士がたくらんだ物理トリックのように、幾重にもダイナミックにクルクルと反転・拮抗しあう、あの三ツ星館のイメージにぴったりと重なっているように思われる。

また、同時期に起こったふたつの事件（カップリング）をたがいに交錯させながら、それぞれ奇数章と偶数章で綴っていく『幻惑の死と使途』と『夏のレプリカ REPLACEABLE SUMMER』（一九九八年）は、あたかもいま述べたことをパフォーマティヴに叙述した試みだったともいえるのかもしれない。さらに、ここでは深く展開できないが、この「生命進化」（母体）のイメージは、S&Mシリーズやスカイ・クロラシリーズ、ヴォイド・シェイパシリーズなど森作品のいたるところに顔を見せる、「父性的な存在の喪失」というモティーフとも、おそらく無関係ではないだろう。

私はいま、森の文学的想像力のハードコアのひとつを、あらためてこの点に見たい、と考えている。

7　森博嗣のコンクリート的／可塑的知性

「科学と詩」、あるいは、「人工と自然」のコントラスト。そして、両者の有機的に相互作用する動的なプロセス。それこそが、森の作品世界の「風土」を規定づける大きな特徴であり、しかもそれは、彼が一貫してコミットしてきた現代の情報環境の新たな姿とも重ねられるのではないか……。ここまで、そう述べてきた。

いささかざっくりとした話で、犀川にならえば、「僕の勝手な解釈」であるのは承知しているが、仮にそうだとして、最後に、これも森の知性や想像力の経緯を踏まえると、少なからず興味深く思われるひとつの切り口を、以上の私の考えを補強する文脈として提示することで、この稿を締めくくりたいと思う。

ひとまず、私はそれを、森における「**コンクリート的知性**」の型、と呼んでおきたいと思う。そして、そのコンクリート的知性は、今日の工学（アーキテクチャ）＝情報環境に深く関わる「**可塑性 plasticité**」の問題として敷衍することができるものである。

＊13　ドミニク・チェン『インターネットを生命化する——プロクロニズムの思想と実践』青土社、二〇一三年、四五頁。

すでに触れたように、かつて工学研究者だった当時、森が「粘塑性流体の流動解析手法」を専門としていたことは、ファンにはよく知られている。経歴を参照すると、作家デビュー前の三重大学勤務時には専攻分野の論文で表彰もされ、当該分野の専門書も執筆しているらしく、学術的にも、この分野のプロパーであったことは間違いないだろう。この森の専攻分野は、(正直、文系の私にはよくわかっていないのだが)要するにコンクリートなどの建築資材のコンピュータ・シミュレーションによる構造計算などを手掛けるもののようで、そのために、研究には、工学とコンピュータ科学双方の知見が駆使されるのだろうと思われる(むろん、実際にそれが森作品の物語設定にも存分に活かされている)。

さて、さきの相互干渉的な構造的カップリングのモティーフに加え、こうしたコンクリート研究者としての森の横顔を踏まえるとき、私などは、二一世紀フランスの現代哲学で注目を浴びている、「可塑性」というキーワードをどうしても想起してしまう。

実際、『幻惑の死と使途』において述べられる、一見、ただの衒学めいた戯れ言に聞こえる、犀川の以下の言葉は、この私の類推を充分根拠づけるに足るものだといえる。

「物質や情報、それに経済量などの流入と流出に伴う容量とかの変動が作る、ある種のポテンシャルはね、何らかの自己統制、あるいは周辺とのバランスを維持しようとする復元力から、必ず内包的な剛性みたいな性質を持っていて、それが、過去の履歴、そして近未来に関する集団の意志のベクトル、さらには周辺から遅延してもたらされる境界の情報といった外力に、左右されているように観察される。けれど、どう見ても、それらから一部独立した構成要素が見出されることもまた一般的なんだ。つまり、それはだね……、たとえると体積を維持しようとする気体や液体と同じように弾性、すなわちある種の自己原形記憶を持っていて、これが片側から圧縮を受けると、別の方向へ膨張するといった、あらゆるシステムの発展形態に共通する特性の起源となる。このベクトル外積にも似ている新しい軸への転換が、さらに……」[*14]

この犀川の表面上、ひとを食ったようなだけの説明は、しかしながら、ひとつの「固体」が備えている性質としての「可塑性」を定義する、以下のフランスの哲学者カトリーヌ・マラブーの言葉と明らかに響きあっている。曰く、「一度形成されるとその祖形を再び見出すことができない大理石彫刻のように、形態を保存するものこそが可塑的なのである。したがって、「可塑的」とは変形作用に抵抗しながら形に譲歩することを意味する」[*15]。

すなわち、可塑性とは、あらゆる媒質において、スタティックな構造化を拒否する一方、逆に、絶えず複数の変形作用──「硬直性」と「柔軟性」、あるいは「冗長性」と「変異性」……──の履歴を重ね続ける動的なプロセスを意味している。この可塑性の概念がここ最近、ことさらに各方面から注目を浴びつつあるのは、ほかならぬこのマラブーの「可塑性の哲学」がニューラルネットワークに着目する情報工学と脳科学（神経科学）の双方に結びついていたり、思弁的実在論など現在注目を集める現代思想と関係していたりすることなどにも表れているが、いうまでもなく、さきに示した「生命進化」（プロクロニズム）

＊14　前掲『幻惑の死と使途』、六九頁、傍点引用者。
＊15　カトリーヌ・マラブー『ヘーゲルの未来──可塑性・時間性・弁証法』西山雄二訳、未來社、二〇〇五年、三二頁、傍点原文。

の様相に喩えられる二〇一〇年代の情報ネットワーク環境の本質ときわめて近いからである。

ともかく、「周辺とのバランスを維持しようとする」「内包的な剛性」と、「体積を維持しようとする」「ある種の自己原形記憶」とをあわせ備えたものとして「物質や情報の変動」を説明する犀川は、ここでまさに、変形された「形態を保存」しつつも、「変形作用に抵抗しながら形に譲歩する」という「可塑性の哲学」の信奉者たらんとしているように見える。

しかも、さらに興味をひくのは、犀川が「弾性」や「自己原形記憶」を持つ固体として、「体積を維持しようとする気体や液体」を例に出していることだろう。同様に、『詩的私的ジャック』のなかに出てくる、萌絵が読む「集落の形成論に関するモデル解析的アプローチ」という犀川が書いた概説記事でも、彼は人間の集落の形成プロセスを、「水の流れ、あるいは熱伝導と同じようなポテンシャル[*16]」として記している。つまり、この場合、犀川の扱っている対象は、液体や気体といっても、あくまでも「かたち」を維持しようとするもの、いいかえれば、まさにフレッシュコンクリートのような粘塑性を備えた流動体のことを指している。

結論をいえば、こうしたフレッシュコンクリート的な粘塑性を持った固体——たとえば、家を建てるための「煉瓦」のような建築資材こそ、「可塑性の哲学」がしばしばその定義の具体例に挙げてきたものであった。

可塑性の概念の対極にあるのは、アリストテレス以来、カントまで続く伝統的な「質料-形相」図式である。つまり、素材（質料）と設計図（形相）が過不足なく組みあわされば、あらゆる個物は具体化すると単純に考える図式のことだ。しかし、適切な設計図があっても水では家は建てられない。水という質料は形態を保たないからだ。むしろ煉瓦のような技術的操作をかいして、たがいの力を動的なフローのなかで均衡させあうというプロセスによって、はじめて固体は固有の「かたち」（個体化）をなす。——たとえば、フランスの技術哲学者ジルベール・シモンドンは、彼の個体化論でこんなふうに述べている。

何にせよ、したがって、私は、冒頭から論じてきた現代の情報環境も背景にした、森の作品世界に広がる、ふたつの要素がダイナミックに拮抗しあう動的な構造を、「可塑性」というきわめて今日的な概念に、あらためて結びつけてみたい。そして、それを密かに支えているものこそ、森の研究者としてのキャリアに通じる、さしあたり「コンクリート的知性」とでも呼べるものなのではないか。だとすれば、このコンクリート的知性は、もしかすると森のじつに幅広い著作群のあちらこちらにさまざまな形をとって反映されているのだと思われる。そして、それが、彼の小説の「現在性」を担っているのかもしれない。

＊16　森博嗣『詩的私的ジャック JACK THE POETICAL PRIVATE』講談社文庫、一九九九年、一九三頁。

第4章 メフィスト系の考古学（アルケオロジー）

高里椎奈に見るミステリの近代

1　ミステリと博物学／分類学的世界

この章では、第一一回メフィスト賞を受賞して一九九九年にデビューした高里椎奈の小説世界を素材に、メフィスト系作家に流れ込む、本格ミステリ的想像力の考古学的検証をおおまかに試みてみたい。

世紀の端境期に『銀の檻を溶かして――薬屋探偵妖綺談』（一九九九年）でデビューした高里は、このデビュー作を含め一四編（短編集含む）を数える人気連作ミステリ「薬屋探偵妖綺談」シリーズ（一九九九～二〇〇二年）と、続編連作ミステリ「薬屋探偵怪奇譚」シリーズ（二〇〇七～二〇一七年）、より近年では実写映画化もされた「うちの執事が言うことには」シリーズ（二〇一四～二〇一九年）、さらにその続編である「うちの執事に願ったならば」シリーズ（二〇一七～二〇二一年）などで若い世代を中心に幅広い支持を集めている。さらにファンタジー連作や人気少女マンガのノベライズなども手掛けるなど、メフィスト賞作家のなかでも、質量ともに二〇二〇年代の現在まで、もっとも安定的に新作を送り出している書き手のひとりだと言ってよいだろう。

以上のような高里の多彩な仕事はおおよそ、たとえば、ミステリ作家の小森健太朗もかつて簡潔に指摘したように、[*1]初期の京極夏彦・森博嗣・清涼院流水の諸作品が兆候的に提示し、さらに世紀を跨いだあとに相次いで登場したいわゆる「ファウスト系」作家たちが全面的に拡張していった、「キャラクター小説(ライトノベル)的」な要素(キャラ萌えやマンガ・アニメ的な世界設定)を率先して導入する先鋭さによって特徴づけられているだろう。実際、ライトノベル・シーンでも高里のデビューと前後して、『ブギーポップは笑わない』(一九九八年)の上遠野浩平が鮮烈に登場している。

それゆえに現在の時点から振り返れば、高里の作風はゼロ年代のミステリ小説に出現した新たな傾向——オタク系サブカルチャー的なスキームとの繋がりが強化していく流れのなかへ容易にあてはめることができる。それは、彼女が清涼院や西尾維新らと同様、二〇代前半の若さでデビューしたこと、先述したマンガなどのサブカル分野への接近とも相俟って、いっそう強調されるだろう。

むろん、こうした評価は間違っていない。だが一方で、高里の小説には、そうした新時代的な先取性とは対立する、伝統的な本格ミステリの持つ感受性が密かに、だが確実に流れ込んでいる。それゆえに、高里椎奈とは、初期のメフィスト系作家のなかでも言葉の本来の意味できわめて「保守的(コンサバティヴ)」な志向を持った作家だと言える。そして、そのフェーズは一方で、ゼロ年代の地平の彼方も見据えていたように思われる。ここでは、メフィスト系的想像力の多彩さを証明する、そうした高里作品の見えざるフェーズの内実を「解凍」してみよう。

高里の代表作「薬屋探偵妖綺談」シリーズは、その題名の通り、奇妙な薬店「深山木薬店」を舞台とし、それを営む三人の少年、名探偵役の深山木秋と、彼に従う座木(ザキ)、リベザルが数々の難事件を解決していく物語である。ところで、その第一作『銀の檻を溶かして』は、丹念に読むとわかるように、本格ミステリ小説を生んだ「一九世紀西欧的」な意匠や志向性が所狭しと氾濫している奇妙な小説だった。何よりも、それはまず物語の中心となる薬屋の舞台設定に決定的に表れている。高里は、この薬屋の店内の情景に関して、物語の冒頭で「一見図書館風のその棚には、［…］地球儀、鮭を銜えた木彫りの熊、作りかけのジグソーパズルに小型扇風機と、商売にはおおよそ関係のない物ばかり[*2]」が並んでいると記している。

この短い記述に端的に示されているのは、「薬屋」というイメージが象徴するだろう、いわば多様かつ膨大な資材を潜在的に貯蓄するアーカイヴスペース（データベース）といった、よくある現代のポストモダン的な管理体制への目配せではない。それは、むしろ一七世紀半ば以降に始まる初期近代西欧（古典主義期）が一九世紀までに整備していった、西洋（「地球儀」）と東洋（「木彫りの熊」）というふたつの他者が相互にその視線を「発見」し合い、はじめて世界を統一的な「表（タブロー）」（＝「棚」）のうえに再編していく、博物学的／分類学的な世界観の隠喩だろう。実際、この薬店を経営する座木やリベザルは遠いヨーロッパの国々の出自と設定されている一方、日本古来の民俗的な伝承（七不思議）が突然披瀝されるなど、このシリーズの細部をモザイク状に彩る、数多のどこか奇妙な多国籍性（コスモポリタニズム）のイメージは、こうした理解をさほど不自然ではないものにしている。さらにいうなら、先の記述と同じ場面で座木が「鎖国」や「文明開化」を口にする、キャラクターたちの極端なほどに広範な歴史感覚もまた、高里的世

＊1　小森健太朗「一九九六年以降の探偵小説ジャンル新人の輩出と動向〜主にメフィスト賞受賞作品を中心として〜」、限界小説研究会編『探偵小説のクリティカル・ターン』南雲堂、二〇〇八年、二一七頁以下。

＊2　高里椎奈『銀の檻を溶かして　薬屋探偵妖綺談』講談社文庫、二〇〇五年、一六頁。

界の描く地理的・歴史的な伸縮性を助長していると言えるだろう。

もとより、こうした趣向は、「薬屋探偵妖綺談」シリーズ以降の高里ミステリの世界でもほとんど一貫している。たとえば、「うちの執事が言うことには」シリーズでも主人公の烏丸花穎は由緒ある烏丸家の第二六代当主として家督を継ぐために帰国するまでイギリスの大学院に在籍していたという設定であり、物語には古風なしきたりが溢れている。また、近作の『雨宮兄弟の骨董事件簿（アンティーク・ファイル）』（二〇二二年）もまた、「薬屋探偵妖綺談」に似た少年たちの経営する骨董屋が舞台のミステリであり、やはり店内には「上品な色合いのグスタヴィアン・チェアに座る磁器人形（ビスクドール）、豪奢な抽斗箪笥（コモード）、カブリオレ・レッグのハイ・チェスト。ドレープの滑らかな洋燈（ランプ）」[3]といったヨーロッパの調度品がひしめいている。あるいは、この骨董屋がたたずむ港町の描写にせよ、「浦賀に端を発する開港を皮切りに、港町には海の向こうの文化が数多く持ち込まれた。土地開発をされた大通りに企業ビルや全国展開の支店が建ち並ぶ一方で、近代の表層を剥がすと、当時の建物が軒を連ねている」[4]とされ、「石畳は左右からなだらかに傾斜して、中央に浅い溝が走っている」のは、「モデルとなったパリの街では窓から汚水を捨てていた時代の名残らしい」[5]からだと説明される。

すなわち、デビュー作から最新作まで、四半世紀近くに及ぶ高里の作品群の世界を貫いているイメージとは、こうしたまさに現代日本の「近代の表層を剥がすと」いたるところに見え隠れするヨーロッパの初期近代の手触りなのだ。

2 博覧会と視覚的欲望の近代

ともかく、「薬屋探偵妖綺談」の深山木薬店の示す博物学的表象の内実をひとことで喩えるならば、ひとまず一九世紀半ばに当時の政治的・経済的・メディア的な趨勢を体現する特権的なできごと（イベント）として登場した「博覧会」のイメージに重ねることができる。アメリカのヴィクトリア朝文学の研究者リチャード・D・オールティックや社会学者の吉見俊哉らの先駆的研究が詳細に明らかにするように、[*6]一七九八年、フランス革命最中のパリで開かれた産業博覧会を端緒とし、一八五一年の史上最初のロンドン万博でその歴史的意義を闡明にした博覧会という制度は、まさに近代西欧社会の世界構造や制度性を端的に象徴する特権的な対象として捉えることができる。それは、近世（一五〜一六世紀）の大航海時代に発見された膨大な未知の文物を、統一的な記号システム（博物学や一般文法）のもとに体系化していく作業の総決算となる国家的事業として実現された一大スペクタクル空間だった。また、こうした博覧会以前には、一部の宮廷人たちが自邸内に「珍品陳列室（キャビネ・デ・キュリー）」や「驚異の部屋（ヴンダーカンメルン）」と称される陳列室を私的に備えていたというが、言うまでもなく先の深山木薬店の描写は、この初期近代的な欲望のイメージを正確に写し取

＊3　高里椎奈『雨宮兄弟の骨董事件簿（アンティーク・ファイル）』角川文庫、二〇二二年、六八頁。
＊4　同前、六頁。
＊5　同前、七頁。
＊6　R・D・オールティック『ロンドンの見世物』小池滋監訳、国書刊行会、一九九〇年。吉見俊哉『博覧会の政治学──まなざしの近代』中公新書、一九九二年を参照。

っていると言える。薬店の棚に収められた「作りかけのジグソーパズル」とは、かつてのヨーロッパが抱えていた全体化＝体系化の欲望の暗示にほかならない。

では、深山木薬店が表象している博覧会的なイメージになぜ注目すべきなのか。それはむろん、当時の博覧会が派生させていった多様なイメージやシステムのネットワークが近代以降の本格ミステリ小説の成立に深く関わっているからだ。どういうことか。

たとえば、それを体現するもっとも典型的な装置のひとつが、視覚的な全体性の欲望を満たす「パノラマ」的な眺望である。一八世紀末からイギリスやフランスで流行したパノラマ館はよく知られるように、当初から博覧会の主要なエキシヴィジョンのひとつだった。というよりそれはむしろ、「商品という物神の霊場」（ベンヤミン）とも表現された、萌芽的な消費文化の産物である博覧会がはらむ幻惑性を端的に表象する設備だったわけである。

すぐに思いつくように、こうしたパノラマ＝視覚性の氾濫という事態は、たとえば、日本の探偵小説の始祖である江戸川乱歩の諸作品にまず如実に認めることができる。日本に最初のパノラマ館が上野で開催された内国勧業博覧会内に設置されたのは一八九〇年のことだが、その数年後に生を享けた『パノラマ島奇談』の作家は、幼少時の映像体験をめぐるある懐古的なエッセイのなかで以下のように記している。「〔…〕あの活動幻燈の不思議な魅力は、その当時のパノラマ館、博覧会の旅順海戦館、八幡の藪知らずの化物屋敷、黄花園の菊人形、チャリネの曲馬団などと共に、僕の幼い頃の幻想と怪奇への甘い郷愁になっている」[*7]。すなわち、乱歩の視覚的想像力の基底には、パノラマや、それをかいした博覧会的制度が確固として根づいているわけだ。

とはいえ、私たちは、こうした乱歩的な想像力（パノラマ的視覚性）の起源を西欧の本格ミステリ史に沿って、さらに遡行することができる。その場合に注目すべきなのは、やはり一九世紀半ばのパリで一大ブームとなった、「死体公示所（モルグ）」という特異なスペクタクル空間の存在だろう。アメリカの歴史学者ヴァネッサ・シュワルツによる興味深い歴史研究によれば[*8]、一八六四年にノートルダム大聖堂の裏手に開設されたモルグは、その数十年後にはパリ市内屈指の人気スポットになっていたようだ。第二帝政下のパリの大衆は、身元確認のために陳列された遺棄死体の姿を覗きにモルグに連日詰め掛けていたのである。

確認するまでもなく、ここでモルグの死体が表象しているのは、同時代の博覧会のパノラマから二〇世紀以降の映画やインターネットまでを貫く、視聴覚メディアの備える圧倒的な視覚的快楽（アトラクション）の効果であった。初期映画研究の分野ではよく知られているように、アメリカの映画史家トム・ガニングはおおよそ一九〇〇年代半ば頃までの黎明期の映画の特徴を、いまだ物語がついておらず、視覚的な見世物性に特化した「アトラクション性」だと定義した[*9]。当時の先鋭的な作家エミール・ゾラは小説『テレーズ・ラカン』（一八六七年）のなかで、モルグをまさに「誰もが享受できるショー[*10]」だと的確に書いている。この、「見ること」（「見たことのない刺激的なものを見たい」）という近代の欲望を背景に成立し

＊7　江戸川乱歩「うつし絵」、『江戸川乱歩随筆選』ちくま文庫、一九九四年、一九七頁、傍点引用者。
＊8　ヴァネッサ・シュワルツ「世紀末パリにおける大衆のリアリティ嗜好――モルグ、蠟人形館、パノラマ」（菊池哲彦訳）、『アンチ・スペクタクル――沸騰する映像文化の考古学（アルケオロジー）』長谷正人・中村秀之編訳、東京大学出版会、二〇〇三年、二二三頁以下。
＊9　トム・ガニング「アトラクションの映画――初期映画とその観客、そしてアヴァンギャルド」（中村秀之訳）、同前、三〇三～三一五頁。
＊10　エミール・ゾラ『テレーズ・ラカン』上巻、小林正訳、岩波文庫、一九六六年、一一〇頁。

ているという点において、一九世紀半ばのモルグと一九世紀末の映画は、同じ近代視覚文化史上の産物である。

それを踏まえていえば、高里のミステリにしばしば認められるのも、まさにこの「見ること」＝視覚への過剰なまでの拘泥ぶりだといってよい。たとえば、すでに触れた「うちの執事が言うことには」「うちの執事に願ったならば」シリーズの主人公、花穎は、知られるように、異常なほどの色彩感知能力の持ち主で、通常のひとには見えないレヴェルの色差まで認知してしまうため、普段は色のついた眼鏡をかけている。「僅かな色差による不調和は常に花穎を苦しめる。一色で塗り潰されたものでさえ僅かな差を捉えるから、花穎の色彩感知能力は日常生活に支障をきたした」[*11]。あるいは、『雨宮兄弟の骨董事件簿』ならば、骨董店を営む兄弟のうち、ディーラーの兄・雨宮陽人は骨董品について並々ならぬ鑑識眼を持ち、弟の海星は不思議な能力を持っている。作中では、「スポーツの世界では俯瞰（イーグル・アイ）で盤面を把握出来る者が抜きん出るが、海星は物事を三百六十度の全方位から見る才に秀でている」[*12]とも表現されているが、ともあれ、これらの物語に登場する高里的なキャラクターたちとは、要するに、いろいろな意味で、「人より**もよく見えすぎて**しまう人々」なのである。

世界に散らばる「見えないもの」を可視化し、整理して体系化し、カタログ化・標本化する――もとより「闇に光をあてる」ことを意味するのが「啓蒙 enlightenment」である以上、近代的知とはこうした博物学的知であり、博覧会的知でもある。そして、高里的なミステリ世界とは、こうしたパラダイムを繰り返し描き続けているのだ。

3　本格ミステリと近代

いずれにせよ、一九世紀末のパリにおけるモルグが、これまで述べてきたパノラマ的な、あるいは初期映画的なスペクタクル性とともに博覧会的な知や嗜好性と密接に通底していることは紛れもない。

そして、もはや明らかなように、それは、モルグの一般公開に先立つこと二十数年前に書かれたエドガー・アラン・ポーによる始原的な本格ミステリ小説『モルグ街の殺人』（一八四一年）の描く世界において鮮烈に予告されているだろう。そもそもこのポーの短編ほど、博覧会的な世界観をトリックとして明確に取り込んだミステリもない。というのも、この小説の真犯人である、ボルネオ諸島の奥地で捕獲されたのちに脱走した「オランウータン」こそ、初期近代西欧の博物学的知が一八世紀を境としてヨーロッパ各地に建設していった（博覧会の前身施設としての）博物館や動物園、植物園に収容され、展示・観賞されるべき対象だったからである。そして、事実、このオランウータンは「その後、所有者自身が捕まえて、なんでも大した金で、植物園（ジャルダン・デ・プラント）へ売った」[*13]と語り手によって説明されるのだ。あまつさえ、この事件の真相の解明にいたるデュパンの推理で大きな役目を果たすのが、ジョルジュ・キュヴィエの比較解剖学の書物であったこともつけ加えておいてよいだろう。

---

*11　高里椎奈『うちの執事に願ったならば9』角川文庫、二〇二〇年、二〇六頁。

*12　前掲『雨宮兄弟の骨董事件簿（アンティーク・ファイル）』、一〇六頁。

*13　エドガー・アラン・ポオ「モルグ街の殺人事件」『黒猫・モルグ街の殺人事件』中野好夫訳、岩波文庫、一九七八年、一三四頁。

このようにして、本格ミステリの始原であるポーの物語的想像力のなかには、すでにして博物学／分類学的なパースペクティヴと、博覧会＝パノラマ的な視覚性——先のシュワルツの指摘によると、「モルグ」という名称自体、「見つめること」を意味する古語の動詞に由来しているという——が強力にインストールされていた。

とはいえ、モルグ（博覧会＝パノラマ的嗜好）とポー（本格ミステリ）の結びつきは、何もイメージの次元の話に留まらない。そもそもモルグが体現するスペクタクルへの嗜好自体が、本格ミステリ小説の起源である、七月王政下に急速に発達した活字メディアやジャーナリズムのなかで生み出された数多くの新聞小説（フュトン）や犯罪読み物、または通俗的な「三面記事」の「視覚的な補足」（シュワルツ）として機能していたからだ。事実、当時の新聞にあっても、モルグはすでに「連続ミステリー小説の生の挿絵」だと記されていた。

いずれにしても、一九世紀西欧のメディア的・社会的な発展のなかで生まれ、注目を集めていった本格ミステリという活字を主とする娯楽ジャンルには、同時に当時の社会が含んでいた多様なイメージの消費文化（博覧会、パノラマ、モルグ……）のネットワークが分かちがたくバックアップし続けていた。ポー以来、「謎—論理的解明」の厳密な組み合わせ（規則性）を主眼としてきた本格ミステリは、言うなれば近代的な計算体系（象徴秩序）にもっとも従順な文芸ジャンルとして認知されてきた（その後、二〇世紀に入り、大戦間ミステリの傑作群がそうしたミステリの「自意識」を次々に相対化していくにしても）。

象徴秩序とは、言語に代表される論理的・社会的な公共性＝規則性のことだ。したがって、本格ミステリとは、言語的記号においてもっともそのポテンシャルを発揮する物語形式だといってよい。だとするなら他方、それ以前の古典主義期を代表する初期近代西欧以来の博物学／分類学的なシステムに基づいた博覧会＝パノラマ的な知や嗜好性とは、そうした象徴秩序の成立以前の意味の領域、かつてフランスの精神分析医ジャック・ラカンが定義した主体の去勢以前のイマジネール（想像的）な領域に該当すると考えて間違いない。本格ミステリの小説空間を支える規則性のネットワークは、それを囲繞する非言語的な次元によっても規定されているわけだ。

ここで話を戻せば、博物学／分類学的世界としてマーキングしておいた高里椎奈の諸作品もまた、こうした本格ミステリの原初的な生態系を忠実にトレースしているというべきだろう。一定の本格ミステリ（象徴秩序）の外観を保ちながらも、「妖怪」「悪魔」「幽霊」といった異形＝外部のイメージが横溢する「薬屋探偵妖綺談」シリーズの物語空間は、言ってみればポーや乱歩といったミステリ史の古層の「標本」のように読める。そう考えれば、デビュー作『銀の檻を溶かして』が、ほかならぬ「新聞の三面記事」（不可解な事件記事）の挿入によって幕を開けるのも無理はない。高里椎奈のいわばラディカルな「保守性」は、ここにある。

彼女の本格ミステリ史に対する考古学的な眼差しは、「本格」の論理を淘汰するものとしてキャラ萌えや可能世界やウェブ的論理が云々された現代ミステリのリニアな「歴史」に対して、かつてのミシェル・フーコーのように、その内部に多様な「出来事」（抑圧された「時間」）を捉えようとしているかのようだ。その点だけでも、メフィスト系的想像力にとって、彼女の存在はきわめて貴重なものだと言えるだろう。

4 「密室」＝「場所」から遠く離れて——ポスト新本格＝密室ミステリの条件

とはいえ、高里椎奈の小説空間には右のような古典的な様式のほかに、もうひとつの無視できないモチベーションが働いている。そして、それは前節での議論とは対照的に、いわばメフィスト賞、ひいては一九八〇年代後半の新本格以降の現代ミステリの動向と関連していると思われる。それを最後に素描しておこう。

現在の高里と一九世紀のポーの作品世界をオーヴァーラップさせることで見えてきた、ここでいうミステリにおける博物学／分類学的世界とは、いうなればミステリが本来はらむ「象徴形式」（論理的規則性）の背後に、それを活性化させる代替的な装置としての博覧会的な統合性＝体系性、あるいはその延長線上にある視覚的なスペクタクルが明瞭に見える形で存在していた。しかし、ポー以後の本格ミステリ、たとえば笠井潔や法月綸太郎が問題化するようなクリスティ、クイーン、ヴァン・ダイン、カーといった豊饒な大戦間本格ミステリの成果は、むしろそうした象徴形式＝論理性とともに顕在化した放恣なイメージ操作（怪奇趣味や幻想性）の多くを削ぎ落とし、徹底して言語的＝論理的な記号の連なり（推理）だけで小説世界を構築していこうとしたといえる。

また、それは笠井や島田荘司らの作品に強烈なインスパイアを受けて登場した法月ら一九八〇年代後半のいわゆる「新本格」の作家たちにしても基本的には変わらない。より具体的に敷衍するならば、作品世界を曖昧なイメージ操作（スペクタクル的要素）によって不用意に拡張することを回避した彼らの作品群は、必然的にその厳密な構築性と引き替えに、物語の舞台を私的かつミニマルな局所性に縮約せざるをえなかった。たとえば、新本格の作家たちが示し合わせたように焦点化したミステリにおける「密室」の主題系とは、そうした一種の禁欲性の表れである。

とはいえ、一方でむしろこの時期にこそ、まさに高里／ポー的な要素が日本社会に氾濫していったと見ることもできるのではないかという疑問も浮かぶだろう。数多くの社会学的な知見やゼロ年代に流行った

「八〇年代論」を参照するまでもなく、渋谷の広告文化から浅田彰現象まで、極限まで爛熟したポストモダンな大衆消費文化を謳歌し続けた八〇年代の日本の現実は、かつてベンヤミンが「一九世紀の都市／資本（キャピタル）」と呼んだ、あの初期スペクタクル空間の完成形態とも理解できるものだからだ。たとえば、東京ディズニーランドの開園（一九八三年）やつくば科学万博（一九八五年）、横浜博覧会（一九八九年）の開催や東京ドーム竣工（一九八八年）などのトピックは、まさに八〇年代が新たな「博覧会の時代」であったことの証ではないのか。

だが、この点における内実については、すでに私たちは文芸評論家の円堂都司昭の啓発的な評論「シングル・ルームとテーマパーク」を持っている。その題名が示すように、綾辻行人の「館」シリーズの分析に仮託して展開されるこの優れた「八〇年代社会論」で円堂は、当時台頭してきたテーマパーク的施設の増殖と現代の生活環境の空間的変容――個室（シングル・ルーム）の前面化を、新本格ミステリの「密室」とのトリロジーを構成する形で、明快に関係づけている。[*14]

だとすれば、八〇年代のテーマパークや広告文化のような視覚的／消費的システムの増大は、むしろ当時の先端的な情報ツールの普及同様、やはりミニマルかつプライベートな「個室文化」＝「密室」のバリエーションだったと捉えるほうがよいだろう。これは言い換えると、新本格ミステリとは、博覧会的論理が体現していたような、想像的なレヴェルでの一種の全体化＝体系化（パノラマ化）とは逆に、多元的かつ局所的な「場所」（空間）が持つ多様な可能性に一貫して照準していたわけだ。孤島の山荘から学校の

＊14　円堂都司昭「シングル・ルームとテーマパーク――綾辻行人1」、『「謎」の解像度（レゾリューション）――ウェブ時代の本格ミステリ』光文社、二〇〇八年、二四頁以下。

教室まで、新本格作家が扱った数多くのクローズド・サークルものや密室ものの物語は、まさにアンチ・スペクタクルな論理の閉鎖空間だった。

このように、八〇年代以降の新本格ミステリの傑作群はいわば「場所性」＝「空間性」のキャラ立ちによって成立していた。これは、一方の純文学の領域においても「路地」（中上健次）から「郊外」（島田雅彦）を経て、J文学の「渋谷」（阿部和重）まで反復して見られた風景である。そう考えれば、ゼロ年代のミステリをはじめとする現代の小説空間とは、いうまでもなくそうした特権的な「場所性」の喪失にあったと見ることができよう。実際、二〇〇七年の対談本『東京から考える――格差・郊外・ナショナリズム』（NHK出版）で批評家の東浩紀と社会学者の北田暁大が指摘していたように、いわゆる「ファスト風土化」（三浦展）や「ジャスコ化」（東）の急速な進展とともに、ゼロ年代では、かつてのような都市論が失効するほど、日本の風景はフラット化し尽くした。その意味で現代ミステリ史において兆候的だったのは、やはり清涼院流水の存在だろう。彼がデビュー作『コズミック』（一九九六年）で描いた一二〇〇個の密室とは、まさに「密室」の飽和化＝「密室」の喪失にほかならなかったのだから。

ここでつけ加えておけば、じつは高里もまた、デビュー作の主要な舞台のひとつを、ファスト風土化の進行した典型的な土地である「北関東」（栃木）に設定したが、これも以上のような文脈で示唆的に捉えることができるだろう。栃木県だけに限ってみても、ゼロ年代には『リリイ・シュシュのすべて』（岩井俊二、二〇〇一年）、『秒速5センチメートル（桜花抄）』（新海誠、二〇〇七年）、『檸檬のころ』（岩田ユキ、二〇〇七年）など、さらに群馬や茨城を含めたいわば「北関東的想像力」を取り込んだ映画や小説、アニメが一再ならずリアリティを確保してきた。これに、「「丸山眞男」をひっぱたきたい――31歳、フリーター。希望は、戦争。」（二〇〇七年）によりゼロ年代後半のフリーター／ニート論壇で注目を集めた栃木県出身のフリーライター、赤木智弘の存在を付け足してもよいだろう。その点で、『銀の檻を溶かして』の世界は、ゼロ年代のベタな現実にもそのまま繋がっている。

いずれにせよ、ゼロ年代の先端的なミステリ、つまりメフィスト賞の作家たちは、こうしたポスト新本格の、「脱＝密室」、「脱＝場所性」の趨勢のなかで小説空間を構築していかざるをえなかった。

そのなかでもっとも多く注目を浴び、語られてきたのが、周知のように、西尾維新をひとつの到達点とするような、「キャラクターの自律化」（キャラ萌え）の論理だったと言えるだろう。とはいえ、注意深く考えれば、これはゼロ年代ミステリのはらんだ数ある方向性（選択肢）のひとつだったのではないか。むろん、高里の小説も西尾同様、キャラクターの論理を多分にその作品構造に組み込んでいる。しかし、彼女の作品にはそれと拮抗しうるほどのもうひとつのオペレーション・システムが作動していたように思われる。それは、「言語」である。

5 新たな可能性としての言語

そもそも高里の作品には、すでに述べたその視覚的な機制とともに、じつは言語に対するある種の関心もまた横溢している。たとえば、「薬屋探偵妖綺談」シリーズの主人公である深山木秋は、作中で口癖のようにゲーテやニーチェ、『史記』といったさまざまな古典の引用を披瀝する。あるいは、『銀の檻を溶かして』について言えば、推理の材料としてはいささか強引なレヴェルで被害者の書いた大量の駄洒落の文章が紹介されたりもする。いずれにしても、ここで高里が注目し盛んに使用している「言語」の特性は、いうまでもなく先の新本格作家たちが用いていた「言語」、つまり論理的な構築性の道具として重視される膨大な「密室作り」のための言語とは異なる。それは、リベザルが秋の言語使用について述べる「言葉の詐欺」[*15]という表現が端的に示すように、むしろ仮想的（バーチャル）できわめて皮相でありながら、かつてのスペクタクルな視覚性が体現していた体系的な記号システムのように、広範な領域を一元的に結びつけ合う、コミュニケーション＝規約のための言語だと言える。喩えるなら、それはきわめて「ネット的」な言葉の群れなのだ。その点で、秋の言語使用は、西尾の「戯言」シリーズ（二〇〇二～二〇〇三年）の主人公・いーちゃんの「戯言」ともすでに近いものがあった。

こうした「規約的言語」の姿は、じつは現代ミステリの多くの場所で認められる。これは、いわば博覧会的な論理によるスペクタクルな記号の全体化＝体系化にも、あるいは論理性の突出によるミニマルな「密室」＝場所性の特権化にも一概に依拠しえなくなったポストモダンな小説空間が、むしろ言語の仮想性（現実的な対象から遊離した汎用性）を「スペクタクル的」＝一元的に拡張させることによって生み出した代替的な小説世界の統合システムだったということができる。おそらく、こうした言語的記号の組織力こそ、虚構と現実を問わず、言語なき私的世界（セカイ系）と、能動的意志（主体）なきインフラ的公共性（環境）とのあいだを調停する「通約可能性」なのだ。

この意味で、それを内容的に実践していたのが、ゼロ年代の秋やいーちゃんのキャラ設定だったとすれば、形式的な面でのそれは、いわば言語の一元論的な操作によるミステリ空間の創出としての「叙述トリック」の新たな活用だったのではないだろうか。たとえば、乾くるみの叙述トリックミステリ『イニシエーション・ラブ』（二〇〇四年）の構造は端的にそれを物語っている。というのも、この小説ではヒロインの用いる「たっくん」という主人公（たち）を表すひとつの呼称が、小説内の現実的な人物とはまったく離れたレヴェルでバーチャルな記号として用いられることで物語全体の整合性が成立していたからだ。

そればかりではなく、その記号の操作は「時間」というそれ自体表象不可能な対象さえも容易に、トリックの素材としてコントロールできるものに変容させていた。おそらく、ここにはキャラ萌えの論理とは違う、別種の文学の可能性が拓けている。というより、それはむしろフーコー的な問題意識に引きつけていうなら、文学における「言葉」（記号）と「物」（視覚的表象）との関係の新たな再編の契機なのかもしれない。

むろん、この短い紙幅のなかでその内実を論じることは覚束ないが、やはり指摘しておくべきなのは、そうした問題意識を高里もまた、デビュー当初から明確に抱いていたように思えることだ。つぎの引用部分は、それを端的に表している。

> 昔、日本人は色に名前をつける時、基本を決めてそこから発展させるのではなく、そこにある色一つ一つに名前をつけていった。[…] 例えばこのキュウリで言おうか。これは黄色か緑か。こいつは『黄』と『緑』の二つの……顔、世界……を持っているのではなく、『キュウリ色』という集合に黄や緑が場を共有してるんだ。[*16]

ここで、彼女は色の名前について「黄」や「緑」といった「基本」（普遍的イデア）から演繹的に定義するのではなく、「キュウリ色」という実在的な個物の性質から出発しようとしている。これは一種の唯

＊15　前掲『銀の檻を溶かして』、三二頁。
＊16　同前、三七五〜三七六頁。

名論的発想である。言語に立脚しながらも、それを具体的な個物（イメージ）との関係性において考えようという態度――ここに、高里椎奈の現代作家としての誠実さが表れていはしないだろうか。そして、彼女のこの態度はじつは、またも本格ミステリの始原的な感性――『モルグ街の殺人』において、「畜生（サクレ）！」「糞（ディアーブル）ッ！」「こらッ（モン・ディユ）！」という言葉（普遍）を不用意に当てはめることではなく、具体的な「叫び声」（個物）に寄り添わせた一九世紀のポーに重ね合わされるだろう。メフィスト系的想像力の未来は、そのままミステリの歴史とも折り重なっている。

第5章 精神分析と地図

ゼロ年代の米澤穂信をフロイトで読む

1　ビルドゥングス・ロマンとオイディプス神話

米澤穂信は、二〇〇一年にデビューしたミステリ作家である。その出自が、著名なライトノベル・レーベルの新人賞（第五回角川学園小説大賞ヤングミステリー&ホラー部門奨励賞受賞）といういささかユニークな経緯だったこともあり当初はごく一部の読書家を除いて注目を浴びるにいたらなかったが、その後、東京創元社の「ミステリ・フロンティア」シリーズの一編として刊行した『さよなら妖精』（二〇〇四年）の成功で、一躍知名度を拡大させた。以降、現在まで、端正な文体とユニークな視点によって次々に話題作を発表し、二〇一一年、『折れた竜骨』で第六四回日本推理作家協会賞長編および連作短編集部門、二〇一四年、『満願』で第二七回山本周五郎賞、『黒牢城』は二〇二一年に第一二回山田風太郎賞、そして二〇二二年に第一六六回直木賞、第二二回本格ミステリ大賞小説部門を受賞した。

『黒牢城』が受賞した同年の本格ミステリ大賞で、エッセイ集『米澤屋書店』が評論・研究部門にノミネートされていたことからも窺われるように、米澤は、きわめて「批評的」な作家である。たとえば米澤は、笠井潔、そして当時、同じく気鋭の若手だった北山猛邦、辻村深月と二〇〇五年に行われた座談会「現代本格の行方」（笠井潔『探偵小説と記号的人物（キャラ／キャラクター）』所収）において、これまでにもしばしば引用されている、つぎのような見解を表明していた。

やっぱりフラットな状態であるところの主人公が、探偵であるという役割を与えられ、それに対してまだ自分の実力が追いついていないわけですが、話を追うにしたがってその役割に対する自覚と実力を獲得していくというビルドゥングス・ロマンみたいなものもエンターテイメントとしてやってみたいですね。[*1]

この発言は米澤の作品を読む上でじつに示唆的であり、同時にいかにも逆説的に響く。私の考えでは、この米澤自身の発言によって、彼の諸作品に対する「批評」はほぼ尽くされているといってよい。しかし、むろんそれでは話が続かないので、この彼の発言をより具体的に敷衍してみよう。

いってみれば、ここで彼は自らの小説に内在する、二種類の相互に関係するモーメントについて簡潔に語っている。そして、それは現代の本格ミステリ（さらには小説全般）が直面している本質的な問題でもあるのだ。すなわち、それは近代小説としてのビルドゥングス・ロマンの不可能性と変容である。そして、この章ではそれをおもにフロイトの精神分析を手掛かりに考えてみたい。では、それはどういうことなのか。

そもそもここで米澤の口にする「ビルドゥングス・ロマン Bildungs Roman」とは何か。それは一般的には、一八世紀末のドイツ・ロマン主義文学運動（疾風怒濤期）を中心に形成された近代ヨーロッパ小説の典型的なスタイルのひとつであり、主人公が地理的・時間的に幾多の障壁にぶつかりつつ、それを弁証法的に乗り越えながら、人格的にレヴェルアップしていく遍歴過程を描いた作品だと説明できる。時に「教養小説」「自己形成小説」とも訳されるもので、たとえば、ゲーテの『ウィルヘルム・マイスターの修行時代』（一七九六年）などを思い起こせば充分だろう。

そこで目指される理想的な人格とは、あらゆる事象を総合する近代特有の超越的自我のイメージである。つまり、それは思想史／精神史的には、同時代のヘーゲルが巨大に体系化した「絶対精神」への到達を目指す観念論哲学に対応するわけだ。その意味では、中学生や高校生の男女をおもな主人公とし、彼らがさまざまな事件や謎を解決していくごとに世界の仕組みを少しずつ理解していくプロセスを描く米澤の代表作である青春小説群は、一見すると確かに彼の目指す通り「プチビルドゥングス・ロマン」の装いをまとっているともいえる。とはいえ、むろん、私たちは、この米澤的な小説世界の持つ独特の構造を摑むために、「ビルドゥングス・ロマン」のイメージをさらに拡張させていく必要がある。

そこで、ここからいくつかの補助線を挟んでいこう。たとえば、「ビルドゥングス・ロマン」の枠組みを、いったん近代的価値観の磁場から抜き出せば、すぐによく知られた古代的な説話（神話）のタイプ、具体的にいえば一種の「貴種流離譚」のようなものとして構想することも可能だろう。とりわけソフォクレスの手になる「オイディプス神話」はその典型である。よく知られるように、主人公（オイディプス）の遍歴譚、あるいは彼と父母（ライオス、イオカステ）との壮大な世代史として語られるこの物語は、

＊1　笠井潔・北山猛邦、辻村深月・米澤穂信「現代本格の行方」、笠井潔『探偵小説と記号的人物（キャラ／キャラクター）――ミネルヴァの梟は黄昏に飛びたつか？』東京創元社、二〇〇六年、三〇六〜三〇七頁。

「共同体の成立とそこからの離脱」「父との葛藤」「生来のスティグマ」など、聖書と並びその後の西欧近代文学においても反復的に変奏されるさまざまな物語要素を含み持っている。

さらにいえば、二〇世紀には文化人類学をはじめ、オイディプス神話の構造を象徴的に導入した思想ジャンルが人文社会科学の領域で飛躍的に成長したりもした。その点で、オイディプス神話とは、単にビルドゥングス・ロマンという一ジャンルとの関わりを越えて、近代以降の文化空間ときわめて親和性が高いといえる。そして、ここでなかでもとりわけその典型として、一九世紀末にジークムント・フロイトの発明した「精神分析」というひとつの固有名が浮上してくることになる。

周知のように、「トーテムとタブー」（一九一三年）などの諸論文においてフロイトは、主体（自我）の形成過程を、性的な欲望の対象としての「母」への同一化（インセスト）を「父」の権威によって断念（抑圧）し（これが「去勢」と呼ばれる）、「父」が発する大文字の秩序を受け入れつつも同時にそれを相対化していくことで、より高次の社会性（主体性）を獲得していくという一連のセット、いわゆる「エディプス・コンプレックス」としてモデル化した。いわば「母との一体化」と「父の殺害とその克服」を「物語」の核として展開されるこの精神分析の自我理論は、のちにラカンやドゥルーズ&ガタリ、あるいは一九八〇年代の浅田彰が「オイディプスの三角形」（パパ－ママ－ボクの三角形）と呼んだように、露骨にオイディプス神話の構造を参照している。

ところで、こうしたオイディプス神話は、やはり先の近代的世界観（ビルドゥングス・ロマン）の文脈からまったく背反するような側面をはらんでいることも事実である。具体例を出すならば、『探偵小説論序説』において笠井潔がW・H・オーデンの議論を援用しつつ述べるように、この神話ではそもそも主人公（オイディプス）の一連の遍歴は、すでにあらかじめデルフォイからの託宣（預言）によって運命的に定められていた。つまり、より正確に考えれば、オイディプス神話には近代小説、あるいは精神分析が想定するような真の意味での「自己形成」なり「成熟」なりといったBildungの契機はじつは含まれていないともいえる。

こうして、物語の構成や登場人物の生を「記号的」(反近代文学的)に処理するオイディプス神話に、先のオーデン=笠井は、しばしば強調されてきた精神分析との類比性を脱構築するとともに、二〇世紀の本格ミステリ小説との相同性を見たわけだ。

あるいは少々乱暴に図式化すれば、精神分析において分析医が患者の無意識下に抑圧された心的外傷(トラウマ)を自由連想などの臨床によって事後的に「発見」していく治療過程は、一方で、オイディプス神話においてオイディプスが過去の託宣(運命)を図らずも正確にシミュレートしてしまう遍歴過程、または本格ミステリにおいて名探偵が過去に起こった犯罪を現場に残された証拠品や目撃例を手掛かりに真相を浮かび上がらせていく推理過程とも類比的に考えることができる。この点では、オイディプス神話や精神分析はビルドゥングス・ロマン(近代小説)の枠組みを完璧に裏切っている。いずれにしろ、オイディプス神話や精神分析や本格ミステリは、近代的な思想や文芸と相互に表裏一体の緊張した関係にあるとはいえそうだ。

2　反成熟(ビルドゥング)としての米澤作品

ともかく、とりあえずこのように精神分析という補助線を使って文脈を立ててみると、米澤の仕事は、きわめて見通しのよいものになると思われる。

簡単にいえば、彼の作品は、じつは通常の意味でのビルドゥングス・ロマン的な「成熟」の物語、あるいは自己形成の説明システムとしての精神分析のフレームをことごとく裏切ることで成立しているといってよいからだ。その点で、先の米澤の発言はきわめてシニカルなニュアンスを帯びているだろう。

たとえば、米澤の作品のなかでもデビュー作を含む〈古典部〉シリーズ（二〇〇一年〜）とともに、もっとも若い世代の人気を獲得していると思われる代表的な連作短編ミステリ〈小市民〉シリーズ（二〇〇四年〜）を考えてみよう。このシリーズの主人公である小鳩常悟朗（「ぼく」）と小佐内ゆきのコンビは、中学生（あるいは高校生）ながらともに「小市民」を目指して日夜奮闘している。彼らの考える「小市民」とは、いわば「難事件を解決する名探偵」（小鳩）や「他人からの危害に対する怨恨に燃える復讐者」（小佐内）といった日常社会生活のなかの突出点となるような特異な存在となることをできる限り回避し、無個性かつ匿名的な慎ましい生活作法を身につけた人間を意味している。こうした彼らのスタンスは、一見すると、自己の欲望を的確に抑制し、社会的な身の丈に合った成熟（フロイト的には「自我理想」）に服しようとする点で、近代のビルドゥングス・ロマン（自己形成）の枠組みとも繋がるように思われるだろう。

しかし、近代以後の社会を生きる彼らのこの営為は、じつはすでに二重の意味で不可能性に直面するほかない。ひとつは時代的な、もうひとつは、構造的な意味においてである。どういうことか。

前者から説明しよう。ここで主人公の小鳩くんと小佐内さんが目指す「小市民」とは、もはや本来的なビルドゥングス・ロマン＝ヘーゲル哲学が想定していたような、一九世紀的な市民社会、いわゆるかつてドイツの社会哲学者ユルゲン・ハーバーマスが主著『公共性の構造転換』（一九六二年）で描き出したような、近代市民社会のリベラルな公共意識に通じるようなものではありえない。それはむしろ、現代の大量消費社会の構造的起源――つまり二〇世紀初頭の、第一次大戦後に確立した大衆社会の「群衆 mass」のイメージに必然的に基づくものだ。

たとえば、卓抜なミステリ小説論としても知られる一九三〇年代の短いエッセイ「ボードレールにおける第二帝政期のパリ」においてヴァルター・ベンヤミンが秀逸に敷衍したように、「群衆」とは、パリを代表とする一九世紀末以来のヨーロッパにおける都市空間の急速な成立という地政学的な変容に伴い登場した、近代世界の新たな表象である。中世的な共同体からの完全な脱却として現れた都市とその住人たる群衆との関係を定義して、ベンヤミンは「大都市のなかでは個人の痕跡が消える」[*2]のだと簡潔に要約した。すなわち、かつての中世社会においては地理的・伝統的、あるいは制度的なコンテクストによって明確に規定づけられていた人々の固有性や単独性は、近代的な都市がその成立とともに持ち込んだ均質でありながら多層的な空間によって、どこまでも匿名的なものとして分子化・細分化されてしまう。どこで、誰が、何をやっているのかも把握できず、誰もが「私」であると同時に、「私」は誰でもないようなのっぺらぼうの世界。オルテガ・イ・ガセのような旧弊の知識人が畏怖した、あらゆる人間の個性をシミュラークル（まがいもの）に還元してしまう存在論的な位相、それが「群衆」であった。

結局のところ、小鳩くんと小佐内さんが口にする「小市民」の内実とは、こうした二〇世紀以降の群衆のイメージと無関係ではいられない。二一世紀風にいい直せば、スマートフォンやウェアラブル端末を身につけて自在に都市を「遊歩」する（いまや死語になってしまったが）「スマートモブズ」（ハワード・ラ

＊2　ヴァルター・ベンヤミン「ボードレールにおける第二帝政期のパリ」、『ボードレール　他五篇／ベンヤミンの仕事2』野村修訳、岩波文庫、一九九四年、一八三頁。

インゴールド）となるだろうか。

いずれにしても、それは「名探偵」や「英雄」といった近代精神が理想とする特権的存在からははるかに懸け離れた瑣末な存在だ。彼らは、社会の片隅で蠢く無個性的な匿名のノードのひとつとして位置づけられ、むしろそのなかで起こる犯罪事件のすべてをメタレヴェルから秩序づける特権的な存在としての「名探偵」のポジションに自分を置くこと——少なくともそう素朴に信じることを徹底して拒んでいる。『春期限定いちごタルト事件』（二〇〇四年）のなかで小鳩くんが、「ぼくたち小市民は自意識過剰だ[*3]」と表明する時の「自意識」には、そうした意味も含まれているだろう。ある意味で、米澤の諸作品とは、彼自身が述べる通り、思わぬきっかけで「フラットな状態（＝群衆）であるところの主人公が、探偵であるという役割を与えられ」、「話を追うにしたがってその役割に対する自覚と実力を獲得していく」物語といえるだろう。だが、この経緯には、近代的な価値意識＝「成熟」の否定が込められているように思える。

3　「不気味なもの」と（しての）双数的関係

いずれにせよ、先に述べたビルドゥングス・ロマン＝「成熟」の形式に対する、もう一方の構造的な不可能性は、ひとまずこの時代的な側面から同時に導かれる。ここではさらにそれを二点に分けて指摘しよう。第一に、二〇世紀的な、近代の大文字の秩序（大きな物語）の空域を埋め合わせるものとしてのスノビズム＝アイロニー的な態度。第二に、二一世紀的な、小文字の秩序（コミュニティ）に自閉するものとしての「セカイ系」＝鏡像的な態度である。それぞれに説明しよう。

たとえば、〈小市民〉シリーズの小鳩くんと小佐内さんには、作中では詳らかには語られないものの、どうやら過去にそれぞれ抑圧しなければならない「トラウマ」のようなものがあることがほのめかされる。「実は、あるんだ。わかりやすいトラウマがね」、「二度と調子に乗った知恵働きはしないって決めるのに、充分な打撃だったよ」[*4]。つまり、二人にとっては物語における現在の平穏な日常生活の日々は、過去にあったひとかたならぬできごとの抑圧の上に成立しているのだが、しかし一方で、そのなかで起こる瑣末な事件の数々は、むしろそれが瑣末であるがゆえに、それらの記憶を再帰的・反復的に呼び寄せてしまう。したがって、彼らの探偵行為や復讐行為は、必然的にきわめてシニカル、あるいはアイロニカルな様相を帯びざるをえない。彼らは、すでに起こってしまったできごと（原＝抑圧）の到来に拘束されながら、それを不断に脱臼し続けるほかない。

この意味においても、彼らの日常＝「小市民」生活は、深いシニシズムに彩られている。そして、またシニカルであるということはヘーゲル的な意味での「成熟」＝ビルドゥングの不可能性を告げてもいるだろう。こうした小鳩くんと小佐内さんの示す根深いシニシズム＝アイロニーは、西尾維新の「戯言」シリーズの主人公いーちゃんを連想させる。西尾のいーちゃんが無償の饒舌（戯言）を膨大に繰り出し、小鳩くんたちが極力それを自粛（「小市民」になる）しようとするという差異はあれ、両者は似たような条件を抱えこんでいるというべきだ。

ともかく、以上のような構図は、いわゆる近代世界の大枠を秩序づけてきた大文字の歴史（象徴秩序）の機能が失効を迎えたあとでの人間理性の向かう方向とぴったり重なっている。「そんなことはわかって

＊3　米澤穂信「おいしいココアの作り方」、『春期限定いちごタルト事件』創元推理文庫、二〇〇四年、一一三頁。
＊4　米澤穂信「狐狼の心」、同前、一九九頁。

いる、それでも……」という、精神分析やマルクス主義が体系化した人間精神のメカニズム（シニシズム）を独特のイデオロギー論に仕立て上げ、スターリニズムや高度消費社会の欲望のありようを分析したスロヴェニアのラカン派思想家スラヴォイ・ジジェクの仕事などは、そのよく知られた例だろう。それは、近代が理想とした人間の理性による大文字の歴史へのダイレクトな到達が不可能になったのち、理性がいわば「ゾンビ的」に生き延びるための一種の処方箋なのである。

そう考えると、確かに米澤の作品には（先のエディプス・コンプレックスの図式とはまた別に）、そうした「トラウマ」＝「抑圧されたもの」の到来といった精神分析的な図式が注目すべきモティーフとしてあちこちに採り入れられていることが指摘できる。

この、いわゆる主体の意識下に「抑圧されたもの」というのは、後期フロイトの理論では「不気味なもの Das Unheimliche」――「親しいもの homeliness」を表す heimliche に否定の接頭辞 un- がついたもの――と形容される。ドイツの哲学者マルティン・ハイデガーは、主著の『存在と時間』（一九二七年）のなかでこれを、「不気味さ（Unheimlichkeit）という言葉は、［…］落ち着いた家郷をもたぬ居心地のわるさ（Nicht-zuhause-sein）をも意味している」[*5]と説明しているが、確かに、米澤の小説にはしばしば住み慣れた日常世界に、突如として「不気味な」亀裂が走ったり、あるいは「不気味な」外部からの来訪者が現れるといった状況が描かれる。前者では可能世界的意匠を凝らした『ボトルネック』（二〇〇六年）がそうだろうし（作中には室生犀星の「ふるさとは遠きにありて思ふもの」という『抒情小曲集』が印象的に挿入される）、後者では「戦闘美少女もの」や「セカイ系」との類似も指摘された『さよなら妖精』が該当するだろう（未知の戦闘地域＝不気味なものからの少女の到来）。

とはいえ、ここで焦点を合わせておくべきなのは、他方、以上のようなシニシズム＝アイロニーとは異なる、先に私が「二一世紀的」と呼んだ、より濃密で素朴で、双数的な態度＝関係性のほうである。たとえば、同様に、「小市民」シリーズの小鳩くんと小佐内さん。この小説の読者ならばお馴染みなように、このふたりは「恋愛関係」にも「依存関係」にもない、「小市民を目指す」という共通利害のみで結びついた「互恵関係」にあるとされている。この言葉を厳密に定義づけることは難しいし、またそれほど意味のあることだとも思えないが、とりあえずこれは、「恋愛関係」＝リアルなものを希求する関係とも、「依存関係」＝幻想的なものを希求する関係とも微妙にずれた、淡白で散文的ではあるが、ある濃密かつ排他的な要素を備えた新しい関係性を示唆しているだろう。本作と同時期の似たような傾向の作品でいえば、やはり先にも言及した西尾維新の「新本格魔法少女りすか」シリーズ（二〇〇四～二〇二〇年）が挙げられる。この作品の主人公である小学生・供犠創貴と、ヒロインの魔法使い・水倉りすかもまた、創貴はりすかを「駒」として、りすかは創貴を父親探しのサポート役として、それぞれいわば「互恵的」な関係で行動をともにしているからだ。

いずれにしろ、彼らの関係に共通する特徴として、関係性の構築をきわめて淡白で実際的な目的に絞った結果、むしろより相互に強固かつ閉塞的なコミュニケーションを保持してしまうという点だろう。確かに、〈小市民〉シリーズの場合は、その底辺にあるシニシズムのために、ふたりの関係は最終的に解消されてしまうことになるが、その一方で、米澤は（友人の堂島健吾を除いて）作品からこのふたり以外のキャラクターを極端に排除しようとしている。

そして、同種の傾向は、本格ミステリやライトノベルよりも、むしろ同時期に小説界で注目を浴びてい

＊5　マルティン・ハイデッガー『存在と時間』上巻、細谷貞雄訳、ちくま学芸文庫、一九九四年、三九七頁。

たケータイ小説により顕著に見受けられただろう。というのも、そこでは通常のラブストーリーが描くような「純愛」を単に特権化するのではなく、一〇代の男女が「金」や「セックス」、「ドラッグ」といったひどく直接的な目的のみでまさしく「互恵的」な依存関係を結びあい、しかもそこには同時に奇妙に濃密な「愛情」＝リアリティも感じられている、という表現（描写）がしばしば見られたのだ。それは、まさに小鳩くんがいう「ぼくが小佐内さんを言い訳に使うように、小佐内さんはぼくを言い訳に使う。ぼくは小佐内さんを楯にし、小佐内さんはぼくを楯にする」[*6]という関係性と、きわめて近いものがある。そこには、確かに二〇世紀的なシニシズム＝アイロニーさえも裏切るような、フラットなコミュニケーション関係が築かれつつあるのである。

そして、そのもっとも端的かつ素朴な形として露呈するのが、いうまでもなくかつて「セカイ系」とも呼ばれたような、「きみとぼく」の鏡像的＝双数的な依存関係である。断っておくと、こうした鏡像関係は、先のシニシズム的態度ともまったく無関係ではない。実際、「不気味なもの」について論じた論文のなかでフロイトは、「不気味なもの」の派生例として鏡像的な「ドッペルゲンガー（分身）」を出していた。[*7]いいかえれば、鏡像関係＝分身の氾濫は、「不気味なもの」に対する抑圧の機制が弱体化ないし無効化した結果、起こるものなのだ。

たとえば、〈小市民〉シリーズならば、小鳩くんは、自分と小佐内さんが携帯電話のメールで絵文字や顔文字をつけないことをつねに「どちらかが相手に合わせている。多分、お互い半々ぐらいだろう」[*8]と考えているが、これが鏡像的（イマジネール）な欲望から喚起されていることは、ほぼ明らかだ。もっと露骨な例としては、やはり『ボトルネック』を挙げねばならない。この小説は、いわば主人公を含む数々の鏡像的な関係が可能世界（主人公が存在しない世界）によって相対化され、その不毛さが自覚されるプロセスを描いた「悲劇」である。ここで主人公はかつて自分がほのかな思いを寄せていた少女が単に「ひとの性格を模倣してるだけだよ。かなり、依存に近い」[*9]というような性格であり、言い換えれば、彼は、彼女＝他者に自分の欲望を一方的に投影していただけで、「――ぼくが恋したのは、ぼくの鏡像だ／［…］――それは、ねじくれてゆがんだ、自己愛だった」[*10]と気づくのだ。

いずれにしろ、注目すべきなのは、こうした米澤の小説世界に現れるさまざまな鏡像＝双数関係の駆動する構造的地平である。おそらくそれは、西尾的なシニシズムを越えて、独り米澤の仕事のみならず、現代の小説構造を成立させている特異な支持基盤そのものを浮き彫りにするかもしれない。

4 米澤的物語装置としての「地図」――「無意識」（快感原則）との類縁性

米澤穂信の小説世界は、彼自身の目指すという「ビルドゥングス・ロマン」に対して、その近代的意味（「成熟」の物語）においては、ことごとく対立してしまう。というのも、それは結果的に主人公たちの「トラウマ」に対するシニカル＝アイロニカルな相対化＝形式化か、「互恵関係」から鏡像的な二者関係に

＊6　米澤穂信「羊の着ぐるみ」、前掲『春期限定いちごタルト事件』、二六頁。
＊7　ジークムント・フロイト「不気味なもの」、アンリ・ベルクソン、ジークムント・フロイト『笑い／不気味なもの』原章二訳、平凡社ライブラリー、二〇一六年、二三三頁以下を参照。
＊8　前掲「羊の着ぐるみ」、一五頁。
＊9　米澤穂信『ボトルネック』新潮社、二〇〇六年、一五四頁。
＊10　同前、二三九頁。

いたる、素朴な転移（感情移入）という側面としてそれぞれ表れるほかないからである。

そして、私の考えでは、ここで重視しておかなければならないのは、その後者の側面——米澤の執拗に描き続ける、鏡像的＝双数的な関係性のほうだと思われる。これを、これまでのよくある文脈からセカイ系のバリエーションなどとして理解してしまうと、彼の小説世界がはらむさまざまな要素と有機的に関連し合いながら、興味深い特性を示す側面を決定的に看過することになるだろう。そして、それはおそらく前節に引き続き、自己形成＝成熟の説明理論としては米澤的な小説風土とは馴じまなかった精神分析、それもフロイトの思想のまた別の側面をいっそう読み込むことで鮮明になる。

それでは、まず先の登場人物の示す鏡像的＝双数的関係性という要素を、より構造的に読んでみよう。そもそもこのような関係性が描かれるリアリティの根拠には、おそらくキャラクターそのものに対する直接的な感情移入（転移）、いわゆる「萌え」の文化的共通了解が存在することは明らかだ。代表作の〈古典部〉シリーズは京都アニメーション制作の『氷菓』（二〇一二年）としてテレビアニメ化され、ヒロインの千反田える（声：佐藤聡美）はアニメファンから広い人気を得たが、米澤自身は、西尾維新や、自身と同じ新人賞でデビューした滝本竜彦などの同世代の作家たちと較べ、それほどキャラ萌えの要素に意を用いる小説家とは言えまい。だが、ともかく『最終兵器彼女』（高橋しん）にしろ、『ほしのこえ』（新海誠）にしろ、二〇〇〇年代前半のオタク系サブカルチャーを席巻したセカイ系作品がひとしなみに、いわゆる同時期のキャラ萌えの潮流に対してきわめて批評的な意味を担っていたのは、いうまでもない。

いずれにしろ、ここで重要なのは、こうしたキャラ萌え、特定の対象（他者）に対するイマジネールな同一化を促す機制が、かつてフロイトが規定していた「無意識」のそれときわめて類比的に語りうることだ。どういうことか。

よく知られるように、そもそも「キャラ」の自律化という議論は、二〇〇〇年代の初頭に、東浩紀の『動物化するポストモダン――オタクから見た日本社会』(講談社現代新書)によってそのグランドデザインが提示された。そして、東はそこで、キャラを構成する多様な「萌え要素」が潜在する環境としての「データベース」を、ポストモダン思想のキータームである「大きな物語」を援用して「大きな非物語」と形容した。この、キャラをメディアとした無数のテクストを派生させるバーチャルな「場」としての巨大な「非物語」的存在とは、おそらくまさにフロイトが、自我(「心的なプロセスの一貫性のある組織」)がそこから派生する場として考えた「無意識的なものUbw」(エス)の特性とコレラティヴである。

フロイトによれば、「自我はエスを覆うものではなく、胚芽が卵の上にのっているように」[*11]、後者が前者の存立を支えているとされるが、あらゆる表層のキャラやテクストを覆い、それらを任意の配列(モンタージュ)によって構築する環境としての深層的なデータベースとは、まさしくフロイト的な「無意識」の作動そのものである。ただ、両者が決定的に異なるとすれば、いうまでもなくデータベースの環境には、「自分を上回る大きな力をもつ奔馬を御す騎手のようにふるまう」[*12]自我の機能が存在しないことだろう。

あるいは、絵本作家でエッセイストの相原博之(あいはらひろゆき)の『キャラ化するニッポン』(講談社現代新書)での議論も参照に値する。ここで著者は、「萌えブーム」のみならず、「小泉劇場型政治」「脳ブーム」「モデルブーム」など、二〇〇〇年代の社会を賑わせた一連の現象を「キャラ化」という概念

*11 ジークムント・フロイト「自我とエス」、『自我論集』竹田青嗣編、中山元訳、ちくま学芸文庫、一九九六年、二二一頁。
*12 同前、二二二頁。

から分析しているが、そこではキャラという表象には「癒やし」や「やすらぎ」の効果があると述べている。[*13]

これも先ほどの「不気味なもの」をめぐるフロイトの議論と、きわめて深い繋がりがあるだろう。よく知られるように、フロイトは人間の心的プロセスの働きを、自己保存を目的とする「快感原則」(生の欲動)と、それを逸脱・圧迫するものとしての「現実原則」(死の欲動)とに二分化した。快感原則とは、いわばリビドー(量的な心的エネルギー)の恒常的な均衡を維持するためのホメオスタシス(自己維持装置)である。フロイトはその安定要因を快(エネルギー備給)の恒常的な減少、すなわち興奮量の低さに求め、逆にそれ(快感原則)を抑圧・阻害する現実原則をその興奮量を増大、高めるものと定義した。曰く、「心的な装置の営みが、興奮量を低い水準に維持することを目指すと想定すると、これを高める傾向のあるものは、ことごとく心的な装置の機能に反するもの、すなわち不快なものとして感じられるはずだからである」。[*14]

量的な欲動エネルギーの循環と配分を理論化した、この画期的な力動論的かつ経済論的モデルのうち、「不気味なもの」は、現実原則による快感原則への負担として顕在化する。以上のような前提を踏まえる時、キャラがもたらす精神的な「癒やし」効果とは、いうまでもなくこうした「不気味なもの」の介入が存在しない、快感原則が安定的に機能している状態を指すだろう。したがって、やはりキャラとは無意識の作動とも繋がりが見られる存在なのだ。そして、キャラ萌えとはいうなれば主体の無意識(欲動装置)のポテンシャルが最大限に引き出されて駆動している状態をも意味している。おそらく、米澤の小説世界を駆動させている物語装置は、ほかならぬこのフロイトが考える無意識の機能を極限まで模倣し、効率よく利用することによって成立していると考えることができるだろう。

ところで、しばしば指摘されるように、フロイトの一連の無意識に関する理論系のなかで注目すべきは、無意識の存在が主体の心的プロセス全体をまるごと統括する「場topos」、あるいは地平のようなものとしてイメージされていることである。たとえば、フロイトは一九三二年の『精神分析入門・続』において、ひとりの人間の心的プロセスの様相を「国土」の隠喩で論じていた。ところで、この「国土」という隠喩に通じるひとつの表象が、米澤の小説世界に頻出し、登場人物の言動や物語展開に決定的な影響をもたらすことを、私たちは知っている。

ほかならぬ「**地図**」がそれだ。米澤とはまず、いわば現代における文学的表象としての「地図」の役割をこの上なく探究している作家として認識されるべきなのである。

それは『犬はどこだ』(二〇〇五年)のように、主人公の職業(犬探し)のための必需品として、あるいは時間配列に置き換えられた「地図」としての「歴史」(古文書)として現れるだけではない。『さよなら妖精』では、ヒロインの少女マーヤ(マリヤ・ヨヴァノヴィチ)の出身である「ユーゴスラヴィア」の地図が作中に挿入され、この小説の物語のクライマックスは、旧ユーゴに帰国した彼女がそこに含まれる分断された諸地域のうち、どこに戻ったのかを推理することに費やされる。いずれにしろ、米澤作品の登場人物たちは、つねに「地図」を手放さず、またすぐに「頭の中に地図が浮かぶ」[*15](『さよなら妖精』)存在なのだ。実際、それはのちの作品でも、『黒牢城』の主人公、荒木村重が、「有岡城の地勢を知悉して」

＊13 相原博之『キャラ化するニッポン』講談社現代新書、二〇〇七年、第二章を参照。
＊14 ジークムント・フロイト「快感原則の彼岸」、前掲『自我論集』、一一八頁。
＊15 米澤穂信『さよなら妖精』創元推理文庫、二〇〇六年、三四頁。

おり、しかも「地理に明るく旅に慣れ、[…]しかも相手が信を置くような身分のある者が、使者として望ましい」[16]と考えている人物と造型されていることにも表れている。なかでも、とりわけこうした「地図」と親しみが深いのは、やはり繰り返しになるが、「小市民」シリーズの小鳩くんと小佐内さんだろう。そもそも『春期限定』が小鳩くんの「夢」の場面から始まり、また続く第二作『夏期限定トロピカルパフェ事件』(二〇〇六年)でも小佐内さんの手になるスイーツ屋の店名が羅列された「地図」代わりのメモ(〈小佐内スイーツセレクション・夏〉)が冒頭で提示される同シリーズほど、「地図」——転じて、精神分析や無意識の存在に意を用いた作品もまたとない。

また、その「地図」は何も平面的なものばかりとは限らない。実際、『春期限定』のなかの一編「羊の着ぐるみ」においても、小鳩くんは事件の捜索中に、ふと「ドールハウスのように断面を晒した船高のミニチュア校舎で、健吾と高田があっちでもこっちでもないと互いの姿を求めてうろちょろする図が」「脳裏に、イメージが浮かんだ」[17]と表明する。あるいは、『夏期限定』中の一編「シェイク・ハーフ」では、「地図」はいささか異なった形で現れる。その「地図」は、一見すると紙に漢字の「半」と書かれているように見える記号、あるいはイメージだ。しかし、探偵役の二人はその記号/イメージを漢字の「羊」や「カタカナの『キ』にアルファベットのVを足したもの」など、さまざまに異なったイメージとして読みこんでいく。こうしたプロセスにおいて、最初の「半」という記号/イメージは一種のゲシュタルト(形態)に還元され、多様に変換されていることになるだろう。ゲシュタルトとは、細部が全体に合致することなく、そのフレームの内部で多様に置換や圧縮、脱中心化などの作用を繰り広げる、ある統一的な「場」=構造を意味している。それは小鳩くんのいう通り、「口頭では言い尽くせないほど大量の、あるいは憶えきれないほどの情報がこの一字に含まれている」[18]ということだ。

こうしたゲシュタルトにしても、精神分析の無意識の構造と密接に関わりあうものとして見ることができよう。そして、実際にその記号／イメージもまた、最終的にはある特殊な意図で書かれた「地図」だということが判明する。そして、さらに重要なのは、『夏期限定』という作品自体、先の小佐内さんによる「地図」＝「〈小佐内スイーツセレクション・夏〉」が、小鳩くんや小佐内さん自身をも含む複数の登場人物の意識しない範囲——すなわち、文字通りの表層化した「無意識」の機制として物語に挿入されることで、各人物の行動を自在に操作する「インフラ」のようなものとして描かれている点だ。物語の終章で、その真相に気づいた小鳩くんは小佐内さんに向けて、つぎのようにいい放つ。

「ぼくの自転車の前かごには、まだあの地図があるよ。〈小佐内スイーツセレクション・夏〉が。［…］あの地図を渡すとき、小佐内さんはこう言ったよ。『わたしのこの夏の運命を文配する』ってね。そして、実際、そうなった。［…］」[*19]

ここには、おそらく米澤作品のもっともラディカルで、かつ本質的な部分が如実に表れている。この『夏期限定』の、少なからず驚きを伴う誘拐事件の全容を、いわゆる「被害者（死体）＝犯人」という、後期クイーン的問題の一種として理解することは、ここまで敷衍してきた問題を著しく歪めてしま

＊16 米澤穂信『黒牢城』KADOKAWA、二〇二一年、二〇五、二三三頁。
＊17 前掲「羊の着ぐるみ」、前掲『春期限定いちごタルト事件』三七頁、引用文の順序を変更
＊18 米澤穂信「シェイク・ハーフ」、『夏期限定トロピカルパフェ事件』創元推理文庫、二〇〇六年、九二頁。
＊19 同前、一九七頁。

うことになるだろう。

米澤が自身の物語空間に導入する「地図」の作用とは、そこで起こるできごとや人物たちの言動のポテンシャルを潜在的に規定し、自動調整するために精緻に構造化された大域的な「布置 configuration」、あるいは「場」の作用のことにほかならない。そして、その機能は、そのまま自我の知覚－意識作用を規定する内的な欲動の「場」としてのフロイトのいう無意識とほぼ正確に重なり合う。

その意味では、米澤の小説とは、いささか逆説的になるが、「地図」＝無意識が状況を設計し、「地図」が世界の「運命を支配する」特異な空間なのである。

したがって、米澤においては、これまでに述べてきた登場人物たちのスノビズム的要素と鏡像的＝双数的要素から、単に作家自身の表明する「ビルドゥングス・ロマン」の不可能性ばかりが示されているわけではないとも思えてくる。フロイト的「無意識」としての米澤的な「地図」を、それが生成させる力動的物語空間としてあらためて把握する時、米澤が述べる「探偵」と化した「フラットな状態であるところの主人公」とは、この作品の隠れた駆動装置としての非人称的で「フラット」な「地図」そのものなのかもしれない。

彼の作品が描く独特の「ビルドゥングス・ロマン」とは、おそらく近代的な大文字の抑圧の機制（精神分析的には「超自我」や「父の名」などと呼ばれるもの）が無効化した現在にあって、いかに効率よく魅力的な物語（テクスト）が生産できるかという、二〇〇〇年代のフィクション文化全体が直面していた喫緊の課題への真摯な試行なのである。

5　ゼロ年代における情報処理システムの「局所論」化？——精神分析をメディア論で読み直す

では、そうした米澤穂信の小説が担っていたと思われる意味を、ゼロ年代の日本の文芸の状況に即して、最後にもう少しだけ考えてみよう。

そもそもここで私が、米澤の小説の解釈格子として、精神分析を極限まで精緻な理論系としてアップデートしたラカン派の言説ではなく、あくまでもフロイトの構築した精神医学理論に終始依拠したのは、彼がラカンに比較して無意識そのものの持つポテンシャルをよくも悪くも多様に温存したからであった。

フランスの精神分析医ジャック・ラカンは、よく知られるように、フロイトの精神分析を、ハイデガーの存在論をはじめとする近代の大陸系哲学の伝統を理想的に引き継ぐ形で鮮烈に更新した。しかし、その改変とは、具体的にいえば、いわば無意識のうちでも想像的・象徴的な領域（幻想と言語の世界）とは異なる、それらの「外部」（現実的な領域）の作動に、より焦点を合わせることであったといえる（とりわけ一九六〇年代以降の後期ラカンは、この分野の探究にのめりこんでいった）。それは確かに、近代の課題を受け継いだ現代思想としては大きな前進であり、そうした視点からラカンの仕事と比較すると、フロイトの言説はあまりに野暮ったく映る。しかし、先に述べた「キャラ化」や「データベース化」のように、現代社会のリアリティがますますイマジネールなものとしての、閉塞的で欲動的な無意識の働きに接近している時に、フロイトの思想は（時にはラカンにも増して）多くの示唆を与えてくれるはずだ。

ここで、私たちはフロイトの考える無意識の、もうひとつの重要な特性に注目せねばならない。

それは、いうまでもなく彼が無意識を力動論や経済論的な側面とともに、「局所論的 topologic」な働きとしても捉えていたことだ。具体的にいおう。すでに述べたことを繰り返せば、フロイトは人間の心的プロセスを、快感原則と現実原則、あるいはそれを基盤とした「意識／前意識／無意識」（第一局所論）、「自我／超自我／エス」（第二局所論）、さらにラカンならば「想像界／象徴界／現実界」（ＳＲＩ）という審級区分を立てて考えた。

いうなれば、人間精神をそれまで想定されてきた統一的なシステム（デカルト的なコギト）としてでなく、トポロジカルな諸審級の緊張関係（競合）として整理したところに、精神分析の思想史的なエポックがあったわけである。

いずれにしても、フロイトのこの着想はさまざまな意味をはらんでいる。そして、むろん、それは米澤の作品とも無関係ではない。たとえば、よく知られるように彼の『さよなら妖精』のなかで展開される一連の物語の背後には、旧ユーゴの分裂した諸地域間による激しい内紛の動向が重くのしかかっていた。そして、そんな米澤の筆致とあらかじめ諜し合わせてでもいたかのように、先の『精神分析入門・続』のなかで、無意識を「国土」のイメージで喩えていた記述においてフロイトは、それを偶然にも「ドイツ人」「マジャール人」「スロヴァキア人」といった諸民族（エージェント）が相互に競合する状態として描出していたのである。[*20] フロイトが想定した「国土」の部分ときわめて近い地域であるばかりか、さらに「色分けされたユーゴスラヴィアの地図」[*21]が、ヒロインの行方を探す物語後半で印象的に読者の目に映されるのは、米澤的「地図」の作用もまた、似たような局所論的機能を伴っていることの暗示とも読めるだろう。

いずれにしても、このような無意識の局所論的機能の、何が重要なのだろうか。

私たちは、それをメディア論的に読み替えて敷衍するべきだと思われる。とはいえ、精神分析自体をいわゆるメタメディア論として理解することは、何も特殊な読みではない。それどころか、むしろ精神分析自体が実際に同時代のさまざまなメディア史的発展を理論に組み込みながら、成立してきたことが知られている。たとえば、ドイツを代表するメディア学者フリードリヒ・キットラーは、『ドラキュラの遺言』（一九九三年）において、フロイト精神分析の経済論的側面が一九世紀以降の熱力学の発展、とりわけエネルギー保存の法則（熱力学第一法則）に、あるいはラカンのシニフィアン理論が一九三〇年代のデジタル・コンピュータ（チューリング・マシン）のアイディア（バイナル・データ）に大きな影響を受けていることを詳しく論じている。[*22] 確かに、フロイトのいう快感原則／現実原則のエネルギー備給の法則は、エントロピーの法則性に正確に則しているし（熱力学におけるエントロピー概念自体がノーバート・ウィーナーの「情報」概念に大きな示唆を与えている）、構造主義者としてサイバネティクスや通信理論の影響をもろに受けていたラカンは、一九六四年に行ったセミネール（『精神分析の四基本概念』）において、象徴界の機能を「オートマトン」に喩えてもいた。[*23]

こうした精神分析のスタンスの内実にあるのは、いうなれば主体の知覚と運動を制御する心的モデルを、

＊20　ジークムント・フロイト『精神分析入門』下巻、高橋義孝・下坂幸三訳、新潮文庫、二〇一〇年、三八〇〜三八一頁。

＊21　米澤穂信『さよなら妖精』東京創元社、二〇〇四年、二七二頁。

＊22　「ヘーゲルとフロイトの間を隔てるものが（ラカンの言葉によると）第一の負の、つまり制御的なフィードバックループとしてのワットの蒸気機関―遠心調速器の発明と、それとともにフロイトの衝動のエコノミー理論全体に量的基礎を与えたマイヤーのエネルギー保存の法則であるとすれば、まさにそれと同様に、フロイトとラカンの間はコンピュータによって、つまり一九三六年アラン・チューリングの考案した「万能不連続マシン」によって隔てられるのである」、フリードリヒ・キットラー『ドラキュラの遺言――ソフトウェアなど存在しない』原克・大宮勘一郎・前田良三・神尾達之・副島博彦訳、産業図書、一九九八年、七九頁、文中の脚注番号は削除。

複数の情報処理装置（＝審級）のあいだのコミュニケーションとして理解しようというものである。このことは、じつはすでにキットラーやベンヤミンの議論を踏まえた一九九〇年代の東浩紀がしばしば的確に指摘していた。[*24] 彼によれば、主体の意識の「外部」から到来する「不気味なもの」（＝ノイズ）や数々の「症候」も、いわばこうした複数の情報処理システムのドライヴがそれぞれに弾き出す演算結果間のズレ（矛盾）として捉えられる。

悟性（メディア）の量的な計算速度が複数化すること。オペレーション・システムの動作環境自体が多層化すること。それに伴って、逆説的に、悟性（統一的な秩序維持装置）の機能がアドホックなものとなり、刺激受容装置としての感性＝リアリティの支配範囲が圧倒的に複数化＝拡張化すること。それが、精神分析がもたらした新たな認識の地平である。

そして、それは繰り返すように、同時代のメディア環境とも密接に連動している。たとえば、そのもっとも典型的なメディアとして挙げられるのが、映画だろう。現代的な通信（コンピュータ）理論の成立期であるとともに、今日のフィクション映画の基礎となる説話技法（デイヴィッド・ボードウェルのいう「古典的ハリウッド映画」）やジャンル類型が成立した時期でもある一九三〇年代半ばに記された有名なエッセイ「複製技術時代の芸術作品」（一九三六年）においてベンヤミンは、映画カメラが実現した、人間の知覚（視覚）が本来、把握不可能な認識領域を開拓するさまざまな撮影技法（スローモーションやクローズアップ）について、それをまさしく情報処理審級の異なる「無意識」（視覚的無意識）の隠喩で表現した。

こうしたメディア史と精神病理学史の潮流が通底し合った近代の新しい文化的変容は、おそらく二一世紀の現代にあってもひとかたならぬ意味を保っている。[*25] フロイト的な「無意識」の作用をきわめて繊細な手つきで写し取ったと思しい米澤の仕事の成果を見ても、それは明らかだろう。

さらに議論を補塡しておけば、こうした変容の兆候は、何も映画などの新しいメディア装置ばかりではなく、じつは言語テクストの領域でも明瞭に現れていたことを、同時期のベンヤミンは指摘していた。これも比較的よく知られた「長篇小説(ロマーン)の危機」という短い文学エッセイのなかで、彼はこう記している。

モンタージュという様式原理が〔従来の意味での〕「長篇小説(ロマーン)」を破砕する、構造的にも文体的にも破砕する。そしてこの原理は、新たな、非常に叙事的な可能性をひらくのである。とりわけ、形式にかかわる側面において。モンタージュの素材(マテリアール)のほうは、決して任意に選ばれるのではない。真正なモンタージュは現実資料(ドクメント)に基づいている。〔…〕最良の瞬間にあった映画が、私たちをこの支配権になじませるような素振りをした。[*26]

＊23 ジャック・ラカン『精神分析の四基本概念』上巻、ジャック＝アラン・ミレール編、小出浩之・新宮一成・鈴木國文・小川豊昭訳、岩波文庫、二〇二〇年、一三頁以下。

＊24 たとえば、以下を参照。東浩紀「サイバースペースはなぜそう呼ばれるか」、「精神分析の世紀、情報機械の世紀——ベンヤミンから「無意識機械」へ」、『サイバースペースはなぜそう呼ばれるか＋ 東浩紀アーカイブス2』河出文庫、二〇一一年、九〜二一五、二一九〜二三一頁。

＊25 余談ながら、東浩紀はさらに、フロイトの精神分析が現代のインターネット以後の情報技術とも呼応する可能性を示唆している。たとえば、フロイトが一八九五年に「心理学草案」で書き記した仮説的な図が、Googleのページランクの仕組みの図解表と酷似していることを挙げている。東浩紀『一般意志2・0——ルソー、フロイト、グーグル』講談社文庫、二〇一五年、一四七頁以下を参照。

ベンヤミンはここでも、映画のモンタージュ理論とのアナロジーから、「長篇小説」、つまり近代西欧小説の変容について雄弁に語っている。そもそも彼がここでいう「モンタージュ montage」とは、映画技術における「編集」という意味合い以前に、「組み立てる」という意味のフランス語であり、それはフロイトが分析した不条理な夢作用における圧縮や転位、置換などの諸効果を発生させる「無意識」の作用とも、まさしく類比的に捉えることができる（実際、一九七〇年代のフランスを中心とする映画理論は、まさにこうした映画の精神分析的な意味作用の探究に費やされていた）。

こうしたベンヤミンによる指摘は現代文学の動向を考えるにあたって、じつに示唆的であると思われる。これを普通の文脈で受け取れば、映画の説話技法を積極的に取り入れた、ジェームズ・ジョイスやヌーヴォー・ロマンといった二〇世紀文学との比較において捉えるべきだろう。しかし、私の見立てでは、むしろそれ以上に注目しておいてよいのは、ゼロ年代に注目を集めたケータイ小説の示す言語世界である。

二〇〇〇年代前半から半ばにかけて、女性を中心とする若い世代から大きな支持を集めたケータイ小説にあって特異だったのは、本来、全体を通してリニアで統一的であるべきテクスト内部の物語空間において、場面ごとの叙述の濃度に極端な違いが見られたことである。

どういうことかというと、通常の近代小説ならば、前後の脈絡や全体的なバランスなど多様な要素を考慮してそれぞれの場面ごとに効果的に配分されるはずの物語描写（叙述）の量的かつ質的な多寡が、ケータイ小説においては分裂症的にモザイク化しており、またそれを逆にいえば、読者のほうもそうした表現を躊躇なく受け入れていたように見えるのだ。たとえば、もっとも代表的なケータイ小説のひとつとして知られるメイの『赤い糸』（二〇〇七年）のつぎの記述を見てみよう。

アタシは理性を忘れてしまった。
そして快感に身を委ね、最後まで許してしまった。
終わった後、アタシの心はポッカリと穴が開いたようになっていた。[*27]

この引用箇所は、主人公の女子中学生・芽衣がかつて別れ、長らく顔を合わせなかった同級生の元恋人・アッくんとふたたび性的な関係を結んで、不毛な状況に陥っていく、物語上、ひとつの分岐点となる部分である。いうまでもなく、近代文学から通常の恋愛小説、さらにはそれらに影響を受けた「二四年組」などの少女マンガであれば、このような箇所ではむしろ必要以上に情景描写から心理描写まで、叙述を微細に紡いでいくのが普通だろう。ところが、この小説の著者は、そうした場面をたった三行のセンテンスで終わらせてしまう。

その唐突さは、この前後に挿入された、クラスメート同士の他愛のない会話や、父親との諍いとそれに付随する両親の離婚といった、効果的ではあるが中心となる物語からは傍系にあるエピソードの記述に異常なほどの分量が費やされていることからも、いっそう特異に感じられる。

仮にこうした記述を読む当時の読者の過半がそれを違和感なく受け入れていたのだとすれば、ここには作家個人の力量の不足といった瑣末な要因に帰せられる以上の問題が含まれているに相違ない。私が思う

＊26 ヴァルター・ベンヤミン「長編小説(ロマーン)の危機」、『ベンヤミン・コレクション2 エッセイの思想』浅井健次郎編訳、ちくま学芸文庫、一九九六年、三四一頁、〔〕内原文。

＊27 メイ『赤い糸』上巻、ゴマブックス、二〇〇七年、二四三頁。

に、これはまさしく小説をめぐる作者／読者のあいだで共有されるリアリティ＝情報処理審級の複数化あるいは多層化を暗示しているのではないだろうか。

いうなれば、かつての小説の読解、消費というのは、作者（あるいは読者）という単一な情報処理システムの動作環境にすべての認識フラグを合致させることで円滑に機能すると考えられていた。そのもっとも洗練された形式が、フローベールの発明した「自由間接話法」である。とすれば、先のケータイ小説の叙述表現は、そうした情報処理システムをあたかもインターネットのような分散型ネットワークとして全面的に開放し、テクストの表層の記述のみから感じ取られるリアリティの希薄さを、さまざまな別種の受容装置（それは、読者の日常での「経験」であったり、ほかのテクストからの「データベース」であったりする）が肩代わりするという、まったく異なるシステム設計のもとで稼動しているような気がする。

いずれにせよ、米澤穂信は、自らの小説の向かう方向について、「ビルドゥングス・ロマン」というヴィジョンを立てた。しかし、それは二〇世紀後半から現代までの社会状況に鋭敏に対応した独特のスノビズムや鏡像＝双数関係といった彼の作品世界が示す諸要素によって、不断に脱臼されざるをえない。

とはいえ、彼のいうビルドゥング＝「成熟」とは、むしろ主体の心的プロセスの基盤で稼動するポテンシャルそのもの――つまり、「無意識」の作用を十全に引き出すという意味を持つことを、フロイトを読みつつ明らかにすることができる。私たちは、その根拠を、米澤が自在に駆使する「地図」の文学的隠喩の活用に見た。そして、そうしたフロイト的無意識の多様な効果を追跡していくことは、じつは「キャラ萌え」や「リアリティの多層化」がデフォルトとなり、また一方で多様な情報インフラに取り巻かれている二一世紀現代の小説の動向の理解にも、少なからず示唆を与えてくれることだろう。

第6章 現代ミステリと公共性

辻村深月と「リベラル」な希望

1 「責任」のありか——ミステリ作家の《倫理学》

二〇一二年に短編小説集『鍵のない夢を見る』で第一四七回直木賞を受賞した辻村深月は、二〇〇四年に第三一回メフィスト賞を受賞してデビューしている。現在までに、SF、ファンタジー、ジュブナイル、ホラー、恋愛小説から、なかには偏愛する人気マンガ『ドラえもん』の劇場アニメ版の脚本まで、じつにさまざまなジャンルの作品を手掛けているが、とりわけ初期から近年まで、学園ミステリ、青春ミステリを軸にミステリを一貫して書き続けてきた。この章では、現代のポストモダン社会を前提に、辻村がどのようなミステリ世界を構築しているかを辿り、さらにその延長線上に、現代におけるファンタジーをはじめとする物語的想像力の可能性についても手広く考えてみたい。

そもそもポストモダンとは、おおざっぱに要約するなら、近代（モダン）の社会や文化を輪郭づけていた「大きな物語」（社会の構成員たちが広く共通前提とする規範的な制度やイデオロギー）が意味を持たなくなり、あらゆる価値観や思想が繋がりを失ってフラットに並列化されてしまう時代を指す。先に結論からいうと、辻村の作品群とは、そうしたポストモダン的な主体における「公」と「私」、社会性とナルシシズムの関係と行方を、初期から一貫して追求しているといってよい。では、それは具体的にどういうものか。

順を追って見ていこう。まず、辻村固有の重要な問題意識＝主題系として、いってみれば「責任／固有名」の主題系と呼びうるようなものがある。

ここには、「責任」の問題が発生する効果的な舞台装置の設定も深く関わっているだろう。たとえば、そもそもデビュー作の『冷たい校舎の時は止まる』（二〇〇四年）において辻村は、事件の舞台となる「密室」に「学校」という、きわめて象徴的な隠喩的負荷を持った場所を設定していた。

周知のように、中高をはじめとする学校校舎とは、（辻村が影響を受けた新本格ミステリに限って起源を辿れば一九八〇年代の法月綸太郎まで行き着くだろうが）二〇〇〇年代のライトノベルやミステリ、ノベルゲームなどで頻繁に招喚された舞台である。[*1] 当時のキャラクター小説批評の一部で、「現代ファンタジー」や「新伝綺」とも称されたそうしたタイプの作品の多くはおそらく、普段の日常とは異なる、突発的な非日常（ファンタジー）への格好の隔離装置として学校という舞台を用いているように思える。しかし、それらの作品群とは異なり、辻村の場合は、作品の主題とも密接に連動する形で、それがファンタジー的な物語空間に、ある種のきわめて近代的な行動原理を介入させるための契機として学校という舞台を存在させていただろう。

ここでいう近代的な行動原理とは、より具体的にいいかえれば、フランスの哲学者ミシェル・フーコーが『監獄の誕生』（一九七五年）で定式化した有名な「規律訓練 discipline」というものに相当する。よく知られるように、フーコーは、ヨーロッパ社会では一八世紀末を境にして、社会（国家）が人々の行動を規制する権力システムのあり方が決定的に変わったと指摘した。一八世紀以前の中世社会において、王の統治による権力は、社会の逸脱者を見世物的な身体刑によって殺し、そのスペクタクルな恐怖によって臣民を統制していた。しかし、人口が増え複雑化した近代社会では、そうではなく、社会に張り巡らされたさまざまな機関を通じて、社会内部の成員たちが気づかないうちに、権力側が望む行為を自ら進んで「内面化」「従属化」していくようになるという、潜在的・遍在的で主体構成的な、新たな権力を生み出したとみなした。この新たな権力が規律訓練である。

そして、その規律訓練型権力を近代人に植え付ける社会内部の多様な機関のひとつとして、フーコーは、軍隊や病院、家庭、警察、メディア……などとともに、学校を挙げたのである。ともあれ、そうした社会化＝「規律訓練」されていく人々の姿を、現在にいたるまで辻村は、自らの重要な文学的モティーフとして繰り返し描いてきたといってよい。わかりやすいところでは、アニメ制作会社で働く若いスタッフたちを描く『ハケンアニメ！』（二〇一四年）、『レジェンドアニメ！』（二〇二二年）の連作をそこに含めてもよいだろう。

実際、辻村はとりわけその初期作品の多くで、個人に帰属するべき固有の「規範」や「責任」について執拗に登場人物に内省を迫り、またそこに物語叙述の焦点を合わせてきた。『冷たい校舎の時は止まる』や、それの一種のバリエーション（変奏）とも取れる『名前探しの放課後』（二〇〇七年）では、個々の

＊1　とはいえ、学園ミステリ（青春ミステリ）という点では、法月以前にも、おそらくこの種のジャンルの嚆矢といってよい高木彬光『わが一高時代の犯罪』（一九五一年）に始まり、小峰元『アルキメデスは手を汚さない』（一九七四年）、栗本薫『優しい密室』（一九八一年）、東野圭吾『放課後』（一九八五年）などの系譜がある。この点については、蔓葉信博氏の教示を得た。

登場人物が自殺したクラスメートの正体を確定する「責任」を負うことが、ミステリの真相解明と表裏一体の関係をなす。また、前者では個々の登場人物たちの前に、自殺した友人からと思しい「責任を感じてください」というメッセージがあたかも精神分析的な反復強迫のように執拗に届けられるのだ。

そうしたキャラクターたちが作中で絶えず苛まれ、抑圧を感じ続ける社会性の感覚は、ある意味では、かつてなくコンプライアンスやハラスメントへの社会意識がインフレ化しつつある近年の作品群では、より濃厚になってきているだろう。

ミステリというよりはサスペンスホラーテイストの近作『闇祓（やみはら）』（二〇二一年）はその典型だ。本作でもなお、辻村は物語の登場人物たちに、日常生活のなかでの社会性やコミュニケーション能力の多寡について鋭敏に反応しあう言葉を作中で頻繁に語らせている。「澪は呆れてしまう。この人、社交性とか、社会性がないんだ――。人との距離の詰め方を全然知らないのだ」、「心配、責任を感じる、私のせい――、先回りして謝る。／それらすべてが自分のためにしていることで、それが優しさでないと言われるなら、それも仕方ないと思う」[*2]。

あまつさえ『闇祓』の場合はそのタイトルからも明らかなように、まさに日常生活のなかで現代人が私的に抱えこむ否定的な情動と、それと対照的な社会的コミュニケーションのあいだで起こる誰もが感じうる摩擦を巧みに主題化していた。曰く、「ふっと頭に言葉が浮かんだ。／ヤミハラ。／自分の心にある闇を振りまき、押しつけ、他人をそれに巻き込むのは闇ハラだ。心や目の奥の闇が、外に染みだしている。だからあれは、ヤミハラと呼べるのではないか」[*3]。「ヤミハラ」＝「他人の心の闇ハラスメント」――社会が複雑化し、そのなかで生きる人々の私的な価値観や考え方が多様化することで、かつてならごく私的な領域のトラブルだったことが、つぎつぎに「ハラスメント化」＝「社会問題化」されていく昨今のいかにもポストモダン的な趨勢を『闇祓』は主題化しているとともに、初期からの辻村の「責任」の主題系をはっきりと引き継いでいる。

『子どもたちは夜と遊ぶ』（二〇〇五年）では作品の重要な題材としてもフロイトを援用することになる辻村だが、ともあれ、主体が明確に社会化されていることに付随する、いわゆる「抑圧されたものの回帰」＝過去の何らかの経験が現在の「私」に「責任の帰属」を執拗に迫ってくるという構図は、どこか彼女の主要な作品を一貫して規定づけているといってよい。

主人公や登場人物たちにとって、もはや永遠に取り戻せない場所／過去に、彼らの現在の存在理由を深く規定づける何らかの重要な空白や欠如（精神分析風にいえば「トラウマ」）がある。彼らは表面的には平穏で何気ない日常を送っているのだが、そうした空白や欠如に無意識のうちに負債（「責任」）を抱えている。そうした彼らを再帰的に脅かし、その負債の解消という不可能な行いを迫る空白や欠如に対して、人々は何らかの形で「責任を取る」こと、いいかえれば「正当的／正統的な応答」をし続けなければならない――いってみれば、これが辻村の数多くの作品を反復的に貫いている大きな主題だといってよい。

いわば辻村にあって、物語を結末に導く「真実」という要素は、ミステリ小説としての「事件の唯一の真相」という形だけでなく、主人公も含めた多くの登場人物の主体的な選択、こういってよければ倫理の問題としても前景化することになるのだ。

この点に関しては、辻村がまた、これも特に初期作を中心に、非常に「名前」（固有名）に拘り続ける

＊2　辻村深月『闇祓』KADOKAWA、二〇二一年、八二、九四頁。
＊3　同前、九三頁。

作家であることを思い起こすのも適切だろう。つまり、キャラクターたちが何らかの責任を果たすべき、その埋められぬ空白や欠如に軒並み何かの「名前」（多くは人物の「固有名」）が関係し、さらにそれが本格ミステリやサイコ・サスペンスとしての構造ともシンクロしている、という部分にその作家的資質の独創性が見出されるのだ。

『冷たい校舎の時は止まる』で、作者と限りなく近似したキャラクター「辻村深月」を、主要なヒロインのひとりとして設定した辻村は、以後も、物語的あるいは修辞的に、登場人物の名前にたいへん意を用いることで知られるようになる。

いうなれば、彼女の作品は何らかの意味でほとんど「名前探し」の小説なのだ。

よく知られるように、かつて文芸批評家の柄谷行人は、ソール・A・クリプキなどの様相論理の議論を参照しつつ、「アレキサンダー大王」などの名前＝固有名が、その確定記述の束、つまりあらゆる可能世界を含めた当該の固有名の属性を説明する記述の束に還元されない、固有の存在論的な余剰（クリプキの用語では「固定指示子」）を含んでいることを指摘した。[*4]

あるいは、フランスの哲学者エマニュエル・レヴィナスは、一九七〇年代のある作家論集の序言で「人物の名を語ること、それは顔を表現することである」[*5]と、他者の「顔 visage」が「固有名」と相同的に語りうるものであることを示唆していた。知られるように、一方でレヴィナスは、ひとの「責任の倫理」をめぐって二〇世紀でもっともユニークな思索を展開した思想家であり、彼は人間の責任のありかを、固有名と同じ、かけがえのない「他者の顔」の固有性に見出した。他者に対する「責任 responsabilité」とは、そのまま他者への「応答 réponse」（呼びかけ／呼びかけられ）の行為でもあるだろう。この場合、呼びかけるのは他者の「顔」であり、ほかならぬ「名前（固有名）」にほかならない。

そして、おそらく辻村もこの柄谷やレヴィナスのパースペクティヴを共有している。いわば彼女の固有名のイメージは、先のフロイトでいう「心的外傷」（トラウマ）のポジションと類比的に位置づけることができるだろう。なぜならば、『冷たい校舎の時は止まる』でも『名前探しの放課後』でも、ある重要な固有名はつねに登場人物の無意識下に「抑圧」されているからである。その意味でこれらの作品を書く辻村の手つきは、もはや「臨床的」と表現してよいだろう。両作品とも、自殺した人物を確定すること＝事件を解決することは、すなわち、そのまま「名前を思い出すこと」でもあるのであり、さらにそれは同時に、登場人物たちの「責任」、何らかの「公共性」に対する正当性を確保するスタンスにもなっているのだ。その意味で、辻村の小説の持つ特性は、じつは哲学的にも驚くほど一貫しているのだ。記憶を失うというモティーフについて言えば、近年でも第一五回本屋大賞を受賞しベストセラーとなった『かがみの孤城』（二〇一七年）もあてはまる。

ついでにいえば、「名前探し」や「記憶喪失」をめぐる主題は、辻村に限らず、一九九〇年代以降の日本文学の主要な問題系を形成してきた。阿部和重の初期の小説は「記憶」のテーマに強く拘っていたし、二〇〇〇年代にも高橋弥七郎の『灼眼のシャナ』シリーズ（二〇〇二〜二〇一二年）から平山瑞穂の『忘れないと誓ったぼくがいた』（二〇〇六年）まで、同種の趣向の作品は数多く書かれていた。片山恭一『世界の中心で、愛をさけぶ』（二〇〇一年）などの純愛小説はその通俗版ともいえるだろう。したがって、ある意味では辻村もまた、これらの系譜に連なっているともいえる。

＊4　柄谷行人『探究Ⅰ』講談社学術文庫、一九九二年などを参照。
＊5　エマニュエル・レヴィナス『固有名』合田正人訳、みすず書房、一九九四年、三頁、傍点原文。

しかし、彼女の独自性は、それをセカイ系のような単純な私的関係(きみとぼく)の問題としてではなく、共同幻想(公共性)の問題として拡張的に捉え返した点にある。『太陽の坐る場所』(二〇〇八年)のなかでも、登場人物のひとり(高間響子)がこう呟くのを読む時、私たちは辻村的主題系をはっきりと聞きとるに相違ない。「けれど、責任を取るのだ。私は。/徹底的に、どこまでも深く傷を負う。そうするべきなのではないか」[*6]。

辻村の小説群を鮮やかに縁取るこうした「責任」(の不可能性)をめぐる峻烈な問題意識の数々は、もはや明らかなように、その高次の「社会性」とともにひととひととのあいだの公共的な生のあり方を描きだすきわめて「政治的」な姿勢にも通じている。辻村の小説を私たちは、いわば「メタ倫理学的」に読解することができるのだ。

とはいえ、そうした小説内における自らの真摯な倫理的問いかけに対して、というよりそれゆえに、辻村はやはりほとんどつねに容易な解決を許してはいない。簡単にいえば、彼女は主人公たちの「責任/応答可能性」の解決(解消)の過程を描いていきながら、彼らが一見きわめて公正で、自分勝手なナルシシズムを排除した解決を選択したように見えても、結局のところ、シニカルな含みをいくばくか物語の最後に残しているように思う。たとえば、それはある時には他者に向き合いえない自己愛に基づくものに過ぎなかったり、ある時は同様に自分と似たようなリアリティを共有する人々の相互的な感情移入=「小さな共感可能性」に帰結するしかないようなものだったりする(『ぼくのメジャースプーン』〔二〇〇六年〕における最後の秋山教授の言葉や『名前探しの放課後』のラストを想起されたい)。おそらくそれをタイトルに仮託して象徴的にかたどっているのが、『傲慢と善良』(二〇一九年)だろう。辻村は、作中人物のひとりに、次のように語らせている。

「現代の結婚がうまくいかない理由は、『傲慢さと善良さ』にあるような気がするんです」[…]
「現代の日本は、目に見える身分格差はもうないですけれど、一人一人が自分の価値観に重きを置きすぎていて、皆さん傲慢です。その一方で、善良に生きている人ほど、親の言いつけを守り、誰かに決めてもらうことが多すぎて、〝自分がない〟ということになってしまう。傲慢さと善良さが、矛盾なく同じ人の中に存在してしまう、不思議な時代なのだと思います」[*7]

ナルシシスティックな自己愛＝「傲慢さ」と社会的責任の束縛＝「善良さ」。このふたつの現代的相克を描くのが、辻村ワールドといってもあながち間違いではないだろう。

そしてこれは、繰り返すように、人々が、素朴なナルシシズム（自己愛や安易な共感）をキャンセルする合理的かつ主体的な（「責任が取れる」）存在として、社会のなかの「他者」に正面から向かい合い、正義に適った彼らの権利や資源の再分配について決定できるような理由づけ（規範）が曖昧なものになってしまった現代的な事態を象徴的になぞっている。つまり、それは現代政治の倫理的な課題、いわゆるリベラリズムの「基礎づけ主義」の隘路とも並行的にみなしうる表現だといえる。[*8]

たとえば、辻村的な「責任」の主題系がもっとも先鋭的に結晶化している傑作ミステリ『ぼくのメジャースプーン』（二〇〇六年）のなかで、登場人物のひとりはこう述べている。「正しいとか正しくないとかい

＊6　辻村深月『太陽の坐る場所』文藝春秋、二〇〇八年、三一五頁。
＊7　辻村深月『傲慢と善良』朝日文庫、二〇二二年、一三四～一三五頁。

うのは、それを話すのが人間同士である以上、簡単に変化していくんです。これが何という正解はない」[*9]。「正解はない」いくつもの「正しさ」が遍在する社会で、私たちはいかに公正に責任を取ることができ、また、かけがえのない他者としなやかな絆を結びあい、それを持続していくことができるのか。繰り返すように、辻村が私たちに突きつけるのは、こうした倫理的な問いだ。

2 ゼロ年代の「市民性」――ミステリの《政治学》

では、この節からは、こうした辻村の小説の主題系が持つ「政治」がどのような本格ミステリやそれをめぐる社会の文脈に由来しているのかを、よりパースペクティヴを広げて考えてみたい。

普通に考えれば、社会派ミステリなどの類はともかく、本格ミステリと政治性という主題はそうそう容易に結びつくとも思えない。というのも、「謎解きパズル」の娯楽性を主眼とし、大戦間期の欧米諸国でジャンル的成立を見た本格ミステリ（探偵小説）という分野をモダニズム文化の産物だと位置づけた場合、そもそもそれは二〇世紀の形式主義的感性が生み出した典型的な「構造と変換の文学」として捉えられる。したがって、ミステリというジャンルにおいては、トリックやプロットの巧拙といった形式の部分には注目されれど、直截的に政治的かつ社会的な主題を問題にするような視点は乏しいように思える。ところが、こうした問いには数多くの先例がすでに存在しているのだ。

まさに本格ミステリ最初の黄金期である大戦間期の欧米諸国では、すでにして本格ミステリと近代的な市民社会やそこでのもろもろの社会制度とを類比的に考える言説が少なからず提起されていた。たとえば、日本のミステリ評論にも大きな影響を与えた探偵小説史の古典『娯楽としての殺人』（一九四一年）においてアメリカの出版ジャーナリスト、ハワード・ヘイクラフトはつぎのように記している。「探偵小説は本質的に民主的なものであって、また今までずっとそうでありつづけたのだ。ただ民主制下でのみ大きく発展したのだ」[*10]。ここでヘイクラフトは、本格ミステリの内実について、それを聖書や『オイディプス』などの古代ギリシャ悲劇に範を求める旧来の姿勢を批判し、実証的な「証拠」に基づく事件の論理的類推を旨とする名探偵と、「法の支配」に基づいてリベラルかつ公正な合理的妥当性を目指そうとする裁判制度や警察組織の実現を達成した近代的市民社会の姿を並行的に論じている。

むろん、こうしたヘイクラフトらによる素朴な「本格ミステリ＝市民文学論」の枠組み自体は、そこで

＊8　実際、『ぼくのメジャースプーン』（二〇〇六年）は主人公の「ぼく」と秋山教授の対話からなる一種の「思弁小説」とも呼べるものだが、そこで語られるのはきわめてリベラリズム的な問題構制だ。たとえば、彼らは人間と動物の生命の重さの区別について語り合うが（一六七頁以下）、これはたとえばアメリカの哲学者リチャード・ローティの「とくに私が支持したいのは、歴史に左右される世界の事実、つまり文化的な諸事実以外には、道徳的選択に関連するいかなるものも人間を動物から区別することはできないという主張です」という言葉と確かに響き合っている。あるいは、うさぎ殺害の犯人に対していう「怖い夢を見せたりして、もう二度と同じことができないようにすることはできませんか。手や足を切られる夢を見たり、夢の中で自分がうさぎになってて、誰かに殺されたりすれば、その気持ちがわかるかもしれないし、あいつが反省することだってできるかもしれない」（一六二頁）という台詞もリベラルな倫理性を帯びている。リチャード・ローティ「人権、理性、感情」、スティーヴン・ルークスほか『人権について——オックスフォード・アムネスティ・レクチャーズ』スティーヴン・シュート、スーザン・ハーリー編、中島吉弘・松田まゆみ訳、みすず書房、一九九八年、一四二頁。

＊9　辻村深月『ぼくのメジャースプーン』講談社ノベルス、二〇〇六年、二一七頁。

＊10　ハワード・ヘイクラフト『探偵小説・成長と時代——娯楽としての殺人』林峻一郎訳、桃源社、一九六一年、三一六頁。

想定されている合理的かつ啓蒙的と形容できる一九世紀的な主体／社会像をなし崩しにしてしまった二〇世紀の形式主義的なニヒリズムの過酷な強度こそを決定的に見落としている点において、すでに笠井潔によって鮮やかに批判されている。[*11] 実際、アガサ・クリスティやS・S・ヴァン・ダインらの本格ミステリが本質的にはらむ形式主義的な強度の時代的意味を、彼らが活躍していた大戦間期（二〇世紀）の全体主義的／消費社会的ニヒリズムのはらむそれに還元して捉え直した笠井の議論はきわめて刺激的なものといえるだろう。

また、現代の一般的な社会的リアリティに即して考えても、一方でグローバリゼーションによる社会成員や物資の過剰流動化によって、弱者への社会的公正や再配分の普遍的妥当性を基礎づけるリベラルな政治的思考が空転し、他方でインターネットなどの現実社会から乖離したユビキタスなコミュニケーションスペースにおいて通常の公共性（民主制的空間）からは逸脱する過剰なカスケード（ＳＮＳでの「炎上」など）が話題を集めていることはよく知られている通りだ。

これを踏まえれば、以上のヘイクラフト的な視点はいかにも時代遅れのものに思える。しかし、ここではこの「市民性」という言葉を、そうした近代的合理性や啓蒙的自我などの文脈とはいったん切り離して、現代社会のなかで何の超越性をも期待しえずに慎ましくミニマルな生を受け入れるほかないリアリティを肯定していく態度だとおおざっぱに捉え直してみることにしよう。すると、辻村と世代を同じくする作家のミステリに共通する一断面が垣間見えるように思われる。

たとえば、かつてのメフィスト系を代表する小説家たちは、京極夏彦にせよ清涼院流水にせよ、あるいは舞城王太郎にせよ西尾維新にせよ、ミステリ小説のなかで名探偵役、あるいはそれに準じるキャラクターを、ひとしなみに常人の能力を超越する荒唐無稽な力を備えたいかにもマンガ的な人物として造型していた。こうしたキャラクターの造型は時に物語世界を「神」のような高みから俯瞰する超越的な要素を積極的に持ち込んでいる点で確かに特異なものとして受け止められた。しかし、とはいえ京極の中禅寺秋彦や榎木津礼二郎にしろ西尾の玖渚友や哀川潤にしろ、彼らは一方で普段は無数の平凡な一般人のあいだに紛れ込んで行動してもいるのであり、単純にあらゆる事件の真相を瞬時に把握することができる超越的知の持ち主というわけでもない。

結論からいえば、これらのキャラクターたちはむしろ、その造型の奇抜さとは裏腹に、基本的にはやはりエドガー・アラン・ポー以来の伝統的な「名探偵」の表象を正統的に継承しているのだともいえる。

前章でも触れたことだが、かつてドイツの文芸批評家ヴァルター・ベンヤミンは、ポーやボードレールに即して、「探偵小説の根源的な社会的内容は、大都市のなかでは個人の痕跡が消えることであ」り、それは「大都市の大衆に特有の諸機能を追究する」文学ジャンルであると記した。[*12] すなわち、ミステリとは近代都市空間の成立という一九世紀以降の西欧に登場した新しい地政学的変容と深く連動するとともに、その内部に蠢く「群衆」という無数のアノニマス（匿名的）な存在を前提としている。日々刻々と移ろう都市生活のなかで顔も名前もお互いに判然としないのっぺらぼうの群衆たちに紛れて姿なき犯罪者は事件を起こす。ミステリの名探偵とは、いわばそうした微細かつ膨大な集合体（近代的群衆）のなかに自ら沈潜しつつ、同時に卓抜な知性と推理力でその事件の真相を超越的な地点から見通していく単独的な存在と

＊11　笠井潔『探偵小説論序説』光文社、二〇〇二年、六三頁以下を参照。
＊12　ヴァルター・ベンヤミン「ボードレールにおける第二帝政期のパリ」、『ボードレール　他五篇／ベンヤミンの仕事2』野村修訳、岩波文庫、一九九四年、一八三、一七九頁。

して表象されているわけだ。そうしたいわば「神」の視点（超越論的主観）をシニカルに偽装する存在、つまり瑣末な経験知に寄り添いながら、他方で超越的な全知の位置までも一気に往還する存在は、たとえばボードレールならば「ダンディ」、ベンヤミンならば「遊歩者 flaneur」とでも呼んだものだが、同様にかつてフーコーが規定した近代的な「人間」（経験的＝超越論的二重体）の内実でもあった。

ちなみに、先にも記したように、ミステリの起源のひとつにはしばしばソフォクレスの悲劇『オイディプス』が挙げられるが、フーコーはある講演でこの作品の主人公であるオイディプスをまさに「羊飼いたちと神々との、人間たちの記憶と神々の予言とのコミュニケーション」[*13]のあいだに位置する近代的主体像のメフィスト系にまでいたる名探偵キャラとは（しばしば「人間が描けていない」と非難された新本格作家にとっては何とも皮肉な話だが）、近代の人間の姿をそのままトレースしたものだったといってよい。

＝「人間」に類比的な存在として定義していた。いってみれば、オーソドックスな本格ミステリから現在

だが、ゼロ年代の何人かの若手ミステリ作家が描いていた（名探偵）キャラクターたちは、上記の枠組みとはその大部分は変わらず一致していても、どこか微妙に、とはいえ決定的に異なっているように感じる。

ひとことでいえば、それは物語において名探偵的なポジション、あるいは主要な役割を担いつつも、キャラクターが積極的に作中の事件解決や物語の進展において超越的な地点に立つことをしばしば激しくためらったり、またその契機が最初から奪われていたりするのである。たとえば、そのもっとも顕著な事例のひとつが、前章で扱った米澤穂信の人気連作短編集〈小市民〉シリーズ（二〇〇四年〜）だろう。この作品で登場する、主人公である高校生・小鳩くんと小山内さんの探偵コンビは、そのシリーズ題名通り「日々の平穏と安定」を何よりも遵守すべく「小市民たれ」という格率を自らに課すことを終始忘れない。

その結果として、作品も「日常の謎」ともいうべきミニマルな出来事の解決に傾斜していくことになる。あるいは、ほかならぬ辻村の長編『太陽に坐る場所』。この作品では、人気女優としてメディアで活躍するかつての高校の同級生であったひとりの女性（「キョウコ」）に対する、成人したクラスメートのさまざまな屈折した思いが時に痛々しいほどきめ細かに描かれていた。たとえば、そのなかのひとりの女性（半田聡美）は高校の学生演劇部で女優をしていたが、キョウコのようにその道で成功はするはずもなく、都内の小さな印刷会社のOLをしている。彼女は学生時代を通じて少なからず「女優」という特別な存在に憧れを抱きながらも、結局は大人になって華やかなキャリアを見せつけるキョウコと比較して、ありふれた散文的な生活に甘んじざるをえない。いわば聡美とは「特別な存在＝名探偵になりたくてなれなかった探偵志望者」なのだ。

つけ加えれば、ゼロ年代ミステリの主人公や物語が示す以上の淡白なスタンスは、第一章でも触れたように、その一部の感覚は彼らに先立つ新本格ミステリがすでに描いていたものでもあっただろう。たとえば、綾辻行人の「館」シリーズの素人探偵・島田潔や、法月綸太郎が造型した工藤順也や法月綸太郎の消極性・迂闊さ・苦悩ぶりが当時のミステリファンに与えたインパクトも無視できないものがある（その反動として、二階堂蘭子やメルカトル鮎などの超人的探偵の登場もあったといえる）[*14]。その意味では、こうした名探偵役の性格造型のパラダイムシフトは、八〇年代の新本格からの段階的な変化だったというほう

＊13　ミシェル・フーコー「真理と裁判形態」、『フーコー・コレクション6　生政治・統治』小林康夫他編、ちくま学芸文庫、二〇〇六年、四九頁。
＊14　この点については、蔓葉信博氏の指摘に示唆を受けた。

が正確だろう。

ともあれ辻村は、多かれ少なかれそんな満たされぬ自意識を抱えた若者のドラマを多様な視角から造型している。このような登場人物の経験的な試行錯誤や見通しの利かないすれ違いこそを巧みに演出していく手法は、『カラスの親指』(二〇〇八年)や『龍神の雨』(二〇〇九年)などの同時期の道尾秀介の諸作品にも明瞭に認められるだろうし、名探偵役が普段は仕事も学業も放棄したニートであり、事件を含めたあらゆる出来事に対して消極的で引っ込み思案な性格であることを一貫して強調している北山猛邦の連作短編集『踊るジョーカー』(二〇〇八年)を思い出してもよい。

いずれにせよ、以上のようなゼロ年代の一部の若手作家たちにおいて、かつての名探偵の特権性、あるいはミステリをドライヴさせるために招喚されるべきある種の「超越性」(それがシニカルなものであるにせよ)の要素がはっきりと希釈してきていたことは指摘しておいてよいだろう。そこには、近代的な群衆(ベタ)と真相を見抜く「神」(メタ)という対極的なふたつの位相を自在に往還する名探偵的存在の起伏は物語において極限まで失われている。そして、それとは対照的に、どこかのっぺりとした凡庸で瑣末で散文的な空間、一種の「市民的」な圏域が露呈されている。

言い換えれば、米澤や辻村のこれらのミステリは、主人公たちの誰もがお互いに名探偵(=特権的権力者)としての伝統的(正統的)なアイデンティティやポテンシャルを過剰に抑制された「原初状態」を作者によって意図的にシミュレートされたまま動かされているような世界なのだ。これを少々乱暴ながら、アメリカの政治哲学者・倫理学者のジョン・ロールズの有名な思考実験の名前をあえて表面的に借り出して、ミステリの謎解き世界のキャラクターすべてに「無知のヴェール」が被せられている、と形容しておいてもよいかもしれない。とにかく、私の見たところ、ゼロ年代の目ぼしいミステリの傑作群にはだいたい揃って、このようないっぷう変わったリベラルな「市民性」とでも呼べる要素が加味されているように思われる。[*15]

3 ファンタジーの変容――「プラグマティズム化」するファンタジー

ところで、こうした現代の本格ミステリに見られるいわば「超越性なき市民性」は、他方で辻村も多く手掛ける「ファンタジー」というジャンルの変質とも関係しているように見える。

では、そもそも「ファンタジー fantasy」（幻想譚）とは何か。

ごく常識的にいえばそれは、この現実世界を支配するさまざまな科学的法則から作品の世界観を自由に解放し、古代神話や伝承民話に材を仰いだ空想や象徴的記号（剣と魔法）が重要な役割を担う物語一般を指すだろう。文学史的に見れば、ファンタジーをＳＦと同様、広義の幻想文学として捉えた場合、ミステリとファンタジーはともに古典的な物語様式が近代的知による文学的な編制を行う過程で生起した一八世紀後半のロマン主義文学運動に端を発することが知られている。実際、イギリスのゴシック小説やドイツ・ロマン派の幻想小説の影響を受けて登場した一九世紀のポーは、現在のミステリ（『モルグ街の殺人』

＊15　この傾向は、かつてのファウスト系作家の二〇二〇年代の作品にも引き続き見られるようにも思う。たとえば、ゼロ年代に人気を博した西尾維新「戯言」シリーズの十八年ぶりの新作となった『キドナプキディング――青色サヴァンと戯言遣いの娘』（二〇二三年）では、主人公の「ぼく」（いーちゃん）と玖渚友の娘・玖渚盾は、かつての父親のようなシニシズム（「これ、マジで言ってんだけど」）であれ、母親のような超絶的な知力であれ、基本的には何ら特権的な特徴を持たない平凡な女子高校生であることが強調されている。

など）とファンタジー（『ハンス・プファールの無類の冒険』など）双方の重要な先駆者とみなされている。あるいは、ここにミステリ的感性にも繋がる論理パズルや言葉遊びを偏愛し、『不思議の国のアリス』（一八六五年）を著したルイス・キャロルの仕事を加えてもよいだろう。近代精神特有の科学性・論理性を極端に肥大化させた本格ミステリと、古代神話や中世ロマンスの世界観を小説世界の巨大な密室として構築したハイ・ファンタジーとが分岐し、固有のジャンルとしてそれぞれがソリッドに自律化したと受け止められたのは、たかだか二〇世紀初頭のことに過ぎない。

いずれにせよ、こうした一連の流れのもとに、昨今のエンタメコンテンツのファンタジーも位置づけられているだろう。ただ、かつてのファンタジー物語（とりわけハイ・ファンタジー）が、私たちの存在するこの現実世界とは決定的に隔絶した超越的な虚構世界だという確固とした信憑が共有されている状況があったのに対して、二一世紀以降の今日では、具体的には「ポスト・トゥルース」的な政治状況からAR、VRなどの新しいメディア技術の浸透によって、「現実」と「フィクション」（ファンタジー）の対立軸の底が抜けてしまったことの変化は決定的に重要である。かつてアメリカの歴史家モリス・バーマンがマックス・ウェーバーを踏まえながら、この高度にブラックボックス化した現代世界の状況を「世界の再魔術化」と呼んだが[*16]、これは「世界のファンタジー化」と言い換えてもよいだろう。そしてその帰結として、「いかなる世界をファンタジーとみなすか」が、何らかの客観的な定義や基準ではなく、個々人のリアリティ（解釈）にのみ委ねられるようになる。

本来、小説のファンタジー的要素に関わる定義や価値基準は、ある程度、作品そのものの具体的な世界表現やガジェットの有無に求められていた。たとえば、ごく初期のジャンル研究としても知られる『幻想文学論序説』（一九七〇年）のなかでブルガリア出身の文学思想家ツヴェタン・トドロフは、ファンタジー（幻想）を定義づけて、読者が作品世界の示す「自然的説明」と「超自然的説明」とのあいだでためらうことだと論じた。[*17] そうした「ためらい」の根拠は、裏返せば、近代的な価値観を象徴する「自然的説明」とそれ以前の「超自然的説明」とがいまだはっきりとした対立関係にあり、後者のある細部が前者からどれだけ隔絶しているかという度合に符合していた。

しかし、おそらくゼロ年代のライトノベルやノベルゲームを書き、読む（プレイする）側に強く共有されていたのは、こうした日常／非日常（現実／ファンタジー）という対立からははるかに複雑化したリアリティだった。当時、単なる記号に対して強烈に感情移入する「萌え」や、非日常的設定に日常世界のリアリティを受け取る「感情のメタ物語的な詐術」（『ゲーム的リアリズムの誕生』）といった言葉や批評言説が注目を集めた。それはファンタジーとみなすものの近代的な一義性が根こそぎ拡散したからにほかならない。

たとえば、辻村が多くの場所で多大な影響を受けたと発言している綾辻行人のデビュー作『十角館の殺人』（一九八七年）は、周知のように往年の本格ミステリとして読まれると同時に、当時台頭しつつあったパソコン通信や伝言ダイヤルといった情報メディアが生成する新しいコミュニケーション空間の隠喩としても、また多くの読者と同様、初期のオタク的感性が生み出された一九八〇年代の消費社会下の若者文化の自己像としても理解され、消費された。これら「通信メディアに反応する人々」「消費社会下のオタク的人々」……といった個々のタコツボ共同体に属す読者それぞれが多層的な「濃度」を伴って感受する

＊16　モリス・バーマン『デカルトからベイトソンへ——世界の再魔術化』柴田元幸訳、文藝春秋、二〇一九年。
＊17　ツヴェタン・トドロフ『幻想文学論序説』三好郁朗訳、創元ライブラリ、一九九九年、四二、五〇頁。

いくつもの「リアリティ」（それを「ファンタジー」と言い換えても構わない）は、『十角館の殺人』という一個のテクストを読む読者のあいだで相互に調和している。すなわち、そこでは読み手次第で無数のリアリティ／ファンタジーがひとつの小説世界から見出されうる。そして、それは近代ファンタジーのような足場としてのリジッドな現実世界を想定しないために、個々のリアリティ／ファンタジーのあいだにはいかなる優劣関係もない。言い換えれば、そこに先のトドロフ的なためらいはもう起こる余地がないのである。そうした傾向は、あえて抽象的な空間を舞台にドラマを構築したラース・フォン・トリアー監督の『ドッグヴィル』（二〇〇三年）など、同時期の映像作品にも垣間見られた。

したがって一時期、しばしば辻村とも作風が比較されることも多かった桜庭一樹も、ファンタジー作家という局面では、じつはその感性は意外と保守的なものだったとも言える。たとえば、初期の代表作『砂糖菓子の弾丸は撃ちぬけない』（二〇〇四年）は、ファンタジー（非日常的）的な表現も加味された作品だが、そこでは謎めいた少女の心情に、「世の中にコミットする、直接的な力、実体のある力」[*18]＝実弾と、それとは対比的な「砂糖菓子の弾丸」という二項対立的な形容があてがわれ、結局彼女は前者＝現実の前に敗北する。あるいは、『少女には向かない職業』（二〇〇五年）にしても、そのタイトルからすでに非日常性（＝殺人）に対する徹底的なネガティヴィティが刻印されている。もしこの当時の作品の桜庭的な少女がある種のファンタジックな魅力を伴っているとすれば、それはまさにすでにファンタジーが不可能なものであるというシニカルな状況に由来していたのだ。

そして、この点をさらに発展的にいい直すならば、いまではそうした無数のファンタジーを生み出す契機が、ある意味で功利主義的な、プラグマティックな企図に基づいているという点だろう。いわばファンタジーの質的変容とともに、それを取り巻くかつての超越を志向するロマン主義的なスタンスも、かなり散文的――つまりは「市民的」なものに置き換わりつつある。

たとえば、その内実をもっとも鋭敏に察知していた小説家が、「涼宮ハルヒ」シリーズ（二〇〇三年〜）の谷川流である。辻村がデビューした年に刊行した第四作『涼宮ハルヒの消失』（二〇〇四年）のなかで、彼は主人公キョンの台詞を借りてこのように記している。

ここにはハルヒはおらず、古泉もおらず、長門と朝比奈さんは普通の人間で、SOS団なんてものは影も形も存在しない。エイリアンもタイムトラベルもESPもなしだ。ましてや猫が喋ったりすることもない、非常に普通の世界である。

どうなんだ？

これまでと、この今と、どっちの状況がよりふさわしいんだ。どちらが喜ばしい状態なのだろう。

俺は、いま幸せなのか？[*19]

ここで、キョンは自らが認知する、ふたつの対照的なレイヤーの異なるリアリティ＝世界のいずれかを選択することを余儀なくされている。ここで谷川がそのふたつを、意図的に「エイリアンもタイムトラベルもESPもなし」な非日常世界（ファンタジー）と、それらが「普通」に存在する日常世界（現実）として逆説的に対比している点は、いかにも興味深い。だが、より重要なのは、その選択のインセンティヴ

＊18　桜庭一樹『砂糖菓子の弾丸は撃ちぬけない』富士見ミステリー文庫、二〇〇四年、三七頁。

＊19　谷川流『涼宮ハルヒの消失』角川スニーカー文庫、二〇〇四年、七六頁、傍点引用者。

を担っているのが、ほかならぬ主人公の非常に私的で功利的な「信念」であることだ（「どちらが喜ばしい状態なのだろう」）。

こうした彼のスタンスは、いうまでもなく自分が所属すべきリアリティ／ファンタジーのレイヤーが多層化し、代わりに立脚できる唯一固有の現実世界の感覚がまったく消滅してしまったという世界認識に起因している。そこでは、必然的に選択に関わる基準は相対的、現代社会学の用語でいえば偶有的contingentなものにならざるをえない。

ともあれ、こうした認識的な変容をどのように定式化したら適切だろうか。それを考えるにあたって、もっとも参考になると思われるのが、現代アメリカを代表する哲学者リチャード・ローティの思想である。そもそもローティがその出自として持つプラグマティズムとは、その提唱者のひとり、ウィリアム・ジェームズがいうように、主体と世界のあいだに打ち立てられる「真理」の基準を、「信念として持つとよいもの」とみなす思想である。ローティは、同様の立場から二〇世紀後半のフランス現代思想（ポストモダン思想）や英米系分析哲学、政治哲学などさまざまな分野を整理し、言語に根差したいわば一種の「ファンタジーの哲学」を構想した。

というのも、彼の認識は、現代世界の主体には無数のリアリティを打ち止めにする普遍的な現実世界が可能だという信憑はもはや存在せず、個々のリアリティはどのようなほかのリアリティを表象（シミュレーション）するものでもありえない、という強固な反実在論的価値観に基づいているためである。したがって、ローティはつぎのように述べる。「自らの偶然性を直視する、自らの原因の根拠をしっかりと辿るという過程は、新しい言語を発明する――つまり新しいメタファーを考えだす――という過程と同じである」[*20]。

近代において作られた現実／ファンタジーという自明の二項対立が消滅し、「世界のファンタジー化」、「ファンタジーのアジャンスマン化」が瀰漫した現代世界にあって、ファンタジーのありうべき存立条件とは何か。それは、ローティによれば、「新しい言語を発明する――つまり新しいメタファーを考えだす――という過程」だという。[*21] そして重要なのは、それが「私たちのいだく信念が矛盾しているかどうかについての問いではなく、私たちの使用する道具が役に立つかどうかについての問い[*22]」にならざるをえないということだ。つまり、どの道具＝「信念」を採用するか（どのリアリティ／ファンタジーにコミットするか）は、個々によって自由に選択可能であり、あまつさえそれは周囲の世界のリアリティに必ずしも改変をもたらすものではないが、かといってまったく無関係でもありえない。なぜなら、世界のリアリティと個体の「信念」との関係もまた、つねに偶有的＝確率的だから。

この地点において、じつはローティと谷川の認識は限りなく接近しているといってよい。そして、以上のようなローティの主張は字義通りの意味でのファンタジーとも深い繋がりを伴っている。ローティは、主著『偶然性・アイロニー・連帯』（一九八九年）のまた別の箇所で、「文化を「合理化」または「科学化」できるという啓蒙の希望としてでなく、文化をまるごと「詩化」できるという希望として、リベラリ

＊20　リチャード・ローティ『偶然性・アイロニー・連帯――リベラル・ユートピアの可能性』齋藤純一・山岡龍一・大川正彦訳、岩波書店、二〇〇〇年、六〇頁。

＊21　とはいえ、哲学研究者で作家の下西風澄が指摘するように、そもそもローティは、このメタファーの操作が哲学という営為そのものの本質にあると考えていた。下西風澄『生成と消滅の精神史――終わらない心を生きる』文藝春秋、二〇二二年、二四～二五頁を参照。

＊22　前掲『偶然性・アイロニー・連帯』、二九頁、傍点引用者。

ズムを描き直す必要がある」[*23]とも記していた。ここでいわれている「詩化」というレトリックがファンタジーと類比的に使われていることは言を俟たないだろう（実際、ローティは「ファンタジー」という表現も使っている）。同様に、先の「新しいメタファーの発明」という表現も、つまりは個々の「信念」を賭け金とした新たなリアリティ／ファンタジーの発生の機制を表しているのだ。こうした現代におけるファンタジーの構造的変容を、とりあえず「**ファンタジーのプラグマティズム化**」と呼ぶことにしよう。そしてこれは、「本格ミステリの市民化」（やる気のない名探偵など）ともどこか重なっている。

ちなみに、ローティのこうした発想は、アメリカの哲学者ドナルド・デイヴィドソンのメタファー論（「メタファーの意味するもの」）に少なからぬ示唆を受けている。デイヴィドソンによれば、メタファーとはその言葉の字義的な意味によってではなく、その「使用」＝解釈によってはじめて成り立つものであり、メタファーそのものにメタフォリカル（比喩的）な意味が込められているわけではない。ここでデイヴィドソンが否定する、メタファー自体に字義的な意味／比喩的な意味の区分が含まれているという考え方は、いうまでもなくローティや谷川が否定した、かつての現実感覚／ファンタジー感覚という固定化した対立関係とコレラティヴである。現代のメタファー＝ファンタジーとは、いかなる実在（現実）も想定しない、ただ、多様な局面における個々人の遂行的な解釈や選択、つまり信念によって成立するのだ。

いずれにしろ、こうした主張が二〇世紀の人文思想において言語のもっともポジティヴな可能性を追求した分析哲学や、それに影響を受けたネオ・プラグマティズムから出現したことは大きな意味がある。彼らは近代哲学が一貫して重視した「認識」や「実在」ではなく、「言語」を新たな世界認識の基盤とした（言語論的転回）。言語とはむろん人間が発明した代表的なメディアの一種だが、とはいえ彼らが設計した言語とは、後期ハイデガーのような物質世界（経験性）と形而上的なもの（超越性）のあいだを媒介するのではなく、それを基盤として多様な共同体が矛盾なく共存しうるように計らう（後期ウィトゲンシュタイン風にいえば）「ゲーム的」な風土を構築するものだった。だとすれば、言語を基盤として現代の新しいファンタジーの生育条件がローティやデイヴィドソンの思想と非常に馴染むのも不思議ではない。そして、その可能性の実践にミステリをはじめとした言語を駆使する小説（散文形式の虚構）がきわめて有効であることも明らかである。

とまれ、こうした現在の文脈を背景として、もう一度、あらためて辻村の作品世界を検討していくことにしよう。

4 「見立て」と「責任」のゆくえ

前節では、「ファンタジーのプラグマティズム化」と呼んだファンタジー物語の構造的変容を簡単に素描してみた。現代のファンタジーには、それを裏側から規定するような現実世界は存在しない。したがって、ファンタジーの様相に関わるパラメータとは諸個人の恣意的な「信念」（仮にそうであると、都合がよいもの）に委ねられることになる。これは、ローティの言葉を借りれば新たな「唯名論」、あるいは「自然の鏡」（現実を写すコピー）の破砕とでもいえるかもしれない。

実際、ファンタジーに属する作品も含めた、辻村の多くの小説でも共通するのは、主人公たち登場人物たちが、自分が位置している、あるいは信じている「世界」が、唯一不変のものではないという閉塞感と、

＊23 同前、一一四頁。

その自分のいる「世界」と相手のいる／信じる「世界」がうまく通じ合えないという不全感の感覚である。『闇祓』の登場人物はこのようにいう。「それくらい絶望的に、言葉が通じないと感じた。後めたく思ってごまかすというのですらなく、この人は、本当に自分が悪いと思っていないのだ。圧倒的に自分が正しい、自分が正義だと信じる世界を生きている」[24]。また、『傲慢と善良』のヒロインもまた、このような思いを吐露する。「ごめんなさい。／私は、無理だった。／理解しようとした。理解しようとしたよ。出会う人たちと、ちゃんと向き合おうとした。——だけど、理解できるほどのものを、みんな、見せてくれなかった気がする。理解の仕方が、私にはわからなかった」[25]。さらにそれは、まさに近作の傑作ファンタジー『かがみの孤城』ではより鮮烈に描かれているだろう。主人公の不登校の中学生・安西こころは、こう言う。

> 言葉は通じない——と絶望的に思い知る。
> こころが春から懸命に守っている自分の現実。こころがされたことと、真田美織が見ている世界がまったくかみ合わず、同じ世界のこととは思えない。自分は見てきたことこそが現実なのに、それでも学校にちゃんと来ているというだけで、先生たちも真田美織が言うことの方が真実だと思うのだろうか。[26]

『かがみの孤城』では作中で、こころと同じように不思議な孤城に迷い込む不登校の中学生、マサムネ（政宗青澄）が「オレたちは、みんな、それぞれ違う雪科第五中学に通ってるってこと。——オレのいる世界にみんなはいないし、みんなのいる世界にオレはいない。ここにいる七人分、世界が分岐してるんだ」[27]と語るように、その物語世界は一種の並行世界的な設定が凝らされているが、そのなかでこころが「自分の生きている現実が、途端に箱庭か何かのような作り物に思えてしまう」[28]というように、このある種の「箱庭」感覚こそ、『冷たい校舎の時は止まる』以来の辻村のファンタジー世界を輪郭づける表現にふさわしいだろう。

そして、辻村の小説では、中心となる物語や事件が綴られる際、必ずといってよいほどミステリ小説技法における「見立て」にも通じる、主筋になぞらえられるような何らかの寓意的な「物語」が登場し、両者が互いに呼応するようにして叙述が進められていく。

たとえば、初期作のなかでも本格ミステリ小説としての装いがきわめて濃密な『子どもたちは夜と遊ぶ』では、犯人によって決行された殺人事件の各シチュエーションには数々の「わらべ歌」が文字通りの見立てとして用いられたし、一転してファンタジー色の強い『ぼくのメジャースプーン』では、仏教説話をアレンジした「月とうさぎのエピソード」が主人公の「ぼく」の行動の選択に、決定的な意味を持っていた。またユニークなところでは、何といっても作家がもっとも敬愛する藤子・F・不二雄のマンガ『ドラえもん』(一九六九〜一九九六年)に登場する「秘密道具」に模したエピソードが綴られ、さらにその道具の名自体が章題に冠せられた『凍りのくじら』(二〇〇五年)がある。また、『冷たい校舎の時は止まる』にしても、作中で登場人物が巻き込まれる不可思議な出来事が、彼らのひとり・清水あやめによって披露される過去の歴史的な超常現象の記録の説明によって納得されてしまう。『スロウハイツの神様』(二

＊24 前掲『闇祓』、二五七頁。
＊25 前掲『傲慢と善良』、四三七頁。
＊26 辻村深月『かがみの孤城』下巻、ポプラ文庫、二〇二一年、三九〜四〇頁、傍点引用者。
＊27 同前、七二頁、傍点原文。
＊28 同前、七七頁。

〇〇七年）では、登場人物のひとりであるチヨダ・コーキが書いた「小説」がそれに該当する。また、『名前探しの放課後』（二〇〇七年）でも、バーネットの『秘密の花園』に始まり、イソップ童話の『オオカミ少年』、ケストナーの『エーミールと探偵たち』などの童話や児童文学が象徴的に引用される。

こうした「見立て殺人」と呼ばれる形式は、アガサ・クリスティや横溝正史などの往年の巨匠たちによってもことのほか偏愛されてきたが、たとえばミステリ評論家の巽昌章によれば、一九九〇年代後半以降の日本のミステリは、こうした見立てを異常なまでに肥大化していったという。[*29] その典型が、やはりメフィスト系の作品群だろう。具体例を挙げれば、京極夏彦の一連の妖怪小説においては、それまでのミステリがある程度「近代の合理的な思考」に基づいた見立てを扱っていたのに対し、それを軽々と凌駕するオカルト的・呪術的な意匠に基づく見立て（解釈）が幅を利かすようになっている。そして、巽によると、そうした見立て描写の質的変化は、何も見立ての無効化ではなく、むしろ見立ての発展形態であるというのだ。なぜならば、「人を殺した男が幽霊に祟られて死んでしまうというのは、それなりに「論理的」[*30]だからである。いずれにしても、現代日本の本格ミステリ（やそれ以外のミステリ）の特徴のひとつが「見立ての過剰適用」にあることは疑いを容れまい。

いうなれば、辻村の小説もまた、その表面的な設定上のファンタジーよりも、むしろこのような作中の実際の物語（主筋）とそれを取り巻き、かつ規定するような単数あるいは複数の寓話＝「物語」が「同心球状」（巽昌章）にシンクロし合うという構造においても、「ファンタジック」なのである。まさに辻村において「わらべ歌」なり『ドラえもん』なり仏教説話なりといった「物語」は、主筋や事件に従属するものなどではなく、逆にそれらを不断に相対化し、活性化させるものとして機能していると考えてよい。

加えて彼女は、よく知られるように、ある小説に登場させた人物をほかの作品にも顔を出させ、あたかもマルチバースもののように個々の作品同士をも「参照先」として開放しているので、物語の多層化はさらに複雑化していくことになる。

もはや明らかなように、以上のような本格ミステリにまつわる動向は、先の「ファンタジーのプラグマティズム化」に対して構造的に密接にリンクし合っている。現代ミステリにおける見立て（解釈）の氾濫は、見立てのモナド化、すなわち、現実に起こった事件の唯一の真相へ至ろうという指向が希薄化し、それぞれの「私はこう見える」という見立て自体の自律化、かつては見立てとみなされた個別のファンタジー＝信念の多層的共存空間を派生させるのだ。

とはいえ、辻村の場合に特徴的なのは、それが一貫して近代以降の高度資本主義社会に固有の世界認識に基づいている点だ。すでに記したように、彼女の小説世界には初期からつねにある種の拭い難い「閉塞感」が存在する。『冷たい校舎の時は止まる』では登場人物たちは学校（公共空間）と内面（私的空間）というふたつの「密室」から脱け出ることができないし、『子どもたちは夜と遊ぶ』では登場人物に仮託して「目の届く範囲の人々の幸せしか、僕には関心がない」[*31]という醒めた諦念にも似た認識が呟かれる。ここには、世界に散在する無数のコミュニティ（可能世界）を束ねる特権的なリアリティ（現実世界）への信憑が保持しえなくなったという現代の社会背景が明確に刻まれているだろう。世界（現実）に対する徹底した不信と閉塞感――それが、現代の大量消費社会というマクシマムな構造

＊29　巽昌章『論理の蜘蛛の巣の中で』講談社、六八頁。
＊30　同前、六九頁。
＊31　辻村深月『子どもたちは夜と遊ぶ』下巻、講談社ノベルス、二〇〇五年、一四八頁。

と、青春期の普遍的な心性というミニマムなそれとの絶妙のコレスポンダンスとしてきめ細かに描かれるところに、この作家の関心があるといってよい。

また、辻村が招喚するこれら無数の「物語」においてとりわけ注目すべきは、その機能がほかならぬ言語＝記号の力によって定められていることだ。たとえば、『冷たい校舎の時は止まる』では、物語の叙述トリックに記号（とある「固有名」）の「変換」が重要な役割を担うし、『子どもたちは夜と遊ぶ』は、いわば「i」と「θ」というふたつの記号から膨大な「物語」や「メタファー」が産出されるプロセスを描いたミステリだった。こうした辻村の「物語」や、実在から遊離した言語にコミットする姿勢は、先ほど示した固有名への関心に繋がっていると同時に、いうまでもなくきわめてローティ的でもあるといえる。『子どもたちは夜と遊ぶ』に関していえば、そこでの一連の殺人事件はまさに犯人による暗号の推論＝言語ゲームによって実行されていたことを思い出してもよい。そして、辻村のつぎのような記述を読んだ時に、その企図が充分に明らかになるだろう。


「選べるのよ、景子ちゃん」

目の前の女の、不気味なまでに艶めかしい囁き。

「上るか、下るか」

景子は顔を上げると、目の前の化け物『景子』を睨み据える。彼女は笑っていた。

「助けるか、出ていくのか」[*32]

ここで『冷たい校舎の時は止まる』の登場人物（桐野景子）はある種の決断（選択）を迫られている。

しかし、それは現実社会に対してのアンガージュマンのようなものではない。彼女は、あくまでも鏡像的に立ちはだかる自分自身（『景子』）に迫られて、その意図を問われているのだ。そこに、現実世界の足場はない。彼女は、自らの「信念」＝ファンタジー世界の方向を問われているのである。

もはや明らかだろうが、ここにおいて辻村はローティ的な「ファンタジーのプラグマティズム化」を忠実に作品として形象化しえている。そもそも辻村は、このデビュー作において物語の舞台を「ホストの願いが全てにおいて優先して具現化される世界」[*33]として設計していた。あるいは、「まるで何かの法則性があるかの如く、彼は自分にとって都合の悪い世界を生きない」[*34]と評された別の作品の犯人のことを思い起こしてみてもよい。

辻村の小説は、ひとしなみに「信念」という名の、「ファンタジー」という名の「密室」に閉じ込められた人々の生存条件を観察した作品として読むことができる。

そして、話を戻せば、そこで描かれるファンタジーの内実とは、かつてのような現実世界からの超越性を奪われた、個々人の「信念」に立脚した、世俗的で、「市民的」なものでしかない。そして、その超越性を奪われた、あるいは超越性を支える普遍的な基盤の底が抜けた市民社会的なものというのも、きわめて今日的なシチュエーションである。そして、辻村は、同世代のほかのメフィスト系の作家たちの一部がキャラクターや論理のスペクタクル化を過激に展開してみせていた傍らで、そうした今日のリベラルな市

＊32　辻村深月『冷たい校舎の時は止まる』下巻、講談社ノベルス、二〇〇四年、六六頁。
＊33　同前、二〇五頁、傍点引用者。
＊34　前掲『子どもたちは夜と遊ぶ』下巻、三三四頁。

民社会的状況のなかでの社会性＝「責任」のゆくえを一貫して追求していた作家だったのである。

しかしながら、本章の前半で論じた辻村における「責任」の問題系は、現実のリベラリズムの直面する困難と同じように、当然のごとく一方で、この現実／ファンタジーという二項対立を超えたファンタジーの多元的環境とは背反することにもなるだろう。「責任」という、この社会のなかで課せられた固有の債務を負うという姿勢は、「プラグマティズム化」したファンタジーという、多分に功利的かつ恣意的な価値観とは相容れないからだ。

しかし、それは現在、同様なファンタジー（ポスト・トゥルース）をこの現実世界で生きつつある私たちが均しく共有する不可能な問いでもあるのだ。すなわち、世界が多元的にファンタジー化するなかで、いかに正当な公共性＝「責任」を打ち立てていくか、という問いにほかならない。

思えば、『冷たい校舎の時は止まる』は、個人の内面（私的世界）が学校（公的世界）と癒着した世界を舞台にしていた。その空間に閉じ込められたキャラクターたちは必死に「責任」を果たそうとするが、それは明らかなように決定的な背理を最初から抱えこまざるをえない。なぜなら、「責任」の解消が認知される公共空間（学校）は、そもそもある個人の私的な内面なのだから。そこでは、あらゆる正当性はひとしなみにナルシシスティックな内面の前に溶解してしまうしか道はない。ファンタジーの内部には、「責任」の委託者であるような「他者」は存在しない。また他方で、誰しもそのような「他者」になることはできないのだ。辻村の描くヒロインの葛藤は、私と公が一体化する、いわば地と図が永遠に転化しあうというような、二一世紀的な別種の不可能性への自覚に準拠したものだ。

では、辻村の小説群がなお、つねにある種の「希望」を私たちに感じさせているのだとすれば、それはなぜなのだろうか。以上のような点に関して、『ぼくのメジャースプーン』は辻村の諸作品のなかでもきわめて倫理的な問題意識に貫かれているという意味で特異な位置を占めている。その物語の最後で、不思議な能力を持った主人公の「ぼく」は、率直にこう語る。

ぼくはあの子に代わりたかった。あの子のことが、本当に好きだったから。
だけどそれは、ただの言い訳で、まやかしだ。ただ責任と呵責で結びつき、それに耐えられないから相手のために何かしたいと思う。秋山先生だって言っていた。人間は、誰か他人のために命を投げ出すことなんかできない。[*35]

ここには、ファンタジー（超常的な力）をその身に担いつつ、当のファンタジー自体の内実について真摯に思考する主人公＝辻村の姿がある。現代のファンタジーは、いわゆる個々の放恣な「信念」に準拠するしかない以上、それは結果的にリベラルな公共性からして「ただの言い訳で、まやかし」でしかないのかもしれない。おそらく、この「ぼく」の認識は正しいだろう。しかし一方で、そう口にしながらもなお、この小説において、秋山教授が語る通り、主人公の能力がある意味で彼の「責任」の達成（自己と他者への公正）に賦与しているのも事実なのだ。

いってみれば、『ぼくのメジャースプーン』は、私的なファンタジーが社会的（公的）な幸福や他者の厚生に何らかの効果を及ぼしうるということを描いた小説にほかならない。その意味で、この小説は「ぼく」（私的な信念）と「メジャースプーン」（社会的な公正）との新たな分水嶺を模索する物語なのであり、

＊35　前掲『ぼくのメジャースプーン』、三二三頁。

その物語に込められたファンタジー性は現代の分裂した社会構造のなかで起こりうる公と私の新たな「奇跡」（＝ファンタジー）に懸けようとする試みでもあるだろう。

これは、「したがって民主主義は、それが到達不可能であるかぎりにおいてよいものとして存在する、ひとつの善として理解されなければならない」[*36]という現代のラディカル民主主義の課題（民主制とは実現できないからこそ、不断に作り上げていくもの）とも繋がっている。この現代世界において、責任を取ることは困難だが、しかし、あるいはだからこそ、私たちは絶えず自分たちの生と周りの世界を更新していける。辻村の提示するラディカルな「希望」はそこにある。

＊36　シャンタル・ムフ『民主主義の逆説』葛西弘隆訳、以文社、二〇〇六年、二〇七頁。

第7章

環境からプレイヤーへ?

『ファウスト』とゼロ年代の文学的想像力

1 『ファウスト』運動からゼロ年代ミステリを振り返る――環境か自意識か

第二部では、メフィスト系の作家を中心に、二〇〇〇年代（ゼロ年代）に台頭してきたミステリ作家たちの仕事を見てきた。第二部の締め括りとなるこの章では、より俯瞰的に、ゼロ年代の現代ミステリが抱えていた文学的想像力の意味を、独自の視点から包括的に検討してみることにしたい。そこでまずその取っ掛かりとして注目してみたいのが、二〇〇三年九月に講談社から創刊され、若いミステリファンのあいだで反響を呼んだ文芸誌『ファウスト』と、同誌に連載された文芸評論「メタリアル・フィクションの誕生――動物化するポストモダン2」が元となり、二〇〇七年に刊行された批評家・東浩紀の評論書『ゲーム的リアリズムの誕生――動物化するポストモダン2』（講談社現代新書）である。[*1]

＊1　ちなみに、『ゲーム的リアリズムの誕生』の元原稿となる「メタリアル・フィクションの誕生」については、以下の文献で全体を読むことができる。東浩紀『文学環境論集――東浩紀コレクションL』講談社ＢＯＸ、二〇〇七年。

その前にまずは、本章が注目する二〇〇〇年代の物語的想像力をめぐる状況とその批評的言説について簡単に概観しておきたい。

サブタイトルからも窺われるように、そもそも東のこの文学論は、彼が二〇〇一年に刊行し、その後のオタク文化評論や日本文化論に大きな影響を与えた『動物化するポストモダン――オタクから見た日本社会』（講談社現代新書）が前提にある。

そこで東は、現代日本の先端的な若者文化の文化消費スタイルの変容を、「オタク」と呼ばれる人々を具体例にして「データベース型消費」や「動物化」、「解離」といったキーワードで分析し、幅広い読者の支持をえた。彼ら若者たちはあらゆる文化財（テクスト）の背後に近代的な意味での「物語」の機能を求めることはせず、過去に蓄積された膨大な情報財（データベース）を前提に、最大公約数的なキーワード（萌え要素）を「動物的」にサンプリング、または解析することで、強度あるテクストを制作・消費するようになっていく――。これが、おおよそ一九九〇年代後半――象徴的には、『新世紀エヴァンゲリオン』（一九九五～一九九六年）以降――のオタク文化をポストモダニズムの視点から分析することで、二〇〇〇年代初頭に東が提示した社会ヴィジョンであり、この議論がその後の「ゼロ年代の批評」と呼ばれるもののベースになっていったことはよく知られる通りである。

『ファウスト』は、以上のようなカルチャーの変動期の渦中、文芸の世界でゼロ年代後半に盛り上がったいわゆる「ライトノベル・ブーム」に先駆け、またそれと伴走する形で登場し、当時の私を含めた一〇～二〇代の若い文芸読者たちの話題をさらったのだった。そもそもジャンルとしてのライトノベル（おもに中高生対象のアニメやゲームに影響を受けたキャラクター小説）は、二〇〇五年前後をピークとして日本のエンタメ小説業界の一角を席巻した。そこには、その基盤であるオタク文化そのものに対する当時の社会的期待の上昇と併せて、上遠野浩平や乙一など、既存のライトノベルレーベル出身作家や、奈須きのこや竜騎士07らノベルゲーム出身作家の作品自体のレヴェルの高さ、さらに彼らに影響を受けた佐藤友哉や西尾維新など、ミステリ系の新人賞「メフィスト賞」受賞作家の台頭といった、複数の構成要素が関わっている。また、こうした状況を受けて、大塚英志や笠井潔、斎藤環、仲俣暁生など少なからぬ批評家が言論面からそれをフォローしていった。そして、(実質的に)そうしたライトノベル評論の震源地のひとつとみなされていたのが、ほかならぬ東による『ファウスト』連載評論であったわけだ。

では、のちに『ゲーム的リアリズムの誕生』へとまとまることになる東の主張とはどういうものだったのか。ひとことでいえば、それは前著『動物化するポストモダン』で提示した「データベースの環境」という問題設定を受け継いだ、小説作品の成立を支える「想像力の環境」というモデルの提示と分析である。東によれば、当時のライトノベル市場に結実したキャラクター小説の伝統は、個々の小説作品のコンテクストから遊離しても感情移入の強度を維持できる「キャラクターの自律化」を達成した。そして、その自律化した個々のキャラクターや、さらにそのデータベース(萌え要素)の集積は、間主体的ないわば「想像力の公共化」、もしくは「想像力の環境」として自生化しており、文芸における物語の生成モデルは近代的な作家の「自意識」ではなく、この「環境」の整備とオペレーションにこそ依拠するようになりつつあるだろう、と記す。それは、自意識=主体のポジションを含めたあらゆる超越論的なポジションに先行する、のっぺりとした非人称的な生成環境がすべてのノードを生み出すとする点で、きわめてドゥルーズ的な発想を受け継いでいるともいえる。

あるいは、その議論は、じつはこの時期に、デビュー著作『ゼロ年代の想像力』(早川書房)で右の東の理論を批判しつつ登場し、同時に、その後のゼロ年代の数年間、東とも親しく活動していた評論家の宇野常寛の当時の「決断主義」をめぐる主張とも表裏一体のものだった。というのも、東がそこで打ち出した小説の「環境」の整備とは、まさしく宇野の言っていた「決断主義」の闘争そのものを準備し、それに裨益する「コロシアム」（環境）の分析とも理解することができるものだったからだ。

とはいえ、ここでつけ加えておきたいのは、東の文芸評論を積極的にサポートしていた『ファウスト』の創刊編集長で現在は講談社の子会社・星海社の代表取締役を務める太田克史が、当時、自分の理想とする小説は、「九〇年代に一〇代を過ごした思春期の自意識」を描いたものだと発言していたことである。たとえば、太田は、あるインタビューで、このように述べていた。「僕は「思春期の自意識」をテーマにした作品が一貫して好きで、囚われていて、そこにこだわっています。『ファウスト』のテーマもそうなんです」[*2]。そして、太田のこのコンセプト自体は、『ファウスト』初期には佐藤友哉や滝本竜彦ら「九〇年代的な空虚さ」を主題化した小説家たちのサポートに表れ、次第に、奈須きのこや竜騎士07のようなノベルゲーム出身の小説家の手になる一群の伝奇小説（「新伝綺」）の試みとして結実していったと考えられる。

ちなみに、こうした太田の『ファウスト』とファウスト系作家に関する当時の発言は、現在から振り返っても、広く平成文学一般が抱えこんでいた特徴の縮図であったとも言える。平成時代の文学のナラティヴについて論じた文芸批評家の福嶋亮大は、舞城王太郎や佐藤、西尾といった『ファウスト』に集結した主力作家たちの小説を、「謎解きの論理的緻密性を追求した新本格ミステリを、広義の犯罪小説に変換し、暴力のデモンストレーションのための媒体に変えた」とまとめた。そして、そこには「他者や自己を破壊する一方、その物理的な接触によって他者との繋がりを過剰なものにもする」という九〇年代以降の平成文学が描き続けてきた「暴力」のモティーフの変異体が認められるとするのだが[*3]、阿部和重を参照するまでもなく、この暴力もまた、太田の考える「思春期の自意識」と密接に結びついたものであっただろう。

しかし、太田のこのスタンスは少し考えればわかるように、先の東の当時展開した議論とは大きくすれ違っている。それは東が「想像力の環境」のもとにシステマティックに溶かしこまれるものと考えた主体(青春の自意識)の効果を、逆に太田は特権視しているように見えるからだ。おそらく、ここには『ファウスト』、あるいはそれを中心としてゼロ年代の文芸シーンを先導したライトノベル・ブームに潜在していた、ある種の楕円状の分裂——物語とそれを解釈するシステム(言説)とのあいだに派生した独特の緊張関係が体現されているだろう。そして、その動向は、むろんミステリ小説とも無関係ではない。では、その内実はどういうものだったのか。

繰り返すように、二〇〇〇年代前半、東浩紀は『ファウスト』の連載の「メタリアル・フィクションの誕生」で物語が生成する人工環境(想像力の環境)の仕組みを分析していた。そして、その時に彼が想定する人工環境とは、いうまでもなく前著『動物化するポストモダン』で提示した「データベース」という概念と類比的なものである。とはいえ、ここでの彼は、データベース概念を、現実のテクストの消費=流通形態のモデルとしてあくまで社会学的に考察している。また、「メタリアル・フィクションの誕生」においても、その分析対象はおもにライトノベルやノベルゲームといったオタク系サブカルチャーの特殊なテクストに限られているばかりでなく、分析手法ものちの書籍化の際に掲げられた「ゲーム的」という形容に象徴されるようにいささか固有の文脈に注目するものだった。

＊2　渡辺浩弐『ひらきこもりのすすめ2・0』講談社BOX、二〇〇七年、二二一頁。
＊3　福嶋亮大『らせん状想像力——平成デモクラシー文学論』新潮社、二〇二〇年、四七頁。なお、福嶋は『ファウスト』刊行中の二〇〇四年、東浩紀が発行していた同人メールマガジン『波状言論』の投稿論文でデビューし、『ファウスト』にも第六、七号に連載文芸評論「小説の環境」を寄稿している。

2　現代小説の「図書館」

にもかかわらず、じつは一九九〇年代の後半から二〇〇〇年代の前半にかけての現代文学を丹念に読み返したならば、そこではやはりすでに、東のいうデータベースを物語展開のロジックとして積極的に活用する作品――いわば広大無辺でありつつ使い勝手のよい、何らかの情報収蔵地の存在を手掛かりとして、そことの絶え間ない往還運動によって物語全体（またはそのほとんど）を組み立てていくタイプの小説が膨大に生み出されていたことがわかるだろう。

より具体的にいえば、東のいうデータベースは、しばしば膨大な情報財がそこに集積され、公共的に利用可能なシステムとしての**「図書館」**というイメージに形象化されて描かれていた。実際、二〇〇〇年代前半ほど、「図書館」が小説内部に登場した時期もない。それらは、利用者のニーズに応じて懇切丁寧に「カスタマイズ化」されながら、そ知らぬ顔で彼らの行動を調整していく。この「図書館」というモティーフについては、後年に文芸・SF評論家の藤田直哉も注目していた[*4]。藤田の場合は、この図書館や書店という舞台についてその「物質としての書籍」という側面を強調し、そこから彼が「流通のメタフィクション」と呼ぶ概念を抽出することに力点があるが、ゼロ年代当時の私もまた別の視点からこの動向に関心を持っていた。

たとえば、日本推理作家協会賞も受賞した古川日出男の『アラビアの夜の種族』（二〇〇一年）の場合は、その諸物を包みこむような勢いで佇立する巨大な「図書館」が『『災いの書』』という姿をして登場する。そこにあるのは、「手を伸ばせばそこにある」という圧倒的な「存在感」であり、であるがゆえの素朴な魅力である。いつからか、どこにあるかもわからなくなってしまった「世界の真実」を物語に写し取ることはままならないが、とりあえず厳然と眼の前にある断片的なキーワードを検索してみるだけでも、充分に説得力のある物語は紡ぎ出せるし、ややもすればそうした検索のスキルの巧拙のほうが、ある局面では「世界の真実」の断片を先取りできるのではないか――そんな期待が、彼の小説の裏側にはある。つぎの古川の記述は、まさにそうした自身のスタンスへの註釈に読めるだろう。「世界は閉じていた。もしも地球の全図を描いたならば、それは屋敷のかたちをしていたにちがいない。／その輪郭は。大地も天球も。／緊張は、しかし、よい意味では在る。たとえば口述筆記者の筆さきにある」[*5]。

あるいは、鎌池和馬の「とある魔術の禁書目録」シリーズ（二〇〇四年〜）は、同じことをもっと露骨に作品化している。超常的な特殊能力がごく普通の科学技術と一緒くたに認知されているこの作品の世界観はひとまず、同時代の伝奇、SF小説も描いていた現代の科学哲学論のイメージ（「再魔術化」）を、同様に反復している。しかし、とりもなおさずこの作品がそれらの作品群から一歩抜きん出ているのは、超能力や近代的な科学技術よりも、その驚異的な記憶能力によって膨大な量の魔道書の内容を暗記し、状況に応じて適宜その内容を「公開」（暗誦）するヒロインの設定を物語の中心に持ってきたことだろう。さ

＊4　「書店や図書館を舞台にした小説が、二〇〇〇年代から目立つようになってきた。［…］これらの作品が流行していることには、いくつかの背景が考えられる。その理由のひとつに、インターネットを中心とする、情報環境の普及が挙げられる。パソコンやタブレットなどを通じて文字情報などに接することが多くなったために、物質としての「本」が改めて意識化されたのだ」、藤田直哉『娯楽としての炎上――ポスト・トゥルース時代のミステリ』南雲堂、二〇一八年、一七〇頁以下を参照。

＊5　古川日出男『アラビアの夜の種族』第二巻、角川文庫、二〇〇六年、二八七頁。

らにヒロインの名前が「インデックス」と名づけられているのは、この「人間図書館」の内蔵する「図書」がほかならぬ簡潔なコード（符号や規則）によって形式的・機能的に整理または序列化され、簡便な情報財の出し入れが可能な状態としてあることを暗示させる。そして、この小説では実際、登場人物の個々の熱意や能力よりも、インデックスの記憶するデータを、彼らがいかに正しく把握し、首尾よく引き出し、あるいは制御して現実に対応させるかという作業が物語上、もっとも効力を発揮する。その作業は往々にしてみみっちく、野暮ったい。だが、そうした微細な選択の蓄積が、自分たちの現実に決定的な影響を及ぼすことを、彼らは熟知しているのだ。

こうした「図書館」のイメージは、むろん、世界がいずれそこにいたるとマラルメの述べた「一冊の書物 Livre」に象徴される、言葉のみによって宇宙全体を包みこむ独我論的な世界としての二〇世紀的な「図書館 Bibliothèque」（ボルヘス）のイメージとは決定的に異質なものだ（さらにジョイス、カフカ、パウンド、ブランショなどがここに含まれるし、現代日本文学でいえば、八〇年代の村上春樹がこの系譜にあてはまる）。この現代日本文学における「図書館」というモティーフの系譜には、日本近代文学の成立プロセスを枠づける、西欧文学からの影響と、江戸伝来の士大夫の教養圏としての「漢詩文」の残存というふたつの世界解析システムのあいだにある複雑な関係性が深く影を落としているのかもしれないが、ここでそれを深く論じることはできない。

いずれにしても、阿部和重『ニッポニアニッポン』（二〇〇一年）、山田正紀『ミステリ・オペラ』（二〇〇一年）、海猫沢めろん『左巻キ式ラストリゾート』（二〇〇四年）、中野独人『電車男』（二〇〇四年）、村上春樹『海辺のカフカ』（二〇〇五年）、高橋源一郎『ミヤザワケンジ・グレーテストヒッツ』（二〇〇五年）、山形石雄「戦う司書」シリーズ（二〇〇五〜二〇一〇年）、平山瑞穂『忘れないと誓ったぼくがいた』（二〇〇六年）、田中慎弥『図書準備室』（二〇〇七年）、有川浩「図書館戦争」シリーズ（二〇〇六〜二〇〇八年）、佐藤友哉『1000の小説とバックベアード』（二〇〇七年）、古川日出男『聖家族』（二〇〇八年）……などなど、陰に陽に「図書館」＝データベース的機能を物語に組み込んだ小説は、純文学やジャンル小説の区別を問わず、確実に二〇〇〇年代文学の主要なモードのひとつを形成してきたといえる。

ちなみに、このゼロ年代的な図書館の隠喩は、二〇二〇年代の近年では、米澤穂信の連作短編集『本と鍵の季節』（二〇一八年）に始まる〈図書委員〉シリーズが継承していると思われる。このシリーズの主人公、小説の語り手の「僕」こと堀川次郎と、友人の松倉詩門は、北八王子市にある高校で図書委員を務める男子高校生だ。なるほど、シリーズ第二作の長編『栞と嘘の季節』（二〇二二年）では、当時から二十年近くが経っても、「貸出履歴はコンピュータで管理されていて、［…］すべてデータで保存されている」[*6]とされており、この『栞と嘘の季節』の「図書室」もまた、明らかにその隠喩の延長線上にあると見てよい（作中に登場する、知の一望監視施設について記されたミシェル・フーコーの『監獄の誕生』も、そのことへの目配せにも見える）。

だが一方で、日々、膨大な情報と接することになった現代人は、真偽の取捨選択にますます多大な労力を傾けざるを得ないことになる。そのリアリティは本格ミステリの世界観にも及んでいた。その意味で、米澤が得意とする「日常の謎」というジャンル形式は、――ゼロ年代後半の「日常系」アニメともうまく

＊6　米澤穂信『栞と嘘の季節』集英社、二〇二二年、九頁。なお、現在の実際の図書館では、個人情報保護の観点から貸出履歴のデータは一定期間後に削除されることになっているという。この点は、飯田一史氏のご教示をえた。記して感謝したい。

噛み合いつつ――物語の舞台を限られたミニマムな日常にあえて限定することで、いみじくもそうした課題をミステリにおいて巧みに回避する手法として機能していたといえる。当時、文化批評の一部でしばしば参照されていたニクラス・ルーマンの社会システム理論の用語を使えば、「日常の謎」という舞台は現代ミステリにおける一種の「複雑性の縮減」装置として活用されていたわけだ。

3　環境の制度化＝自然化

ともあれこの意味で、当時の東浩紀の一連の文学論は彼自身が実質的に扱った対象の範囲を超えて、文芸ジャンルのより広汎な領域で見られた状況をじつに的確に把握し、描き出していたというべきだろう。

では、一方で先の『ファウスト』における東と太田の分裂は、どのように捉えればよいのだろうか。おそらく問題は、つぎの二点に分けて考えられるべきだろう。（a）東の小説分析についての議論との比較における同時代の小説の反応、そして（b）太田のいう「思春期の自意識」を描いた小説という言葉の内実である。

（a）のほうから考えてみよう。現在の時点から振り返ってみれば、東の『ファウスト』における一連の言説は、確実に二〇〇〇年代の文学の生育環境（「想像力の環境」＝「図書館」を利用した物語構築）を見事に言語化していくことに費やされていた。そして重要なのは、二〇〇〇年代半ばのこの数年間は、なかんずく小説作品のほうもまたそうした自らの環境の仕組みを自覚し、そのポテンシャルに積極的に依拠していく姿勢を身につけていった期間でもあったということである。

おそらくこの関係やプロセスは、日本の近代文学におけるもうひとつの「環境」と呼べる有名な「風景」の発見とも類比的に語ることができるだろう。ひとつ断っておけば、批評は何も実作のあとを追うばかりではない。文学運動などをはじめとし、しばしばそれは実作と密接に連動し、時には先行しながら進行する。たとえば、『日本近代文学の起源』（一九八〇年）で柄谷行人が紹介しているように、近代日本におけるアルピニズム（ロマン派的な「風景」）の発見に貴重なインスパイアを与えた志賀重昂の『日本風景論』（一八九四年）のブームは、その小説における実践といってよい国木田独歩の『忘れえぬ人々』や『武蔵野』（いずれも一八九八年）に先行していた。この類比でも、東の仕事が結果として、二〇〇〇年代文学の「風景」の立ち上げに大きな役割を果たしたということは、不自然ではない。そして、東が著作で直接的に取り上げた舞城王太郎や桜坂洋らの作品のみならず、先の一連の「図書館」小説に象徴される二〇〇〇年代の日本文学が、この類例のない「環境という風景」を獲得したことで、同時代とアクチュアルに呼応するいくつもの傑作を生み出し、小説の可能性をさらに拡張させたことも間違いがないだろう。

ただし、他方で注意しなければならないのは、そうした「風景」＝「想像力の環境」に関わるリアリティが実作者をも含めた誰しもの眼に自明のものとして獲得された時に、それが一部で一種の「制度」のようなものに転化してしまうという事態ではないだろうか。いってみれば、近代文学における「風景」の発見が、次第に自然主義における「内面」の発見として＝制度化されたようにである。

おそらく、この類推はそう的外れなものではない。というのも、ゼロ年代後半あたりには、何らかの「システム」への素朴な信頼がきわめて保守的な叙述へと結びついてしまうタイプの小説が少なからず認められたと思えるからである。

たとえば、桜庭一樹の『赤朽葉家の伝説』（二〇〇七年）がそうだろう。少女や死をテーマにしたそれまでの仕事から一転、戦後史（現代史）を舞台に母系的（母娘）な家族の顛末を描く自然主義（ゾライズム）的なこの長編で強調されているのは、何よりも女性の身体性と、そこから導き出される出産（生殖）というフィジカルな連続性を歴史（物語）のそれと表裏一体のものとして重ね合わそうとする作家の手つきである。あえてジェンダーを意識した比較でいえば、ここには中上健次が父子関係や朋輩関係として執拗に描いたようなオイディプス的な想像力（物語の絶対性を無限に呼び込む力）は雲散霧消している。いうなれば、そこには人間（女性）は女性の子宮から生を享けて誕生し、生まれた人間もまた自分の体内に子供を宿して出産する、事実（自然）はそれ以上でも以下でもない、というゾラ的な認識だけが露呈している。また、この作品のほかならぬミステリ的な設定にしても、こうした認識の基盤の上に成り立っている。

いずれにしろ、あらゆる抽象的な観念（幻想）を断ち切るこのフィジカルな身体性の前景化が、先の古川や鎌池などと同様、いわゆるデータベース的＝「図書館的」なネットワークの物理環境に連なるのは明らかだ。桜庭は、いわば女性的身体性を露呈させることを通じて、可能な限り近代的な（男性的な？）自意識の論理（アイロニー）から小説世界を刷新させようとしていたのだ（これはある意味では、フェミニズム文学の刷新をも示していただろう）。ゼロ年代の桜庭は、もはや歴史（想像力）から物語は生まれず、それはデ・ファクトのメディア（身体）からこそ紡ぎ出されてくると信じているようである。「語るべき新しい物語はなにもない。ほんとうに、なにひとつ、ない」[*7]。確かに、小説内の主人公は、近代的なアイロニーに右顧左眄することはない（「図書館的」な論理に翻弄されることはあっても）。とはいうものの、あるいはそれゆえにこそ注意すべきは、主人公の自意識はこうした安定的な環境＝「風景」によって否定の契機をえることなく、そこに自足してしまうことだ。「ようこそ。ようこそ。ビューティフルワールドへ。悩み多きこのせかいへ。わたしたちはいっしょに、これからもずっと生きていくのだ。せかいは、そう、すこしでも美しくなければ」[*8]。ここで述べられている「ビューティフルワールド」とは、いわばドゥルーズのいう「他者のない世界」（『意味の論理学』）のことだ。そもそも自分たちの倫理（自意識）を全身全霊生理的な要素に預けているこの小説には、そのような他者は最初から存在するわけがない。

あるいは、もっと露骨な例として、ファウスト系の代表的作家である佐藤友哉の三島由紀夫賞受賞作『1000の小説とバックベアード』（二〇〇七年）を挙げることができる。ここでは、桜庭が描いた生理が、小説家が抗えない絶対的な内部空間としての「図書館」として現れている。じつはこの「図書館」はいわゆる「日本文学史」の寓意的イメージである。佐藤はここでも「図書館」の論理に忠実に則すことで「小説家」としての純粋な経験をことほぐ主人公をオプティミスティックに描き上げる。「図書館から無事に脱出したきみが書く文章は、すべて小説になる」[*9]。桜庭の「ビューティフルワールド」は、佐藤にとって「美しい言葉」としての「僕の言葉です。僕が思い、僕が考え、僕が信じる言葉です」[*10]という認識となって吐露されるのだ。

もはや問題の所在は明らかだろう。東が『ゲーム的リアリズムの誕生』で提示した現代文学論は、二〇〇〇年代の小説群に新たな解釈と創造のためのスキームを与えた。だが、それを次第に自家薬籠中のものとした同時代の一部の小説には、あらかじめできあがっている何らかの「風景」のなかに自足していく、やや平板な骨組みの作品が目立って生産される状況も見られた。つまりそこでは、無表情な環境＝「図書

＊7　桜庭一樹『赤朽葉家の伝説』東京創元社、二〇〇六年、二一九頁。
＊8　同前、三〇七頁。
＊9　佐藤友哉『1000の小説とバックベアード』新潮社、二〇〇七年、一八六頁。
＊10　同前、一二七頁。

館」の論理に小説世界の基盤を委ねてしまうことで、最後には佐藤の書く「生きている僕」の全面肯定ばかりが浮上してきてしまうのだ。したがって、同時に求められるのは、こうした経緯（「想像力の環境」というリアリティの「風景化」）を踏まえたうえでの、それを補完するオルタナティヴな批評言語と文学的想像力の構築だった。先に掲げた（b）における太田の発言が意味を持ってくるのは、ここにおいてだ。

4　環境＝データベースからプレイヤー＝企図へ——大陸系哲学から英米系哲学への参照シフト

『ファウスト』とそれに続く『ゲーム的リアリズムの誕生』で行われた東浩紀による現代文学の批評言語の刷新は、ゼロ年代半ば当時の小説家たちにとっても、そこで提示された枠組みを実際に知っていたかどうかはともかく、新たな物語の語り方を可能にさせた。その一方で、その「環境」への想像力そのものが、「環境化」＝「制度化」し、「風景」として働くような作品も見られるようになった。そこには、「語るべき新しい物語はなにもない。ほんとうに、なにひとつ、ない」。これがいうなれば、二〇〇〇年代の文学的想像力に見られたひとつの事態だったといえる。

この時に、東と伴走する太田の目指していた「九〇年代の思春期の自意識」を描いた小説というコンセプトを、ある意味を持って理解することができるのではないか。私はいまあえて、これを与えられた環境のうえで個体（プレイヤー）が選択する「企図」の問題として読み換えてみたい。「思春期の自意識」とは、人間の「企図」（選択）の行方がもっとも意味を持って迫ってくる一時期を表した要素にほかなるまい。

そして、結論からいえば、この太田の言葉（b）はまさに先の東の批評的達成（文学言語の環境整備）

（a）を前提としてはじめて意味を持つものなのであり、その点で両者は相互補完的な関係にあったのだ。つまりそのうえで、東から太田への移行は、現在の文学的リアリティの変容を端的に象徴しているだろう。いわばそれは「**環境**」（ゼロ年代）から「**プレイヤー**」（テン年代）への移行だったのである。

　話をより広い文脈に置いて敷衍しよう。たとえば、東の『ゲーム的リアリズムの誕生』にいたる「想像力の環境」についての議論は、現代フランスの構造主義思想を背景にしていると思われる。実際、彼は当時（二〇〇六年）、社会学者の稲葉振一郎との対談において構造主義的分析の重要性を説いていたし[*11]、先の柄谷にしても近代文学の「風景」の発見にレヴィ＝ストロースの文化人類学研究をはじめとする構造主義のアプローチが意味を持ったと論じている。確かに、「構造主義的意識とは端的に言って、過去についての思考としての意識だ」[*12]と『エクリチュールと差異』の冒頭で記したジャック・デリダの見解は、「過去の情報の集積」＝データベースという東の議論と遠く共鳴しているようにも思えるだろう。

　だが、いうまでもないことだが、構造主義をはじめとする大陸系哲学の知の体系に思考の糸口を見出すというのは、何も東に始まったことではなく、小林秀雄以来の近代日本の文芸批評全般に共通する傾向だといえるだろう。むろん、八〇年代を席巻したフランス現代思想（ポストモダニズム）に代表される大陸系の近代哲学の知は、今後も文芸批評の方法に重要な意味を持つことは疑いを容れない。

　とはいえ、ここで試みてみたいのは、むしろ英米系の言語哲学（分析哲学）の知的資産を現代の小説分

＊11　東浩紀・稲葉振一郎「ポストモダン以後の知・権力・文化」、東浩紀『批評の精神分析——東浩紀コレクションＤ』講談社ＢＯＸ、二〇〇七年、三五三頁以下。
＊12　ジャック・デリダ『エクリチュールと差異』上巻、若桑毅他訳、法政大学出版局、一九七七年、八頁、傍点引用者。

析の枠組みに応用してみることだ。じつは、これは思想史的な流れからも裏づけられる。というのも、ごく簡単にいえば、二〇世紀後半の大陸系哲学とはデータベース＝「想像力の環境」のポテンシャルを最大限活用しようとした潮流であり、一方の英米系哲学はむしろそれらをできる限り希釈してモノを考えようとした潮流だったからだ。

とはいえ、大陸系哲学と英米系哲学とは、二〇世紀のはじめにおいては、この関係が逆転していた時期もあった。そもそも近代の西欧哲学の起源の一端を一七世紀のイギリス経験論と位置づける時、一九世紀後半に大きな影響力を持ったJ・S・ミルやオーギュスト・コントに代表される実証主義思想は前者の徹底化という背景を持つ。そこには、むろん産業革命や近代科学の飛躍的な発達がもたらした合理主義的イデオロギーの広汎な浸透があった。

しかし、一方で世界に対する科学主義的な探究と人間の認識（近代的主観）が及びうる範囲とのあいだには次第に決定的な齟齬が生じざるをえない。いわば一九世紀末の哲学は、この齟齬をいかにして解決するかに一貫して意を用いたといえる。デカルト以来の認識論から派生した先の大陸系哲学が採った道は、こうした科学主義による実証的な探究に人間の意識を拮抗させることをいったんペンディング（「カッコ入れ」）にして、彼らのア・プリオリな認識（主観）に絶対的な有意性を与えようとしたのだった。そのコンセプトはフッサールの現象学に始まり、基本的には二〇世紀のハイデガーの存在論まで続いている。そこでは、経験的で実在的な世界（ハイデガー風にいえば「存在者」のデータベースの世界）は、必然的にその価値を極度に貶められざるをえない。二一世紀に、カンタン・メイヤスーら思弁的実在論の論者が批判したのも、おおまかに捉えれば、こうした図式だった。

それに対して、他方の英米系哲学は、経験的事象とそれを超越する事象を、カントによる区別を踏まえつつそれぞれ「綜合命題」「分析命題」として截然と区別し、双方の関係をより慎重に定義していくことを試みた。いうなれば、彼らは経験的世界／非経験的世界の資産（データベース）のバランスを大陸系哲学者たちのように極端に還元したり拡張したりすることなく、よりプラグマティックに管理・調整・整理していった。その手つきは、二一世紀初頭の作家や批評家たちにはるかに近似していたといってよい。

また、一方で分析哲学の先駆的存在であり、一九世紀実証主義の遺産を直接的に受け継いだルドルフ・カルナップら初期の論理実証主義者たちは、もっと明確に現代の人工環境を駆使した小説作法を予告するような知的ヴィジョンを構築しているだろう。たとえば、彼らは論理学や数学の命題（分析命題）は、すべて言語的規約によって真とされる命題であるという、いわゆる規約主義を打ち立てたが、これなどは現実から乖離した膨大な規約（プロトコル）の束の集積が論理のシミュレーション（物語）をドライヴさせるという点で、まさしくもっとも洗練された「アーキテクチャとゲームの哲学」と呼べるものだ。[*13] こうした側面は、前章のファンタジー論とも深く関わるだろう。

むろん、こうした論理実証主義が一方ではらんでいた「近代主義的」な側面は、後年のW・v・O・クワインらの論理学者によって修正を迫られることになる。とはいえ、これもまたここでの主張にとって決してネガティヴなものではない。なぜなら、このクワインの批判（「経験主義の二つのドグマ」）のひとつは、規約主義（ゲーム性）を論理学や数学などに象徴される分析的真理を扱う領域から経験的な科学（綜合的真理）の分野にまで拡張しうることを主張するものだったからだ。つまり、クワインは「事実」と

＊13 現代社会における「プロトコル」による制御の問題については、以下の文献を参照。アレクサンダー・R・ギャロウェイ『プロトコル――脱中心化以後のコントロールはいかに作動するのか』北野圭介訳、人文書院、二〇一七年。

「言語」、言い換えれば、「現実」と「虚構」の区別を無効化した上で、後者のゲーム性の一般化を論じようとしたといいかえることもできる。[*14] これは先の論理実証主義がはらんでいた現代文学的な意義をさらにラディカルに敷衍するものであるといえるだろう。

また、こうした推移を言語哲学の内部でもっとも鮮明に反映しているとともに、私が言った英米系哲学の「プレイヤー的」側面との関係において重要なのは、おそらく言語行為論の分野である。この分野を最初に基礎づけたことで知られるイギリスの言語哲学者J・L・オースティンは、発話行為が持つ事実確認的constativeな言明とは異なる行為遂行的performativeな言明の機能に注目した。

行為遂行的言明とは、単に言語そのものが意味する内容（これが「事実確認的言明」である）を伝達するのではなく、言語表現自体がある一定の「行為」を担う言明のことであり、具体的には「命名」や「約束」、「宣誓」などが果たす役割を指す。いうまでもなく、これらはきわめて社会的＝制度的な含意を持っている。

ところで、これらが一定の行為遂行的機能を持つのは、あらかじめ何らかの環境＝文脈が想定されている必要がある。事実、このオースティンの議論は分析哲学の創始者のひとりであるドイツの論理学者ゴットロープ・フレーゲが築いた「文脈原理」という概念と関連しているとされている。とはいえ、なお興味深いのは、こうした言語行為論の枠組みが一九七〇年代後半以降、アメリカの哲学者J・R・サールによっていわゆる「心の哲学」の分野に大きくシフトしたという点だ。サールは、ポール・グライス流の「意図」の概念を導入し、「志向性intentionality」という観点からオースティンの制度的文脈を持った理論を行為主体の側にアレンジしていった。いうまでもなく、この流れは環境の浸透を前提したあとの、知の向かう方向を決定的に暗示している。

こうした二〇世紀の英米系哲学の動向は、むろん、大陸系哲学の流れとまったく無関係なものでもない。事実、『哲学の脱構築』(一九八二年)でアメリカの哲学者リチャード・ローティは、プラグマティズムの文脈で「ジェームズとデューイとは分析哲学が歩んできた道のゴールで待っているだけでなく、たとえばフーコーやドゥルーズが最近歩んでいる道のゴールでも待っているのである」[*15]と記している。

ただ、いずれにしろ両者が決定的に異なるのは、コミュニケーション可能性に対する認識の違いだ。ごくおおざっぱにいって、大陸系哲学がコミュニケーション可能性を構築したり、その不可能性を警告する作業(環境分析)をおもな仕事とする思想であるのに較べ、イギリスやアメリカを中心とする言語哲学の伝統は、まず「言語」=記号をリジッドなツールとして自明視している。したがって、彼らはツールが不断に生起させる「コミュニケーションのためのコミュニケーション」からいかに有効なコミュニケーションを選別するか、という実践的な問いだけをおもな仕事とみなすだろう。前者が制度(環境)に奉仕するのに対し、後者はプレイヤー(意図)に奉仕すると呼んでも差し支えない。

こうした認識は、YouTuberなどの登場を背景にした現在の最先端のネット研究の動向ともリンクしている。たとえば、『ウェブ社会の思想』(NHK出版)などで社会学者の鈴木謙介が説得的に論じたように、インターネット空間を前提にした新しい公共性=民主主義の構築の現場では、個々人の自立的でリベラル

---

*14 実際のクワインの主張自体はこれとは少し異なるのだが、議論をわかりやすくするために、拡張的に解釈している。いずれにせよ、クワインの主張の肝は、要するにオブジェクトレヴェルとメタレヴェルの区別など不可能だということであり、この主張はいうまでもなく大陸系のポストモダン思想とも連動している。

*15 リチャード・ローティ『哲学の脱構築——プラグマティズムの帰結』室井尚・加藤哲弘・吉岡洋・庁茂・浜日出夫訳、御茶の水書房、一九九四年、一七頁。

な社会参加に対する「感情教育」をシステムによって促す近代的な価値に基づく設計（工学的民主主義）と、対照的に、社会的権力を管理するシステム自体を自律化させることで、個々人の意識とは無関係に間主体的な公共性を調整していくポストモダン的な設計（数学的民主主義）が対立している。[*16] この対立は、政治哲学の文脈ではよく知られる「リベラル・コミュニタリアン論争」の対立にも近い。近代的なリベラリズムと馴染み深い前者は、まっさらな主体イメージ（普遍的な主体）を想定することで、そこから公共空間（環境）をいかに構築していくかに専心する。しかし、そうした公共空間の成立し難さをポストモダン的に自覚する後者は、すでにある程度構築され尽くした環境（共同体の伝統や善）と諸個体のミニマルな行動とのフィードバックを重視する。ともあれ、アバター（プレイヤー）の自律化を極限まで推し進めたことで新たな市場（market）を生み出そうとしたメタバースや、膨大かつミニマムな情報財を元手にして、ユーザ同士の新しいタイプのコミュニケーション（コメント）を可能にした「ニコニコ動画」などのゼロ年代のネット事情は、先に述べた事態の兆候的な表れだった。

そして、しばしば「ウェブからアプリへ」とも称されたように、SNSとスマートフォンアプリが完全に浸透した二〇一〇年代以降の情報社会においては、情報技術はインターネットのようなサイバースペース＝環境をもはや想定することもなく（事実、「ネットサーフィン」という言葉はいまや完全に死語になってしまった）、個々のユーザの企図に基づく、個々のアプリごとに分断されたバラバラのコミュニケーションだけが動いている。おそらく、太田が思い描いていたことの情報技術的な具体化は、この地点だったのではないか。事実、この章の冒頭に掲げた彼の発言は、ウェブの論理を駆使した新しいクリエイティヴスキルを推奨する渡辺浩弐の著作のなかに収録されていた。

さらにつけ加えれば、『ファウスト』をめぐる状況論としては、以上の問題をさしあたり東と太田の対比として見たが、同じことは、いわゆる「ゼロ年代の批評」において「環境」をもっとも重要な批評的争点にした東自身の思想的展開にも如実に表れているようにも思われる。ここまでにも述べてきた通り、東はゼロ年代を通じて情報社会化や郊外化、オタク化といった同時代の社会的動向を鋭敏に見据えながら「データベース」や「アーキテクチャ」といった主体を制御するインフラとして台頭しつつあった多様な「環境」の問題を強調し、論壇に大きな影響を与えた。しかし、その後の(具体的には震災後の)東が辿ったのも(宇野や太田とは別の形で)「環境」よりも、やはりそこで動く特異な「プレイヤー」について思索することだったのではないか。

その特異なプレイヤーこそ、二〇一〇年代に入って以降、現在まで東が自身の哲学の中心的な概念とする「観光客」にほかならない。事実、東が考える観光客の姿とは、「帝国[註:グローバリズム]」の体制と国民国家[註:ナショナリズム]の体制のあいだを往復し、私的な生の実感を私的なまま公的な政治につなげる存在[*17]だという。二一世紀の社会では、グローバリズムとナショナリズムというふたつの「環境」(二層構造)が人々との生を深く規定している。この二層構造は、『ゲーム的リアリズムの誕生』が組

*16 鈴木謙介『ウェブ社会の思想——〈遍在する私〉をどう生きるか』NHKブックス、二〇〇七年、二一二頁以下を参照。

*17 東浩紀『観光客の哲学 増補版』ゲンロン叢書、二〇二三年、一九三頁、[] 内引用者。また、東はこの「観光客」の思想を発展的に引き継いだ新著『訂正可能性の哲学』(二〇二三年)では、まさに、本章が依拠したような英米系の分析哲学の知(クリプキのウィトゲンシュタイン論)を参照しつつ、ある言語ゲーム(共同体の規則)を書き換える「プレイヤー」(観光客、家族)の挙動に注目している。「あらゆるゲームは必ず、プレイの成否を判定するプレイヤーや観客の共同体を必要とする」、東浩紀『訂正可能性の哲学』ゲンロン叢書、二〇二三年、五八頁。

上に載せるオタク文化や文芸の分野でいえば、「想像力の環境」と個々の創作物にあたるだろう。ゼロ年代の東の関心は、前者の精緻な分析に費やされた。しかし、その後の彼もまた、もはやそうした「環境」を前提にした上での、そこに乗って往還するエージェントの振る舞いへと関心を移した。そのように整理することができる。右の問題を考える時に、この変化もおそらく無関係ではない。

5　意図＝プレイヤーを描くミステリ作家たち

さて、それでは最後にあらためて振り返って、果たしてミステリについてはどうだろうか。

先に論理実証主義の規約主義について述べたが、そもそも本格ミステリという小説形式自体がいわば「規約＝プロトコルの文芸」の最たるものだろう。そして、これまでに述べた文学に対するアプローチの変容は、ミステリを知的に基礎づける批評言説にも如実に表れているといえる。

たとえば、ミステリ作家の小森健太朗の『探偵小説の論理学』（南雲堂）は、まさにフレーゲ＝ラッセル以降の現代数理論理学や言語哲学の知見を駆使してミステリの論理の変容を跡づける著作だった。おそらくこれと対比するものとして、一九九〇年代以降のミステリ評論でもっとも大きな影響力を持った著作のひとつと思われる笠井潔の『探偵小説論Ⅰ・Ⅱ・Ⅲ』（東京創元社）や『探偵小説論序説』（光文社）を挙げることができる。小森のジャンル形式論に対してのジャンル史論という違いをとりあえず無視するならば、ここでの笠井の研究の重要なインスピレーションを支えているのは、やはりほかの文芸批評と同様、ロシア・フォルマリズムやハイデガー哲学といった大陸系哲学の知であった。とすれば、ここにも小説分析の変容を窺うことができる。

もっとも、「環境からプレイヤーへ」という視点で論じるならば、笠井のほうも、二〇〇八年に刊行した『探偵小説論III――昭和の死』(東京創元社)で似たような試みを行っていたともいえる。というのも、そこでは昭和初期の探偵小説(本格ミステリ)とプロレタリア文学運動の影響関係が「第三の波」(新本格)以降の動向ともからめて詳細に検討されているのだが、とりわけ平林初之輔の仕事を主題として展開される議論は、いわば文学運動と労働運動のコラボレーションの意味を、「プレイヤー(労働者)の思想」(それは、いわば笠井潔という一文学者=運動家の軌跡ともシンクロしている)として再検証するプロジェクトとも取れるからだ。

ともかく以上のような経緯を踏まえて、それを作品に投影する小説家も確実に出現し始めていた。たとえば、『少年検閲官』(二〇〇七年)の北山猛邦はそのもっとも有力なひとりだっただろう。彼は、浸透した環境システムの機能を個々の参入者が相対化し、そこからいかにして強度ある物語を紡ぎ出すかという、きわめて実践的な問いを力強く発していた。この作品では、登場人物たちの多様な行動をサポートするファンタジックな世界観があたかも「箱庭」のような閉塞的な空間として設計されており、かつては存在した「ミステリ」や「探偵」や「ガジェット」といったミステリ小説の形式を構成するさまざまな要素が駆逐された世界として設定されている。「『探偵』というのはつまり自然災害を意味しているのかもしれない」、「それは一種のアニミズムであり、『探偵』はいわば土着の精霊みたいなものだ」[*18]。すなわち、ここで描かれた世界とは、過去の膨大なトリックを参照することによって作品を生産する本格ミステリの制度性に向けた隠喩であり、同時にインターネットなど膨大な情報財を蓄積しつつある現代のビッグデータ社会

*18 北山猛邦『少年検閲官』東京創元社、二〇〇七年、九二、一〇〇頁。

への隠喩でもある。それは「完璧な事実だけの世界」であり、「物語の不在の時代」[19]でもあるのだが、一方で支配的なメディアとなったラジオが不断の情報伝達を行う現代的なコミュニケーションが前景化した世界として描かれる。

そして、物語のラストで主人公は、そうした既存の制度／システムのポテンシャルが軒並み希釈された事態に際して、個々の手によってふたたび「『ミステリ』を残すこと」、すなわち、想像力のリサイクルではなく想像力のエンジニアリング、物語の「検閲者」＝発見者から物語の「記述者」＝発明者へとシフトすることを表明する（「僕は『ミステリ』作家になる」〔傍点原文〕）。むろん、北山の記す通り、「『記述者』」という役割もあらかじめデータベースに登録された予定調和なものに過ぎない。しかし、そこには同時にそのデータベース自体を組み替えていく可能性も与えられている。

同様に、『インシテミル』（二〇〇七年）の米澤穂信ならば、本格ミステリ的設定を小説世界に招喚するうえで、作り込まれた精緻な人工環境のなかで展開されるプレイヤー同士の「意図」の交錯の「〈実験（エクスペリメント）〉」にフォーカスを合わせようとする。「私と友人たちの生涯の研究は、人の行動の結晶を取り出すことにあります。［…］できれば、より素晴らしい行動の像を提供していただけることを、願ってやみません」[20]というある登場人物の言明は、そのまま現代の作家／読者の「意図」の巧妙な隠喩となっている。

あるいは、道尾秀介の『シャドウ』（二〇〇六年）を考えてもよい。この小説では、自己の能力では動かし難い環境を前にして、個々の登場人物たちが何かを「装う」行為が事件の改変（危機の回避や事態の解決）に決定的な意味を持つことがトリックに仮託して綴られていく。加害者の振りを「装う」被害者、障害者の振りを「装う」健常者、健常者の振りを「装う」負傷者……。これは、かつてフィクション論の分野で話題になった「擬装 pretending」や「ごっこ遊び make-believe」という虚構の特性にも通じている。

先のサールや、ケンダル・ウォルトンなどの言語哲学者は、虚構的言説と通常の真理文との位相を区別づけるために、前者が後者を擬装する、あるいは「ごっこ遊び」を行う、という仮説を立てた。

むろん、これらの説には文学理論としてはさまざまな疑義が寄せられている。しかし、この仮説群が、伝統的な論理哲学による真理文という「環境」の秩序構成の充分な整備のうえに成立可能なものになっているというフレームは、まさに現代の小説や情報環境の整備と、そこでの登場人物の行動のそれと正確な相似形をなしているといえるだろう。

すなわち、それもまた一様にプレイヤーの「意図」のありようを真摯に探求した試みなのだ。『シャドウ』では、子供の世界と大人の世界が対比的に描かれる構成が採られていたが、それはいわば大人の論理が子供の論理（「ごっこ遊び」）に圧倒されるプロセスを描いている。

したがって、よく知られるように、一九七〇年代や八〇年代に一世を風靡したポストモダン系の文芸批評では、よくロラン・バルトやテル・ケル派あたりの主張を持ち出して「テクストの戯れ」という言葉が広く称揚されていた。この言葉は九〇年代後半から二〇〇〇年代前半の時代の雰囲気に照らしても、きわめてリアリティを持って受け止められたことだろう。かつて彼らが表層的なテクストの文字列と戯れていたように、現代の文化消費者たちは、メディアが与える「想像力の環境」と戯れていたといえる（ロマン・ヤコブソンやジャック・ラカンをはじめ、当時の構造主義者たちの多くがサイバネティクスなどの情報通信理論の影響を受けていたことからも、この類推は的外れではない）。しかし、だとすれば、これか

＊19　同前、一〇九頁。
＊20　米澤穂信『インシテミル』文藝春秋、二〇〇七年、八四～八五頁。

らの文化消費者たちは自分自身の「企図」と戯れるplayすることになるのかもしれない。いずれにしても、現在のミステリ小説のラディカルな変容を支えているのは、おそらくこうした意志だ。

むろん、こうした小説の論理は北山や道尾だけでなく、件のファウスト系の作家たちの作品世界にも見られるようになっていた。もっとも適当な一例を挙げるならば、やはり西尾維新ということになるだろう。二〇〇二年のデビュー時から高い人気を博した連作「戯言」シリーズから二〇〇〇年代以降の小説シーンを先導してきたこの作家の、二〇〇七年前後の無視し難い作風の変化はここでの議論を明確に反映していると考えられる。どういうことか。

たとえば、かつての『ヒトクイマジカル』（二〇〇三年）や『ネコソギラジカル』三部作（二〇〇五年）では長大な物語の背後にはそれを包括的に制御する非人称的な「物語」のシステム的な効力が暗示され、その内実が作品全体のクライマックスと連動する形で作品が構築されていた。そこでは、本格ミステリとしての論理的構成力は雲散霧消してしまっても、小説としての内在的な結構はつねにきわめて安定的であった。ところが、その後に発表された〈物語〉シリーズ（二〇〇六年〜）や「刀語」シリーズ（二〇〇七〜二〇〇八年）では明らかにそうした傾向は影を潜めてしまっている。代わりにそこで前景化されているのは、「戯言」シリーズをはじめとする数々の旧作でも見られていた、キャラクター同士の延々と続く奔放な会話と行動描写だ。たとえば、『化物語』（二〇〇六年）から任意に抜き出した主人公・阿良々木暦と戦場ヶ原ひたぎの次のような描写は、この作品全体を覆い尽くしている。

「あ、でも、誤解しないでね。努力が全く実を結ばない、どころか努力するすべさえも知らない阿良々木くんみたいな人間のこと、ちゃんと哀れんではいるのよ」

「哀れまないでくれ！」

「ちゃんと儚んではいるのよ」

「ぐ、ううっ！　突っ込みを入れると形容がより酷くなるルールなのか……!?　これでは迂闊に泣きを入れることもできない！」

一体何のゲームなんだか。

「雑草という名の草はなくとも、雑魚という名の魚はいる」

「雑魚という名の魚もいねえよ！」

「雑草という名の草はなくとも、雑草と呼ばれる人間はいる……」

「呼ばれる人間がいるってことは呼ぶ人間がいるってことだぞ！」[*21]

……こうして以下連綿と続いていく西尾の記述が特異なのは、各自のキャラクターの会話が通常の意味での個性のほかにもうひとつの確定的な役割、具体的にいえば「ボケ」と「突っ込み」（ダウンタウン的にはMとSだが）を割り振られ、その役割に対応して振る舞っているrole-play点だ。

つまり、西尾において、物語のプレイヤー（キャラ）は作中で、もはや自身のプレイヤー性（演者性）に対してもきわめて自覚的に演じてplayいるのである。実際、自分たちの会話をいみじくも「ゲーム」に喩えている阿良々木の認識は、この意味できわめて正確だというべきだろう。

さらに西尾は既存の「ボケ／突っ込み」という二項対立に込められたさまざまなデータベース（環境）

＊21　西尾維新『化物語』講談社ＢＯＸ、二〇〇六年、二八〇頁。

の共有を前提として踏まえることで、その「ルール」自体の改変（異化作用）をも自在に行いうることを示している。

こうしたプレイヤーの論理の上昇は、いわば成熟した環境の機能の飽和に対する一種の抑止効果として働いている。以前のように、物語の自生的な統御が弱体化したにもかかわらず、西尾の小説形式がまったく弛緩した印象をもたらさないのはこのためだ。キャラ（プレイヤー）がそのプレイを洗練させ続ける限り、小説の形式性は維持されていくからである。

ちなみに、こうした「会話」の持つ精妙な意図のゲームについては、ごく最近も言語哲学やコミュニケーション論を専門とする哲学者の三木那由他が問題にしている。三木はポール・グライスに批判的に依拠しながら、ひとの日常会話を「コミュニケーション」と「マニピュレーション」というふたつの側面に分けて捉えることを提案する。

このうち、コミュニケーションとは、三木によれば「発言を通じて話し手と聞き手のあいだで約束事を構築していくような営み」、マニピュレーションとはそうした「発言を通じて話し手が聞き手の心理や行動を操ろうとする営み」[*22]だと定義される。私たちは他人と会話をする時に、発言の意味内容それ自体を「約束事」としてお互いに共有しつつ、その蓄積を前提として新たなコミュニケーション（会話）を進めていく。しかし、それと同時に、そこに「含み」を持たせたり、あえて必要以上の発話を促したり、意図的に矛盾する言い方をしたりすることで、私たちはごく日常的に、会話相手の言動を暗黙に操作しているのだ。三木は著作のなかで、会話のこのふたつの側面の諸相を、まさに『うる星やつら』（一九七八～一九八七年）をはじめとするマンガや小説、戯曲、映画など無数のフィクションを題材に丁寧に解説する。

ともあれ、「戯言」シリーズで実験的に試み、〈物語〉シリーズ以降でさらに全面化することになる西尾作品のキャラたちの会話とは、三木の用語を使えば、コミュニケーション＝お約束という「規約」の環境の浸透を前提とした上で、いかにマニピュレーションで有効にplayできるかという一連のドラマであるとみなせるだろう。

そういうふうに文脈を立てるならば、たとえば『ファウスト』のいわゆる「新伝綺」の代表的作家として活躍していた奈須きのこの『ＤＤＤ２』（二〇〇七年）が、なぜ登場人物の類型区分を執拗に「野球」のポジションに仮託して語っていたのかも、あるいは『スロウハイツの神様』（二〇〇七年）で辻村深月が、ひとつ屋根の下に暮らす若者たちに「小説家」「脚本家」「漫画家」「映画監督」「画家」「編集者」と多彩な職業をあてがったのかも直截に判明することだろう。

いずれにしろ、ここまで断片的な素描ながら、日本の知と物語のロールモデルがゼロ年代半ばにどのような再編を迎えていたかが把握しえたと思われる。また、その地殻変動の雛形が『ファウスト』にはらまれたふたつのアプローチにあったことも明らかだ。「環境の風景＝保守化」に抗うべき、いわば「ポスト・ファウスト」の知は、ひとまずコミュニケーション＝言語の学としての言語哲学などを有効にリサイクルすることで、さらに厳密に精査されていくのではないだろうか。本章はそのためのささやかな試論に過ぎない。

＊22　三木那由他『会話を哲学する——コミュニケーションとマニピュレーション』光文社新書、二〇二二年、四頁。

第3部 ポストヒューマン化する現代ミステリ——謎解きは誰のものか

第8章

検索型ミステリの誕生

テクノロジーと推理の変容

1　「ポスト新本格」＝第三の波終焉以降のミステリ

第二部の五つの章を通じて、おもに二〇〇〇年代（ゼロ年代）にはっきり形をなしてきた現代ミステリの変容の諸相を具体的に確認しえたと思う。最後の第三部では、いよいよここ十年ほどの本格ミステリをめぐる状況を俯瞰的に検討していくこととしよう。

この章では、現代日本のミステリ小説（探偵小説）の一部にみられる独特の説話的／形式的モード――いうなれば、ミステリにおける「謎」をめぐる情報処理の書式を、今日の社会的・文化的背景や日本ミステリ史の流れとからめながらおおまかに定式化してみたい。では、その場合、私たちにはいかなる有力な批評的局面が見出せるのか。そこで具体的な考察に入る前に、二〇〇〇年代以降の（本格）ミステリ小説をめぐる動向とその言説をごく簡単に整理しておきたい。

私見では、二〇世紀末から二一世紀初頭にかけての時期の、日本のミステリ小説のもっとも重要な批評的論点のひとつとして、まず、いわば「ポスト新本格」――笠井潔風にいえば「第三の波の終焉」――と呼びうる問題系があったことに疑いの余地はないだろう。

まず今日のミステリ的想像力のおもだった源流を、一九八七年、綾辻行人の衝撃的なデビュー長編『十角館の殺人』に端を発し、その後、一九八〇年代後半から九〇年代前半にかけて相次いで登場した若手作家たちの潮流――いわゆる「新本格ムーヴメント」（第三の波）の作品群に求めるという見方は、今日のミステリ系の文芸評論では、なかば常識化しているといえる。周知のように、いわゆる「新人類世代」にほぼ属す彼ら「新本格」作家たちは、松本清張に象徴されるような戦後日本のオーソドックスな「社会派推理小説」の潮流とは一線を画す、「謎とその論理的解明」や「不可能トリックと意外な真相」「作者－読者間のフェアプレイ」などの探偵小説本来の形式性と遊戯性を前面に押し出したミステリ作品の秀作を次々に発表し、エンターテイメント小説界に旋風を巻きおこした。[*1]

そうした新本格ミステリの小説世界とは、一方で、英米系大戦間黄金期本格の巨匠たちや鮎川哲也、島田荘司ら国内の先行作家たち（第二～二・五の波）の名作群の強い影響を受け、また他方では、セゾン文化からニューアカデミズムまで八〇年代後半の大衆消費社会的コマーシャリズムとポストモダン的シニシズム――つまりは、「大量生的」（笠井潔）なリアリティに濃密に裏打ちされたものであった。したがって、自身も新本格ムーヴメントの重要な先行者・同伴者としても知られる笠井潔がその著名なミステリ評論の仕事で丹念に跡づけているように、[*2]それらは、ミステリ史のみならず広く二〇世紀精神史や現代社会哲学の枠組みとも共鳴しうる、日本文学における一種のポストモダン的リアクションのひとつのロールモデルとして批評的（思想的）文脈からもきわめて興味深い動きだったといえる。

とはいえ、本論にとってさらに重要なのは、そうした新本格ミステリが如実に体現していた「探偵小説的」と呼びうるような叙述の形式性や説話の論理性（「本格」性？）が二一世紀の到来を端境期として急激に失調してきているとされる点である。

ひとまず、その流れの主要な契機と目されているのは、第二部でも検討したように、京極夏彦と、森博嗣、清涼院流水などといった講談社の主催する新人賞「メフィスト賞」(九五年創設)を中心に九〇年代半ばから続々とデビューし、さらに、おもに二〇〇〇年代に入ってからの舞城王太郎、佐藤友哉、西尾維新など、さきほどの笠井がいみじくも「脱格系」とも呼んだ[*3]、メフィスト賞受賞者を中心に若者向け文芸誌『ファウスト』に集った若手作家たちの諸作である。世代的には「団塊ジュニア」から「ロスジェネ」に属す彼ら「メフィスト系/ファウスト系」と呼ばれたこれらの作家たちは、新本格ミステリを直接的・間接的な創造的出自のひとつとしながらも、その作品では本格ミステリならではの「謎とその論理的解明」を大枠とする形式性・論理性がのきなみ縮退し、そのかわりに、それまでの「本格」の規範からは大

＊1　いわゆる「本格ミステリ」(探偵小説)というジャンル的定義に関しては諸説あり、煩瑣になるので本論では必要以上に扱わない。ひとまずここでは、日本のミステリ評論でしばしば参照される、江戸川乱歩による有名な古典的定義をしめすにとどめたい。「探偵小説とは、主として犯罪に関する難解な秘密が、論理的に、徐々に解かれて行く経路の面白さを主眼とする文学である」、江戸川乱歩「探偵小説の定義と類別」、『幻影城』(江戸川乱歩全集第二六巻)光文社文庫、二〇〇三年、二一頁、原文の太字は省略。

＊2　批評家としての笠井の主要な仕事のひとつとして現代ミステリ評論に絶大な影響力を持ってきた、いわゆる「大量死/大量生理論」(探偵小説＝二〇世紀小説論)を指す。たとえば、以下の文献を参照。笠井潔『探偵小説論II――虚空の螺旋』東京創元社、一九九八年。同『ミネルヴァの梟は黄昏に飛びたつか?――探偵小説の再定義』早川書房、二〇〇一年。

＊3　「脱格系」の問題については、たとえば以下の文献を参照。笠井潔『探偵小説と記号的人物(キャラ/キャラクター)――ミネルヴァの梟は黄昏に飛びたつか?』東京創元社、二〇〇六年。

きく逸脱するようなきわめて荒唐無稽かつアクロバティックな論理（物語）展開や、「萌え」などの「オタク的」な造型センスを大胆に導入し、ミステリ内外からの賛否を含んだ大きな注目を集めた。そればかりか、その後の彼らの活動は同時代の文学やサブカルチャー、言論にまで幅広い影響を与え、二〇〇〇年代以降の日本のポップカルチャーにおけるもっとも重要な参照点のひとつとなっている。

むろん、京極やメフィスト賞の登場が、阪神淡路大震災やオウム真理教事件の発生、あるいはテレビアニメ『新世紀エヴァンゲリオン』放映開始や「Windows95」発売（インターネット元年）などの時期と重なっていたことにも如実に窺われるように、一方のバブル景気や「五五年体制」の崩壊、他方のグローバル資本主義やサブカル化・IT化の進展といった、新しい時代的文脈とそこでの人々のリアリティをきわめて的確に反映していたことはいうまでもない。

何にせよ、クリスティやヴァン・ダイン、クイーンといった二〇世紀の巨匠たちが築きあげた「本格」のジャンル的規範（正統性）を遵守しつつも、そこに消費社会特有の新たな記号的リアリティを鮮やかに盛りこんだ、二〇世紀末の新本格ミステリ＝第三の波の登場とその隆盛を経て、そのある種の「終焉」を告げるかのように二一世紀になって陸続と現れた「メフィスト系／ファウスト系」とその周辺の作家たちの試みの内実を、もろもろの社会的・文化的文脈と照らしあわせながらジャンル固有の問題として論じること、これがおおよそ二〇一〇年代までのミステリ評論に課せられた切実な命題だったといってよい。つけ加えておけば、二〇〇八年刊行の限界小説研究会の評論集『探偵小説のクリティカル・ターン』（南雲堂）および二〇一二年刊行の限界研の『21世紀探偵小説――ポスト新本格と論理の崩壊』（南雲堂）は、そうした「ポスト新本格」の潮流と諸問題について包括的に検討したほぼ最初期の書物だった。

2 「検索的retrieval」な知＝推理の台頭——検索エンジンとプロファイリング

さて、以上のような前提を踏まえた上で、現代におけるミステリ的想像力の変容の内実について、ここからより体系的に考えていきたいと思う。まず、「ポスト新本格」とも呼ばれる一部の現代ミステリが示すこれまでには見られなかった「謎解き」の仕方を、ここではひとまず「**検索的retrieval**」という表現で呼んでおこうと思う。この「検索的」という表現は、もちろん、第三章で扱った森博嗣のミステリにも該当する、二〇〇〇年代以降に急速に発展したインターネットなどの情報コミュニケーション技術の仕組みと関わっている。

そもそもここでいう「検索」というのは、具体的には、いうまでもなく現代の私たちの日常生活のさまざまな場で利用されている「情報検索技術 information retrieval technology」を念頭に置いている。さきほどの綾辻らの新本格ミステリが台頭してきた一九八〇年代後半とは、一方で、いわゆるワールド・ワイド・ウェブ（WWW）とウェブ・ブラウザが登場した時期でもあった。[*4] それらは、一九九〇年代以降に爆発的に世界へと普及し、インターネットを政治・経済・文化の中心に位置づけるような社会を形成した。

そのウェブ社会においては、世界中のいたるところから日々発信される膨大な電子化された情報が随時

＊4　世界最初のウェブブラウザであるワールド・ワイド・ウェブが発明されたのは、当時の欧州原子核研究機構（CERN）内の情報にアクセスするグローバルハイパーテキストプロジェクトを、イギリスの計算機科学者ティム・バーナーズ＝リーが中心となって発展させた一九九〇年末のことである。

蓄積され続け、またそれらの情報のネットワークに誰もがいつでもどこでもアクセスできる環境が整えられている。そして、そのさいに、膨大な情報を適宜効率よく分類し、またユーザがより簡便かつ迅速に取得できるようにする手段として生み出されたのが、ごく一般的な意味での情報検索技術であり(情報検索研究自体はすでに一九四〇年代後半から行われている)、それを実装的につかさどるYahoo!やGoogle、百度(バイドゥ)などの「検索エンジン」である。

たとえば、ここでインターネットにおける情報検索モデルをごく簡略化して示しておこう。繰り返すように、情報検索の目的は、無数にある電子情報のなかからユーザの要求に合致する情報を発見することである。つまり、このさい、個々のユーザがある特定のキーワード(検索質問 query)を与えると(「検索窓」に入力すると)、それに適合するウェブページ(文書集合 document collection)が検索され、表示されるわけだ。とはいえ、より具体的には、通常は、検索のスピードや精度を上げるため、検索システムは、「スパイダー」や「クロウラ」などと呼ばれる処理プログラムをかいして、あらかじめつねに散在する検索対象=文書集合を、内部表現に変換しデータベース化、あるいは「インデックス化」(索引化)しておく。すなわち、ウェブにおける情報検索モデルとは、検索システムに入力されたユーザの検索質問と、あらかじめ内部表現に変換された文書集合とを照合しあい、ユーザの情報要求に相対的に適合しているとおぼしい検索結果をその都度統計的に出力するという流れになる。

なお、ここで注目すべきなのは、こうした情報検索技術における対象の目的=真相を評価する指標が、つぎの三つのフェーズ――「適合性 relevance」、「適切性 pertinence」、「有用性 usefulness」に区分されるということだろう。[*5] たとえば、あるユーザが「宇宙誕生の時に起こった大爆発」について知りたいと考え、「ビッグバン」と検索した場合に、検索結果としては、ユーザの要求に見合った「ビッグバン」関連のウエブページのほかにも、「金融ビッグバン」などといった異なる文脈のページも一緒に出力されたとする。このときには、適合性（情報の客観的合致）については正確であり、適切性（情報の主観的合致）については不正確、さらに、出力されたビッグバン関連ページの情報のほとんどをユーザがすでに知っていた場合、有用性（情報の価値）は乏しいということができる。つまり、検索システムに依存した情報探索の場合、その情報探索の特性は、①仮想的（非物質的＝電子的という意味で）で、②分類的、また③確率的で、④客体的（情報の正確さ＝真相との合致の割合はユーザの主観に依存しない）であるとまとめることができるだろうか。

また、こうした検索的な知や感性の構造は、これもまたおもに七〇年代以降の欧米をはじめとする犯罪捜査でひろく採用されている「プロファイリング」の発想や方法ともきわめて近いものがある。プロファイリングとは、知られる通り、犯罪事件の真相＝犯人の特徴（構成要素）を、その行動や特徴から行動科学的に統計分析し、推論するというアプローチである。

現代ミステリ史の文脈では、映画も大ヒットしたトマス・ハリス『羊たちの沈黙』（一九八八年）に象徴される異常犯罪を軸としたサイコサスペンスブームが一九九〇年代を席巻し、その流れで作中にプロファイラーが登場するケースが見られた。その後、二〇〇〇年代前半に、アメリカ・NBCなどが制作した刑事ドラマ『LAW & ORDER: 犯罪心理捜査班』（二〇〇一～二〇一一年）や同じくCBSなどが制作した『クリミナル・マインド FBI行動分析課』（二〇〇五～二〇二〇年）などの海外ドラマの大ヒットによって、一挙にプロファイリングものがメジャーになってきた。近年の日本でも、佐藤青南の「行動心理

＊5　たとえば、北研二ほか『情報検索アルゴリズム』共立出版、二〇〇二年、一六頁以下を参照。

捜査官・楯岡絵麻」シリーズ（二〇一二年〜）や内藤了の「猟奇犯罪捜査班・藤堂比奈子」シリーズ（二〇一四年〜）、アイダサキ「サイメシスの迷宮」シリーズ（二〇一七年〜）など、このモティーフを扱うミステリも目立っている。[*6]

プロファイラーは、犯罪事件の先行例から類別・蓄積しておいてある膨大な事前データを適宜参照しつつ、当該の犯罪事件を構成する諸要素をそれらに随時あてはめることによって、真相や犯人を一足飛びに「特定」することを目指すのではなく、確率的に「可能性の幅」を類推していく。そうしたプロファイルの方法論もまた、前もってインデックス化・データベース化された膨大な客体的情報をサーチしつつ、目的の真相＝対象を確率的に適合させていくという点で、きわめて「検索的」な所作だといえよう。

3 「検索」＝「編集者化」に注目する現代ミステリ／ミステリ評論

何にせよ、以上のような現代社会に広範に張りめぐらされた情報ネットワークと検索システムの持つ特性や構造に着目したミステリ小説が、さきほどの「ポスト新本格」とも呼ばれる時期以降、目覚ましい勢いで台頭してきているように見えるのは確かである。

ここではその具体的な事例として、さしあたり脱格系以降のメフィスト賞作家でもある矢野龍王のデビュー作『極限推理コロシアム』（二〇〇四年）、結城充考のデビュー作『プラ・バロック』（二〇〇九年）や『エコイック・メモリ』（二〇一〇年）、そして、歌野晶午の『密室殺人ゲーム・マニアックス』（二〇一一年）などの二〇一〇年前後の諸作品を挙げておこう。

これらの諸作では、今日の情報ネットワークや検索的な情報探査の手法が謎解きの要を形成していた。

たとえば、矢野の『極限推理コロシアム』は、後述する米澤穂信の小説をも思わせる、ある密閉された閉鎖空間に強制的に監禁された登場人物たちが生き残りを賭けて推理ゲームを戦わせる、バトルロワイヤル系クローズド・サークルものである。ここで、彼らの繰り広げる推理バトルをアシストするガジェットとして象徴的に導入されるのが、ほかならぬPCを通じたネット検索なのである。

あるいは、結城の人気連作である警察小説『エコイック・メモリ』では、YouTubeを思わせる動画共有サイト（CGM）に投稿された、不可解な事件を映し出した動画が物語の「謎」の発端を構成する。しかも本作では、一方で、そもそもがそうしたウェブ上の電子化された映像データが事件の基底となっているために、まず事件の真偽自体が物語のなかで曖昧（不確定的）に引きのばされ（「フェイクである可能性を映像に含ませ、掲載される期間を引き延ばす、という意味はあるかもしれません」）、さらにまた、であるがゆえにというべきか、他方でその事件を追う主人公の女性警察官をはじめとする捜査側もまた、犯人追跡や事件情報の探索にCGM、かつての「Second Life」を思わせるウェブ上の仮想世界（メタバース）、また検索エンジンといったツールを縦横に駆使し続けることとなる。

主人公が現実世界とウェブの仮想世界のふたつを往還しながらそれぞれ「クロハ」と「アゲハ」というふたつのキャラクター（アバター）に分裂＝複層化し、あるいは、事件の最終的な解決が、そうした現実からは半歩ばかり遊離した工学的世界（アーキテクチャ）である「MMORPG」（多人数同時参加型オンラインRPG）の改変によってこそなされるという展開は、これもまた検索的操作＝捜査を作中に大胆に取りこんだ例であるとともに、そうした検索システムが作用する世界におけるもろもろの対象の徹底した

＊6　プロファイルもののミステリの概略については、蔓葉信博氏のご教示を得た。記して感謝したい。

非物質性=仮想性の存在感の大きさこそを如実に反映させているといってよい。おそらく、この小説の題名の「エコイック・メモリ」とは、そうした本来は一回的であるはずの「記憶」や「歴史」、ひいては事件の証拠や真相が幾重にも「反響」（増幅）していくような特異なあり方を暗示しているのではないだろうか。

そして、歌野の『密室殺人ゲーム・マニアックス』。これは、二〇〇七年から続く連作の第三作だが、このミステリはいわば先ほどの矢野と結城の小説を足して二で割ったようなモティーフを扱っている。本作でも、物語の舞台はネットのサイバースペース。それぞれに奇妙なハンドルネームを名乗る五人の覆面ユーザがリアルタイム配信のストリーミングサイトとチャットをかいして、殺人推理ゲームを繰りひろげる。ここでも、『エコイック・メモリ』のように、物語は事件の詳細ばかりか、それを操る犯人や登場人物のアイデンティティさえ最後まで曖昧化されたまま、仮想的な情報空間の検索合戦を描き上げる。そして、そうした趣向は、また前二作同様に、最後の謎解きの真相にも大きく関わってくるのである。[*7]

これらの現代ミステリにおいては、結城が『プラ・バロック』で登場人物のひとりに語らせた、つぎのような文言が全編のリアリティを鮮明に枠づけているといえる。曰く、「私に必要なのは、情報だけです。共有して、不利になることはありません」[*8]。世界に散在する膨大なインデックス化された情報を可能な限りシェアし、漸次的に状況に適合し続け、相対的な解を探しだすこと。彼らが物語のなかで検索的なシステムやそれが生み出すいわゆる「集合知的」なリアリティを積極的に導入するのは、こうしたアクチュアルな世界認識のありようが明確に共有されているからなのだ。

ところで、おそらくこうした物語的想像力は、批評的な意味では、たとえば、二〇〇六年の時点で笠井潔が語っていた、以下のような主張に繋がっている。

［註：脱格系のような］若い新人に探偵小説の知識やセンスが欠けているため、本格形式に対応できないのではなく、むしろ本格形式のほうが若い世代に、あるいは二一世紀的なリアルに対応できていないのではないか。［…］

どこかに行きたい時、われわれは近道を考えますよね。ところが時間が無限であれば、そんなことをわざわざ考える必要はない。適当に歩いていれば適当に目的地に辿りつくわけだから。ケータイがあればワンタッチで道案内までしてくれる。時間も含めて個人が処分できる資源の総量が、象徴的にはインターネットとケータイによって爆発的に増加した。その結果、どこかに行く時、近道を探すという頭の

＊7　ちなみに、こうした歌野の小説と似たような構造を持った同時期の注目すべき小説として、法月綸太郎の『キングを探せ』（二〇一一年）も挙げることができるかもしれない。このミステリでは、偶然に出会った四人の人物が、トランプカードを使って、まるでゲームのような入れ替え殺人を実行する。すなわち、本作で描かれる犯罪は、トランプゲームで行うシャッフルになぞらえられた確率性＝遊戯性の感覚がつねにつきまとい、したがって探偵役は、事件の真相そのものというより、まずは犯罪事件が演じるゲームの「規則」のほうを解明することを求められる。こうした「ゲーム的」な感覚は、かつてＳＦ・文芸評論家の藤田直哉も詳細に検討したように、現代本格ミステリの表象的変容を如実に枠づける特徴のひとつだろう。以下を参照。藤田直哉「「謎解きゲーム空間」と〈マン＝マシン的推理〉――デジタルゲームにおける本格ミステリの試み」、限界研編『21世紀探偵小説――ポスト新本格と論理の崩壊』南雲堂、二〇一二年、三六三〜四〇三頁。しかも、『キングを探せ』は、いわゆる倒叙形式を採用しているが、「偽の手掛かり」の可能性を封じるという点において、これは法月によるいわゆる「後期クイーン的問題」に対する回避法（寸止め？）のひとつとも読めて興味深い。この点については、笠井潔のＸ（旧・Twitter）による発言に示唆を受けた。

＊8　結城充考『プラ・バロック』光文社文庫、二〇一一年、二三六〜二三七頁。

使い方をする必要がなくなってきた。［…］これはわかりやすい例に過ぎませんが、人間の思考に影響を与える情報環境が九〇年代以降、急速に変容してきたことは確実です。[*9]

この、いまから一五年以上前の笠井の評言にも典型的に仮託しうるように、基本的には、やはり二〇〇〇年代以降のミステリ小説における「検索的」な知の様式とは、まず第一に、上記の四作において見たように、謎の探索に情報検索システムが重要なアイテムとして介入することを意味するだろう。[*10]

とはいえ、私がここで「検索的」なミステリの台頭と呼ぶ現象は、何もこうした具体的な形での物語内部での検索システムというガジェットの導入だけを意味しているのではない。それは、もっと大きな文化的枠組みにおいても敷衍しえるものだろう。だが、そのような枠組みに基づきつつも、さきほどの情報工学の実際的知識に基づく情報検索アルゴリズムの構造を、そのまま本格ミステリの分析や文芸評論に応用することは本意でないし、そうした試み自体不可能に近い。この章では、この「検索的」という語を、基本的には、ウェブ上の検索エンジンの文学的アナロジーとして用いることとしたい。つまり、それは第二に、そうした情報検索システムが体現するような情報処理のあり方が謎の探索の仕方に類比的に見出されるような独特の物語展開を持つことも指す。

もはやいうまでもなく、それは第三章で森博嗣の小説の特性を論じるさいに名づけた「編集者化」と重なるものである。これこそ、言い換えれば、「検索的」な知性の台頭だったわけだ。「編集者化するミステリ」――第三章の該当箇所の初出原稿を記した二〇〇七年の時点で、私がそう呼んだ事態の内実こそ、笠井が述べたケータイやネットなどでの「検索」（情報環境）をかいした新たな思考の組み立て方に通じるだろう。[*11] そこで、以下では、こうした趣向がはらむより広い内実を、ミステリ評論の文脈からさらに敷衍しておきたい。

4 「検索的論理・推理」をめぐる言説空間――「ロゴスコード」と「解像度の分化」

まず管見のおよぶ限りでは、二〇〇〇年代以降のミステリ評論の言説空間のなかで、以上の「検索的」

＊9 笠井潔・巽昌章・法月綸太郎「探偵小説批評の10年――花園大学公開講座」、笠井潔『探偵小説と叙述トリック――ミネルヴァの梟は黄昏に飛びたつか？』東京創元社、二〇一一年、二九六頁、［］内及び傍点引用者。

＊10 以上の点において示唆に富むこの時期の作品をまたここでひとつ挙げるとすれば、彩坂美月の『夏の王国で目覚めない』（二〇一一年）だろうと思われる。このミステリ小説の持つ妙味は、要約すれば、第一に、矢野や歌野のように、チャットをはじめとするインターネットの情報処理やコミュニケーションの論理を主要なモティーフとして作中に導入しつつ、第二に、したがって、明らかにその現実とネットの仮想世界との二重性のアナロジーとして、いわば「虚構」の連続殺人事件のストーリーを、現実世界の人間たちが「演じさせられる」という趣向を採っている点にある。つまり、ここでも本格ミステリにおける犯罪事件は、一種の「ゲーム的」なものとして扱われ、客観的現実＝真相の単独性（唯一性）はシニカルに脱臼させられているのだ。こうした「ゲーム的」な感覚は、二〇一〇年代の本格ミステリ最大の問題作のひとつといってよいだろう、城平京の『虚構推理 鋼人七瀬』（二〇一一年）などにも認められる。ちなみに、『キングを探せ』なども含む以上のような「ゲーム的」な想像力や情報処理の台頭については、前述の藤田論文のほか、以下の文献を参照のこと。ジェイン・マクゴニガル『幸せな未来は「ゲーム」が創る』藤本徹・藤井清美訳、早川書房、二〇一一年。井上明人『ゲーミフィケーション――〈ゲーム〉がビジネスを変える』ＮＨＫ出版、二〇一二年。

＊11 蛇足ながら、おそらくこうした「編集者化」と私が呼んだ現代独特の文化的感性のタイプは、より広い文脈で敷衍すれば、これも二〇〇〇年代の後半に流行した「キュレーション」というコンセプトにも近い。たとえば以下を参照。佐々木俊尚『キュレーションの時代――「つながり」の情報革命が始まる』ちくま新書、二〇一一年。

な知や推理をめぐる問題系に関して、もっとも先鋭的かつクリアな見取り図を提示していたのは、さきの笠井潔を別とすれば、おそらく、自身も本格ミステリ作家にして評論や翻訳も手掛ける小森健太朗と、文芸・音楽評論家の円堂都司昭、そして文芸・SF評論家の藤田直哉の仕事である。藤田の仕事については、「はじめに」でもいささか詳しく紹介しているので、ここではそれ以外の論者について見てみよう。

笠井の議論（および笠井が二〇〇六～〇七年にかけて提起した、いわゆる「『容疑者X』論争」）が、おもに「九五年」以降のオタク文化論やネオリベラリズム化（笠井のイディオムでは「例外社会化」）といったミステリ（新本格）にまつわる表象や社会思想史の視点からその変容の兆候――「第三の波の終焉と探偵小説の「二一世紀性」」を包括的に検討したものであるとすれば、続く二者のうち、小森の場合は、いうなれば、その現代ミステリの「二一世紀性」――この章の主題にひきつければ、その「知の検索化」を、本格ミステリに関する内在的（形式的）な条件から、そして、円堂のそれは対照的に外在的（文化的）な条件に特化して考察を加えたものとひとまず整理することができるだろう。

たとえば、小森は、二〇〇七年の著作『探偵小説の論理学』（南雲堂）において、古今の本格ミステリ（探偵小説）ジャンル固有の条件である「論理性」について、二〇世紀の英米系数理論理学の知見を縦横に参照しながら、その内実と時代的変遷の過程をきわめて精密に跡づけている。

同書の小森は、一方で、かつての古典的ミステリで描かれた、名探偵による推理と解明のさいに適用される無数の「論理」の種別を腑分けしつつ、他方でそれらを、ミステリ小説を生んだ西欧社会が一貫して依拠してきた、古代ギリシャ以来の「論理」の定義と、大戦間黄金期本格の台頭とほぼ同時期に、その水準を飛躍的にアップデートさせたフレーゲ、ラッセルらの革新的な近代記号論理学の達成とを照らしあわせて相関的に検討していった。

要約すると小森によれば、一般的な本格ミステリ小説がもろもろの物語のなかで働かせている物事に対する合理的判断、いわゆる「論理性」とは、基本的には、英米系本格とほぼ同時期の二〇世紀初頭に成立した、イギリス生まれの論理学者・哲学者バートランド・ラッセルの「還元公理 axiom of reducibility」という考え方に該当する。

ラッセルやフレーゲ、ホワイトヘッドといった当時の数理哲学における論理主義者たちは、あらゆる数学的言明はすべて論理学によって基礎づけ（還元）可能であるとする「還元主義」の立場から、それまでの数理論理学が抱えこんでいたさまざまなパラドックスを解決しようとした。その試行の過程で生み出された還元公理は、ある個体xについて、それに関する無数の確定記述（属性）の束との一致によってその存在論的かつ論理的同一性＝等号イコールの保証を与えうるとする公理である。のちにカルナップらをかいして論理実証主義（科学経験主義）にも発想的に引き継がれるこの還元公理は、いうまでもなく私たちの生きる現実世界からミステリをはじめとする虚構まで、日常的な実感（論理判断）とも非常に近い実在論的・経験的観点（みなし断定）を採るだけでなく、じつは、ほかならぬラッセル自身が探偵小説の熱心な読者であり、実際に還元公理をその犯人特定の推理プロセスに仮託して説明していることからも（『数理哲学入門』）、小森はこれを探偵小説固有の「論理性」のモデルとしてもっともふさわしいと考える。

ところが、さらに小森は返す刀で、本格ミステリが描く固有の論理とは、従来の近代論理学が一般的に扱う「狭義の論理」よりも、本来、より広い範囲の要素をも含みうると述べる。そもそも小森によれば、ヨーロッパ語の「論理」の語源となったのは、アリストテレスが『オルガノン』などの著作で論じた「ロゴス」という古代ギリシャ語だが、それは本来、現在の一般的理解でいう論理のほかに、社会的な倫理コードや生活規範といった、一種の「経験則」のような意味も含んでいた。こうしたいわば「ロゴス」という語に仮託されるべき「広義の論理」、さきほどのラッセルが「非論証的推論 Non-Demonstrative Inference」(『私の哲学の発展』)とも呼んだ特性について小森は着目し、本格ミステリ固有の論理性を最終的につぎのように定義する。

ここで〈論理〉を分けて捉え直す必要があるだろう。[…]論理学で扱われる〈論理〉とは、アリストテレスがまず学として確立し、ヨーロッパでは、十九世紀にいたるまで普遍的な真理の方法論として認められてきた。[…]

しかしながら、〈論理〉の語源になったギリシャ語の〈ロゴス〉にまで遡って鑑みれば、[…]ギリシャ語の〈ロゴス〉は、第一部で述べたように、現代でいう〈論理〉のみならず、倫理や人間の行動規範までを包含する、より広い概念である。[…]

探偵小説で用いられる〈論理〉には、論理学でいう狭義の論理のみならず、広義の論理、すなわちロゴスの概念にあたるものも用いられている。[…]

この手の、広義の論理、つまり探偵小説で前提として用いられる〈ロゴス〉としての規範体系を、ここでは〈ロゴスコード〉と呼ぶことにする。[12]

一九世紀以来、本格ミステリ(探偵小説)ジャンルが長らく描いてきたジャンル固有の論理とは、もろもろの日常的慣習や人々のリアリティまでを多様に含んだ「ロゴスコード」によって規定される。そして、小森が以上のように本格ミステリ的論理を定式化するのは、もはやいうまでもなく、論理学的論理は時代ごとにつねに不変なものだが、他方のロゴスコード的論理は多様な地理的・歴史的文脈によって自由に変化しうるのであり、そして、二〇〇〇年代以降の数多くの特異なミステリ＝「脱格系的」作品の台頭こそ、そうした新たなロゴスコードの再編の結果としてポジティヴに捉え返すことができるからである。

また小森によると、一部の脱格系には、従来の本格ミステリ的論理と近いラッセルの還元公理が一貫して排除してきた「様相論理 modal logic」と呼ばれるオルタナティヴな論理規則が発動している。とはいえ、そもそも現代文学の領域において、ボードリヤール的な社会状況――「シミュレーション」の技術的・制度的浸透が広まった八〇年代以降、そうした様相論理的＝可能世界的な想像力（「いまここ」の世界Aではない、世界B、世界C……の可能世界を想定しうる想像力）が強いリアリティを持ち続けていることはつとに指摘されてきた。[*13] その意味では、小森が注目した脱格系の様相論理性（可能世界的想像力）とは、文学一般における記号的リアリティの変容が本格ミステリのロゴスコード（論理性）にも侵入してきた事例とも解釈できる。いずれにせよ、以上のようなパースペクティヴのもとに、小森は、石持浅海や西尾維新、竜騎士07といった当時、台頭してきた作家たちのミステリを分析していく。

さて、こうした小森の議論が本格ミステリを成立させる内在的な条件＝論理について検討したものだと

＊12　小森健太朗『探偵小説の論理学――ラッセル論理学とクイーン、笠井潔、西尾維新の探偵小説』南雲堂、二〇〇七年、八九～九二頁。また、その後の二〇一二年に刊行された『探偵小説の様相論理学』（南雲堂）では、様相論理学を応用しつつ、〈ロゴスコード〉の多元化という問題系が新たに考えられ、分裂する主体や時空に基づく現代ミステリが考察された。

＊13　たとえば、代表的な文献として、柄谷行人「村上春樹の「風景」――『1973年のピンボール』」、『終焉をめぐって』講談社学術文庫、一九九五年、八九～一三五頁。東浩紀『ゲーム的リアリズムの誕生――動物化するポストモダン2』講談社現代新書、二〇〇七年などを参照。

すれば、対する円堂は、さきにも述べたように、同様の問題を現代の社会的変化の側から提起したといえる。二〇〇八年の著作『「謎」の解像度（レゾリューション）』（光文社）にまとめられたいくつかの卓抜な作家論において円堂は、まさに、情報検索というモティーフに直截に繋がる「ウェブ時代の本格ミステリ」をひとつのキーワードにしつつ、京極や清涼院といったメフィスト系作家たちの作品群を、「テーマパーク」や「ファストフード」、そして、「インターネット」「セキュリティ」といったおもに九〇年代後半以降に日本社会で台頭してきた新しい文化的制度との巧みなアナロジーにおいて論じている。

同書における円堂の問題提起はじつに多岐にわたるが、本論の文脈においてそのポイントを端的に絞るとするなら、それは、現代ミステリの物語世界の秩序や想像力を根本的に規定する、世界の複雑さ、不確定さと、それに伴う個々人の認識（知）を凌駕するある種の非人称的な全体性（統御システム）の存在、さらに逆説的にも、そこからオルタナティヴな可能世界へ絶えず逃れ去ろうとする個体の意志との不断の拮抗状態、とでもいえるだろうか。

ざっとまとめてみるなら、現代は、社会の全体的なコンセンサス（大きな物語）の消失によって輪郭づけられる「ポストモダン」の時代であり、つまり人々の多数的な利害や意志の存立基盤が絶えず相対化（ネタ化）され、それゆえにそれら相互の軋轢と調整を避けえなくなった時代であるとよくいわれる。「大きな物語」が存在しえない以上、私たちにとっての認識の出発点は、つねに根本的な不確定さ（「こうでもありえた」という複数の様相性／偶有性）を伴わざるをえない。しかし、だからこそ今日の社会は、一方で、個々に機能分化した閉鎖的なコミュニティの差し出す幻想にしばられつつも、また他方では、ＩＴに象徴される人間以外の知の情報処理（縮減）システムにアシストされた強力な計算力によるフィードバックの蓄積から、何らかの秩序を自己包摂的かつ連鎖的に組織していく技術をいたるところで発達させている。『ゼロ年代の論点』の著者は、いわば以上のような文脈にこの上なく自覚的であり、それをミステリ的想像力の現状に読みとろうとしているわけだ。[*14]

たとえば、円堂は、清涼院流水の作品群を、同時期に社会に浸透してきたネットワーク上の「POSシステム」（販売時点情報管理システム）やサブカルチャーの「J回帰」（浅田彰）などと類比づけながら、以下のように記す。「システムが個々人を特定する能力を強めていく一方で、「私」の「居場所」探しが流行したのも九〇年代以降だった。まるでシステムに探され、特定された「居場所」から逃げたがるかのように、人々はもう一つの幻の「居場所」を欲望している。本来、自分がいるべき場所はここではないと思いこんで。／本格ミステリは、名探偵が非システム的な独自のロジックで犯人を探し特定する。八〇年代後半以後、本格スタイルが娯楽として再発見された原因のひとつとして、「居場所」や「特定」をめぐる「私」の複雑な感情を想定することができるだろう」[*15]。

＊14　蛇足ながら、円堂が考えるようなある種の非人称的な特定システムとは、まさにPOSシステムがそうであるように、コンピュータの「データベース」のイメージと明確に通じている。この点でいうと、翻訳家でエラリー・クイーン研究の第一人者である飯城勇三（EQⅢ）は、本格ミステリ読者特有のハビトゥスとして「トリック・データベース」という概念を提唱した。この飯城の議論も円堂の議論も、その語感からもいわゆる「データベース消費」（『動物化するポストモダン』）という批評家・東浩紀の影響力を持った概念を容易に想起させる。それでいくと、そもそも本格ミステリというジャンル自体が、こうした現代的なシステムの作用と親和性があるともいえるだろう。また、島田荘司がかねてから展開している現代本格の「コード」（定型）批判や「器の本格」批判も、ある種の「システム」批判とも読み替えられる。「トリック・データベース」については、飯城勇三『エラリー・クイーン論』論創社、二〇一〇年、第一部第三章を参照。

ここで円堂は、新本格をはじめとするミステリ形式が現代においてひとかたならぬリアリティをもって受け入れられてきた理由を、高度に複雑化・多層化した社会のなかで発達した、ひとの推理力＝認知限界を超える「個々人を特定する能力を強めていく」システム（＝ＰＯＳシステム的装置）の威力のもとで、逆説的にそうしたシステム＝絶対的他者による規定（相対化）を拒否して「もう一つの幻の「居場所」を欲望」する人々によって、「名探偵が非システム的な独自のロジックで犯人を探し特定する」本格ミステリのいわば還元公理的世界が、それらもろもろの非人称的システムに対する一種の懐古的ネガとして支持されていると指摘している。

何にせよ、私たちは、まずここで円堂が注目している現代ミステリの描く「システム」（客体性）の介入と、それによる「解像度の細分化」（リアリティ＝認識の分裂）という事態が、第一に、インターネットや携帯電話などが実現した「ソーシャルネットワーク化」や「過剰コミュニケーション化」に由来するものであり、そして、第二に、後者がさきほどの小森が論理学研究の文脈で論じたロゴスコードの「様相論理化／モナド化」――ミステリの推理プロセスや世界観が多元化し、またタコツボ化したという事態――と正確に対応している点にこそ相応の注意をはらうべきだろう。たとえば、円堂はある評論で、「本格ミステリ・マニアは精緻な論理性というハイレゾリューションを要求するが、コミュニケーションのネタとして名探偵や密室というガジェットさえにぎやかに描かれていればいいというローレゾリューションの需要もある。［…］そうした読者層の分化は、［…］ネットで相互リンクされた書評サイト、アマゾンの感想コメント、2ちゃんねるの掲示板、ミクシィのコミュニティといった読みの共同性を可視化するシステムの普及によって需要の分化が強化され、さらに細かい分化が起きているのが現状ではないか」[*16]と的確に分析したが、この情勢論は、かたや小森が西尾維新の作品世界について述べた以下の記述と奇しくもぴたりと符合している。

彼らは、他者と同じ基盤を提供してくれる共通の土台／現実世界を欠いている。［…］ミステリにおいて探偵は、犯人の立場にたって推理する。［…］そこにおいては、探偵と犯人とにある種の共通の現実的基盤があることが前提となる。先に引用した論で筆者はその基盤を〈ロゴスコード〉と呼んだ。この〈ロゴスコード〉が、西尾作品の世界では変容してしまっている。［…］

このような世界観は、ライプニッツがいう〈モナド〉に似ている。個々人の世界は〈モナド〉であり、モナド同士をつなげる「窓」はない。ライプニッツは著書『モナドロギー』で、モナド（単子）世界の多元性を論じた。〈モナドロギー〉とは、〈孤島の島（モナド）〉化した世界の〈ロゴスコード〉のことである。[*17]

円堂の注目する現代の本格ミステリ読者層の「解像度の分化」という文化的側面とは、まさに小森が考える現代ミステリ（脱格系）における「モナド化」したロゴスコードの現れという形式的側面に重なりあう。だとすれば、私たちは、この、一見対照的な領域を扱う両者のパースペクティヴをフィードバックさせることによって、両者に通底するある文化的構造や想像力の型を見出しておくべきだが、おそらくそれ

*15 円堂都司昭「POSシステム上に出現した「J」――九〇年代ミステリに与えた清涼院流水のインパクト」、『「謎」の解像度（レゾリューション）――ウェブ時代の本格ミステリ』光文社、二〇〇八年、一六五頁、行箇は省略。
*16 円堂都司昭「ゼロ年代の解像度（レゾリューション）――本格ミステリをめぐる現在」、同前、二七七～二七八頁。
*17 前掲『探偵小説の論理学』、二三〇～二三二頁、なお文中にあった註釈は省略。

はもはや明らかだろう――それこそが、やはり本論が冒頭で掲げておいた「検索的なもの」の内実にほかならない。

なるほど、じつは、以上の円堂の議論は、本書第三章の論点ともとりわけ深く呼応するものであった。たとえば、円堂は、『「謎」の解像度（レゾリューション）』においてミステリ読者や作品世界にしばしば示される「解像度の分化」（リアリティや認識の細分化）という事態を、「編集者・ＤＪ感覚」という言葉でも表現している。これは、その示す内実のみならず、表現する語の選択の点でも私が述べた「編集者化」というイディオムと緊密に呼応するものだといってよい。すなわち、その「編集者・ＤＪ感覚」や「編集者化」の内実こそ、何度でも繰り返すが、円堂のいう「解像度の分化」と、それらタコツボ化したリアリティを適宜調整・管理する「特定システム」が織りなす非人称的な秩序であり、それは、また小森が考える旧来型の還元公理的全体性・同一性（通常の探偵小説の「論理性」）を徹頭徹尾拒む、様相論理的モナド化（「論理」の複数化／細分化）に裏打ちされた、いびつなロゴスコードの新しい「論理」の形と重なるものであることはいうまでもない。[*18]

とはいえ、さらに類推をほどこすならば、じつは小森は『探偵小説の論理学』のなかで、ロゴスコードの参照先である古代ギリシャ語の「ロゴス」について、ドイツの哲学者マルティン・ハイデガーの語源釈義（『形而上学入門』）を参照しつつ、その哲学的な原義を、「選り抜いて集める」ことを意味するラテン語の「LEGERE」にあることを指摘していた。であるなら、多少の牽強付会を許してもらうと、むしろ現代のミステリの持つロゴスコードのひとつである「編集者化」こそ、その「論理」の正統的な本義に沿うものであるともいえるのかもしれない。

5　「デモンストレーション」としての推理？――検索型ミステリの誕生

いずれにせよ、あらためてまとめると、現在のポストモダン社会は、個々の人間がその全体を一挙に見渡すことなど到底覚束ないほど複雑化（不透明化）している。かたやその細分化した世界では、あらゆる情報財（データ）が一種の擬似的な「自然」としてウェブ上にデ・ファクトに登録・蓄積されており、のみならず、誰もがいつでもどこでも簡便にアクセスし、それらを改変（解釈）できる形式的な操作系（メタデータ）や検索システム（メタサーチ）も絶えまない自己増殖を続けている。さらには、客体的な情報財自体も、それをかいした人々の再帰的かつ連鎖的な、いわゆる「ネタ的コミュニケーション」（鈴木謙

＊18　ただ、以上のような認識自体は、二〇〇〇年代以降のミステリ評論の分野では、とりたてて珍しいものではなかったともいえる。たとえば、ミステリ評論家の巽昌章による以下の佐藤友哉作品についての記述も、基本的には私たちの議論をなぞっているといってよい。「こうした態度は、壊れた世界での謎解き小説の困難と可能性を示唆するものだ。まっとうな推理小説の論理自体、本当に安定した基盤によって支えられてきたのかといえば大いに疑問で、それはむしろ漠然とした世界イメージによって包まれてきたにすぎないというべきである。佐藤はこうした基盤の幻想、つまり常識にさからわない世界イメージも、これに代わるべきもの［…］をも持ち合わさないままで、論理を組み立てようとする。そのような論理は、あるパーツと別のパーツとの恣意的な理屈による結びつけという本性を、裸でさらけ出すだろう。［…］それは関節ごとに別の原理が働くような断片の集積であり、透明な「全体像」ではない」、巽昌章『論理の蜘蛛の巣の中で』講談社、二〇〇六年、一一一頁。また、「編集」というキーワードに関しては、同じミステリ評論家の諸岡卓真のつぎの論文も参照。諸岡卓真「編集される推理――藍霄『錯誤配置』論」、探偵小説研究会編『CRITICA』vol.6、探偵小説研究会、二〇一一年、一三二～一四〇頁。

介）の微細な差分の積み重ね（フィードバック・ループ）によって、セカンド・オーダーのレヴェルで勝手にある種の予期的パターン（冗長性）のネットワークを形成してもいるのである。[*19]

実際、ＰＯＳにせよGoogleをはじめとする検索エンジンにせよ、いまや専門家の人知をはるかに凌駕するアーキテクチャのテラバイトの計算力が、社会に広がった人々のあらゆる行動や趣味嗜好を即座に計量化し、高度なデータマイニング（膨大なデータから網羅的にデータ解析を行う統計技術）によって無数の幸不幸を左右していることは何ら珍しい事態ではない。[*20] 二〇一〇年代には、そこに人工知能（ＡＩ）のディープラーニングが加わった。

すなわち、今日の一般的な情報処理（知の編成システム）とは、もはや世界のすべてを、まさに「名探偵」のような超越的な一者がメタレヴェルからロジカルに通覧し、体系的・全体的に物事の「真相」（論理的真理）をタンジブルに提示しようとする還元公理的欲望（解析的知）ではありえない。それは、たとえば、Wikipediaがよい例であるように、いわば世界を部分的／閉鎖的なサブシステムとしてしか理解しえない個体（コミュニティ）同士がその部分同士のあいだで、相互に「パッチを当てる」ように膨大な素材を適宜リダクト（編集）していくことによって、誤謬と妥当性のあいだにある無限の可能性（偶有性）のグラデーションのうちから最適な水平的調和（解決）をアド・ホックに（その都度）成立させていくという、メタヒューリスティックな技術的解法こそが望まれる。[*21]

たとえば、おそらくこうした傾向は、笠井と並び、新本格の生みの親のひとりとも目される島田荘司が、おもに二〇〇〇年代に入って以降、実作・評論の両面で盛んにコミットしている「脳科学」の領域（心身問題）とも深く関わるものだ。[*22] 一九九二年に発表したある長編で島田は、名探偵・御手洗潔に「脳の中でどういう物質とどういう物質がインタラクト、つまり相互作用して、どういう現象が誘導される、こういうことが微細にわかるようになり、[…]人間の思考とか、エモーションも、説明可能な領域に近づくと考えるべきでしょう」[23]といわせている。

当時の作品群で島田が繰り返し描いていた認識とは、このような、いわばミステリの「謎」の神秘的・幻想的な内実も、じつは脳をはじめとする生理的因果＝物理法則によって一挙に一元化されうるだろうという仮説にほかならない。これは、脳科学とも密接に連動した一九八〇年代以降の「心の哲学」と呼ばれ

＊19 つけ加えておけば、後述するように、以上のような世界観は、神経生理学とサイバネティクスの影響をうけた後期ニクラス・ルーマンなどの現代システム論の着想ときわめて近い。今日の文学的想像力におけるシステム論的スキームとの親近性については、たとえば、以下の拙論を参照のこと。渡邉大輔「コミュニケーション社会における戦争＝文学——阿部和重試論」、限界小説研究会編『サブカルチャー戦争——「セカイ系」から「世界内戦」へ』南雲堂、二〇一〇年、二八五〜三一七頁。

＊20 イアン・エアーズ『その数学が戦略を決める』山形浩生訳、文春文庫、二〇一〇年、スティーヴン・ベイカー『数字で世界を操る巨人たち』伊藤文英訳、武田ランダムハウスジャパン、二〇一〇年などを参照。

＊21 こうしたインターネット世界の論理を規定するメタヒューリスティックなプログラムは、（その理論的バックボーンともいいうる社会システム論がそうであるように）ちょうど複雑系科学の権威ジョン・H・ホランドが提唱した「遺伝的アルゴリズム」の仕組みとも近い。たとえば、複数の候補データ（遺伝子）の「表現型」の履歴（ログ）のうち、環境適応度の高い個体を優先的に保持していき、結果、よりロバストな適応プラン（近似解）を設定するというものである。ジョン・H・ホランド『遺伝アルゴリズムの理論——自然・人工システムにおける適応』嘉数侑昇監訳、森北出版、一九九九年、一五頁参照。

＊22 たとえば、島田荘司『21世紀本格宣言』講談社文庫、二〇〇七年所収のエッセイ・評論群を参照のこと。とはいえ、島田はそれ以前の九〇年代から、エッセイなどで養老孟司の著作などを参照していたことが知られている。

＊23 島田荘司『眩暈』講談社文庫、一九九五年、一二八頁。

る分野の一部でいわれる、人間の知覚経験（クオリア）や心的状態のいっさいが物理的なアルゴリズムによって還元可能だと考える「物理主義」（意識のハードプロブレム）の立場に繫がるものだが[*24]、同時にそれは、「謎」の解析がサブシステムごとの散文的な「数値化」のプロセシングに代替可能だとするさきの情報論的価値観の明確な反復でもあるといえる。

何にせよ、それを「解像度の分化」といっても「様相論理的ロゴスコード」といっても、あるいは、「編集者化」や「メタヒューリスティクス」といっても何でもかまわないが、以上のように、現代特有の世界解釈（論理）のスタイルとは、いうなれば、すべての解釈コード＝推論の結果を相対的な「デモンストレーション」としてフラットに並列化してしまう。

むろん、探偵の推論の複数性／不確定性という問題は、それこそアントニー・バークリーの異色作『毒入りチョコレート事件』（一九二九年）を挙げるまでもなく、二〇世紀本格ミステリ勃興期の当時から存在はした。しかし、今日においては、それがもはや探偵小説における個別の形式的な趣向ではなく、私たち一人ひとりが強いられるベタな時代的感性や社会的構造として瀰漫しているという点が重要なのだ。すなわち、そこでの物事の推理プロセスにおいては、原則的に、絶対的かつ固有の「真相」というものはおそらく物語のリアリティを基底づける構造のレヴェルでありえなくなっている。それは、事件の要素のもつ多様な可能性（偶有性）を部分的に「縮減 reduce」し、あとに続く「推論 deduce」を相対的にやりやすく、豊かにしていくという具合に、単にありうべき可能性の分布を変換・編集する「所作」があるだけなのである。事件やその推理における「経路」の複数性・様相性を前提にしつつ、そこから相対的に確からしい「β版」の推理＝「擬似真相」をとりあえずの結節点として絶えずデザインすること。

本論が定義したいと考えている「ミステリの検索化」とは、こうした二一世紀の新しい情報処理の書式を指している。そして、そのような検索的知の思考スタイルやリアリティに本源的に立脚していると思われる世界観を抱えるミステリを、**「検索型ミステリ」**と呼んでおきたい。

6 ロゴスコードの複数化と検索エンジン化する探偵

それでは、現代の「検索的な知＝論理」とは、いかなる形で「検索型ミステリ」として具体的に作品化しているのか、最後にざっとみていこう。

まず「検索的知」の演算秩序のありようをみる前に、それをもたらしている本格ミステリの「大きな物語」（還元公理的論理）崩壊後の混迷を反映しているとおぼしいテクストを見てみよう。たとえば、二〇一〇年代前半のミステリ評論では、現代ミステリのロゴスコードの変容をラディカルに示した作品として、しばしば石持浅海の作品群が持ち出された。『探偵小説の論理学』の小森健太朗も触れている通り、石持の諸作品では、犯人による殺人の動機やそれをめぐる名探偵役の推理プロセスが通常の社会的慣習や一般常識からは理解しがたい、異常な根拠に基づく場合が少なくない。

ここでは、石持と似たような兆候を示す事例として、北國浩二の長編『リバース』（二〇〇九年）を挙げておこう。この作品の主人公のフリーター青年・省吾はいまだ未練を断ちきれないでいるかつての恋人・美月が、ふとしたきっかけで現在の彼女の恋人に殺されてしまうかもしれない危険を知り、何とかし

＊24 以上のような「心の自然化」をめぐる議論については、たとえば、フレッド・ドレツキ『心を自然化する』鈴木貴之訳、勁草書房、二〇〇七年などを参照。

て彼女の身を救おうと奔走する。これだけならば当時も評判を呼んでいた「純愛ミステリ」の類とたいして遜色ない物語だが、やはり奇妙なのは、その主人公の物事に関する価値判断やリアリティがどこか一般常識からみていびつな要素を抱えていることだ。たとえば、彼は、一方で、いくらかつての恋人とはいえ彼女が現在の恋人に殺されそうだというほとんど確証のない話をたちまち信じこみ、はたから眺めると、まるで偏執狂のように常軌を逸したストーカーまがいの追跡劇を敢行していく。さらに、彼は他方で自ら予知能力があると語る不思議系少女と出会うが、またもやその少女の発言の信憑性自体も何ら疑うことなくすぐに信用してしまう。こうした主人公の作中の言動の非常識ぶりは、「常識的」なミステリ読者ならば、いささか支離滅裂な印象を受けずにはおかない。

すなわち、『リバース』においては、これと似た脱格系ミステリと同様に、作品世界およびその読者が不変的に共有しうるようなロゴスコードのロバストな整合性がときに正常に機能していない。

このことは、たとえば、作中で主人公が友人の女性から「けっきょく恋愛って感情だけの世界だから」、「同じひとつの恋愛を共有していても、立場が違えば、それに対する価値観はまるで違う。美月は美月なりに、きみとの恋愛を楽しんでいた。それは、きみの想いとはまったく別ものなのよ[*25]」といわれ、かたや彼が「同じ後悔するなら、信じたほうがいい。それで何も悪いことが起きなければ、笑い話がひとつ増えるだけだからね[*26]」とうそぶく台詞に典型的に示されているといえる。

私たちが彼の行動の論理的判断をどこか共有できないのは、もはやそれが私たちが個々に信じるミニマムなロゴスコードとは「まったく別もの」でしかありえないからであり、それゆえに私たちは、必然的に誰もが自らの「合理的」と考えるリアリティ＝信憑性の殻に閉じこもるしか術がないのである。『リバース』はその事実を端的に物語っている。

いずれにせよ、石持や北國らのミステリに対する読者の戸惑いは、何度でも繰り返すが、私たちの行使する論理＝ロゴスコードがもはやかつての還元公理的な全体性・同一性・統一性を保ちえなくなっているという細分化／複数化したリアリティに基づいている。そうした安定的な根拠の底が抜けた状態の世界で、ある種の整合的な「論理」を構成するのがほかならぬ「検索的世界観」ないし「検索的知」というわけだ。

たとえば、さきにも触れたように、そこでは、共通了解の喪失という事態を逆手に取って、まず物事（情報）の複雑性・多様性を客体的なパターン化・計量化によって、その場の状況判断に合わせ適度に「縮減」し、個別的に扱っていくことが解法として優勢になるだろう。現代ドイツの社会システム論者ノルベルト・ボルツの注目するハーバート・A・サイモンの術語を借りれば、いわゆる目前の状況＝事件に対して「準分解可能性 nearly decomposability」の契機をほどこすことが重要なのだ。つまり、それは、「現実をかなりの程度まで記述するためには、起こりうるすべての相互作用のうちのほんの1部分を考慮するだけで足りる」[*27]ような、システムの階層性を前提とした一種の物事の理解や解決の際の「省略可能性」の介入である。また、こうした情報の省略・縮減可能性こそ、情報検索システムが実装するシステム内部表現への変換とインデキシング（分類化）の機能に相当していることはいうまでもない。

たとえば、おそらくそれこそ「メフィスト系」と呼ばれるような一部のミステリ、京極夏彦の代表的な

＊25　北國浩二『リバース』原書房、二〇〇九年、四七頁。
＊26　同前、六六頁。
＊27　ハーバート・A・サイモン『システムの科学 第3版』稲葉元吉・吉原英樹訳、パーソナルメディア、一九九九年、二四八頁。また、ノルベルト・ボルツ『世界コミュニケーション』村上淳一訳、東京大学出版会、二〇〇二年、四七頁も参照。

連作「京極堂」シリーズ（一九九四年〜）や天祢涼の第四三回メフィスト賞受賞作である『キョウカンカク』（二〇一〇年）などは、こうした分析対象の「省略可能性」＝「準分解可能性」を、謎を解明＝類推する「探偵役」のキャラクター設定として採用した興味深い事例だと考えることができる。

というのも、これらの作品群に登場する探偵役である榎木津礼次郎や音宮美夜は、前者なら比較的よく知られていると思うが、いずれも物事の真相を解くにあたって、常人にはない超常的な能力が備わっているからだ。榎木津ならば、「他人の記憶が視覚的に感受できる」、また、音宮ならば「色聴」（音が色彩となって視覚的に視えるという「共感覚」の一種）の持ち主という特殊能力を持っているわけだ。

とりわけ音宮は「殺意を抱いている人間の声」自体が視えるのであり、この設定によって同作では、通常の本格ミステリとくらべ謎の論理的解明（推理）をめぐる物語展開の一部の局面が飛躍的に圧縮化（縮減）され、「中抜き」されているように見えることは確かである。つまり、ある推理の局面のひとつを「中抜き」＝省略化しうるということは、俯瞰的に捉えればそのぶんだけ推理の局面が「細分化」しうるということにもなるわけであり、事態を推理する論理システムの細分化という論点が同様に確認できるのである。いわばこれらのミステリでは、「探偵役の検索エンジン化」が巧みにキャラクター造型の面でほどこされているわけだ。

しかも、『キョウカンカク』の著者は、この事態にある程度自覚的にも見える。なぜなら、本作中では、猟奇殺人犯によって殺害された女子学生の声が記録された留守番電話の音声を手掛かりに、美夜が通常の耳では聴きとれないほどの小さな「踏切の音」を共感覚によって「見る」のだが、その後、続けて彼女は手持ちのノートパソコンに内蔵されたＧＰＳソフトウェアを使って、その付近の踏切のある地点を「検索」するからである。しかも、そうした検索された少なくない数の踏切をしらみ潰しに確認していくのかと問うワトソン役の青年に対して、美夜は「踏切以外にも見えた音があるんだから」と、さらに共感覚で対象を絞りこんで（省略して）いく……。以上のように、ここでは、探偵役の特殊能力が明らかに検索システムの持つ準分解可能性（インデキシング）と同一視されているといえるだろう。[*28]

さらに同じことは、天祢や京極の小説において、探偵役の特殊能力が「視覚」に限定されていることからも如実に窺われると思われる。というのも、視覚的に分析対象を把握するということは、聴覚や味覚などとはやや違い、要はそれを超越的な主観を排された、あくまでも個々の「客体」としてしか認識しえない、ということだ。だから、美夜は、たとえ「殺意を持った人間の声」が「視えた」としても、それは、情報検索アルゴリズムの例でいえば、「適切性」を欠いた「適合的」な客観的データでしかない（実際、そのことで彼女の特殊能力推理は一度、躓く）。特殊能力＝検索性によって、分析対象が縮減されるとはいえ、それはあくまでも確率的に確からしい適合的情報でしかなく、そのさきにはやはり従来どおりの論理的推理を展開する余地がある、というのがこのミステリの持つ妙味なのである。

また、本作の明かす真相もまた、ここまでの論旨からは注目すべきものであるといえる。この物語の犯人もまた、探偵役の美夜と同様、じつは共感覚の持ち主であり、しかし、美夜とは違い、「見たものに味覚を感じる」（死体を視覚で味わう）という能力・嗜癖を持っていた。つまり、本作においては、いわば『リバース』の「個々人の恋愛観」と同じく、複数の文化的慣習＝規則が細分化・競合しあい、読み手や登場人物を含めた何らかの統一的な常識＝論理に収斂しない、という構成を持っている。美夜は作中で、

＊28　事実、著者は、別の箇所で美夜に「美夜（道具）」という何ともシニカルなルビをふっている。天祢涼『キョウカンカク』講談社ノベルス、二〇一〇年、二〇一頁参照。

犯人の「視覚による食人趣味」を一種の「文化の違い」だという意味で説明づけているが、[*29] この言葉の意味はまさにロゴスコードの細分化／複数化という事態を正確に言いあてているだろう。

7　ミステリ世界の縮減＝圧縮の技法としてのクローズド・サークル

しかし、よく考えると、他方で、こうした物語世界の情報に一種の「準分解可能性効果」（複雑性の縮減）をほどこすという作業は、むしろ本格ミステリにとって本来的な加工処理であったともいえるのではないだろうか。というのも、これはまだ批評的仮説の域を出ないものだが、たとえば新本格ミステリの嚆矢である綾辻行人の『十角館の殺人』に始まる「館」シリーズに端を発し、新本格ミステリにしばしば採用されてきた舞台設定として、「嵐の山荘もの」や「クローズド・サークル」と呼ばれる、ミステリの小説世界をある限定された密閉空間に置く作例が目立った。そのことと比較しつつ、ここでたとえば、一九八九年のつぎのような当の綾辻自身のある座談会での発言を参照してみたい。

やはり決定的に僕は、まあ今のところですけれども、何ていうか――「開かれた小説」は書きたくない、というのがあるんです。［…］つまり閉じた世界を書きたい。というのは、空間的な意味だけじゃなくて、社会的に、時間的に――特に社会的にですね。［…］いわゆる社会派がやってきた社会告発であるとか、風俗描写であるとか、そういったものは結局、本格にはそぐわないと思うんです、僕は。［…］とにかく現在、ひとつの閉じた、きれいな世界を形成していること、というのが僕にとっての本格ミステリーの大きな条件である、そんな気がするんです。[*30]

この綾辻の発言を踏まえるならば、確かに、新本格ミステリの基底的な想像力の重要な一部には、ある種の「閉じた世界」＝「クローズド・サークル」への文学的志向性があると考えてよいだろう。

しかも、右の発言を見る限り、少なくとも綾辻は、おそらく本格ミステリをできる限り純粋かつ知的な謎解き遊戯として昇華させることを目指して、以上のスタイルを選択していると思われるが、また一方で、この「社会的に閉じた世界」という表現は、現在の文芸批評の文脈でみると、まぎれもなく同時代の村上春樹の諸作品が体現していたような消費社会下のタコツボ化・記号化した自意識をなぞっていると同時に、その後の二〇〇〇年代に流行したいわゆる「セカイ系」と呼ばれた物語的想像力との関連を窺わせて興味深い。

いずれにしろ、こうした新本格におけるクローズド・サークル形式をなかば意識的に踏襲するかのように、その後、二一世紀に入って現れた、本論が「検索型ミステリ」と呼ぶ時期の作品に含まれる脱格系（メフィスト系／ファウスト系）のミステリもまた、同種の趣向を採ることが多かったように思える。たとえば、西尾維新のデビュー作『クビキリサイクル――青色サヴァンと戯言遣い』（二〇〇二年）をはじめ、ほかならぬ綾辻の強い影響下にデビューした辻村深月のデビュー作『冷たい校舎の時は止まる』（二〇〇四年）などいくつも挙げられるだろう。これらのミステリはさきのセカイ系作品とも関わりの深

＊29　同前、二三六頁。
＊30　島田荘司・我孫子武丸・綾辻行人・歌野晶午・法月綸太郎「座談会／「新」本格推理の可能性ＰＡＲＴⅡ」、島田荘司『本格ミステリー宣言』講談社文庫、一九九三年、一二二～一二三頁。

い「学園もの」から「日常の謎」まで、閉じたコミュニティを舞台とする青春物語が多かったため、そうした傾向はより強められたともいえる。

とはいえ、それらは、一見似ているようでも、八〇年代後半に綾辻が解説したような、単純に社会領域の希釈化されたゲーム空間の構築であるとだけみなしてよいのだろうか。

ここまでの文脈を踏まえたとき、それらの趣向は、さきほどの京極や天袮の作品が探偵役の推理過程の「省略可能性」を描いているのだとすれば、同様に、今度は、ミステリの舞台＝作品世界の情報の効率的な「省略可能性」こそをも意図しているとはいえないだろうか。

これまでに見たように、検索的なミステリにおいては、もはや作中のロゴスコードは原理的に複数存在しえる。したがって、そこでは、事件の解明をつかさどる論理は複層化し、ただでさえ混迷する作品世界はますますその複雑性を増すことだろう。現代のクローズド・サークルとは、そうした過剰に複雑性が増し、ロゴスコードが複数競合しうるミステリ世界を適度に縮減するためにこそ要請されているといえる。

たとえば、ここではまさにそうしたクローズド・サークル作品を新本格作家として手掛けてきた綾辻自身の作品によって確かめてみたい。彼が二〇〇九年に発表したホラーミステリの大作『Another』は、不思議な存在感を放つ謎の少女がいる、ある中学校のひとつのクラス（教室）というほぼ限定された舞台設定を採っている。また、本作は、数ある綾辻作品のなかでも実写映画化のほか、マンガ化・テレビアニメ化もされるなど、いうなれば脱格系が持つサブカル・オタク的要素もひときわ強い小説だ。

そして、重要なのは、この教室では以前からクラスメートがひとりずつ消失していくという謎の現象＝ルールによって支配されており、にもかかわらず、クラスメートたちはそれを当然の現象としてある程度受けいれている。「ただし、「なぜ？」という質問はなしだ。「どんな仕組みで？」もなし。いくら訊かれても、まっとうな理屈では説明できない話だから。これはそういう「現象」なんだ、とでも云ってしまうしかない」[*31]。

すなわち、この『Another』の世界では、物語の舞台がある特異な法則ないし慣習＝ロゴスコード（作中ではそれが「〈きめごと〉」や「原則」という言葉でも表現される）を伴ったほぼ限定された空間に設定されており、しかもそれは基本的には改変不可能な自生的かつ事実的（事実的という意味のvirtualは同時に仮想的ということも含んでいる）な「現場でのひそかな慣行という位置づけで、長年のあいだ受け継がれてきたシステム」[*32]として寡黙に機能し続ける。その意味で、この小説は、その舞台を、学校のクラス（教室）というあらかじめ謎の複雑性を縮減する「準分解可能性」を備えたクローズド・サークルに設定し、しかもそのクローズド・サークルは、独自のロゴスコードが作動する自生的かつ事実的なシステム（環境）として描かれているということができる。これもまた、これまでの議論を踏まえれば、きわめて「検索的」なリアリティを備えた小説だと表現できるはずだ。

たとえば、『Another』と同様、徹頭徹尾「教室」という場を舞台設定に選んだ両角長彦のデビュー作『ラガド』（二〇一〇年）の凝った趣向も、その意味で注目に値する。この小説では、冒頭から終盤まで、中学校のある教室で起こった無差別殺傷事件の真相の解明の展開に、警察やニュース報道、逮捕された事件容疑者といったさまざまな存在の「視点」から何度となく当日の事件のあらましが「再現」される。しかも、その「再現」をより明確にするために、小説の本文下には、頻繁に教室の図が挿入され、事件当日

＊31　綾辻行人『Another』角川書店、二〇〇九年、三九二頁、傍点引用者。
＊32　同前、三二六頁、傍点引用者。

のキャラクターの位置や動線などが、視覚的にデモンストレーションされるのである。こうした『ラガド』の小説世界は、読者に事件の舞台となった教室が、まるでこの現実から遊離し、幾度も反復＝再現可能な仮想性をともなった一種のシミュレーションシステムのように感じさせるだろう。

何にせよ、米澤穂信の『折れた竜骨』（二〇一〇年）を含め、現代ミステリの小説世界の重要な一角では、ある閉鎖された世界（空間）を舞台にし、そこに現れる単一の特異な、あるいは互いに競合する複数のロゴスコードの論理を――すなわち、そのミステリ世界の「コンテクスト」の解明が、そのまま事件そのものの解明に繋がるような趣向が明確にみとめられる。

すなわち、それは一種のバーチャルなシステムとしてあり、その登場人物たちが投げこまれたシステムの勝手に作動する事態の省略可能性に翻弄されたり、あるいはそれを逆に見越し利用するといったアプローチがときに優勢になるわけだ。言い換えれば、現代ミステリのキャラクターたちは、「ミステリ」の形を採ったある種の検索システムの上で、ときに検索をかけられ、ときに検索をかけかえすのである。

8 「最小合理性」としての検索知――合理性の変容

また、つけ加えておくと、こうした現代に特有の情報処理の手続き（推理の準分解可能性）や「探偵役の検索エンジン化」は、じつは、私たちの伝統的な認識論（世界解釈）に対する新しい哲学的アプローチを構築する近年の試みとも似通っている。

たとえば、ここ三〇年ほどの英米系の現代哲学、具体的には知識論や心の哲学の世界では、クリストファー・チャーニアクやスティーヴン・スティッチといった学者たちが、従来の伝統的認識論が想定していたような人間の「合理的判断」の手順とは異なったモデルを提示しようと試みている。その場合、チャーニアクであれば、それは、クワインやデイヴィドソンらの分析哲学系の行為論が想定しているような「理想的行為者モデル」（特定の信念・欲求のすべてを適切に行う理性的主体）がもはや実際の認識活動とは合致していないことをあらためて指摘した。それにかわって、彼が「最小合理性 minimal rationality」と呼ぶ、「行き当たりばったりと完全さの間に位置する」曖昧で確率的・相対的な新しい合理性条件を提案する。

また、かたやチャーニアクの影響も受けたスティッチであれば、「真なる信念・知識の獲得」に最上の価値を置く自然主義的認識論の枠組みに同様に疑義を唱え、個々人の現実の認識活動を個別の目標にあわせて、その都度の状況に相対的に「役に立つ」ようなものにチューニングしていくべきであるという「認識論的プラグマティズム epistemic pragmatism」と呼ばれる考え方を提唱した。[*33] このスティッチの議論は、第六章で私が辻村深月の作品について指摘した「ファンタジーのプラグマティズム化」の論理と似通っている部分がある。

彼らの打ち出す哲学的プログラムは、人間の合理性（論理的判断）がもはや徹頭徹尾「断片化」したものでしかありえず、むしろその「最小条件」を考慮すべきであると主張する点で、あらためていうまでもなく、サイモンの「準分解可能性」や小森の「モナド化したロゴスコード」をなぞっている。また、それらの検索システム構造との類比性は、チャーニアクの最小合理性概念が、一九八〇年代のコンピュータ科

＊33　スティーヴン・P・スティッチ『断片化する理性――認識論的プラグマティズム』薄井尚樹訳、勁草書房、二〇〇六年。

学や計算機科学に基づくヒューリスティクス(仮説形成法)や計算量理論の成果に依拠していることとも符合するだろう(チャーニアクは、かつての理想的合理性と最小合理性を、古典物理学と情報処理モデルに対比させる)。

また、『探偵小説の論理学』で小森は、モナド化したロゴスコードや現代の若いミステリ読者に見られる特徴のひとつを、現象学的な概念系を援用して、「〈未来予持〉の貧しさ」(〈時間的自己〉の短さ)と表現していた。すなわち、脱格系作品や若い世代の読者にとっては、かつての本格ミステリ(読者)のように、ある程度の長期的な時間的範囲において整合的・連続的に論理の展開を追っていくという能力が著しく弱体化しているという。

とはいえ、このことは、ふたたびいえば、チャーニアクの「最小合理性モデル」が、複雑性の増した社会で生きる人間の認知限界性のうち、何よりもほかならぬその記憶容量と計算時間の圧倒的な貧しさ・短縮という点に関して定式化されたものであったことと対応している。彼のいう「最小合理的」な行為者モデルとは、あらかじめ長期記憶上に潜在的に保持してある無数の信念の部分集合に適宜アクセスしつつ、当面の問題(謎)の解明に役立つと思われるいくつかの信念(推論)を短期記憶上に現働化=活性化させることで問題を処理すると考えられる。「われわれは今や、いかにして部分的な記憶探索というやり方が十全でありうるのか、というヒュームの謎に対する答えを手にした。[…]つまり、最小合理性の基本的な前提条件は効率的な再生であり、効率的な再生自体が不完全な探索を要求し、さらに不完全な探索が区画化を要求する。区画化はこの点で、人間の知識表現に課せられる根本的な制約であるように思われる」[*34]。すなわち、本論で考えようとする「検索的知」のモデルとは、こうしたシステム論から情報技術、心の哲学まで多様な学問分野を横断してみとめられる共通の特性を写しとっているのだといえる。

9　二一世紀ミステリの可能性

いずれにせよ、私たちは本章でその大枠を描いたような、インターネットの情報検索システムの構造に仮託されるような社会や人々のリアリティのなかで生きている。「ポスト新本格」と呼ぶことができるだろう、そうした現代に生み出されるもろもろのミステリ小説もまた、従来の本格ミステリの規範的形式を超えて、「検索的なもの」の諸要素を内蔵した新たな表現やスタイルを獲得していることはまぎれもない。最後に、そうした現在の検索ミステリの小説観をもっとも象徴する優れた書き手として、やはり米澤穂信の名前を出しておかなければならない。

とはいえ、この作家の多様な切り口を持った豊穣なミステリ空間の内実をここで詳しく論じていく余裕はもはやない。そこで、本章との関わりからざっと要点のみ挙げて、本論を締めくくることとしよう。

米澤に関していえば、何といっても『インシテミル』（二〇〇七年）と『追想五断章』（二〇〇九年）が挙げられなくてはならない。まず『インシテミル』は、『極限推理コロシアム』や『夏の王国で目覚めない』などと同じく、やはりとある巧妙に設定された人工環境（クローズド・サークル）のなかで巻き起こる連続殺人事件を描くバトルロワイヤル系の本格ミステリである。

本作の妙味は、本格ミステリの論理というものが一種の「ロゴスコード」の集積にすぎないという検索的リアリティを凶暴なまでに顕在化させ、本格ミステリというゲームそれ自体を過激にメタゲーム化して

＊34　クリストファー・チャーニアク『最小合理性』柴田正良監訳、中村直行ほか訳、勁草書房、二〇〇九年、一〇九頁。

しまった批評的試みとして読むことができる点だろう。つまり、本作における事件の推理や真相の根拠は、通常の意味での論理的整合性などではなく、ただ登場人物のあいだでどれだけの「信憑」をえることができるかということのみにかかっているとされているのである。「必要なのは、筋道立った論理や整然とした説明などではなかった。どうやらあいつが犯人だぞという共通了解、暗黙のうちに形作られる雰囲気こそが、最も重要だった」[*35]。

本作がいう「雰囲気」とは、いうまでもなく検索システムが析出するどこまでも相対的に確からしい統計的な客観的データと同じことであり、『インシテミル』は、そうした複数の「雰囲気」の強度の競合のみが、ミステリの論理的リアリティを決定するほかない、というきわめてニーチェ的な認識を提示している。

また、『追想五断章』のほうだが、こちらは　たとえば、物語の結末を書かずに真相を読者に委ねるという「リドルストーリー」という小説のスタイルが中心的なモティーフとして扱われている。明らかなように、これもまた、『インシテミル』に続き、物語の結末――つまり本格ミステリでいえば、事件の真相というのは、いくらでも入れ替え可能で、たかだか相対的・確率的なものでしかないというメッセージが込められた小説なわけだ。

米澤のこれらのミステリにおいては、探偵の推理も事件の結末も、あらかじめ限定された（膨大であれ）有限なパターン＝情報のデータベースのなかの順列組み合わせや取捨選択でいくらでも変更可能であり、しかもそのすべての整合性や価値はたんに相対的なものにすぎない。『追想五断章』の主人公である芳光は、「自身にも自身の父にも、物語が存在しないことをあらためて噛みしめる。[…]そこには一片の物語も存在しない」[*36]と呟く。すなわち、『追想五断章』とは、いわば「追想」すべき「物語」や「歴史」

などが根こそぎ剝ぎとられ、あとは、断片化された相対的な情報の集積（断章）しか存在しない時代のミステリの現状を暗示した作品なのだ。これは、本章で示した検索型ミステリの型のひとつの極北を示すものでもある。

いずれにせよ、現在、本格ミステリの表象空間についてラディカルに考えようとするのならば、私たちはもはや本章で私が述べたような地点から出発するしかない。本章の文脈からもいくつもの興味深い論点を備えた巨大な長編『ディスコ探偵水曜日』（二〇〇八年）の舞城王太郎は、たとえば作中でつぎのように記している。

それは、周りに何が起こっているのか、これから何が起こってくるのか、そして何が起こることで全てが終わるのか、事件がどのように解決して、誰にどんな意味を与えて終わるのかを確認してみなければ判らない。けどもしいろんな意志がいろんな出来事に作用しているなら、全ての事件に解決や終わりはあるのだろうか？これまでの全ての事件においても、俺は探偵としてその結果を見てきた、解決に導いてきたと思っていたけれど、本当にあれらは終わったのだろうか？何かの出来事が本当に終わるということはありえるのだろうか？ずうううっと皆の意志が連鎖して出来事に作用が与え続けられ、形は変え

＊35　米澤穂信『インシテミル』文藝春秋、二〇〇七年、三六六〜三六七頁、傍点原文。こうした趣向は、作中において、きわめて荒唐無稽な事件の「真相」はもはや読者の前に明らかになっており、逆に、リアリティ＝「雰囲気」をともなった「偽りの真相」をいかに「捏造」するかに論理的推理の役割が仮託されるという、本格ミステリの常識を逆手に取った『虚構推理』において繊細に反復されているといえる。

＊36　米澤穂信『追想五断章』集英社、二〇〇九年、一四〇頁。

てもずっと続いているんじゃないのか？あらゆる出来事には経過しかなくて始まりも終わりもないんじゃないのか？

「［…］つまり、《パインハウス》では意味の重複は起こるんですよ。いや、意味なんてそもそも重複するものなんです[*37]」

この舞城の記述を本章の論述に即して、細かく解説する余裕はもはやないが、作家のいわんとすることはすでに自ずと明らかであろうとも思われる。いずれにせよ、この舞城に象徴される「ポスト新本格」と呼びうる現代ミステリの一角では、こうしたネットワーク的感性と、膨大な情報の集積を重層的かつ確率的に解析する検索的な知やリアリティが台頭しつつあることは間違いない。二一世紀のミステリを考える時に、その動向は決して無視できない可能性を多くはらんでいる。

＊37　舞城王太郎『ディスコ探偵水曜日』上巻、新潮社、二〇〇八年、八七、四二二頁参照。また、『ディスコ探偵水曜日』の持つ「モナドロギー性」（本章の言葉でいえば、「検索的論理性」）については、小森健太朗の以下の論文を参照のこと。小森健太朗「モナドロギーからみた舞城王太郎」、限界小説研究会編『社会は存在しない――セカイ系文化論』南雲堂、二〇〇九年、一九七〜二一八頁。

第9章 オブジェクト指向化するミステリ

現代ミステリの「奇跡」

1　メディア技術の発達がもたらす本格ミステリのジャンル的変容

この章でも引き続き、おもに二〇一〇年代以降に発表された現代日本の本格ミステリ小説（探偵小説）を題材にして、メディア文化論、そして現代思想的な知見も適宜参照しながら、今日の本格ミステリ＝探偵小説の、それまでには見られない新たな物語展開や謎解きの様式をおおまかに炙り出してみたい。

あらためて確認すれば、前章で論じた検索型ミステリのように、現代のミステリ評論の一部では、ここ二十年ほどのあいだ、今日の情報通信メディア技術（ＩＣＴ）の飛躍的な発達に伴った社会・文化のあり方、および人々のリアリティの変化に着目し、そうしたメディア／テクノロジー的想像力がミステリ小説の持つ構造や様式に固有の変容を迫っていることを問題としてきた。この章でも、やはりそうした文脈を踏まえながら、およそ二〇一〇年代半ば以降に見られるミステリ小説のある固有の兆候的主題や表現を、「ポストヒューマン post human」や「オブジェクト指向 object-oriented」といった術語で試論的に素描してみたい。

ここまでの本書の論述でも記してきたことだが、とりわけ二一世紀に入って以降、急速に拡大を続ける情報コンピュータ技術の社会的普及は、さまざまな文化表現やコンテンツのありようにも大きな変質をもたらしている。ミステリ小説の分野においても、そうした先端的な情報環境を物語世界やトリック、謎解きに導入した作品が次第に現れ始めたのだった。もとより、近代的な本格ミステリ＝探偵小説の始原にあるエドガー・アラン・ポーや江戸川乱歩が『盗まれた手紙』（一八四五年）や『二銭銅貨』（一九二三年）から出発したように、本格ミステリと「メディア」の問題は、本来切り離せないものがあり、この流れは半ば必然だったといってもよいだろう。

たとえば、第一〇章で論じるように、イギリスBBC制作の連続テレビドラマ『SHERLOCK』（二〇一〇、一二、一四、一七年）に登場するシャーロック・ホームズ（ベネディクト・カンバーバッチ）がノートPCやスマートフォン、タブレットなどの携帯端末、インターネットの検索エンジン、ブログやX（旧・Twitter）などのソーシャルメディアを縦横に駆使して事件を解決していくように、今日の情報社会に生きる名探偵たちはもはや「神」のごとき特権的な知＝真実の所有者ではない。[*1] 前章で論じたことを繰り返せば、彼らはもはや、自らの頭脳（知性）の外部にあるさまざまな情報環境を前提として、自らの思考や推理のある種の「中抜き」や「省略」――ハーバート・A・サイモン風にいえば「推理の準分解可能性nearly decomposability」――の作業や、推理の「集合知化（創発化）」を自明のスタイルとしつつあるわけだ。そして、私は現代のミステリ小説の一部に見られる、「謎解き」をめぐる情報処理の、これまでにはない新しい様式を指して、「検索型ミステリ」と名づけたのである。

こうした「検索的」な現代ミステリとそれを取り巻く諸状況については、現在にいたるまで、ミステリ評論の内部ではさまざまな重要な考察や検討がなされてきている。[*2]

とはいえ、本書の論旨から重要なのは、私の考える検索型ミステリとは、むろんネットをはじめとする情報環境からの影響が大きな要素を占めつつも、その本質とするところは、さしあたり直接的な情報環境やデジタルデバイスの登場の有無に限らないという点である。言い換えれば、それらはミステリの謎解き物語において、情報や推理の検索エンジンを思わせる論理的推論のプロセスの「縮減」を担ったり、それに類比される物語的リアリティを描いているという点が重要なのだ。

したがって、『SHERLOCK』をはじめ、前章でも例に挙げたように、矢野龍王の『極限推理コロシアム』(二〇〇四年)、あるいは歌野晶午の『密室殺人ゲーム・マニアックス』(二〇一一年)といった検索デバイスが直接的に登場したり、ネット空間を舞台とする作品だけでなく、京極夏彦の「京極堂」シリーズ(一九九四年〜)や、天祢涼の「美夜」シリーズ(二〇一〇年〜)などもまた、そうした検索型ミステリに含まれるだろう。後二者の作品群に登場する榎木津礼次郎、音宮美夜といった異形の名探偵たちは、それぞれ超常的な能力や特殊な感覚を備えており、その力を駆使して事件を推理する。とりわけ天祢の描く名探偵・美夜は、「殺意を抱いている人間の声」自体が見えてしまう。こうした名探偵の推理に依らな

＊1　ちなみに、匿名的(オブジェクトレヴェル)であるがゆえに、逆説的に普遍=超越的な知(メタレヴェル)に到達しうるという名探偵像は、しばしば指摘されるように都市が成立して以降の近代西欧社会のパラダイムに特有の歴史的存在だと考えるべきである。たとえば、「モデルニテ」を体現したシャルル・ボードレールならば、こうした名探偵=近代的主体像の内実を「ダンディ」、あるいはボードレールを参照し、先駆的な探偵小説論を残したヴァルター・ベンヤミンならば、「遊歩者」と呼んだだろう。

＊2　たとえば、以下を参照。野崎六助『ミステリで読む現代日本』青弓社、二〇一一年。藤田直哉「現代ミステリ=架空政府文学論」、『ジャーロ』秋冬号、光文社、二〇一三年、一七〇〜一七七頁。一田和樹・遊井かなめ・七瀬晶・藤田直哉・千澤のり子『サイバーミステリ宣言!』角川書店、二〇一五年。

い特殊能力は、まさに検索エンジンの中抜き作業に類比的な設定だろう。

ちなみに他方で、このようないわば「名探偵の超人化」――ひと昔ほど前のネット用語風にいえば「俺TUEEEEEE化」――の傾向は、二〇一〇年代以降も基本的にはよりインフレ化の方向に向かっているといってよい。たとえば、まさに検索エンジンが擬人化したかのような名探偵・凜田莉子が活躍する松岡圭祐の「Q」シリーズ（二〇一〇年〜）、名探偵の遺伝子を先天的に備えた「保有者」と呼ばれる人々が事件を解決に導く似鳥鶏の「御子柴」シリーズ（二〇一五年〜）、また、ひとの言葉の真偽を判別できてしまう能力を持つ名探偵・本多唯花が活躍する古野まほろの「臨床真実士ユイカ」シリーズ（二〇一六年〜）……などなど、同種の作品は枚挙に暇がない。*3

ともあれ、これらの諸作品の設定は明らかに、通常の場合の推理のプロセスの一部を極度に「中抜き」してしまっている。形式だけとれば、ここでの美夜の特殊能力（共感覚）やユイカの「障害」と、ホームズたちの駆使する情報技術は大差ない。いわば京極や天祢、松岡らのミステリでは、「**探偵役の検索エンジン化**」が巧みにキャラクター造型の面で施されているわけだ。

2 虚構＝嘘の推理バトル

あるいは、同じ要因から派生した傾向として、前章でも米澤穂信の『インシテミル』などを例に論じたように、二〇二〇年代のミステリでも依然隆盛しているいわゆる「多重解決もの」に繋がるような、複数の推理＝解釈が競合する「ゲーム的」なリアリティの台頭が挙げられるだろう。

たとえば、ここで具体的な事例として挙げたいのが、すでに二〇一〇年代以降の日本の本格ミステリを語る際の範例的タイトルとなりつつある城平京の「虚構推理」シリーズ（二〇一一年〜）である。本シリーズは、二〇一二年、本格ミステリ大賞の第一二回小説部門を受賞した『虚構推理 鋼人七瀬』（二〇一一年、以下『鋼人七瀬』）に始まり、同作が二〇一五年からコミカライズ化されたことをきっかけに、近年、第二作『虚構推理短編集 岩永琴子の出現』（二〇一八年、以下『出現』）、第三作『虚構推理 スリーピング・マーダー』（二〇一九年、以下『SM』）、第四作『虚構推理短編集 岩永琴子の純心』（二〇二一年）、第五作『虚構推理 逆襲と敗北の日』（二〇二一年）、第六作『虚構推理短編集 岩永琴子の密室』（二〇二三年）が続々と刊行され、二〇二〇年一月にはテレビアニメ化もされるなど、いまなおメディアミックス展開が続く人気タイトルである。

本作の概要をまとめておこう。シリーズを通じた主人公＝探偵役とワトソン役は、超自然的な怪異と触れ合う能力を持つ義眼義足の女子大学生・岩永琴子と、彼女の恋人で、不死身の身体と「未来を決定できる力」を持つ男子大学院生・桜川九郎。岩永は、一一歳のときに、知能の低い怪異（妖怪）たちのための知恵の神になるという契約を交わしており、それと引き換えに右目と左足を奪われている。以後、怪異の絡んだ事件をめぐって、彼らとのコミュニケーションと自身の卓越した推理能力を駆使して数々の謎を解決に導いていっている。他方、桜川もまた、幼いころに人魚と件（くだん）の肉を食べたことがきっかけで、死なな

＊3 「臨床真実士ユイカ」シリーズの名探偵・本多唯花は、作中で「（私は、私の長期記憶に貯蔵されたデータベース、そして私の感覚モダリティで知覚したモノからしか、真偽／ウソホントを判別できないの）」（古野まほろ『臨床真実士（ヴェリティエ）ユイカの論理——文渡家の一族』講談社タイガ、二〇一六年、三七頁、傍点引用者。）と語るのだが、こうした表現は「美夜」シリーズの名探偵同様、作者が名探偵のキャラクターを一種の「情報データベース」の類比物とみなしている事実を窺わせるだろう。

い身体と「条件が揃っていれば、未来を自分の望むものに決定できる能力」を手に入れていた。

さて、受賞作である第一作の『鋼人七瀬』は、岩永が「鋼人七瀬」と呼ばれる、真倉坂市に出没する怪異にまつわる事件の相談を受けるところから幕を開ける。鋼人七瀬とは、地方都市の真倉坂市で鉄骨の下敷きになって変死を遂げた七瀬かりんという女性アイドルの亡霊だと噂され、黒く潰れた顔を持ち、鉄骨を片手に抱えながら夜な夜なひとを襲う怪異のことだ。この鋼人七瀬の目撃譚が、インターネット上で若者たちを中心に都市伝説のような形で広まっていた。そんななか、真倉坂市を訪れた桜川は、本当に鋼人七瀬と遭遇し、戦うことになる。そして、鋼人七瀬の謎を追う桜川の元恋人・弓原紗季の上司、真倉坂市の巡査部長・寺田徳之助が、ついに鋼人七瀬によって殺されてしまう。

じつは、鋼人七瀬は、単なる噂でなく現実に存在する怪異であり、しかもそれは、桜川の従姉の桜川六花が管理する鋼人七瀬のまとめサイトに集うユーザたちの想像力が膨らみ、実体化したものであった。それゆえに、鋼人七瀬を消滅させ、街を鎮めるためには、鋼人七瀬は現実に存在するにもかかわらず、その存在を妄想し、興味本位で群がっているまとめサイトの住人たちに、それよりも説得的で魅力的な「鋼人七瀬は存在しない」――つまり、事件の真相は超自然的で不合理な怪異によるものではなく、自然で合理的な理由によるものである――という嘘の事実を証明する推理を捏造し、彼らを論理的に信じこませなければならない。かくして、岩永と桜川たちは、ネット空間を舞台に、「鋼人七瀬は存在しない」という四つの「虚構の推理」をつぎつぎとぶつけ、事件を収束させることを試みる。

二〇一〇年代の劈頭に発表されたこの『鋼人七瀬』は、当時の本格ミステリ界隈に少なからずポレミカルな反響を巻き起こした。その理由はいうまでもなく、この作品のクライマックスの特異な展開にあった。すなわち、『鋼人七瀬』では、通常、名探偵が最後に解き明かすべきはずの事件の唯一不変の真相は、物語の中盤ではやばやと――それも超自然的な怪異の仕業という非合理・非論理的な形で！――明かされてしまう。そして、名探偵たちは、むしろその真相とは異なる「確からしい」複数の偽の推理を（最初から嘘だと断ったうえで）競合的に並べていき、そのことで作中人物たちを存在しない「虚構の真実」へと誘導するのだ。作中で、探偵役の岩永は次のように語る。「はい、真実がいつも強いとはかぎりません。また鋼人七瀬は真実です。だから私は合理的な虚構で立ち向かいます。『鋼人七瀬は亡霊である』という現実よりも魅力的な、『鋼人七瀬は虚構である』という物語をまとめサイトに直接挿入します[*4]」。

ここでは、『インシテミル』と同様に、従来の本格ミステリ＝探偵小説が長らくもっとも基本的なジャンル形式のひとつとしてきた、いわゆる「謎とその論理的解明」――超絶的な推理能力を身につけた名探偵が、論理的かつ実証的な分析の蓄積によって不可能トリックを暴き、唯一の真相＝現実を看破するというプロット的な枠組みが跡形もなく失われている。

注意深くつけ加えておけば、『鋼人七瀬』が先行するＳＦミステリや「多重解決もの」の諸作と決定的に異なり、なおかつ重要なのは、超自然・非合理的な妖怪や幽霊が作中に現実に登場するという常識的な本格ミステリを逸脱する設定や、唯一不変の真実の解明ではなく、それが虚構であっても、より「真実そうだ」と人々に思わせるような複数の解釈（「合理的な虚構」）を「ゲーム的」に競合させるというコンセプトが、私たちの生きる二一世紀の現実世界のパラダイムシフトときわめて批評的に呼応するものになっている点だろう。ここで、あらためて『鋼人七瀬』のなかの、岩永の虚構推理に対する弓原の感慨を引用しておこう。

＊4　城平京『虚構推理　鋼人七瀬』講談社ノベルス、二〇一一年、一一七頁。

> 九郎と岩永が分析と推論を重ねている。
> それらの推理は正しい絵を描けるのか。提示された問題に対し、手にあるデータから辻褄が合った解決を見出し、犯人を指摘することができるのか。
> いや、そもそもここで言う『正しさ』とは何だ。犯人を指摘するとは何だ。
> 実際の事件ならば、しかるべきデータと推理をもってすれば真相は明らかになると言ってもいい。真実はいつもひとつ。その姿は隠そうとしても隠しきれず、論理によって明らかにもなるだろう。
> だが彼女がやろうとしているのは、いもしない犯人と真相を作り出すこと。規定の材料から『その手があったか』と思わせる答えを導き出すこと。ないものをどうすれば論理で発見できるのだ。
> そのために求められるのは推理ではない。求められるのは、もっと違う言葉で表現されるものだ。[*5]

このように、『鋼人七瀬』の探偵役は、「提示された問題に対し、手にあるデータから辻褄が合った解決を見出し、犯人を指摘する」のではなく、あくまでも「規定の材料から『その手があったか』と思わせる答えを導き出」し、「いもしない犯人と真相を作り出す」。岩永は虚構推理を披露するにあたり、「これから〈鋼人七瀬まとめサイト〉で行われるのは、議会、理事会、評議会といったもので提案された議案の賛否を決めるのと似ているかもしれません。［…］言うまでもなく、最終的に多数派となった方が勝ちです」[*6]と述べるが、この彼女の喩えは、基本的には、米澤の『インシテミル』で描かれた世界観＝ミステリ観の延長線上にあるといってよいだろう。

ともあれ、ネット上の都市伝説的な妄想が創発させた怪異を描き、まとめサイトを舞台にした推理バトルをクライマックスに配した『鋼人七瀬』が、前章で見た検索型ミステリのパラダイムに含まれることも紛れもない。「鋼人七瀬があれほどの実体と力を持った理由は、まさしくそのネットです[*7]」という作中での岩永の言葉は、同時代の認識を正確に追認している。[*8]

3 「オブジェクト指向」の本格ミステリへ？

さて、以上のように、おおよそゼロ年代、そして二〇一〇年代の初頭頃まで、こうした一連の検索型ミステリと呼びうる作品群が現代本格ミステリの重要な一角を席巻していたというのが、当時の私の批評的な見立てであった。ところが、さらにここ数年の注目すべき作品をいくつか通覧してみると、その内実が

＊5　同前、一六八頁、傍点引用者。
＊6　同前、一九二頁。
＊7　同前、一一二頁。
＊8　「虚構推理」シリーズは、第一作から七年経った二〇一八年からまた新刊が発表されている。結論からいえば、既刊の五作とも、ミステリ的な趣向は『鋼人七瀬』を変わらず踏襲している。『出現』では水神の大蛇や夫に殺された妻の幽霊、化け狸、『SM』では妖狐と、超自然的な怪異が現実に存在しており、岩永が彼ら怪異との交流を通じて、最初から事件の真相を知っている。したがって、あとの物語では、いかに説得的な辻褄合わせができる虚構の推理を披露できるかだけが必要になってくるわけだ。「その気になれば辻褄の合った仮説の三つや四つは並べられる。／「私が提示したのは事実と矛盾せず、一番受け入れやすくて後味が悪くないというだけのものです。あそこで必要だったのは、アパートを管理されている方の不安を取り除く説明だったんですから」（城平京『虚構推理　スリーピング・マーダー』講談社タイガ、二〇一九年、八三頁）。以上のように、二〇一〇年代末の近作においても、「虚構推理」シリーズは、二〇一〇年代初頭に示した枠組みを展開させていると見ることができるだろう。

いままた新たな局面へと決定的に移行しているようにも思われるのだ。しかも、そのジャンル的変質の一端には、やはり先の検索型ミステリの場合と同様、現代のメディア環境の変遷が深く関わっている。どういうことか。

それでは、そうした現代ミステリのごく近年の変化の要点をいくつか挙げていこう。まず第一に、そもそも検索型ミステリというコンセプト自体がこの間に批評的な新味を失うほど、いわば「浸透と拡散」の時期を迎え、ごく一般的な風景と化してしまったというある種当然の経緯があるだろう。

先ほどのサイバーミステリという用語の登場にも象徴されるように、いまや情報空間を舞台にしたり、各種アーキテクチャやデバイスをミステリの犯罪や謎解きに利用するというアイディアはまったく珍しくなくなった。たとえば、菅原和也の『ブラッド・アンド・チョコレート』(二〇一六年)のなかでも、主人公たちがいたるところに設置されている監視カメラの記録から登場人物のアリバイを即座に割り出す様子が描かれる。そして、「今の時代、探偵だって、わからないことがあればネットで調べればいいのだ! [...] 現代においては、ネット上の検索エンジンとフリー百科事典がその役割を一部肩代わりしてくれるらしい。もしかしたら、匿名掲示板に事件の概要を書き込めば、匿名の集団が名探偵の代わりに事件を解決してくれるかもしれない。素晴らしき科学の恩恵」[*9]と、あたかも『SHERLOCK』の世界観をなぞるようなシニカルな感慨も漏らされる。または第二に、こうした脱格系/壊格系的なミステリが氾濫していくなかで、一部の若い世代の作家を中心に一種のバックラッシュとしての「端正な本格」を志向する流れが出てきたことも注目しておくべきだろう。それはたとえば、「裏染天馬」シリーズ(二〇一二年〜)の青崎有吾などが典型的な書き手だろうか。とはいえ、彼にも「青春ミステリ」という側面でファウスト系的な感性が流れこんでいるということはできるし、実際にアニメ化もされた近作「アンデッドガール・マーダーファルス」シリーズ（二〇一五年〜）などは、京極夏彦も思わせるような特殊設定の伝奇ミステリだったが。

だが、本章でより注目したいのは、これらの動向とも関連するものの、よりメディア決定論的な文脈から捉えるべき第三のフェーズである。たとえば、その一端が窺える作品として、ここでは早坂吝の『ドローン探偵と世界の終わりの館』（二〇一七年）、そして第一四回本格ミステリ大賞を受賞した森川智喜の『スノーホワイト――名探偵三途川理と少女の鏡は千の目を持つ』（二〇一三年）を挙げておこう。

まず、より問題を直接的に主題化している作品として早坂のミステリがある。この長編では題名に掲げられている通り、主人公の飛鷹六騎は自律型無人航空機、いわゆる「ドローン」を複数操りながら事件を解決する「ドローン探偵」として設定されている。北欧神話をモティーフに組み立てられた本作では、それぞれ「Hel」「Fenrir」「Jörmungandr」と名前がつけられたＡＩ搭載のドローンたちが、飛鷹とあたかも人間の友人のように自律的に会話を交わしながら、彼の手足や眼の代理となって、ポケットのなかに収まったり、あるいは遠方の事件現場を周遊したりしながら彼と協働して推理を働かせる。ここには「探偵ＡＩ」シリーズ（二〇一八年〜）なども含まれるが、本作以外にも早坂は近年、盛んに社会的注目を浴びつつある新世代の情報通信テクノロジーを率先してミステリのガジェットとして導入している。この作品が（物理トリックだと見せかける）奇抜な「トリック当て」ミステリとして仕掛けられているのも、逆にいえば、ドローンのような物理的なガジェットの存在感が社会的にも広く高まってきていることの裏返しだといえるだろう。

＊9　菅原和也『ブラッド・アンド・チョコレート』東京創元社、二〇一六年、一四四〜一四五頁。

さらに、この点を踏まえると続く森川の『スノーホワイト』のさまざまな設定も、その文脈をより鮮明にすることができるはずだ。『スノーホワイト』は、『キャットフード』（二〇一〇年）から始まる「三途川理」シリーズの第二作である。本作の主人公＝名探偵役である少女の私立探偵・襟音ママエは、じつは彼女自身に特別な推理能力があるわけではない。彼女に代わって推理をするのは、彼女が持っている〈何でも知ることのできる鏡〉のほうである。ママエが不可思議な呪文を唱え、知りたいことを掌サイズの鏡に聞くだけで鏡が事件に関する情報や真相を瞬時に教えてくれるのだ。

こうした『スノーホワイト』の趣向について、たとえばミステリ作家の法月綸太郎は本作の文庫版巻末解説のなかで、いわば「推理によって真相を見いだすのではなく、真相から逆算してありうべき推理を導くあべこべの発想」に注目し（いうまでもなく、このスタンスはすでに『鋼人七瀬』が先行している）、さらにそれを踏まえつつ、本作の持つ「新しさ」が、まさに「グーグルや集合知、ＳＮＳの普及といった情報環境の変化に伴う「知」のパラダイムシフトに対して、現代本格はどのように向き合っていくべきか」[*10]という問いかけにあったと記している。この法月の指摘からももはや明らかなように、『スノーホワイト』において森川が登場させる〈何でも知ることのできる鏡〉もまた、早坂の小説のドローンと同様、たとえばSiriのような人工知能（ＡＩ）が搭載されたスマートフォン（iPhone）などの現代的なガジェットのごくわかりやすい隠喩として理解しうるものである。

何にせよ、こうした趣向や設定は、ここ数年のメディア社会の変化を如実に反映するものだ。よく知られるように、とりわけ二〇一〇年代の半ば頃から、情報通信技術のうち、サイボーグ技術やＡＩの飛躍的発達がいたるところで喧伝されるようになった。いわゆる「ディープラーニング」と呼ばれる新たな多層ニューラルネットワークによる機械学習の開発に成功したＡＩ技術は、Apple Watchをはじめとする種々のウェアラブルデバイスやブレイン・マシン・インターフェース、さらにSiriやｂｏｔ、ドローンのようなロボット技術、WiMAXネットワーク、Wi-Fi、RFIDタグ、Stable Diffusionのような画像生成ＡＩアプリ、ChatGPTのようなチャットボット……などなどの新たなテクノロジーを私たちの日常空間に日増しにもたらしている。

こうした時に「ポストヒューマン」とも呼ばれる以上の工学的状況にあって重要なのは、第一にそれ以前から検索型ミステリも描いていたような、人間＝主体と機械＝客体の認知的な相互干渉のより一層の緊密化であり、また第二に、ややもすれば機械＝客体のほうこそが人間＝主体の知能の領分を肩代わりし、自律的・能動的に介入していくような局面の到来であるだろう。ユビキタス・コンピューティングの精緻化がもたらす、いわゆる「モノのインターネット（Internet of Things）」（ＩｏＴ）と呼ばれる環境は、そうした長らく人間に対して従属的な位置を占めていた有象無象の「モノ」たちが人間の圏域に自律的かつ能動的に介入し、人間の存在論的なポジションさえ脅かしていくような状況（レイ・カーツワイルのいわゆる「シンギュラリティ」）を急速に実装化している。

いずれにせよ、ここ最近の『ドローン探偵』や『スノーホワイト』が描くミステリ世界とは、まさにこうした現実の状況（ＩｏＴ社会）そのものの反映である。『ドローン探偵』の飛鷹は作中で、「自分もただのドローンを人間と同格に扱わなければならない。／探検部員たちの命も大切だ。だがＨｅｌや他のドローンの命も同じくらい大切なのだ」[*11]と自らに語りかけるの

＊10　法月綸太郎「解説」、森川智喜『スノーホワイト』講談社文庫、二〇一四年、三七五〜三八〇頁。
＊11　早坂吝『ドローン探偵と世界の終わりの館』文藝春秋、二〇一七年、一二四頁、傍点原文。

だが、この彼の認識も右の状況を正確に反復しているといってよい。あるいは、辻村深月のホラー『闇祓』（二〇二一年）でも、物語のクライマックスで以下のようなことが語られる。「『中心』や、『元凶』なんてないんだ、［…］『家』という形が、互いを縛っている。誰の支配なんてことはない。強いて言うなら、『家』と『家族』という形が、彼らを支配している」、「誰の意思もないっていうより、強いて言うなら、『家の意思』。家という形を存続させることを目的に、家そのものが彼ら家族を支配する」[*12]。ここでもまた、物語の登場人物たちは、「家」というノンヒューマン・エージェンシーによってその言動を統御されている。辻村もまた、ここでポストヒューマンなホラーを描こうとしているといってよい。

あらためて要点を整理し直せば、むろん検索型ミステリの時代の作品でもすでに、名探偵＝主体の推理能力が無数の情報環境に外在化＝アウトソーシングされていた。とはいえ、それらはいまだ名探偵＝主体の側がほぼ優位的に情報環境＝客体のほうを操作（検索）するものであった。しかし、ポストヒューマンやＩｏＴ時代の情報環境とは、もはや主体の担うイニシアティヴは相対的に希薄なものとなり、むしろ「推理の主体」は情報環境＝オブジェクトのほうに移り変わりつつありさえするだろう。的確に検索する術もわからないほどまったく頼りない探偵役と、瞬時に情報や真実を提示する鏡の対比を描く『スノーホワイト』は、まさにこうした状況の戯画そのものに見える。

したがって、たとえばもし先の文章で法月が見逃しているポイントがあるとすれば、それは『スノーホワイト』のトリック的趣向の要点が、中心的なガジェットとしての〈何でも知ることのできる鏡〉の含んでいる検索型エンジン的側面だけでなく、まさにそのモノ＝オブジェクトとしての性質をも同時に照射している事実ではないか。

なぜならば、『スノーホワイト』の物語のクライマックスでは、鏡をママエの手から奪おうとする名探偵・三途川理が、鏡をある種の物理トリックのガジェットとして――つまり鏡の性能を事件の真相を知らせるツールとしてだけでなく、「変声機」や「光と音を自在に放つこと」で建造物を丸ごと破壊するような「爆弾」としても扱うからである。[*13] ここで、鏡は検索エンジンではなく、よりザッハリッヒなモノ自体としての側面がことさら強調されているといってよい。

以上のようなコンセプトと近い発想は、ごく最近の話題作でいえば、杉井光の『世界でいちばん透きとおった物語』（二〇二三年）にも垣間見ることができるだろう。この小説は、作中で『カササギ殺人事件』（二〇一六年）への言及があるように、アンソニー・ホロヴィッツの「スーザン・ライランド」シリーズのような劇中劇の構造を伴っている。そうしたメタ的な趣向とも相俟って、本作の妙味は、物語の真相に関わるある重要な仕掛けが、電子書籍ではなく、あくまでもアナログな紙の本ならではの特性に関わっているという、いわば「オブジェクト＝モノとしての叙述トリック」とでも呼べるような奇抜な要素にある。ちなみに、こうした杉井の着想には、メディア研究の視点からは、近年、注目を浴びつつある、デジタルメディアの物質性を重視する「メディア物質主義」（新しい物質主義）との関係も指摘できる。電子書籍をはじめとする現代のデジタルメディアやデバイスでは、これまで非物質的なデータやネットワークばかりがことさら強調されてきたが、インフラやスマートフォンの製造を維持するには、それぞれ大規模なデータセンターやレアメタルが欠かせないように、単なるアナログとは異なる物質性への志向が生まれている。[*14]『世界でいちばん透きとおった物語』は、それをミステリ小説としてじつにうまく形にした。

＊12　辻村深月『闇祓』KADOKAWA、二〇二一年、四〇〇、四〇二頁。
＊13　前掲『スノーホワイト』、三三五、三五四～三五五頁。

ともあれ、これとほぼ同様の事態は、いわゆる「特殊設定ミステリ」である「虚構推理」シリーズにもはっきりと見られる。もとより、このシリーズは、通常の人間と、その反対の「ヒトならざるもの」、いい直せばまさにノンヒューマンな「モノ」としての怪異（大蛇、河童、妖狐……）がフラットに交流するという物語だった。そう考えると気づくのは、『鋼人七瀬』から『ＳＭ』を通じて、主人公の岩永の容姿さえもがしばしばある種のモノ＝「人形」に擬えられて表現されてきたことだ。

怪異と触れ合える岩永や死なない身体を持つ桜川もまた、いわゆる通常の人間の枠を逸脱した存在であり、岩永であればそれは「人とあやかしの間にあってそれをつなぐ巫女」[*15]のようなハイブリッドな性質を備えている。そして、二〇一〇年代初頭の『鋼人七瀬』と二〇一〇年代末の『出現』や『ＳＭ』とを比較して違いや変化があるとすれば、それは前者にあった情報論的な世界観（検索型ミステリ的要素？）が（直接的には）後景に退き、その代わりに、いま述べてきたような、ヒトとヒトならざるモノ＝オブジェクトとの関わりの様子が描かれたり、モノがヒトのように蠢く様子が印象的に語られるようになったことだ。たとえば、『出現』だと、第三話「電撃のピノッキオ、あるいは星に願いを」では登場人物が作った人形がピノキオのように動き回り、また第四話「ギロチン三四郎」ではギロチンが事件の現場を人知れず目撃しており、そして第五話「幻の自販機」では自動販売機が生き物のように神出鬼没に現れては消える。「あれはピノッキオのように、あやつり糸もなく、自律して動く。動いている」[*16]。作中人物のひとりがそう語るように、『出現』や『ＳＭ』の物語世界では、まさに「ギロチン三四郎」で言及される「付喪神」を思わせるモノ＝オブジェクトたちの蠢きがいたるところで描かれるようになるのだ。

私の見るところ、近年の「虚構推理」シリーズにおけるこうした傾向は、同じ時期の本格ミステリ小説の示す特徴とも重なっている。昨今のミステリでも、人間が「ヒトならざるモノ」＝怪異に変貌したり、それら多種多様な「ヒトならざるモノ」との交流によって物語やトリックが駆動されていく話題作が目立つようになっている。[*17]

白井智之の『東京結合人間』（二〇一五年）、第五七回メフィスト賞受賞作である黒澤いづみの『人間に向いてない』（二〇一八年）、そして第一八回本格ミステリ大賞をはじめ、第二七回鮎川哲也賞、各種ベストテンの第一位を独占した今村昌弘の『屍人荘の殺人』（二〇一七年）をここに含めてもよいだろう。相沢沙呼の『medium 霊媒探偵城塚翡翠』（二〇一九年）にしても、作中で「洗面所の鏡の視線」という魅力的なイメージが登場する。より最近では、「天使の裁きによって探偵要らずで事件が解決する」[*18]という特殊設定を持つ斜線堂有紀の『楽園とは探偵の不在なり』（二〇二〇年）も。

つまり、二〇一〇年代後半以降の日本の本格ミステリでは、いわば「人間とノンヒューマン・エージェンシー＝オブジェクトとの共生可能性」や「モノたちのロゴスコード」（人間の論理とは異なる大蛇や鏡固有の「論理」……）というテーマが前景化しつつあり、「虚構推理」シリーズもまた、そうしたテーマを

＊14　メディア研究のメディア物質主義については、たとえば以下を参照。大久保遼『これからのメディア論』有斐閣、二〇二三年、三三〜四四頁。ユッシ・パリッカ『メディア地質学——ごみ・鉱物・テクノロジーから人新世のメディア環境を考える』太田純貴訳、フィルムアート社、二〇二三年、第一章。

＊15　城平京『虚構推理短編集 岩永琴子の出現』講談社タイガ、二〇一八年、一〇頁、傍点引用者。

＊16　同前、一一六頁。

＊17　余談ながら、こうした人間と人間ならざるモノ（動物）との交差性・混淆性について、私はかつてポーやG・K・チェスタトンの翻訳でも知られる吉田健一の文学を例に論じたことがある。以下を参照。渡邉大輔「『時間』の窪地に」、川本直・樫原辰郎編『吉田健一 ふたたび』冨山房インターナショナル、二〇一九年、一一一〜一三一頁。

＊18　斜線堂有紀『楽園とは探偵の不在なり』早川書房、二〇二〇年、一一八頁。

共有しようとしている。これが、私のいう本格ミステリの「オブジェクト指向化」である。『人間に向いてない』の主人公は、物語の終わり近くで、つぎのように呟く。「人が異形になり、異形が人になる。そんなことが起こってしまう世界なのだから、これから先も何があったっておかしくないのだ」[*19]。その意味で、鋼人七瀬や大蛇や妖狐たちとコミュニケーションする岩永の姿は、Alexa や Google Nest に語りかける私たち自身の写し絵になっているわけだ。

いずれにせよ、二〇一〇年代末から二〇二〇年代にかけてのＩｏＴ社会が、「ヒトとモノ＝情報環境」(だけ)でなく、「モノ＝情報環境とモノ＝情報環境とが自律的・能動的にコミュニケーションする社会」になることはほぼ確実である。そして、そのなかで現れつつあるのが、おそらくは「モノ＝情報環境が前景化する本格ミステリ」とでも呼びうる固有の趣向なのだ。

たとえばより論点を抽象化していい直せば、近年よく知られつつあるように、従来組み立てられてきた人間＝主体中心の世界観や存在論ではなく、こうした人間＝主体とモノ＝客体の相互干渉、ないしはある側面ではむしろモノ＝客体中心の世界観や存在論をすら標榜する哲学的動向が英語圏を中心とした現代思想の動向でゼロ年代の後半から台頭しつつある事実がある。それらはたとえば、フランスの哲学者カンタン・メイヤスーらが主導する「思弁的実在論 Speculative Realism」(ＳＲ)や、北米の哲学者グレアム・ハーマンらの提唱する「オブジェクト指向の存在論 Object-Oriented Ontology」(ＯＯＯ)といった潮流である。

おおよそ新本格第二世代とほぼ同世代に当たるこれらの哲学者たちの言説において大枠で共通しているのは、まさに人間＝主体の思考や知覚から絶対的に隔絶したモノ＝実在自体の挙動への、繊細にして鋭敏な眼差しにほかならない。とりわけハーマンらの標榜するＯＯＯは、プラスチックから砂丘、空気ポンプまで、複数のモノ＝オブジェクトたちの持つ潜在的な個体性・自律性・能動性や、それらモノとモノ、そしてモノとヒトとの精妙な相互干渉の局面に光を当てようと試みている。ハーマンは、そうした多様な個的存在＝モノたちがヒトやほかのモノとの表層的な関係を取り結ぶ一方で、それらはいかなる相関関係によっても絶対に汲み尽くしえず、複数性を保持したまま、各自が「プライベート」に隠れ合っているとさえ主張している。[*20] こうした彼が「実在的オブジェクト」や「モノのプライヴァシー」と呼ぶ、互いに孤絶した特異なモノたちの状態こそ、まさしく主体＝名探偵の介入からは徹底的に隔たって、勝手に推理を進めていく『ドローン探偵』のドローンたちや『スノーホワイト』の「モノとしての鏡」そのものなのである。いってみれば、これらはまさに「**オブジェクト指向の本格ミステリ**」と呼ぶべき新たな手触りを持った作品群なのだ。[*21]

＊19　黒澤いづみ『人間に向いてない』講談社、二〇一八年、三三四頁。

＊20　Graham Harman, "Brief SR/OOO Tutorial (2010)", *Bells and Whistles: More Speculative Realism*, Zero Books, 2013, p.7.

＊21　このような現代ミステリの性質を「ポストヒューマニティーズの哲学」とも呼ばれる思弁的転回や実在論的転回に属す哲学の視点から解釈するアプローチに関しては、私は二〇一〇年代半ばから提起してきたが、最近でもミステリ評論家の琳が円居挽を論じた際に、現代実在論や「人新世」といった関連するタームに触れている。琳「シャーロック・セミオシス――円居挽論」、限界研編、蔓葉信博編著『現代ミステリとは何か――二〇一〇年代の探偵作家たち』南雲堂、二〇二三年、五〇頁を参照。

4 「推理」が消失する地平――現代ミステリにおける「超越」の回復

そしてさらに最後に、こうした二〇一〇年代以降の「オブジェクト指向の本格ミステリ」がもたらす、また別の側面も照射しておこう。そして、じつはそれは「本格ミステリ＝探偵小説」というジャンルが本来備えていた本質をよりラディカルに相対化してしまう可能性をも秘めているのだ。

それを端的に示す作品が、『その可能性はすでに考えた』（二〇一五年）から始まる井上真偽の「上苙丞」シリーズである。このシリーズは本格ミステリとしての一般的な理解では、いわゆる「多重解決もの」や「推理バトルもの」と呼ばれるスタイルに区分される作品である。

たとえば、第一作は外部から隔絶したオウム真理教を思わせるカルト宗教団体の村で起きた集団自殺事件、また第二作の『聖女の毒杯――その可能性はすでに考えた』（二〇一六年）では、聖女伝説が伝わる地方で結婚式の最中に発生した親族たちの毒殺事件が物語の舞台となる。主人公の名探偵・上苙丞は、それぞれ事件の真相をめぐって自らの推理を披露していく複数の登場人物たちの論理を次々と論駁していく。こうした多重解決もの＝推理バトルものは、「虚構推理」シリーズはもちろん、深水黎一郎の『ミステリー・アリーナ』（二〇一五年）などを筆頭に、一〇年代日本ミステリのトレンドのひとつでもあった。

ただ、本作にあってもっともユニークな物語的趣向は、何よりもこの主人公探偵の推理が、「奇蹟の存在証明」、すなわち、この世界に人知＝論理を超越した「奇蹟」が存在することを証明するために、事件のトリックをあらゆる論理的・科学的根拠によって推理・証明することが不可能であると（論理的に）示してみせるという点だろう。要約すれば、「虚構推理」シリーズでは、名探偵は「怪異＝超常的なものの不在証明」を、そして他方の「上笠丞」シリーズの名探偵は逆に「奇蹟＝超常的なものの存在証明」を行っているのである。

このように、城平と井上のミステリでは、いずれも通常の本格ミステリの枠組みを大きく逸脱しながらも、名探偵の謎解きの志向は対照的な方向を向いている。だが、まずここで注意したいのは、どちらも等しく本格ミステリという形を借りて「超自然的・超常的なものの実在」を物語世界の前提とし、主題としている点だ。ここには、やはりさきほどのオブジェクト指向化に繋がる現代世界の根本的なパラダイムシフトとの関係が見え隠れしているように思う。とはいえ、ここには二〇一〇年代の本格ミステリの通奏低音のひとつになっている特殊設定ミステリとの関係も深いが、よりテーマを広げて、このように「超常的＝奇跡的な能力の物語世界への導入」という補助線を立てると、それはここ数年の話題のミステリの多くにひとしなみに見られる特徴でもあるだろう。ここでは、さしあたりその一風変わったユニークな事例として、先ほども名前を出した『medium 霊媒探偵城塚翡翠』と、第二三回本格ミステリ大賞を受賞した白井智之の『名探偵のいけにえ――人民教会殺人事件』（二〇二二年）を取り上げよう。

『medium』では作中人物によって「特殊設定ミステリも流行っていますからねぇ[＊22]」という感慨が呟かれる。また、「虚構推理」シリーズの『SM』でも、「でも最近は、幽霊もオカルトもありっていうミステリも多いんでしょう?[＊23]」という台詞が出てくるが、これは昨今のミステリ読者の実感を代弁したものだろう。そして、その点についていえば、『medium』とは、ある意味で「ポスト『虚構推理』」の本格ミステリの

＊22　相沢沙呼『medium 霊媒探偵城塚翡翠』講談社、二〇一九年、三一九頁。
＊23　城平京『虚構推理 スリーピング・マーダー』講談社タイガ、二〇一九年、一八頁。

重要作とも呼べる作品である。というのも、本作は、まさにそうした超常現象や奇跡が物語に氾濫する一〇年代ミステリ的な「常識」を逆手にとって、読者を鮮やかに欺くことに成功しているからだ。

『medium』の主人公＝探偵役とワトソン役は、死者の言葉を霊視によって理解できる力を持つ美少女・城塚翡翠と、推理作家の香月史郎。霊媒探偵たる翡翠は霊視によって殺人事件の真相を一瞬で知ることができるが、しかし、当然ながら彼女の証言はそのままでは信頼に値しない。そこで、「それら霊視によってもたらされた情報を分析し、科学捜査に役立てることが可能な論理へと媒介すること」[*24]が、ワトソン役たる香月の役目となっている。したがって、たとえばそこでは「犯人は女子生徒だという答えを事前に知った上で、その結果が導き出されるよう、恣意的にプロファイリングを組み立てる」[*25]という転倒した操作が求められる。断るまでもないだろうが、こうした『medium』のミステリ的趣向は、『鋼人七瀬』や『スノーホワイト』が作り上げてきた新たなパラダイムのうえに成り立っている。とはいえ、『medium』が面白いのは、物語の最後で、これとはまったく逆の真相——つまり、じつは城塚には霊視能力などなく、すべては彼女の圧倒的な論理的推理能力によるものであり、ただ「霊視能力がある」という振りをしていただけだったという事実が明かされることだ。おそらく作者の相沢は、二〇一〇年代を通じて『鋼人七瀬』的な作品群が築き上げてきたパラダイムを前提とし、それをふたたび脱臼させてみせたのである。

一方、『名探偵のいけにえ』は、一九七八年、カルト教団組織「人民寺院」がコミューン「ジョーンズタウン」で実際に起こした未曾有の大量殺人・大量自殺事件に材を仰いでいる（この点でも本作は『その可能性はすでに考えた』と共通性がある）。物語の主人公で探偵事務所を営む大塒崇は、有能な助手の女子大学生・有森りり子の後を追って、アメリカに渡る。りり子は、一時は二万人の信者を抱えた新興カルト教団の教祖ジム・ジョーデンが切り開いた集落「ジョーデンタウン」に調査のために乗り込んでいた。

そのコミューンで暮らす信者たちは、教祖のジョーデンの起こすという奇蹟を頑なに信じており、それゆえ病気も怪我も存在せず、切断して失った脚すら蘇っていると思いこんでいた。ジョーデンタウンでりり子と再会した大塒だったが、カルト教団の欺瞞を暴こうと潜入していた周囲の人間が次々と不可能状況で殺されていく。

ともあれ、『名探偵のいけにえ』の際立った趣向は、クライマックスの大塒による多重推理である。先ほども記したように、ジョーデンタウンの住人／信者たちは、ジム・ジョーデンが起こす奇蹟を頭から信じている。それゆえ、部外者から見れば、その奇蹟と現実のあいだの整合性をつけるために、彼らは常識的な行動を捻じ曲げたりもしているが、それを意識することはしない。「車椅子なしでは生きていけない現実と、車椅子なしでも生きていけるという妄想。両者の辻褄を合わせるために、ありもしない感情——車椅子への愛着とやらを捏造しているのだろう[＊26]」、「信仰が現実と齟齬をきたすと、信者は新たな解釈を生み出して齟齬を解消しようとする。さらに活動を大きくすることで、その正しさを裏付けようとする。結果的に信仰はむしろ強化される[＊27]」。

とはいえ、重要なのは作中で亡命中の韓国人青年イ・ハジュンが大塒らに諭していうように、「でも信者たちが集団妄想を共有しているというのは、余所者（stranger）からの見え方に過ぎません。彼らには彼らの真実があるはずです。［…］そして信者ではないぼくたちのほうが、奇蹟が起きていない世界の妄

＊24　前掲『medium 霊媒探偵城塚翡翠』、八頁。
＊25　同前、一九六頁。
＊26　白井智之『名探偵のいけにえ——人民教会殺人事件』新潮社、二〇二二年、一一九頁。
＊27　同前、一九八頁。

想を見ている、ということになります」[28]という認識である。すなわち、いわばリアリティのレヴェルでは、客観的な現実を生きている（とされる）名探偵側の世界（論理）と、主観的な奇蹟を信じている（とされる）ジョーデンタウンの信者側の世界（論理）は、まったく等価なのだ。したがって、大坶は信者たちの世界（論理）を適用した推理と自らを含む余所者の世界（論理）を適用した推理をフラットに選択肢として提示してみせるのである。「単なる信仰の有無ではなく、おれとお前らでは見えている世界が違っているんだ。［…］よっておれは今から、お前らの立場で推理を進める。奇蹟はあるという前提で犯人を明らかにしてみせる」[29]。

「時代は大量生産だ。推理だって多いほうがいい。なんたって好きなほうを選べるんだから」[30]――物語冒頭の主人公の台詞に端的に象徴されているように、『名探偵のいけにえ』は、以上のように、「特殊条件下の多重解決ミステリ」としてできあがっていると同時に、超常現象＝奇跡のマルチレイヤー化とでも呼ぶべき状況を巧みに描いていた。

ともあれ、話を戻せば、『その可能性はすでに考えた』にあって示唆的なのは、「人知の及ぶあらゆる可能性を否定」[31]しようとする上苙の偏執的な信憑が示す意味である。

というのもじつをいうと、先に挙げた思弁的実在論（ＳＲ）の哲学とは、まさにこうした現実世界において人知を超えた超常的な実在（世界）が不意に到来する可能性を認めてしまう哲学でもあったからだ。しかもこのこともまた、当然ながら、「モノの前景化」という主題と関わっている。

もとよりＳＲの思想的核心は、メイヤスーが「相関主義 correlationism」と名づけた伝統的な西洋哲学一般に内在する固有の思考形態に対するラディカルな批判にある。メイヤスーによれば、一八世紀のカント以来、現代のポストモダン思想までを含む近代西洋哲学とは、私たち人間＝主体の従属的かつ対立的な相関物としてのみ客体（物質）や自然物を一方的に捉えてきた。つまり、「人間と世界・物体」の関係は人間の側からのみ一方的に問われてきたのであり、この立場をメイヤスーは相関主義と呼ぶのである。しかしメイヤスーによれば、今後私たちが目指すべきなのは、そうした相関的循環の外にある、人間とまったく無関係（アクセス不可能）な「無人の世界」や「モノ自体の世界」の様相こそを考えることなのだ。したがって、そこでメイヤスーの想定する客体的世界とは、人間との相関（アクセス）を離れ、バラバラの実在そのものの集まりに解体される。すなわち、そこでは私たちのこの世界の自然史や物理的・論理的な諸法則は、ある瞬間突然に、絶対的な偶然性で、何の根拠もなく、別様に、しかも実在的に生成変化しうるというのである。曰く、

［…］〈理由の不在〉が存在者の究極の特性である、そうであるしかないのだと理解せねばならないのである。事実性は、あらゆる事物そして世界全体が理由なしであり、かつ、この資格において実際に何の理由もなく他のあり方に変化しうるという、あらゆる事物そして世界全体の実在的な特性として理解されなければならないのである。［…］いかなるものであれ、しかじかに存在し、しかじかに存在し続け、別様にならない理由はない。世界の事物についても、世界の諸法則についてもそうである。[*32]

＊28　同前、一二二～一二三頁、傍点原文。
＊29　同前、三〇四～三〇五頁。
＊30　同前、三二頁。
＊31　井上真偽『その可能性はすでに考えた』講談社ノベルス、二〇一五年、五九頁、傍点原文。

つまり、メイヤスーが想定する世界では、事物がかくある仕方には連続的・因果的な理由（充足理由律）が存在し、しかもその性質は原理的に未来永劫変化しないという、それまで人々が信じてきた法則や自然の斉一性が徹頭徹尾否定されてしまう。言い換えれば、つぎの瞬間、この世界に因果律や人間＝主体による論理的説明をいっさい拒絶する超常的な「奇跡」が突如現れる可能性を誰も否定しえないのだ。

このメイヤスーによるポストヒューマンな思弁的（スペキュレイティヴ）世界観は、いうまでもなくリーマン・ショックや東日本大震災と原発事故、そして何より新型コロナウイルスの世界的パンデミックやウクライナ戦争を経過した二〇二〇年代の私たちの投機的（スペキュレイティヴ）な現実世界においても、きわめてリアルに響く。むろん、物理的な因果律を否定し、偶然性の必然性を問題にするメイヤスーの議論は、『その可能性はすでに考えた』の主題とそのままでは重ならない。とはいえ、井上が描く上苙の「奇跡の存在証明」とは、いずれも近代的価値観および本格ミステリが至上のものとする人知に懐疑をさし挟む点において、まさにこうしたメイヤスー的な世界観の手触りに通じているのである。

また、ほかにもたとえば、SRやOOOをはじめ、今日のさまざまなポストヒューマニティーズの哲学を、実存と「超越性」の関係の問題から読み直す哲学研究者の岩内章太郎の議論は参照に値するだろう。岩内は、彼が「現代実在論」という名で括り直すポストヒューマニティーズの哲学の意義を、現代の私たちからは失われた「神の「高さ」（超越性）と「広さ」（普遍性）」を「回復する運動として――または高さと広さとは別様に生きる可能性として――読み解くことができる」[*33]と述べる。

岩内によれば、このふたつのうち、「高さとしての超越性」とは、「存在不安を打ち消すと同時に超越的なものへの憧れを喚起[*34]」することで実存の安定を保つものとされる。さきほども記した通り、近代哲学や近代社会は、何よりも「人間」を中心にあらゆる物事を組み立ててきた。しかし、あらゆることを人間の人知のおよぶ範囲に括りつけてきた近代は、逆にそれがおよばない「大いなる外部」、つまりは「高さ」（超越性）の感覚を失わせた。そうした人間中心主義が徹底され尽くした現代の実存は、もはや「社会への蔑みや嘲りもない。その気になれば人生を楽しむこともできるが、同時にある種の生きがたさのようなものも感じて」おり、「そして、いま手にしている意味もやがては消えていくかもしれないという「ディスイリュージョンの予感」[*35]に苛まれた「メランコリー」の感覚を生きている。この岩内のいう「いま手にしている意味もやがては消えていくかもしれないという「ディスイリュージョンの予感」」こそ、「虚構推理」シリーズなどが打ち出す、「非合理的な唯一の真実より合理的な複数の虚構」というどこか「倦怠的」なスタンスに繋がるものだろう。

ともあれ、だからこそ、そうした人知と同等に蠢き、場合によっては人知では理解できない超常的で非合理的な働きを示す「モノ」（＝怪異）の超越に注目する現代のポストヒューマニティーズの哲学は、私たちの実存からは失われていたある種の「超越性」（高さ）を回復する契機となりうるだろう、と岩内は考える。この岩内の議論を踏まえたとき、二〇一〇年代後半のＩｏＴ社会の到来を背景に書かれた井上の「上笠丞」シリーズや城平の「虚構推理」シリーズとは、「超常的なものの実在」をミステリ空間に呼びこむという所作において、とりわけメフィスト系／ファウスト系以後のすっかり「高さ」が見失われた現代

＊32　カンタン・メイヤスー『有限性の後で――偶然性の必然性についての試論』千葉雅也・大橋完太郎・星野太訳、人文書院、二〇一六年、九四頁、傍点原文。
＊33　岩内章太郎『新しい哲学の教科書――現代実在論入門』講談社選書メチエ、二〇一九年、一七頁。
＊34　同前、一九頁。
＊35　同前、二五頁。

ミステリに、また新たな「超越」の輝きを招喚させようとする試みとして捉え直す可能性が拓かれるだろう。

以上のように、この人間＝主体の相関（アクセス）を拒む「モノたちの宇宙」（スティーヴン・シャヴィロ）というヴィジョンは、本来の本格ミステリという文学ジャンル固有の形式にとっても重要な変容をもたらすだろう。つまり、それは本格ミステリ的世界のもともとの主体である名探偵の世界との関わり方＝推理のありようの根本的な変質に関係しているからだ。たとえば、いうまでもなく従来の本格ミステリにおける名探偵の推論は、その客観的な論証や根拠の多くを、世界＝犯行現場に散らばる種々の物理的痕跡（物証）の探査と解析に求めてきた。笠井潔によれば、これは探偵小説の成立する一九世紀半ばにヨーロッパで誕生した実験的論理学からの影響に求められる。[*36]

何にせよ、ここでは事件の真相解明にいたる経路や手続きは、物理的世界や実証的実験との物理的（指標的）繋がりを伴ったモノ＝手掛かりや死体と、ヒト＝名探偵の知性との相関、しかも前者に対する後者の優位的なアクセスによって成り立ってきた。つまり、近代の実証科学が同時代の哲学とその出自を同じくする以上、この図式はメイヤスーの唱える相関主義とほぼ同じ構図に収まるだろう。

だとすれば、やはりいまや一部でリアルになりつつあるのは、そうしたモノとヒトとの相関の強固な軛から解き放たれたモノ＝オブジェクトだけが蠢く世界像であるはずだ。そして、「上笠丞」シリーズが描く「奇跡（の可能性）」や『スノーホワイト』に登場するガジェットなどは、まさにそうした名探偵の推理が消失したあとの「大いなる外部」——オブジェクトだけの思弁的なミステリ世界の姿をほのかに映し出す作品群としてあるのではないだろうか。

とはいえ、そんな殺伐とした世界観のなかで本格ミステリなど、果たして成立するのだろうかという問いがすぐさま頭をもたげるだろう。ここで急いでつけ加えねばならないのは、やはり「上苙丞」シリーズにおいても、物語のなかで上苙が提示した「奇跡」はつねに他方で「人間的」な要素の介入によって転倒されるという点だ。当然ながら、本格ミステリのなかで人間＝名探偵的な存在が完全にオブジェクトによって肩代わりされてしまうことは考えにくい。

むしろ、二〇一〇年代以降の現代本格の可能性とは、無数のポストヒューマン的状況をアクチュアルに取り込んだ上で、なおそれらとかつての名探偵的な知の可能性とをこれまでにない形で競合させるような地平に見出されていくのではないだろうか。そこではまた、ミステリの「謎とその論理的解明」「名探偵」「手掛かり」という定義や枠組み自体も新たに再編し直されるだろう。その過程を今後も注視していきたい。

＊36　笠井潔『探偵小説論序説』光文社、二〇〇二年、一〇五～一〇七頁。

第10章 情報化するミステリと映像

『SHERLOCK』に見るメディア表象の現在

1 「検索型ミステリ」としてのドラマ『SHERLOCK』

「シャーロック・ホームズ」シリーズを現代風にアレンジしたイギリスBBC制作の連続テレビドラマ『SHERLOCK』（二〇一〇、一二、一四、一七年）が日本でも人気を博している。この章では本格ミステリ評論と映像メディア論の文脈を照らしあわせながら、推理ものテレビドラマとしての本作の持つ可能性について考えてみたい。

さて、そのさいにまず注目すべきは、やはり本作の物語展開や事件の推理過程に用いられるさまざまな情報端末やアーキテクチャの持つ働きだろう。物語の舞台設定を二一世紀のロンドンに置きかえたこのドラマでは、主人公のシャーロック・ホームズ（ベネディクト・カンバーバッチ）や相棒ジョン・ワトソン（マーティン・フリーマン）をはじめとする登場人物たちの多くが――私たちと同様に――、ノートPCやスマートフォン、タブレットなどの携帯端末、インターネットの検索エンジン、ブログやX（旧・

Twitter）などのソーシャルメディアを駆使し、また彼らの周りには、生体認証（バイオメトリクス）から監視カメラにいたる種々のセキュリティが取り巻いている。ホームズは、これら情報端末のＧＰＳや映像記録、データベース機能などを縦横に活用して、数々の難事件を解決していくのだ。こうした趣向には、いくつもの示唆に富む論点を読みとることができるだろう。

まずは、本格ミステリの側面から見ていきたい。すでに本書のいたるところでも見てきたし、また、私の映画批評の仕事でも一貫して問題にしてきた主題でもあるが、現代生活に大きな影響を与えているネットなどの情報環境の台頭は、何も『SHERLOCK』に限らず、今日の物語的想像力や表現のいたるところに反映されている。物語や推理に情報技術を印象的なガジェットとして導入した作品は、もはや現代ミステリでもありふれているといってよい。

重要なのは、こうした道具立ての表層的な確認作業ではなく、以上のような情報環境の浸透が、「本格ミステリ」（探偵小説）というジャンル――ないしは、その推理の描写が象徴的に描き出す、情報や論理の扱われ方をめぐる時代的な変化を跡づけていくことだろう。

たとえばこの点で、最新の神経科学や認知心理学の概説とからめてシャーロック・ホームズの思考スタイルを論じたアメリカのジャーナリスト、マリア・コニコヴァの以下の言葉は、そのままiPhoneやMacBookの履歴情報やＧＰＳ、ネットのデータベースを用いて事件の情報をえ、推理を進める『SHERLOCK』の趣向と通じている。

> 現代テクノロジーも、ホームズだったら望外の恩恵としてさぞかし満悦しただろう。［…］デジタル時代に生きる私たちの脳という屋根裏部屋はもう、ホームズやワトスンのころのように窮屈

ではない。コナン・ドイルの時代には想像もできなかっただろう仮想（ヴァーチャル）能力のおかげで、私たちは情報収納（ストレージ）のスペースを事実上拡張した。そして、その拡張部分が興味深い機会をもたらしてくれる。[…]
ホームズには、独自のファイリング・システムがあった。私たちには〈グーグル〉があり〈ウィキペディア〉がある。[*1]

このコニコヴァの主張が示すように、『SHERLOCK』が象徴しているのは、いうなれば事件の推理のプロセスを細かく腑分けし、その一部をさまざまな外部の情報処理システムに肩代わり（アウトソーシング）させている名探偵の姿である。

誰もが知るように、今日、私たちの眼の前には、膨大なビッグ・データの大海と情報検索システムが広がっている。そうした状況では当然ながら、かつての本格ミステリのように、全知の象徴としての「名探偵」が物語世界のメタレヴェルから事件の全体像を特権的に鳥瞰し、そこから唯一の「真相」をいい当てるという枠組みはもはやほとんどリアリティを持ちえなくなっている。すでに第八章で詳細に論じ、また第五章の米澤論などでも同様の問題を断片的に触れてきたが、そこで代わって台頭するのは、あたかも「検索的 retrieval」とも呼びうるような、種々の情報検索技術の仕組みや、システム理論や自己組織化などの現代の知的潮流の枠組みになぞらえられる、新たな推理のスタイルだ。

それは第一に、名探偵の推理プロセスに、もろもろの事象（事件）のはらむ複雑さや多義性を適度にパターン化／シミュレーション化／階層化し、扱いやすく「縮減」（省略）してくれるさまざまな外部シス

＊1　マリア・コニコヴァ『シャーロック・ホームズの思考術』日暮雅通訳、早川書房、二〇一四年、三七九頁。

テムの力を借りること。あるいは第二に、物事の真相解明や社会の秩序形成のプロセスを、あちこちにちらばった膨大な部分要素や局所的なシステムが絶え間ない相互作用を繰り返すことで、相対的・確率的な解をボトムアップ式にえるものとしてみなすことだとまとめられるだろう。

ともかく、かつてであれば、常人の能力を超える知識力と観察力と推理力を兼ね備えた名探偵が、たったひとりでその飛び抜けた頭脳だけを用いて解決に導いてきた難事件は、いまや無数の外部環境によって、その「頭脳」の一部をことごとく肩代わり（外在化）されていくというのが重要なわけだ。[*2] 私の名づけた「検索型ミステリ」とは、いわば右に述べたような、情報環境を前提とした、名探偵の推理におけるある種の「中抜き」や「省略」——ハーバート・A・サイモン風にいえば「推理の準分解可能性 nearly decomposability」——の作業や、推理の「集合知化（創発化）」の台頭を意味していた。

したがって、謎解き物語のなかで、その情報や推理の「縮減」を行う「検索性」を表現するものは、何も狭い意味での情報環境に限らないだろう。たとえば、私が検索型ミステリの一例として注目した現代日本のミステリ小説に、京極夏彦の「京極堂」シリーズ（一九九四年〜）や、天祢涼の「美夜」シリーズ（二〇一〇年〜）があった。これらの作品群に登場する異形の名探偵たちは、それぞれ超常的な能力や特殊な感覚を備えており、その力を駆使して事件を推理する。

とりわけ天祢の描く音宮美夜は、「殺意を抱いている人間の声」自体が見えてしまう。この設定は明らかに、通常の場合の推理のプロセスの一部を極度に「中抜き」してしまっている。形式だけとれば、ここでの美夜の特殊能力（共感覚）と、ホームズたちの駆使する情報技術は大差ない。いわば京極や天祢のミステリでは、「探偵役の検索エンジン化」が巧みにキャラクター造型の面でほどこされているわけだ。いずれにせよ、『SHERLOCK』もまた、ひとまずこうした傾向をまるごと共有している。

ところで、とりわけ面白いのは、『SHERLOCK』においても、ホームズが自らの頭脳による推理以外の外部の情報技術を積極的に活用するだけでなく、ときにむしろ彼自身が——先の美夜のように——ある種の「情報機械」に変貌してしまったかのような印象を与えることだ。

『SHERLOCK』では、作中でホームズが視認する物証品や人物の属性などの情報、またメールの文面などが、しばしばPOV（見た目）ショットを通じたモーショングラフィックによるデジタル字幕で示される。あるいは、「最後の誓い」*His Last Vow*（シーズン3）に登場する陰険なメディア王チャールズ・アウグストゥス・マグヌセン（ラース・ミケルセン）が、すべての情報を視覚化した「精神の宮殿」と呼ぶ小部屋に鎮座する様子も、情報機械と化した人間の姿を髣髴とさせるだろう。

そもそも「ピンク色の研究」*A Study in Pink*（シーズン1）の冒頭で、謎の連続致死事件に関するレストレード警部（ルパート・グレイヴス）らの会見を取材する記者たちのスマートフォンに、「違う！」と一斉メール送信を仕掛けるホームズや、無数の監視カメラをかいしながらワトソンを誘導するマイクロフト・ホームズ（マーク・ゲイティス）は、その当初から人間というよりも、むしろ非人称的なユビキタス・ネットワークと化していた。

すなわち、検索型ミステリとしての『SHERLOCK』においては、名探偵や宿敵たちは自身の内なる推理能力とその外注先としての情報環境双方を推理プロセスの総体として駆使するだけでなく、彼らのなか

＊2　このような時代的変化と並行した動きとして、おもに九〇年代後半以降の日本のミステリ小説で注目を浴びた「メフィスト／ファウスト系」や「脱格系」などと呼ばれた若手作家たちの登場がある。従来の「謎とその論理的解明」という本格ミステリのジャンル規範を大幅に逸脱した彼らの作品の異様さは、同時代の情報環境の普及とも無縁ではなかった。

でその両者はときに流動化し、相互に変形しあうさま（探偵の検索エンジン化）が視覚的に描かれることにもなるのだ。

2 『SHERLOCK』の思想と歴史

何にせよ、こうした『SHERLOCK』の探偵像は、より大きな思想的問題とも結びつけることができる。かつてオーギュスト・デュパンが「モデルニテ」の問題（遊歩者（フラヌール）やダンディ）に、（後期の）エラリー・クイーンがゲーデル問題にそれぞれ仮託して論じられたように、しばしば名探偵は、各時代の主体像や世界認識、合理性のあり方と密接に結びつけられてきた。それは、『SHERLOCK』を含む検索型ミステリでも変わらない。

たとえば、現代フランスの哲学者ベルナール・スティグレールは、今日のメディア技術やデジタル・ネットワークの果たす役割を、まさに「記憶の外在化（産業化）」、スティグレールの用語では「第三次過去把持」の働きに見出している。情報技術は、私たちの内なる知や記憶を端から外に保存していく。そのことで、今日の人間は、過去の記憶や想起の起源につねにすでにそうした技術的・人工的痕跡が先行している。だからこそ、彼らの意識や知覚の様態は、カントの想定したように内感（形相）と外感（質料）が過不足なく組みあわさるというおなじみの質料－形相論では捉えきれない。むしろ両者が動的なフローのなかで互いにせめぎあい、複雑さを削ぎ落としながら均衡しあうプロセスとしてみなすべきだ。――このスティグレールの技術哲学のイメージは、先にみた検索型ミステリの「推理の準分解可能性」の構造や、『SHERLOCK』のホームズやマグヌセンのサイボーグ的（？）造型（探偵の検索エンジン化）と重なるといえる（サイモンが影響を与えた現代の一般システム理論と、スティグレールが依拠するジルベール・シモンドンの技術哲学は関わりを持つので、この類推は文脈的にも不自然ではない）。

とはいえ、以上のように検索型ミステリとして定義してみた『SHERLOCK』の現代的特質は、じつは一九世紀末に書かれたアーサー・コナン・ドイルの原作小説の世界とも少なからず類比的に捉えることができるようにも思われる。

たとえば、ドイルがホームズ物語で描写した名探偵の推理行為は、たんなる消去法推理など、大戦間期の英米系本格のように「作者‐読者間のフェアプレイ」などのジャンル規則が成立する以前の、論証プロセスとしてはごく素朴なものだった。デュパンやホームズであれば、作中では推論能力よりもむしろ知識や観察能力の鋭さ、そしてアリストテレス的な弁論術 rhetorica こそが描かれる。

そして、なかでもシービオク夫妻やウンベルト・エーコ、マルチェロ・トゥルッツィなど複数の論者が、そうしたホームズ独特の推理法の特徴を、C・S・パースの論理学でいう「アブダクション abduction」と関連づけたことは知られている。[*3] アブダクションとは、「仮説形成法」「予測的推論」などと訳されるもので、ある事象の説明についてのもっとも適切な仮説を導く推論のことである。一種の「あてずっぽう」

＊3　マルチェロ・トゥルッツィ「応用心理学者としてのシャーロック・ホームズ」、ウンベルト・エーコ「角、蹄、甲」、ウンベルト・エーコ＋トマス・A・シービオク編『三人の記号――デュパン、ホームズ、パース』小池滋監訳、東京図書、一九九〇年、七一～一一一、二八九～三二三頁。T・A・シービオク＋J・ユミカー＝シービオク『シャーロック・ホームズの記号論――C・S・パースとホームズの比較研究』富山太佳夫訳、岩波書店、一九九四年、二三～四四頁を参照。ただし、エーコの場合は、「創造的なアブダクション」「メタ・アブダクション」という独自の解釈を加えている。

のことだ（事実、「ピンク色の研究」でもホームズは自身の推理について似たことを口にする）[*4]。

しかし、このあてずっぽう＝アブダクションという推論形式は、まさにWikipediaが典型的であるように、そのまま今日のネットワーク環境が可能にした「下手な鉄砲も数撃ちゃ当たる」式の集合知やロングテールの構造に直結している。事実、シミュレーションによって蓋然的な近似解を算出する手法を意味するヒューリスティクスは、アブダクションを認知心理学やコンピュータ科学の領域で言い換えたものだ。ドイルが一九世紀に描いたホームズ物語の推理スタイルは、思わぬかたちで現代の『SHERLOCK』のメディア環境とも結びついている。

3　「ポストメディウム」ドラマとしての『SHERLOCK』

それでは、かたや映像コンテンツとしての『SHERLOCK』の妙味は、こうした情報環境の導入を踏まえるとどんなところにあるのだろうか。

ここで注目してみたいのは、『SHERLOCK』において、名探偵が働かせる推理を支えるものとして、これもやはり種々の情報端末やネットワーク環境に関わる、デジタル映像の介入やデジタル・コードの解読作業が幾度も象徴的に持ち出されるという点だ。

「ベルグレービアの醜聞」*A Scandal in Belgravia*（シーズン2）では、冒頭でホームズはベーカー街の部屋にいながら、ワトソンに持たせたノートPCのネット配信中継のデジタル映像を通じて、男が死亡した川べりの現場検証を行う。また、バッキンガム宮殿からアイリーン・アドラー（ララ・パルヴァー）の携帯端末に入っている機密データの入手を依頼されたホームズは、その推理のほとんどをスマートフォンのパスコードや、ジャンボジェット機の座席割り当てを示すジム・モリアーティ（アンドリュー・スコット）のしくんだ暗号を解読することに費やす。

さらに、『SHERLOCK』ではしばしばホームズの思考空間（マインド・パレス）のなかで過去の犯罪現場の状況がスローモーションやバーチャルリアリティのような演出でシミュレーションされるが、これも本作におけるデジタル映像の氾濫を抜きにしてはありえないだろう。

このように、『SHERLOCK』においては、情報媒体の前景化という趣向の半ば必然的な帰結として、従来の本格ミステリに比較すると、物語展開に関わる推理が、文字通り私たちの物理的現実からはいくぶん離れた領域で展開していることがわかる。

このことは、これまでの本格ミステリ（探偵小説）における名探偵の推論の客観的な根拠の多くが、対照的に、むしろ世界にちらばる種々の物理的痕跡（物証）の探査に基づいてきたという点を考えあわせると面白い。

笠井潔によれば、これは探偵小説の成立する一九世紀半ばにヨーロッパで誕生した実験的論理学からの影響に求められるが[*5]、何にせよ、この長らく探偵小説が描いてきた物理的痕跡や実証的実験による推論法は、先に挙げたパースが記号論の分野で提唱した「指標index」という概念と相通じているだろう。指標とはパースによる三つの記号分類のうち、「弾丸の穴」や「風見鶏」のように、「その意味がその指

＊4　ただし、こうしたアブダクション的推理は、厳密には、ホームズに限らず、オーギュスト・デュパンやファイロ・ヴァンスをはじめ、（その超人的能力を表現するためにも）往年の名探偵たちが多かれ少なかれやっている（たとえば、証拠の見当たらない犯人に罠をかける「逆トリック」など）。この点は、蔓葉信博氏に示唆を受けた。

＊5　笠井潔『探偵小説論序説』光文社、二〇〇二年、一〇五～一〇七頁。

示対象に対する物理的関係（現実とのつながり）によって成立している記号」を意味する。だとするとこの場合、犯人が事件現場に残すさまざまな痕跡とは、名探偵によって読みとられる一連の「指標的」な記号群だとみなせるだろう。実際に、たとえばドイルによるホームズ物語の第一作『緋色の研究』（一八八七年）での有名な初登場シーンで、ワトソンが「アフガニスタン帰りの軍医」だと即座に見抜いたホームズは、その根拠を「顔は黒いが、手首は白いから、熱帯地方から帰ったのだろう。彼のやせこけた顔を見れば、苦労し、病気をしたのはすぐわかる」[*6]……云々と説明してみせるが、これもまたワトソンの身体の物理的特徴に基づいた指標的解釈である。

ところが、他方の『SHERLOCK』において顕著なのは、こうした本格ミステリ特有の指標的な物証や推理の乏しさである。むろん、二一世紀のホームズも依然として依頼人の身体の痕跡などから推理を働かせることは少なくない。しかし、代わってそこで顕著に示されるのは、先述のようなデジタル情報やデジタルメディアとの親しさなのだ。

さて、映像論的な文脈から興味深いのは、この「指標性からの離脱」という事態が、近年、デジタル以降の映像メディアの抱える存在論的な変容と密接に関係しているからだ。

およそ二〇世紀までを通じてアナログ写真（フィルム）を物質的支持体として発達してきた写真や映画は、アンドレ・バザンからジークフリート・クラカウアーまで、多くの理論家によって長らくそのリアリズムの根拠や存在論的な条件を、まさにパースのいう「指標性」にこそ求められてきた。というのも、パース自身が、現実にある対象に反射した光の化学的定着＝物理的痕跡によるイメージという性質から、アナログ写真もまた指標記号のひとつだとみなしたからである。

だが、いうまでもなく、ほぼすべての映像メディアにおいて、フィルムが急速に消滅し、デジタル映像での製作・鑑賞が主流になった現在、映像の理論的な理解を写真の指標性に位置づけることは不可能になりつつある。したがって、日本でもここ最近、急速に翻訳紹介や研究が進んでいるデジタル化のインパクトを受けた二一世紀の映画研究やニューメディア研究、ポストメディウム論の分野では、この映像における「指標性」の再検討が、いま、もっとも注目を浴びる論点のひとつになりつつあるのだ。[*7]

以上の流れを踏まえると、『SHERLOCK』のミステリとしての表象空間が、その推論形式や状況それ自体において、デジタル以降（ポストメディウム）の映像メディアの特性を忠実に体現していることが明らかとなる。ホームズの推理は、数々のデジタル・デバイスのアシストによってもはや必ずしも現実の物理的痕跡（メディウム）の解釈ゲームに基づかない。むしろそれは、多層化するデジタル・プログラムのシミュレーションと解読によってこそ進められる。現代のホームズの論理的知性は、まさに「ポストメディウム的」なのだ。

この点で、『SHERLOCK』の表象する先端的なメディア環境は、単に表層的な趣向だけで理解できるも

＊6　アーサー・コナン・ドイル『緋色の習作（シャーロック・ホームズ全集①）』小林司・東山あかね訳、河出文庫、二〇一四年、四一頁。

＊7　たとえば、以下の文献を参照。北野圭介『映像論序説――〈デジタル／アナログ〉を越えて』人文書院、二〇〇九年、九七〜一〇六頁。トム・ガニング「インデックスから離れて――映画と現実性の印象」（川﨑佳哉訳）、『映像が動き出すとき――写真・映画・アニメーションのアルケオロジー』長谷正人編訳、みすず書房、二〇二一年、四五〜一七九頁。ロザリンド・クラウス『ポストメディウム時代の芸術――マルセル・ブロータース《北海航行》について』井上康彦訳、水声社、二〇二三年。また、『表象08』表象文化論学会、二〇一四年（「ポストメディウム映像のゆくえ」特集）所収の座談会や各論考も参照。この問題については、渡邉大輔『新映画論――ポストシネマ』ゲンロン叢書、二〇二二年、四一頁以下も参照されたい。

のではない。それは、本格ミステリ、映像メディア双方の今日的な変容を反映させたアクチュアリティをはらんでいる。

4 「情動」のミステリ／映像メディア史に向けて

『SHERLOCK』の物語世界は、その情報端末の大胆な介入によって本格ミステリとしても、映像コンテンツとしても、今日に特有の文化的想像力やメディア的な変容を巧みに折りこんでいる。

最後にここで、ふたたびこの両者をつなぐひとつの論点を提示して、問いをより大きな文脈に開いておきたい。そのキーワードとなるのが、「情動 affection」である。

『SHERLOCK』のすべてのシーズンを通じた物語において、私たちの眼にとまるのは、おもに抽象的・形式的な論理を駆使するはずのミステリドラマとしては意外にも、登場人物たちの言動がそこここで見せる「情動的」な身振りではないか。

ドラマの冒頭では、ドイルの原作通り、ワトソンが従軍したアフガニスタン紛争の体験によって身体に変調をきたすほどの深刻なＰＴＳＤに罹患している様子が描かれる。他方のホームズにしても、こちらも満足な事件がないと衝動的な奇行に走ったり、原作の阿片やコカイン中毒に倣うようにニコチンパッチ依存（＝喫煙者）であることなどが示される。あるいは、過去に起こった巨大な犬の襲撃事件の謎を追う「バスカヴィルの犬（ハウンド）」*The Hounds of Baskerville*（シーズン２）では、依頼人とともにダートームアの森を探索したホームズは、自分も巨大な犬を見たと異常に動揺し、ワトソンの宥めも聞かずに恐怖とともにパニックに陥りもする。

加えて本作でもっとも露骨なのは、おそらく性的なニュアンスにまつわる要素だろう。たとえば、「ベルグレービアの醜聞」では、ホームズはＳＭ趣味のあるアドラーとほのかな情愛の漂う関わりを持ったりもするが、それ以上に日本でもpixivを中心に大きな盛りあがりを見せた通り、本作ではホームズとワトソンの関係を中心に、いたるところで男性同士のブロマンスな関係性が暗示的に幾度も強調され、クィア・リーディングも惹起する、その感情的な機微が物語や推理に少なからぬ影響を及ぼしていく。

とりわけワトソンの結婚式を描いた「三の兆候」*The Sign of Three*（シーズン３）は、ホームズがワトソンの付き添い人（ベストマン）を務めるという立場もあり、とあるストーカー事件をめぐる彼の論理的推理の進行が、ヘテロセクシュアル／ホモソーシャル／ホモセクシュアルなボーダーを複雑に横断する感情的動きや結婚（異性愛規範）をめぐる社会的慣習のなかで不安定に揺らぐクィアなニュアンスが加味されていた（推理するホームズがベストマンとしての礼節を意識しつつ、ワトソンの新婦メアリ・モースタンや上司のジェームズ・ショルト少佐に「嫉妬」するところなど）。

以上のように、『SHERLOCK』では、登場人物たち——あるいは彼らを観る視聴者たちに向けて、生理的な情動作用を喚起する要素があちこちにちりばめられている。いずれにせよ、二一世紀の情報環境を眺め渡すとき、このような「視覚的イメージによる情動性の発露」があちこちで見られることには注目しておくべきだろう。

たとえば、これもニューメディア研究やポストメディウム論、そして、ジル・ドゥルーズの哲学を重要な参照点として二〇〇〇年代後半から二〇一〇年代に急速に台頭した「思弁的実在論」や「新しい唯物論」など、一連のまとまりを持った新しい潮流のなかで、やはり「情動」に注目するアプローチが日増しに広まっている。

そして、それはかつて私も論じたように、「アトラクション性」を前面化させている現代映画や、インタラクティヴなコミュニケーションを拡張するウェブプラットフォームなどの映像文化の多様な現状を眺めても充分にうなずける事態だろう。[*8]『君の名は。』（二〇一六年）から『ボヘミアン・ラプソディ』（二〇一八年）まで、あるいは『ヒプノシスマイク』（二〇一七年〜）からTikTokまで、ここ最近の有力な映像コンテンツは、そのモティーフから演出にいたるまで、ほぼのきなみ（音楽的）リズムを伴った「情動」の増幅メディアとして機能している。一方で、物語の登場人物の手によるとされるブログやウェブサイトが、また他方では、ドラマを読み替える二次創作を集めるＳＮＳが、ファンの「情動的」なリアクションを取りこみつつ際限なく拡張する『SHERLOCK』をめぐる環境もまた、こうした一連の流れに確実に連なるものなのだ。

ところでこの場合、英語圏の代表的なドゥルージアンとしても知られる現代アメリカの哲学研究者ブライアン・マッスミの以下の議論はことのほか興味深い。マッスミは、今日の情報技術を伴うセキュリティ社会が政治経済（ポリティカル・エコノミー）の争点を身体的な情動の活性化に移行させていることに注目している。

そこでもろもろの政治的効果（権力）の働きは、根本的に不確定で「前‐個体的（pre-individual）」なものとなり、「「個体的なものの内部」ではなく、「個体的なものと集団的なものとの間の境界、主体と世界のあいだの境界」」[*9]を絶え間なくダイナミックに肉薄しあい、互いに拮抗しあいながら作動していくプロセス（準安定状態）としてみなされる。じつはこのマッスミのヴィジョンは、彼が依拠するフランスの技術哲学者ジルベール・シモンドンをかいして、先ほどのスティグレールの図式とぴったりと重なるものだ。

したがって、私たちはもしかすると、新世代の検索型ミステリ／ポストメディウムドラマとして枠づけうる『SHERLOCK』を、さらに「情動」のミステリ／映像メディア史というべき系譜にも位置づけることが可能なように思われる。

――とはいえ、これ以上の大きな議論は、また場所と扱う作品をあらためて行うほうがよいだろう。『SHERLOCK』シーズン4は、それまでのクリフハンガーで終わる最終話とは異なった趣向で、ファンのあいだではそれで完結なのかどうか、長らく気を揉ませている。情報社会のミステリドラマの可能性を高らかに告げるこのヒット作は、いまだ私たちの「情動」を左右しそうだ。

＊8　渡邉大輔『イメージの進行形――ソーシャル時代の映画と映像文化』人文書院、二〇一二年、六九～七一頁などを参照。

＊9　ブライアン・マッスミ「恐れ（スペクトルは語る）」（伊藤守訳）、伊藤守・毛利嘉孝編『アフター・テレビジョン・スタディーズ』せりか書房、二〇一四年、二九七頁。

第11章

ミステリとしての考察系ドラマ

『あなたの番です』『真犯人フラグ』に見る映像メディア環境と謎解き

1 「考察系ドラマ」の流行

『SHERLOCK』を扱った前章とも関連するし、また「はじめに」でも述べたことだが、テレビドラマのジャンルでも、近年「ミステリもの」の話題作が目立ってきている。そして、ここ数年のテレビドラマで脚光を浴びているジャンルに、いわゆる「考察系ドラマ」がある。

これは文字通り、物語のいたるところに無数の謎や嘘がちりばめられ、視聴者が作中で起こる事件の真相や真犯人を、主人公たちとともに考察しながら観ることを醍醐味とするドラマのことだ。現在のドラマシーンにおいてこうした「考察もの」が隆盛しているという観測は、テレビドラマを対象とする評論家やライターの間でもおおよそ共通の認識のようだ。[*1] この章では、現代の考察系ドラマの本格ミステリとしての時代的意義を、ミステリ評論とメディア論の視点から考えてみたい。

昨今の考察系ドラマブームの端緒としてしばしば挙げられる作品に、作詞家・放送作家の秋元康が企画・原案を手掛けた日本テレビ系ドラマ『あなたの番です』（二〇一九年）がある。四月から九月まで半年にわたって放送され、九月八日に放送された最終回は、視聴率一九・四％という二〇一五年から始まった「日曜ドラマ」枠で史上最高の数字を記録し、X（旧・Twitter）の世界トレンドでも第一位になった。年末にはこの年のユーキャン新語・流行語大賞にもノミネートされるなど、『あな番』は二〇一九年を代表する社会現象となったのである。二〇二一年一二月には、ドラマ版の並行世界という設定の映画『あなたの番です　劇場版』が公開され、興行収入約二〇億円で年間一六位のヒットとなった。

その後、やはり秋元が企画・原案を手掛け、『あな番』のスタッフが再結集した同じ日曜ドラマ枠の『真犯人フラグ』（二〇二一〜二〇二二年）も、最終回は一二・四％と前作に劣らぬ大きな反響を呼んだ。考察系ドラマの代表作としてはほかに、ラブストーリーとサスペンスが絶妙にブレンドされてヒットしたTBS系「金曜ドラマ」枠の『最愛』（二〇二一年）などがそう呼ばれることが多い。本作は第五九回ギャラクシー賞テレビ部門選奨、第三八回ATP賞テレビグランプリドラマ部門最優秀賞、日本民間放送連盟賞番組部門テレビドラマ最優秀賞など、この年のドラマ業界の賞を独占した。これも秋元が企画・原案・脚本を担当しているテレビ東京系列の『警視庁考察一課』（二〇二二年）が、そうした考察系ドラマブームを前提として、そのセルフパロディ的な設定を持つように、考察系のブームはいまやドラマ業界、ドラマ視聴者双方の既成事実となっていると考えてよいだろう。

その後も、二〇二三年夏期には、日本テレビ系「土曜ドラマ」枠の『最高の教師　1年後、私は生徒に■された』（二〇二三年）、テレビ朝日系「木曜ドラマ」枠の『ハヤブサ消防団』（二〇二三年）といった考察系の話題作が各局から放送され、なかでもTBS系「日曜劇場」枠で放送された『VIVANT』（二〇二三年）は、テレビドラマの通常の一話あたりの制作費の二倍以上の一億円といわれる予算が投入され、モンゴルでの海外ロケも含めた壮大なストーリーが展開された。九月一七日に放送された最終回は、一九・六%という高視聴率を達成している。

そして、「ミステリー記念日」とされる一〇月七日には、日本テレビ開局七〇年特別番組として、『あな番』『真犯人フラグ』のスタッフが三たび集結した視聴者参加型のミステリドラマ『THE MYSTERY DAY～有名人連続失踪事件の謎を追え～』（二〇二三年）も放送された。

こうした考察系ドラマは、従来の似た傾向のジャンル――たとえばミステリやサスペンス、あるいは刑事ドラマや警察ドラマとも重なりながら、しかし、やはり独自のスタイルを備えているといってよい。

ここでは、考察系ドラマの具体例として、やはりその先駆であり、典型的なコンテンツとみなされる『あな番』と『真犯人フラグ』を見ていきたい。『あな番』は、東京スカイツリー近くに建つマンション「キウンクエ蔵前」を舞台に起こる連続殺人を「グランド・ホテル形式」っぽく描いたミステリドラマ（一応、主人公は存在する）。マンションに越してきた歳の差の新婚夫婦、手塚翔太（田中圭）と菜奈（原田知世）は、菜奈が参加した定例の住民会でひょんなきっかけからそれぞれ自分の殺したい人物の名前を書いてクジを引く「交換殺人ゲーム」に巻き込まれる。嫌味な勤務医、堅物な元エリート銀行員、シングルマザーのラジオＤＪ、ストーカー気質のＯＬ、フリーライター、理工系の女子大学生……一癖も二癖もある怪しげな人物たちが住むマンションの住民会で、当初は誰しも冗談だと相手にしなかったが、マンショ

＊１　たとえば、以下の記事などを参照。吉田潮「「考察だの伏線回収だのうっせーわ」謎解き作品ばかりになったドラマ業界に私が抱く違和感　もっと評価されるべき良作がある」、プレジデントオンライン、二〇二二年、https://president.jp/articles/-/54761?page=1。成馬零一「【メディア時評】ミステリーの〝考察ブーム〟続く「犯罪者の更生」と向き合うドラマも　硬派な作品揃う――２０２１年秋クール」、ＭＯ民放オンライン、二〇二二年、https://minpo.online/article/-2021.html。

ンの管理人の床島比呂志（竹中直人）が不審死を遂げたのを皮切りに、住民たちが次々と謎の死を遂げる。ミステリ好きの手塚夫妻は興味半分から事件の解明に乗り出すが、第一章の最後（第一〇話）で、菜奈が自宅ベッドで毒殺された遺体となって発見される。「第二章・反撃編」と題された二クール目の第一一話以降は、愛する妻を殺された翔太が復讐のために事件の真犯人を突き止める姿を描く。『あな番』の制作スタッフが再集結して作られた続く『真犯人フラグ』は、突如、妻子が行方不明になった温厚篤実な会社員・相良凌介（西島秀俊）が、やがてＳＮＳや動画サイトを通じて世間から真犯人の疑惑（フラグ）を向けられながらも、会社の部下や旧友の週刊誌記者、娘の恋人などの周囲の人物たちの協力を得て事件の謎を追求していくヒッチコック的な巻き込まれ型サスペンス。

2　本格ミステリへの目配せ

まずミステリ評論の文脈から見た時に、考察系ドラマと呼ばれたこれら二作がいずれも本格ミステリ小説ジャンルへの目配せを内包している点は注意しておいてよいだろう。

たとえば、よりわかりやすい『あな番』の例でいえば、主人公の手塚夫妻は二人揃ってミステリ好きという設定であり、マンションのリビングと寝室を分ける扉の両端に置かれたふたつの大きめの本棚には、ミステリ小説がびっしりと並んでいる。第一章第一話ではクロースアップしたカメラが、クリスティから都筑道夫、島田荘司から芦辺拓、城平京までが並ぶ創元推理文庫の背表紙を見せていく。また、夫婦の間では、しばしば出会いのきっかけになったという江戸川乱歩の『パノラマ島奇談』（一九二六～一九二七年）の話題が登場するし、翔太は菜奈との会話で事件の謎を推理するモードになると、「オランウータンタイム」と呟くが、これもいうまでもなく元ネタはポーの『モルグ街の殺人』だ。

おそらくこうした「書物」の物語世界の導入は、『真犯人フラグ』では凌介と彼の大学の文芸サークルの設定にあてはまるだろう。凌介は大学時代に小説の才能を周囲から嘱望されており、普通の会社員として就職した現在も、自宅とは別に膨大な蔵書を倉庫に保管している。そして、作中で一家の失踪事件について議論する場所としてしばしば登場するのが、凌介の文芸サークル時代からの旧友である日野渉（迫田孝也）が経営するバー「至上の時」である。ただ、こちらは店内の本棚に並ぶのは大江健三郎をはじめとするいわゆる純文学系の作家であり、周知のように店名の由来も中上健次の長編小説『地の果て 至上の時』（一九八三年）である。

知られるように、『地の果て 至上の時』は『岬』（一九七六年）、『枯木灘』（一九七七年）に続く中上の「路地三部作」の一編であり、紀州の「路地」を舞台に、複雑な血縁関係で繋がる一族の愛憎を神話的な世界観で描いたサーガだ。やや牽強付会かもしれないが、あえて強く読みこめば、この三部作の物語の主軸をなす主人公・竹原秋幸とその実父・浜村龍造のオイディプス的なドラマは、ミステリの原型のひとつともされるオイディプス神話と通底しているとも言える。

あるいは、二クール連続で放送された両作品の構成も興味深い。『あな番』も『真犯人フラグ』も、第一クール（第一章や第一部）の終わりで物語が大きな転換点を迎えたあとの第二クールではそれぞれ「第二章・反撃編」、「第二部・真相編」と銘打たれている。この形式は、本格ミステリの分野ではいうまでもなく、エラリー・クイーンの初期作に見られる「読者への挑戦状」を思い起こさせる。もちろん、『あな番』も『真犯人フラグ』も、クイーンの小説のように、「読者への挑戦状」に前後する「問題編」（前半）と「解決編」（後半）が完全にオブジェクトレヴェルとメタレヴェルに峻別されているわけではない。ただ、右にまとめたようなディテールを踏まえると、そうした本格ミステリ的な文脈に結びつけることも不自然ではないように思える。

3　映像圏時代のメタフィクションミステリ

さて、これまでのレビューでも多くの書き手が指摘してきたことだろうが、『あな番』『真犯人フラグ』の物語に共通する要素として独特のメタフィクション的な趣向が挙げられるだろう。たとえば、もっともわかりやすい例のひとつとして、やはり『あな番』における袴田吉彦が自ら演じる本人役「袴田吉彦」の登場がある。そもそも袴田は、101号室に住む住民のひとりで、俳優の袴田吉彦に瓜ふたつの久住譲役を演じているが、作中でも袴田＝久住自身によってそのことが言及されるばかりか、他の登場人物たちによって初主演を務めた代表作の映画『二十才の微熱』（一九九三年）や、二〇一七年の不倫騒動といった現実の袴田の経歴が小ネタ的に触れられる。そして、久住は交換殺人ゲームで自分の殺したい人物として袴田の名前を書き、第五話ではその袴田自身が演じる「袴田吉彦」が時代劇の撮影中に何者かによって惨殺されるという展開が描かれ、SNSでも大きな反響を呼んだ。同じような趣向は、マンションの管理人である床島役で登場しつつドラマの冒頭でストーリーテラーとして本人が出演する竹中直人や、401号室の木下あかね（山田真歩）のファンとして第一二話で登場するミュージカル俳優・山崎育三郎にも当てはまる。こうした俳優の素と演技が脱臼される印象は、小劇場演劇に入れ上げる103号室の田宮淳一郎（生瀬勝久）の存在によっても加味されるだろう。

あるいは、続く『真犯人フラグ』の場合はどうだろうか。たとえば、これは厳密にはメタフィクションの定義からは逸れるかもしれないが、本作には前作『あな番』の登場人物たちがいたるところにゲスト出演するという趣向がある。あるいは、物語の最終シーンを見てみよう。ここで、凌介のナレーションが流れるなか、彼が書いた小説の原稿用紙が写されるが、その画面外のナレーションの言葉と凌介が原稿に書く小説の言葉が一致している。すなわち、この『真犯人フラグ』という物語自体が、凌介が書いている小説の世界のできごとだったのではないかという宙吊り感とともにドラマが終わるのだが、これも明らかにメタフィクション的だろう。

だが、それ以上に『真犯人フラグ』にある種のメタフィクション的な感覚をもたらしているのは、やはり何といってもそのタイトルにも反映されているように、『真犯人フラグ』という考察系ドラマを視聴する私たち現実の視聴者を取り巻くメディア環境を作中のドラマに入れ子状に取り込んでいる数々の設定であるだろう。

より具体的に見ていこう。すでに触れたように、本作の主人公は愛する妻の真帆（宮沢りえ）と高校生の娘と小学生の息子を突如失い、行方探しの一環として、旧友で週刊誌『週刊追求』の編集長を務める河村俊夫（田中哲司）の力を借り事件を記事化して世情に訴える。ところが、当初は凌介に同情的だった世間の声もあるＳＮＳの投稿をきっかけに悪意ある憶測やバッシングに変貌する。作中では、こうしたいわくありげな妻子失踪事件にまつわる凌介に向けられた世間の好奇と疑惑の眼差しや野次馬的な欲望が、昨今の映画やテレビドラマでよく見られるような、Ｘの呟きのイメージとなって可視化され画面に溢れ返る。

あるいはより重要な存在が、下世話な暴露チャンネル「ぷろびんチャンネル」を運営している冴えないYouTuberのぷろびん（柄本時生）だ。目立ちたがり屋の彼はチャンネルの登録者数を増やしたいという下心も加わり、相良家失踪事件を格好のネタとして、疑いを向けられた凌介への疑惑をさらに増幅させる動画を撮影して配信している。

もはやいうまでもないが、こうした『真犯人フラグ』におけるYouTuberの動画配信やXなどSNSでの一般人たちの呟き＝事件に対するコメントや考察は、作中世界の描写という枠に留まらず、まさにこの『真犯人フラグ』という連続ドラマを観ながら毎週、画面の前で物語の謎への考察を働かせてSNSでやりとりしたり、関連の動画を配信している現実の視聴者たちの姿にそのまま重ねられる。そして実際に、現実のYouTube上にも「ぷろびんチャンネル」が開設されており、作中でぷろびんが配信した動画が実際に視聴できる。さらに、作中でぷろびんのチャンネルが凍結されたり動画が削除されたりすると、現実のYouTubeのチャンネルにもまったく同じ処置が起こったのだ。

実際のところ、YouTubeが社会に普及していった二〇〇〇年代後半以降、この『真犯人フラグ』の趣向のように、現実の動画配信プラットフォームを活用してメタフィクション的な物語作りやプロモーションを展開する映画やテレビドラマは目立っていた。

ちなみに、このYouTubeやスマートフォンに象徴されるように、映像が日常生活のいたるところに遍在することが自明のリアリティとなった今日的な状況を、かつて私は「映像圏imagosphere」と名づけた。そして、この映像圏システムを前提とした上記のような物語展開やプロモーションを採用した作品として、マット・リーヴス監督の『クローバーフィールド／HAKAISHA』（二〇〇八年）などを取り上げた。[*2] その意味では、今日の考察系ドラマもこうした手法を踏襲している。

さらにいえば、こうした趣向は、第七章で言及した批評家の東浩紀がちょうどほぼ同時期に提唱した「ゲーム的リアリズム」の議論とも関連している。[*3] 当初は「メタリアル・フィクション」とも呼んでいたこの東の概念も、テクストの受容者（ゲームでいえばプレイヤー、ドラマでいえば視聴者）が、そのテクストの文脈をなすメディア環境を前提にテクストを受容しつつ、またテクストの側も受容者のそうした条件をあらかじめ織り込んで作られているようなタイプの作品を指すものだった。考察系ドラマの映像メディア論的な視点からの興味深さは、まずはこの点にあると言える。

4　考察系ドラマヒットのメディア的要因

このように、考察系ドラマの作品世界には、「スクリーンの遍在」や「映像の多様化・拡散化」が浸透した現代の映像メディア環境を前提とした、メタフィクション的な構造や設定がはっきりと認められる。そして、このことは、もとよりこれら考察系ドラマのヒットの背景要因そのものにも関係している。たとえば、あるウェブ記事でテレビドラマ評論家の成馬零一は、ヒットの理由として、ふたつの事象を挙げている。まず第一に、Xをはじめとするリアルタイムウェブツールとアテンション・エコノミーの社会的浸透だ。

2010年頃から、ドラマを見ながらリアルタイムで感想をSNSに投稿する人が増えました。その現象がこの10年ほどで完全に定着し、今は「SNSで話題になるか」を意識して制作されるドラマもあります。変化していく視聴スタイルに、感想や自身の推理を言い合いやすい「考察ドラマ」がうまくハ

＊2　渡邉大輔『イメージの進行形——ソーシャル時代の映画と映像文化』人文書院、二〇一二年、三九頁。
＊3　東浩紀『ゲーム的リアリズムの誕生——動物化するポストモダン2』講談社現代新書、二〇〇七年。

マり、ブームになっていったのではないでしょうか［…］
ブームの火付け役である『あなたの番です』の企画は秋元康氏です。秋元氏はSNSを駆使して物事をイベント化する手腕に長けたプロデューサーですから、考察ドラマも「1クールかけて参加できるイベント」のようにして、ゲームやライブエンタメが好きな層を取り込んだ印象があります[*4]

だいたい二〇〇〇年代以降の文化批評やメディア論でつとに言われてきたように、いまから十五年ほど前に本格的に登場したXなどのソーシャルメディアは、「いま・ここ」＝リアルタイムで不特定多数の人々と一緒に消費するコンテンツやイベントの価値を飛躍的に高めた。それまでのコンテンツの中心は、雑誌やレコード、ＤＶＤなどのパッケージ＝モノだった。しかし、YouTubeなどの動画サイトやスマートフォンなどのデジタルデバイスの普及は、必然的にそうしたパッケージ商品の価値を下げる（デフレ化）。二一世紀では、そうしたいわば「いつでも体験／消費できる」パッケージコンテンツよりも、「いま・ここでしか体験／消費できない」というエフェメラルなリアルタイムのライブコンテンツのほうが相対的に力を持つようになるのだ（モノ消費からコト消費へ）。

その時に、数ある映像メディアのなかでも、テレビはＳＮＳと連動し、「いま・ここ」のライブ体験をシェアするのに格段に向いている。放送時間中にリアルタイムにＳＮＳでほかの視聴者と一体となって盛り上がって楽しみ、そのリアルタイムの反響＝バズりがさらなる注目＝アテンションを集めて増幅する……という今日的な文化消費の構造に、「考察」という要素がぴったりはまったのである。しかもその考察系ブームを牽引した秋元が、一方でまさに「会いに行けるアイドル」＝ライブ重視というコンセプトで二〇一〇年代の日本のエンタメシーンを席巻した「ＡＫＢ48」グループ、「坂道」シリーズのプロデューサーでもあったのはきわめてわかりやすいというわけだ。

そして成馬は、第二にコロナ禍による「ステイホーム」と配信サービスの普及を挙げている。


見逃し配信サービスが定着し、たとえ見そびれたとしても追いつける環境が整ったことで、最近のドラマは1クール、つまり3カ月かけて一つの大きな謎に挑みやすくなりました。また、2010年代は家を飛び出して何かを見に行く、食べに行くといった〝現実の体験〟がトレンドで、それを通じたコミュニケーションも盛んでした。しかし、コロナ禍で気軽に出歩けなくなると、家で楽しめるカルチャーが勢いを増すようになったのです[*5]

先ほど述べたように、二〇一〇年代までの文化消費は、大規模ロックフェスからアイドル文化、地域アート、アニメ聖地巡礼、あるいは二・五次元舞台まで、「いま・ここ」の経験を楽しむライブエンターテイメントが主流となった。

しかし、周知のように、二〇二〇年の新型コロナウイルス感染症の世界的パンデミックによって、そうしたライブは不可能になってしまった。そうしたなかで、テレビドラマはいわば「家で楽しめるライブ」として新たな価値を付与された一方、Amazon プライム・ビデオや Hulu といった定額制動画配信サービス

＊4　鶉野珠子「「あなたの番です」「最愛」…〝考察ドラマ〟はなぜ一大ブームとなったのか」、ダイヤモンドオンライン、ダイヤモンド社、二〇二二年、https://diamond.jp/articles/-/304045。
＊5　同前。

の普及は、リアルタイムの「見逃し」にも対応可能にしたのである。

以上のような成馬の状況分析は、さしあたり的確なものだろう。実際、画面上に現れるXのポスト(旧・ツイート)の内容はすべて物語の内容と関連するものであり、本作で演出のひとりを務めた佐久間紀佳は以下のように証言している。「劇中のSNSの書き込みは、リアルタイムで見ていると文字が読めない速さで切り替わるんですが、録画や配信では何回でも見返すことができるので、スピードを速くしました。適当なものではないです。とても念入りに、何人もの目でチェックしています[*6]」。つまり、『真犯人フラグ』はリアルタイムの地上波放送のみならず、あらかじめ配信での視聴も前提に演出されていたことがわかる。この点は映画批評の領域では、おもに二〇〇〇年代から注目されている「パズル映画 puzzle films」と呼ばれるスタイルの特徴とも共通していると言えるだろう。かつて拙著でも紹介したように[*7]、パズル映画とは、物語やシークエンスの時系列や世界線が断片化したり錯綜していて、その言葉通り観客の側にパズルの絵解きのように解読を要求するタイプの映画を指す。クリストファー・ノーランの映画などが有名だ。

こうしたタイプの映画の台頭には、映画館のスクリーンでの一回きりの鑑賞ではなく、何度でも早戻し・早送りしながら視聴できるパッケージソフトや配信サービスの普及が前提にあるとされる。以上の文脈からも考察系ドラマとはまさに配信サービスの社会的普及と連動したwithコロナ時代特有の演出スタイルを備えたドラマジャンルだということができる。

そして、考察系ドラマはその内容にも以上のような映像コンテンツをめぐるメディア環境を巧みに取り入れて制作されたと言える。そして、こうしたメディア的な要因による表現や演出の変化は、ひるがえって今日の本格ミステリの文脈に照らしても少なからぬ示唆を与えてくれるもののように思われる。たとえば、『真犯人フラグ』の公式ウェブサイトには、「考察メーカー　＃まさかの真犯人フラグ」と「一番怪しいのは誰!?　＃みんなの真犯人フラグ」というコーナーが置かれている。このうち、前者はサイトページに物語のすべての登場人物の顔が並んで個々に選択できるようになっており、以下のように説明が記されている。

犯人は気になるけど、考察まではしてなかった人、考察してみたけど、全然わからなくなった人へ！自分が怪しいと思う人を選択すると、他の人物・時間・場所・行動をランダムに組み合わせて、勝手に事件の謎を解いてくれるかも？　思ってもみなかった、まさか、もしや、よもやという考察を「＃まさかの真犯人フラグ」を付けて投稿しよう！[*8]

また、後者には以下のような説明がある。

＊6　山口美奈、斉藤和美、鍛治屋真美、スタッフインタビュー「演出 佐久間紀佳」、『真犯人フラグオフィシャル考察ガイド』東京ニュース通信社、二〇二二年、一三一頁。

＊7　渡邉大輔「ワールドビルディング時代の映像コンテンツと21世紀の文化批評」、『明るい映画、暗い映画──21世紀のスクリーン革命 映画・アニメ批評 2015-2021』blueprint、二〇二一年、一七〇～一七二頁。パズル映画については、以下を参照。Cf. Warren Buckland. ed., *Puzzle Films :Complex Storytelling in Contemporary Cinema*, Wiley-VCH, 2008.

＊8　https://www.ntv.co.jp/shinhannin-flag/maker/

みんなが発信するツールを手にした現在。まさに一億総〝推理作家〟時代。あなたが思い描く、この物語の真相は？　真実を暴くのは、あなたかもしれません。主人公・相良凌介が巻き込まれる母子失踪事件の真犯人は、一体誰なのか⁉　みなさんも推理しながら、怪しいと思う人に投票し、真犯人フラグを立ててみて下さい！　毎週、一番怪しいと思われているのは誰なのかをランキング形式で発表します。[*9]

そしてその下には視聴者からの投票結果を反映させた登場人物ごとのランキングと、ランキング投票率が円グラフで掲載されている。すなわち、「♯まさかの真犯人フラグ」は、「犯人は気になるけど、考察まではしてなかった人、考察してみたけど、全然わからなくなった人」に向けて、診断メーカーのように任意に人物を選択すると、ウェブサイトのほうが自動的に諸条件を組み合わせて「勝手に事件の謎を解いてくれる」コーナー。かたや「♯みんなの真犯人フラグ」は、視聴者が怪しいと思う人物を投票していって、それをランキング形式で表示するコーナーだ。

もはや明らかなように、これらのコーナーはそれぞれ本書の第八章でも論じたいわゆる「検索型ミステリ」の仕組みを実装し、体現するシステムにほかならない。前者は、まさに検索エンジンのようなシステムが相対的な解答をヒューリスティックに導き出すコーナーであるし、後者にいたってはあの米澤穂信の『インシテミル』（二〇〇七年）の世界観をそのまま現実化している。「必要なのは、筋道立った論理や整然とした説明などではなかった。どうやらあいつが犯人だぞという共通了解、暗黙のうちに形作られる雰囲気、、、こそが、最も重要だった」[*10]。まさに雰囲気＝リアリティによって相対的に怪しい人物が犯人だと目され、そのランキング結果が、またＳＮＳの呟きとなってウェブ上に拡散され、「考察」へのインセンティヴを加速させる……。今日のメディア条件を巧みに活用した考察系ドラマは、以上の側面ではじつは本書で浮かび上がらせてきた現代の本格ミステリのパラダイムをこの上もなく忠実に実現している作品群でもあるのだ。

5　複雑性の縮減装置としての主人公キャラ

令和初頭の考察系ドラマは、ポスト検索型ミステリのパラダイムに即しつつ、現実の視聴者側の映像メディア環境も前提にしたメタフィクション的な趣向を取り入れている。

しかし他方で、おそらくこうした試みはややもすると、物語展開やキャラクターの行動原理を過度に複雑化し、ミステリに必ずしも関心のない一般視聴者を置いてきぼりにする可能性が出てきてしまう。私の見るところ、『あな番』と『真犯人フラグ』にはもうひとつの注目すべき共通点があるが、それは図らずも（？）こうしたリスクへの対処になっていると感じられる。

それは、どちらのドラマも、物語の主人公が——時にやや非現実的に感じられるほど——純朴な性格に設定されていることだ。『あな番』の田中圭演じる手塚翔太は、とにかく一途に妻の菜奈を愛する夫として描かれる。そのため、菜奈のことはもちろん、彼女の周囲の人物でさえほとんど疑うことがない真正直な人物である。さらにその傾向は、『真犯人フラグ』の西島秀俊演じる相良凌介にいたってますます顕著になるだろう。彼もまた、現代では稀に見る純朴で誠実な人物であり、実際に作中でもそのことは部下の

＊9　https://www.ntv.co.jp/shinhannin-flag/flag/
＊10　米澤穂信『インシテミル』文藝春秋、二〇〇七年、三六六～三六七頁、傍点原文。

二宮瑞穂（芳根京子）によって何度となく指摘される（実際、凌介があまりに周囲を疑わず、ボケッとしているので、少なくとも私自身は、正直、ややイライラしながらドラマを観ていた）。

すなわち、考察系ドラマでは、まさにゲームのプレイヤーのように、ドラマの視聴者の側が際限なく事件についての考察＝推理を共有し、増幅し、コンテンツに積極的に参加できる仕組みになっている。だからこそ、いわば操作される視点キャラクターとしての翔太や凌介はあえて過度によけいな考察を駆使しない、素朴な性格として設定されているのではないだろうか。この設定こそが、考察系ドラマに生じる複雑性を効率よく縮減しているのだ。

似たようなことはほかのキャラクター設定にも言える。『あな番』も『真犯人フラグ』も、402号室の榎本早苗（木村多江）にせよ、301号室の尾野幹葉（奈緒）にせよ、あるいは相良家と同じ団地に住んでいる菱田朋子（桜井ユキ）にせよ、エキセントリックな怪しい人物があちこちに登場し、視聴者を惑わせる。

かと思いきや、『あな番』では詳細は記さないが、複数の人物がいわゆる「反社会性パーソナル障害」に該当するサイコパス的な気質を持つことが明かされる。殺人犯がサイコパスであることは、本格ミステリ的にはホワイダニットの観点から練りこまれているとは言い難いところがある。ただ、これもいわば主人公の純朴さと表裏の関係にある設定だと言えないだろうか。[*11] メタフィクション的な複雑さとそれと背反するようなキャラクターの性格設定のある種の単純さがうまくブレンドされた設定が、考察系ドラマの固有のカタルシスの一端を支えているのだ。

いわば考察系ドラマとは、本格ミステリの謎解きのリアリティをめぐる今日的変容と、私が映画批評の文脈で考察する映像メディア環境のパラダイムシフトの交差する地点で生まれた指標的なエンターテイメントなのだ。

＊11　ちなみに、真犯人も含め登場人物にサイコパス的なキャラクターが複数紛れこんでいるという点は、くわがきあゆ『レモンと殺人鬼』（二〇二三年）など、最近の話題作にも見られる。

おわりに

1　「with コロナ」時代における「謎のリアリティ」

本書では、一九〇九年生まれの埴谷雄高から一九八〇年生まれの辻村深月にいたる六人の作家と、『ファウスト』、検索技術、ポストヒューマニティーズといったさまざまな視点からの三つのテーマ、そして映像作品をめぐるふたつの批評を通じて、おもに現代日本の本格ミステリに見られる変容の諸相を辿ってきた。

「はじめに」でも記したように、本格ミステリ＝探偵小説というジャンルは、映画と同様に、近代、あるいは二〇世紀という固有のパラダイムの内実をはらんだ典型的な文化のひとつだとみなしうる。そして、だとするならば、しばしばポストモダンとも称される社会の到来とともに、その大小さまざまなジャンル的な変容が見られることは時代的な必然でもある。それゆえ私がこれまで映画批評の仕事でも取り組み続けてきたように、その変容を批評的に検討することには意義があるだろう。

ところで、時代と、それに伴うジャンルの変化の相関関係ということでいえば、本書の論述のなかでは、二〇二〇年に起こった新型コロナウイルス感染症（Covid-19）の世界的パンデミックについては触れられなかった。ここでは本書のまとめも兼ねて、最後に、いわば「with コロナ」時代における——今回のコロナ・パンデミックに関しては、社会的には「収束」の方向に向かっているが、そこで起こったさまざまな社会的変化は不可逆のものであり、また、今後も新たなパンデミックが発生することは容易に想像がつく——ミステリの「謎のリアリティ」の変容の一端について考えてみたい。

2 ミステリを先回りで観る人たち——読者＝視聴者の変容

本書のように、現代ミステリのさまざまなジャンル的変容を検討する批評においては、しばしば「名探偵」のスタンスの変化が注目されてきた。近年のミステリの新刊でも、タイトルに「探偵」というワードを冠する作品が目に付く。まさに『名探偵は嘘をつかない』（二〇一七年）でデビューした阿津川辰海もそのひとりだろう。

すでに指摘もあるように、阿津川の代表作である「館四重奏」シリーズ（二〇一九年〜）は、そうした現代における「名探偵」の存在意義が作中の主人公＝名探偵によって内省されるという、いかにも現代ミステリらしい趣向がある。たとえば、『蒼海館の殺人』（二〇二一年）でも、作中では登場人物によって繰り返し、そのような認識が語られる。「そのせいで葛城は——謎を解くことが絶対的に正しいと、信じられなくなったのだろう」[*1]。こうした

＊1　阿津川辰海『蒼海館の殺人』講談社タイガ、二〇二一年、二一一頁。

「内省し、逡巡する名探偵」のイメージは、エラリー・クイーンの後期作品を範例として、現代のミステリ評論でもしばしば議論の俎上に載ってきた。[*2]

とはいえ、かつてG・K・チェスタトンが探偵を「批評家」になぞらえたように、今日では同じ問題は、むしろ「読者」――本格ミステリの受容経験のレヴェルでも検討されるべき事態になっている（実際、ミステリに限らず、ここ十年ほどの文芸批評でも読者論は目立っている）。先の『蒼海館の殺人』でもこんなことが言われていた。「『探偵の存在意義』なんてテーマに、今どれだけの読者がついていけるのかな。名探偵とは。謎を解く存在はどうあるべきか。いくら真剣に向き合っても、その先には誰もついてこないかもしれない。君以外誰一人立っていない、そんな焼け野原かもしれない」[*3]。

その点に関していえば、最近でもきわめて兆候的な事態が報告されている。「はじめに」でも取り上げた『映画を早送りで観る人たち』（光文社新書）で著者の稲田豊史は、映画や連続ドラマ、アニメなど映像コンテンツのいわゆる「倍速視聴」の現状について取り上げている。この倍速視聴もまた、NetflixやAmazonプライム・ビデオといった定額制映像配信サービス（サブスクリプション・サービス）の社会的浸透に、コロナ禍での「ステイ・ホーム」が相俟って、一挙に世の中に知られることとなった。そして、この稲田の報告で見逃せないのは、すでに触れたように、彼が注目する、映画やドラマを途中まで観て、あるいはそもそも観る前にネタバレサイトや考察サイトを読み、あらかじめ結末や真犯人をわかった上で鑑賞するという――おそらくある世代の、またはある嗜好の人々にとっては驚くべき――態度の浸透である。稲田によると、こうした振る舞いをする人々にとっては、たとえば「ミステリーもので、『この人、殺されるのかな？　助かるのかな？』ってドキドキするのが苦手」で、もはや「「予想もしないどんでん返し」や「複雑で込み入った物語」はすべて不快」[*4]なのだそうだ。

いうまでもなく、こうしたメディア経験やそれに伴う感性は、普通に考えれば、そもそも本格ミステリ＝探偵小説という娯楽ジャンルが持っている本来のカタルシスを根本から否定するものでもあるだろう。そのコンテンツを自分なりに「カスタマイズ」して「消費」する現代の視聴者にとっては、名探偵が「謎を解くことが絶対的に正しいと、信じられなくなっ」ているし、まさに阿津川のいう誰もいない「焼け野原」が広がっている。しかも、稲田が報告する現実のこうしたメディア経験は、じつは昨今のミステリ自体が追認しているものでもあった。たとえば、第二三回日本ミステリー文学大賞新人賞を史上最年少で受賞した『暗黒残酷監獄』（二〇二〇年）で、作者の新鋭・城戸喜由は、このように記すのである。「ディテールなんてどうでもいいんですよ。本筋さえわかれば」、「僕、ミステリのネタバレ

＊2　たとえば、笠井潔は、「後期クイーン的問題」をはじめて本格的に論じた評論で、後期作品にあたる『十日間の不思議』（一九四八年）において、エラリー・クイーンが、作中の同名の名探偵が真犯人の演出（操り）によって友人を死に至らしめてしまったことへの後悔を吐露させる描写に注意を促し、ここには「『本格推理小説』の根拠の不在」が主題的に描かれていると指摘している。笠井潔『探偵小説論II——虚空の螺旋』東京創元社、一九九八年、一九九頁以下を参照。

＊3　前掲『蒼海館の殺人』、一三二頁、傍点引用者。

＊4　稲田豊史『映画を早送りで観る人たち——ファスト映画・ネタバレ——コンテンツ消費の現在形』光文社新書、二〇二二年、二〇五頁。

サイトでどんでん返しだけ確認したりするんですけど、かなり楽しいですよ」[*5]。この登場人物の台詞は、明らかに『映画を早送りで観る人たち』の切り取る現代の視聴者＝読者の性向をなぞっている。

3　本格ミステリの時間論——時間感覚の変容

おそらく、ここにはサブスクの倍速視聴にも典型的に現れているように、現代の私たちの時間感覚のある変容が兆候的に映し出されている。つまり、当然のことながら通常の本格ミステリの物語の醍醐味には、読者を錯覚（ミスリード）させる当初の謎や嘘から唯一の真相へと覆るような決定的かつ不可逆のリニアな展開が前提され、また期待されている。ただ、右のメディア経験においては、こうしたリニアな時間経験はなし崩しにされてしまっている。

それは、ミステリが描く謎の質のレヴェルで言い換えれば、できごとの客観的な真実などどうでもよく、いわば自分の思っていた通りに話が展開し、それゆえに目の前のストーリーが真でも偽でももうどちらでもよい、つまりは可能性として嘘がどこにでもフラットに含まれていることをも許容するポスト・トゥルース的な態度にも通じているだろう。その、とりあえず真相でもどこか嘘っぽい、より正確にいえば、それは「自分の思った通り」の、「本人だけが真相だと思う解決」という宙吊り感覚を脱せない——本論でも扱った昨今の「多重解決もの」にも通じる、現代ミステリの趨勢は、こうしたメディア経験の変容にも結びついているはずだ。つけ加えておけば、そうした手触りは、「絵解き」を主題にした、昨今話題の雨穴による一連のホラーミステリにもどこかあてはまるように思える。『変な家』（二〇二一年）や『変な絵』（二〇二二年）では、「家の間取り」や「絵」といった視覚的要素がミステリの謎、あるいはホラーの恐怖の源泉となるが、それも結局は「言われればそうも見える」というアナログな恣意性の上に成り立っており、なおかつ一枚絵のイメージゆえの無時間性もまとっている。とまれ、社会学者の片上平二郎もまた、阿津川作品を論じるなかで、現代の本格ミステリの特徴のひとつに、「時間ミステリ」を挙げていたが[*6]、以上のような時間の問題が近年の本格ミステリでより目立ってきていることは確かだろう。

たとえば、その点で二〇一五年に第一二回ミステリーズ！新人賞佳作を受賞し、その後、「ミステリ・フロンティア」の一冊として刊行された新鋭・榊林銘のデビュー作となる短編集『あと十五秒で死ぬ』（二〇二一年）は興味深い。本書には、受賞作「十五秒」と書き下ろしの二編を含む四つの短編が収録されている。

冒頭に置かれた受賞作は、物語の最初の語り手となる「私」が背後から何者かに銃で撃たれ、殺される直前の瞬間から幕を開ける。彼女は、時計の針が止まったかのようになぜかすべてが静止した世界のなかで、目の前に現れた猫の姿の死神から自らの余命があと十五秒だけ残されていると知らされる。そこで、「私」はその十五秒間の時間を自在に止めたり動か

＊5　城戸喜由『暗黒残酷監獄』光文社、二〇二〇年、二一三頁、傍点引用者。
＊6　片上平二郎「あらかじめ壊された探偵たちへ――阿津川辰海論」、限界研編、蔓葉信博編著『現代ミステリとは何か――二〇一〇年代の探偵作家たち』南雲堂、二〇二三年、二三二頁以下。

したりしながら、撃った犯人を突き止め反撃を企てる。物語は、そんな「私」と彼女を殺した犯人双方の視点が交互に切り替わりながら展開していくのである。また、一種の劇中劇のような趣向になっているつぎの「このあと衝撃の結末が」は、生放送の犯人当てテレビドラマの最終回で、画面を見逃していたわずか十五秒のあいだに突如死んでしまった登場人物から物語の謎を主人公の「俺」が推理する話。三つ目の「不眠症」は、「母様」と呼ぶ里親と一緒に乗っていた自動車が高速道路で事故に遭うまでの十五秒を主人公の「私」が繰り返し夢に見る幻想的な小品。そして最後の「首が取れても死なない僕らの首無殺人事件」は、首から上が胴体から切り離されても十五秒までは死なないという特殊な体質を持つ「赤兎人」の島で発生した首なし焼死体事件の謎を高校生が解決するという物語だ。巧緻な特殊設定（SF）ミステリと「推理バトル」スタイルを組み合わせたような冒頭作からバカミステイストのトンデモ設定が印象的な最終作まで多彩な手札を披露しながらも、すべての物語がいずれも何らかの意味で「死ぬまでの十五秒間」を描いている点で共通しているという、作者の手腕に唸らせられる。

そこでまず注目してみたいのは、そのタイトルからも明らかな通り、この短編集の物語たちが総じて、やはり本格ミステリにおける「時間」の問題を扱っていることだ。しかも、「十五秒」に典型的なように、それはまさにここで述べている昨今の「サブスク的」な時間感覚とも通底している。

もとより、表象文化論やメディア論、あるいは社会思想などの文脈から本格ミステリ＝探偵小説について考えるときに、しばしばその「空間」的な側面が注目される。たとえばそれは、一九世紀の都市遊民（群衆）や近代市民社会の出現と探偵小説を関連づけたベンヤミンやハワード・ヘイクラフトらの古典的な探偵小説論などに如実に表れている。また、（これは厳密には時間の問題とも切り離せないが）今日でも、円堂都司昭から藤田直哉、そして私の仕事にいたるまで、インターネットのサイバースペースなど新たな情報環境の作動からの影響を重視する現代ミステリ論などもそれにあてはまるだろう。

他方で、時間表現の特異性を主題にしたこのジャンルをめぐる重要な考察もかねてから存在してきた。それらは著名な思想家スラヴォイ・ジジェクのように（『斜めから見る』を参照）、探偵小説というジャンルを二〇世紀になって出現した独特の時間性との関係から読み解くというものが多い。そのなかで、そのジジェクの議論にも触れている社会学者の大澤真幸は、その要点をつぎのように簡潔にまとめている。

探偵小説の根本的な特徴、それは、終わりこそが始まりだということ、（小説の）最後においてこそ（出来事の）起点が示されるということである。小説の冒頭で、殺人が提示される。人は、何がどのように継起して、このような悲惨な結末（殺人）に至ったかが、わからない。最後に、探偵が、出来事がどのように関連し、こうした結末へと収斂したかを説明するのだ。[*7]

＊7　大澤真幸『量子の社会哲学――革命は過去を救うと猫が言う』講談社、二〇一〇年、九七頁。

大澤はこうした本格探偵小説の典型的な形式が、じつはこのジャンルの台頭とほぼ同時期の二〇世紀初頭に生まれたアインシュタインの相対性理論とその本質を共有していたと指摘する。

ともあれ、ここで引かれている見取り図は、二〇世紀的な本格ミステリ＝探偵小説の謎解き（論理的解明）の時間の持つ「連続性」や「全体性」の特徴を集約的に示している。ここではさしあたり謎解き物語の時間展開の「起点」と「最後」は、ひと続きに、かつラストの一点に向かって「収斂」していく構造を持つ。もちろん、厳密にいえばその連続性や全体性はきれいな一直線ではなくねじれていて、――それが大澤社会学のおなじみのパターンなのだが――そこでは「終わりこそが始まり」になっている、すなわち、名探偵が、物語空間にほかの登場人物とともにいながら同時に例外的かつ超越的な「観測者」でもあるという唯一の「陥没点」として存在することによって、小説の謎解きのプロセス＝時間がアクロバティックに一点にまとめられる。探偵小説では、名探偵だけが最後に事件のさまざまな辻褄を合わせられるのは（名探偵の無謬性）、彼がいわば謎解き世界に参加していながら一人だけ参加していないという特異な存在としてはじめからあらかじめ配置されているからである。ちなみに、この二〇世紀的な名探偵の持つ性質を、大澤が依拠する現代思想ならば「否定神学（的な超越性）」と呼び、一九九〇年代の日本の一部のミステリ評論ならば「後期クイーン的問題」（操り問題）と呼び、さらに大澤がなぞらえる相対性理論ならば「光速不変の原理」といいかえることができる。

いずれにせよ、二〇世紀に生まれた探偵小説＝本格ミステリの謎解きの物語が描き出す時間性とは、名探偵という例外的な特異点に支えられた、連続的で一点集約的な構成を持つものだった。大澤によれば、そうした探偵小説の特徴は、小説内の時空が登場人物のなかのひとりの「意識の流れ」に集約して描かれることになる二〇世紀初頭の前衛小説とも踵を接しているという（たとえば、その文化史的な対応関係は笠井潔なども指摘してきた）。

4 「サブスク的」な時間の浸透

ところが、繰り返しているように、二一世紀の現代に書かれている本格ミステリ＝探偵小説では、どうもその特徴がはっきりとわかる形で崩れてきていると思わざるをえない事態が生じている。いうまでもなく、『あと十五秒で死ぬ』の諸作品は、そのことをわかりやすい形で私たちに示している。すなわち、「十五秒」や「不眠症」などの小説空間においては、主人公を含む登場人物たちの謎解きをめぐる時間の設定は、自在に断片化（モジュール化）し、微分化し、しばしば可逆的（反復可能）なものとすらなる。あるいは、リドルストーリーのようにその結末を宙吊りにしたり、ときにゲームのように分岐させたりもする。榊林の「このあと衝撃の結末が」では、最終回で描かれた真相を確かめるために主人公の姉弟が録画してあったテレビドラマを最初から見返していく展開が出てくるが、この時間性はまさに、たとえばかつてであればビデオやＤＶＤ、現在ならNetflixのようなメディアのコンテンツ消費が体現しているものであるだろう。そこではやはり時間は自在に早送りや早戻し、一時停止となり、ループもする。

実際、こうした時間表現は、じつは現在の私がおもに批評の対象としている映画の領域においても、よりはっきりと描き出されているように思える。ミステリとも近い作風でいえば、世紀の端境に作られた『メメント』(二〇〇〇年)やコロナ禍に異例の大ヒットをした『TENET テネット』(二〇二〇年)で知られるクリストファー・ノーランの作品世界がまっさきに挙げられる。それから、テッド・チャンのSF小説を原作としたドゥニ・ヴィルヌーヴ監督の『メッセージ』(二〇一六年)も同じテイストを持つだろう。それらの映画でもまた、時間はあたかもパズルのようにバラバラ(ノンリニア)になり操作可能になる一方で、容易に全体を見通せないものに変質している。

ちなみに、近代=二〇世紀を象徴するジャンルとして探偵小説ともしばしば並べられるこの映画もまた、先ほどの大澤の議論を参照して示した見取り図とほぼ同じ時代的並行性を形作っている。すなわち、パズルのようになった二一世紀の映画に対して、二〇世紀に確立した物語映画の一般的な様式である「古典的映画」も探偵小説と同様に、もともとは物語世界を連続的かつ全体的に叙述する技法を発達させたものだったからだ。複数のジャンルを横断して二一世紀の物語メディアに見られるこの時間表現の変化は、今日における謎解きの「リアル」を考えるにあたっても重要な示唆を与えるだろう。

5 ミステリとズーノーシス的世界

ところで、『あと十五秒で死ぬ』で榊林が描いた物語世界の総体を眺めていると、そこからは図らずも「withコロナ」世界を髣髴とさせるような設定が顔を覗かせてもいることに気づく。それが、この特異な時間表現にも通じる「本来は相互に対立しあう要素の置き換え可能性や相互干渉性」という様態である。

もとより、すでに述べたように『あと十五秒で死ぬ』や『TENET テネット』の世界では、「過去」と「現在」という本来は不可逆的（連続的）で重ならないふたつの要素が自在に戻ったりループしたりする。そういうふうに切り口を変えると、じつはこの特徴は、この短編集の物語のいたるところでほかの側面でも見られることがわかる。たとえば「十五秒」は、多くの本格ミステリ＝探偵小説では一般的に対立する要素として配置されるべき「被害者」（死体）と「探偵役」のキャラクターがひとつに重なって（交わり合って）いる。そしておそらくその趣向がもっともユニークな形で描かれているのが、書き下ろし作品の「首が取れても死なない僕らの首無殺人事件」だろう。

すでに述べた通り、この作品は首が胴体から切り離されても十五秒までなら元に戻って生きられる奇妙な人間たちの話だが、そのなかで主人公の高校生のひとりの身体が失われてしまう。そこで彼は、偶然出会った友人に頼み、なんとひとつの身体を使って十五秒ごとにふたつの首を交互に付け替えながら死なないようにするという「首お手玉」（！）をやりながら事件を推理していく。つまり、ここでもやはりひとつの身体を媒介として「自己（の首）」と「他者（の首）」という対立する要素が混ざり合っていることになる。

こうした趣向は、映画『メッセージ』とも思いの外近い。『メッセージ』では、主人公＝人類とエイリアンの交流が描かれるが、エイリアンは人類にはない、ノンリニア的な時制の認識能力（言語）を駆使しており、彼らとの交渉を重ねるうちに主人公もいつの間にかそうした能力が身に付いてしまう。つまり、ここでは時間性とも関わりながら人間とエイリアンという本来、対立しあう存在が流動的に交わり合うことになるのだ。

ともあれお気づきの読者もいるかもしれないが、こうした様態はまさに新型コロナウイルス（Covid-19）が世界的に蔓延した二〇二〇年代の世界のある本質的な側面のひとつを体現するものでもある。つまり、それが今回のCovid-19がかつての牛痘や結核、インフルエンザ、そして近年のSARSやMERSと同様に持つ、動物のウイルスに基づく感染症だという性質である。知られるように、Covid-19もいまなおはっきりとはわかっていないが、SARSなどと同様、コウモリ由来の感染症だと考えられている。

二〇二〇年には、このようなヒトと動物に境なく共通する感染症――いわゆる「人獣共通感染症zoonosis」（ズーノーシス）が、Covid-19のパンデミックによって世界的に注目された。

それは、これもここ数年、マスメディアでも注目を集める「SDGs」（持続可能な開発目標）やベストセラーとなった新書『人新世の「資本論」』（集英社新書）で著者の経済思想家・斎藤幸平も取り上げる「人新世」のように、二一世紀のグローバル資本主義や深刻な環境破壊と温暖化の影響によって、ヒトとヒト以外のさまざまなモノ（動物、自然、無機物……）がかつてない近さで接触しあうという新たな事態とも密接に関係する、文明史的災厄のひとつとしてあらためて捉え直されている。第九章でも、二〇一〇年代の本格ミステリにもしばしば見られた、人間が人間以外のモノとの相互交渉によって謎や物語が駆動されていくタイプの「ポストヒューマン」と呼べるミステリの可能性について検討した。そうした仮説的な事態は、図らずもCovid-19のパンデミックという形でいわば現実に顕在化したのだ。実際、医療社会学者の美馬達哉は、著書『感染症社会――アフターコロナの生政治』(人文書院)のなかで、そうしたCovid-19のズーノーシスとしての性質と現代のある種のポストヒューマン性との関連を鋭く指摘している。

ともあれ、ミステリの新たな時間表現を描き出した『あと十五秒で死ぬ』の諸短編が、他方で――とはいえ、その本質的要素を共有する形で――「withコロナ」のズーノーシス(人間と動物の相互干渉)のイメージをも比喩的に映し出していると読むことは可能だろう。たとえば、「『ちなみに「気付かれない」対象は人間だけで、猫や犬に見られても問題はありません』/『なんだか人間原理のような話だな〔…〕』」[*8]という会話が登場するが、ジャック・デリダの最晩年の動物論を想起させるようなこの会話にも、人間と動物たちとの「密」な交わりが仄めかされている。

そして、こうした観点からは、二〇二一年に刊行され、まさに「アフターコロナ」のズーノーシスを題材にした理系ミステリである茜灯里の第二四回日本ミステリー文学大賞新人賞受賞作『馬疫』を、時事的な要素を超えて多角的に読むという可能性が拓けてくるはずだ。獣医師であり現役の大学教員でもある作者による本作は、二〇二一年の開催後も新型コロナウイルスの感染拡大がヨーロッパで続き、夏季オリンピックがふたたび東京で開催される

＊8　榊林銘『あと十五秒で死ぬ』東京創元社、二〇二一年、九三頁。

ことに決まった二〇二四年の近未来の日本が舞台。日本馬術連盟の登録獣医師である主人公の一ノ瀬駿美はオリンピック競技に提供する馬の審査会に参加するが、そこで複数の候補馬がインフルエンザの症状を示して突如、暴れ始める。しかも、突き止めたウイルスの正体は、未知のタイプに変異した「新型馬インフルエンザ」だった。そして、この新型馬インフルエンザは、ヒトにも感染するズーノーシスであることが明らかになるのだ。

本作が、発生から足掛け四年が経過したいまも混迷が続くCovid-19と東京オリンピックにまつわる狂騒を意識して書かれていることは明白だが、ここで述べたように、そこにはさまざまな要素に共通して通じるより広い現代性が活写されているだろう。たとえば、本作においてそのヒトと動物との関わりは一方向ではない。作中で国立感染症研究所のポスドクが「人獣共通感染症は、動物由来でヒトに病気を齎すものばかりが注目されている。今回の新型馬インフルエンザでは、ヒトが動物に病気を齎す運び屋になっているのか！」[*9]と叫ぶように、それは動物からヒトにだけでなく、ヒトから動物へとウイルスを伝播させる側面も持っている。まさに両者が優劣なくフラットに相互交流するポストヒューマン的な局面が物語として スリリングに描出されているのだ。すなわち、『馬疫』の主題や物語が新型コロナウイルス後の世界をモティーフにしていることはわかりやすいが、ここでは本作をそれとは一見関わりのない『あと十五秒で死ぬ』と並行して読む視点がありえ、しかもそのことが重要だと強調したいのである。

なお、『あと十五秒で死ぬ』と同じく作者のデビュー作である『馬疫』に関して欲をいえば、新人作家らしく構成や語りがやや生硬なきらいがあることに加え、「パンデミックもの」

というモティーフの半ば必然的な帰結として、事件の脅威やサスペンスは描かれど、物語のクライマックスまでは、謎解きの要素に関してはどこか焦点が定まらない印象を感じる。しかし、これはしばしば指摘されるように、現実のCovid-19の極度に抽象的で散漫な社会的イメージにもそのままあてはまることでもある。

その意味で、もし仮に「withコロナ時代の表象文化論」といったものがありうるならば、『馬疫』の主題や叙述は、そのミステリ小説的な表象における具体的事例としても興味深いものだ。

6　危機の時代とミステリ批評の未来

以上のように、これは一例だが、おそらく私たちは昨今の本格ミステリ小説について、「withコロナ」のさまざまな社会的文脈から、そこで生起している想像力の思わぬ共通要素を「診断」することができる。そうした作業もまた、現代ミステリにおける「謎のリアリティ」の現在を観察するにあたって、今後不可欠な手続きになっていくだろう。

本書では、おおよそ「9・11」からコロナ・パンデミックを経たここ二十年ほどの日本の本格ミステリをめぐって、私から眺めてきたいくつかの重要な論点をまとめた。私のこれまでの著作と同じように、本書で扱った問題もまた、メジャーなミステリ評論の文脈からは逸

＊9　茜灯里『馬疫』光文社、二〇二一年、二四三頁。

脱していたり、見当違いなところもあるだろう。ただ、この二十年のあいだ、私なりに本格ミステリを愛し、本格ミステリを読み続け、本格ミステリについて考えてきた。そして、――これも私の映画批評やアニメ批評と同じく――従来の「ジャンルの自意識や自己イメージ」を逆撫でし、攪乱しない「批評 critic」（よく言われるようにそれは「危機 crisis」と同義である）などに何の意味もない。

その意味で、本書もまた、紛れもなく「ミステリ批評」として書いた。本書が描き出した「ミステリの世界」が、これからも本格ミステリを愛し、本格ミステリについて考え続ける人々に新たな気づきをもたらし、少しでもミステリの未来に繋がっていくことを望んでいる。

あとがき

本書は、私がはじめて書き記した、ミステリと、おもに小説をめぐる本である。

ミステリ小説について私が最初に公にした文章は、二〇〇六年一月に発表した西尾維新『ネコソギラジカル』三部作（二〇〇五年）についてのネット書評だった。以後、現在にいたるまでミステリをめぐる評論や書評を断続的に手掛けてきた。本書は、ささやかながら、いわば「ミステリ評論家」としての私のこれまでの二十年近くにわたる仕事の成果をまとめたものである。

映画批評家としての仕事のほうは、これまでにも折々に単著にまとめてきたが、ミステリ評論についても、いずれどこかのタイミングで一冊の本の形にしたいとかねてから願ってきた。ちょうど昨年（二〇二二年）、ここ十年近く取り組んできた映画批評の大きな仕事がようやく本になって刊行できたこともあり、ようやくその念願を果たし得たというわけである。しかも、「はじめに」にも記した通り、その実現の年が、私が探偵小説の魅力を知るきっかけになった江戸川乱歩の作家デビューからちょうど百年、また、小学生時代の乱歩作品との出会いから三十年、そしてミステリ評論を始める直接的な動機のひとつでもある講談社の文芸誌『ファウスト』の創刊から二十年といういくつもの節目の年となったのは、偶然にしてもひときわ感慨深いものがある。

したがって、本書の各章のほとんどには、それぞれ元になった既出の原稿がいくつかある。ただ、一番古いものでは、一五年以上前の批評家デビューの翌年に書いた原稿もあるため、そのまま掲載したものはほぼない。どの原稿も、本にするにあたって複数の論考の一部を適宜解体・再構築したりして、全体的に大幅な加除修正を施した。結局は、これまでの本と同様に、ほとんど書き下ろしに近いものになっている。

以下、本書の元原稿を示す。

はじめに　書き下ろし

第1章　1〜3「青春の変容と現代の『死霊』」、『群像』［特集・没後十年　あらためて埴谷雄高『死霊』を読み直す］二〇〇七年五月号、講談社、二三二―二四一頁

第2章　1〜3「経験と実在」、笠井潔『オイディプス症候群』、光文社（カッパ・ノベルス）、二〇〇六年、七二四―七三八頁／1「笠井潔「矢吹駆シリーズ」解説」、『ジャーロ』二〇一一年秋冬号、光文社、三二四―三二八頁

第3章　1〜4「自生する知と自壊する謎――森博嗣論」（「ミステリに棲む悪魔（メフィスト）」第一回）、『メフィスト』二〇〇七年九月号、講談社、六三六―六四三頁／5〜7「コンクリート的知性の可能性――森博嗣の「可塑的」な手触り」、『ユリイカ』［特集・森博嗣］二〇一四年一一月号、青土社、一三四―一四二頁

第4章　「メフィスト系の考古学――高里椎奈論」（「ミステリに棲む悪魔（メフィスト）」第四回）、『メフィスト』二〇〇八年九月号、講談社、四九二―五〇一頁

第5章　「How to do things with MAPs or unconsciousness. ——米澤穂信論」、限界小説研究会編『探偵小説のクリティカル・ターン』南雲堂、二〇〇八年、八三—一〇九頁

第6章　1〜2「現代ミステリは「希望」を語る——辻村深月論」（「ミステリに棲む悪魔（メフィスト）」第七回）、『メフィスト』二〇〇九年九月号、講談社、六八八—六九八頁／「ファンタジー・プラグマティズム・見立て——辻村深月論」、限界小説研究会編『探偵小説のクリティカル・ターン』南雲堂、二〇〇八年、四三—六八頁

第7章　「小説分析の地殻変動——『ファウスト』と文学的想像力」、限界小説研究会編『探偵小説のクリティカル・ターン』南雲堂、二〇〇八年、二三一—二五五頁／2「ミステリと嘘＝奇蹟の拡散」（「謎のリアリティ」第五一回）、『ジャーロ』二〇二三年三月号、光文社、四二八—四三三頁

第8章　「検索型ミステリの現在」、限界研編『21世紀探偵小説——ポスト新本格と論理の崩壊』南雲堂、二〇一二年、一六五—二〇七頁

第9章　「ミステリと超常的世界の到来」（「謎のリアリティ」第二一回）、『ジャーロ』二〇一六年夏号、光文社、四〇四—四〇九頁／「ミステリとアクタントの蠢き」（「謎のリアリティ」第二九回）、『ジャーロ』二〇一八年秋号、光文社、三三〇—三三四頁／「検索型からポストヒューマンへ——メディア環境から見た一〇年代本格ミステリのゆくえ」、押野武志・谷口基・横濱雄二・諸岡卓真編著『日本探偵小説を知る——一五〇年の愉楽』北海道大学出版会、二〇一八年、二四五—二

六六頁／「ポスト・トゥルース化するミステリの果て――『虚構推理 鋼人七瀬』論」、南雲堂編『本格ミステリの本流――本格ミステリ大賞20年を読み解く』南雲堂、二〇二〇年、二二五―二四一頁／「ミステリと嘘＝奇蹟の拡散」（「謎のリアリティ」第五一回）、『ジャーロ』二〇二三年三月号、光文社、四二八―四三三頁

第10章 「情報化するミステリと映像――『SHERLOCK』に見るメディア表象の現在」、『ユリイカ』［総特集・シャーロック・ホームズ］二〇一四年八月臨時増刊号、青土社、一〇七―一一六頁

第11章 書き下ろし

おわりに 3〜5「ミステリとズーノーシス的世界」（「謎のリアリティ」第四〇回）、『ジャーロ』二〇二一年五月号、光文社、三四二―三四七頁

なお、第三章の元原稿の一部である「自生する知と自壊する謎」は、すでに本格ミステリ作家クラブ編のアンソロジー『本格ミステリ08――2008年本格短編ベスト・セレクション』（講談社、二〇〇八年）、および『見えない殺人カード―本格短編ベスト・セレクション』（同上、二〇一二年）に収録されている。

どのような書き手もそうであるように、二〇〇六年から二〇二三年までのこの足掛け十八年のあいだに、当然ながら、私の批評は、中心的な問題意識から扱う語彙、文体の癖にいたるまで根本的に変わってしまった。このうち、文章に関しては、必要な範囲で手を入れたが、

内容については、とくに第二部に収めた数章は、論旨の過半が、元原稿が書かれた二〇〇〇年代後半の私の問題意識や言葉遣いをとどめている。とはいえ、そこにはやはり現在にまで通底する重要なテーマもいまだに含まれているように思われたし、逆に、現在の私からは後景に退いてしまった着眼点がかえって新鮮に見えたことも踏まえて、そうした箇所もあえてそのままの形で書物にまとめた。だとしても、読んでいただければおわかりの通り、本格ミステリというジャンルを、同時代の先端的な人文知やメディア環境と照らし合わせてその新たなアクチュアリティを見出すという一点において、私の関心は持続していたと言える。

前著の刊行前後、本書の企画を持ち込んだ当初は、(数年かけた仕事を終えて少々くたびれていたこともあってか) どちらかといえば、『明るい映画、暗い映画――21世紀のスクリーン革命』(blueprint) のような、めぼしい旧稿を評論集スタイルにまとめる、肩の凝らない「軽やか」な本を目指していた。ところが、蓋を開けてみれば、結局、今回も三〇〇ページを超える、それなりのヴォリュームの書物になってしまったのは、やはり性分だろうか。

ともあれ、本格ミステリ小説に関する本はこれで何とかまとめることができた。しかし、小説批評ということでは、本書から零れた過去の仕事もまだまとめられずにいる。そもそも私の批評家としての商業誌デビューは、――現在の本業(?)の映画批評を始める以前の――二三歳の時に『群像』誌に書いた赤坂真理論だった。その後も、中上健次、阿部和重、吉田健一……などの作家を主題に文芸評論も断続的に手掛けてきた。いつかまた、書き下ろしも含めて、これらの原稿をまとめた文学論の書物は書いてみたいと思っている。

※

本書は、私にとって四冊目の単著である。

本書の成立と、また私のミステリ関係の評論活動にあたっては、やはり多くの方々のお世話になった。

刊行するにあたって、まず誰よりも真っ先に御礼を申し上げたいのは、笠井潔さんである。あれは二〇〇五年の秋のことだったか、その年のはじめに批評家の東浩紀さんの発行していたメールマガジン『波状言論』に投稿した論文でデビューし、その後文芸誌に書いた評論もなんとかめでたく掲載されたものの、当時の私は、まだ大学院にも入り直す前で、フリーターかニートのような宙ぶらりんの立場であり、自分の人生はいったいこれからどうなるのか悶々としていた。そんなとき、彼自身もまだ駆け出しのライターだった前島賢さんにたまたま誘われて参加した紀尾井町の文藝春秋本社での読書会（これがのちの「限界小説研究会」=限界研となる）の場ではじめてお会いしたのが笠井さんだった。

「はじめに」でも少し記したように、『バイバイ、エンジェル』（一九七九年）をはじめとした笠井さんの作品や著作は、大学時代に出会って以来、ずっと愛読してきた。その著者と対面できたばかりか、その鋭利な作風や論述からさぞかし怖い方なのだろうなというそれまでの思い込みとは裏腹に、その日の例会の打ち上げの席で、私のような若造にも、じつに気さくに、温かく接していただいたときの感激は忘れられない。そして、笠井さんとは、それから五、六年にわたって、限界研の月例会で、または哲学者の西研さんたちとともに始めた

「現象学研究会」で、さらには時々のイベントやシンポジウムの場で、多いときは月に何度もお会いして話す濃密なお付き合いをさせていただいた。その間の夏には、限界研の勉強合宿として、会の他のメンバーたちと、八ヶ岳山麓の笠井邸にも何回となくお邪魔させていただいた。それらの会話や討議から私が受けた有形無形の影響は計り知れないものがある。それは、本書を読んでいただければ一目瞭然だろう。

前著『新映画論　ポストシネマ』（ゲンロン）では同じくらいの強い影響を受けた東浩紀さんに向けて謝辞を記したが、本書ではなんといっても笠井さんに対して心からの感謝を申し上げたい。まさにその笠井さんを取り上げた第二章をはじめ、本書の内容に対するご不満もおありかと思うが、それでもここまでにいたる私の仕事が、笠井さんから受けた巨大な影響と恩恵に少しでも報いるものになっていることを願うばかりである。

そして今回、編集作業の労を担ってくださった南雲堂の星野英樹さんは、二六歳のときに出した私の最初の著書（共著）である『探偵小説のクリティカル・ターン』以来、かれこれ十五年にわたるお付き合いがある。本書に収めた拙論を含むミステリ論集をはじめとした共著を何冊も手掛けてくださり、なおかつそれらの共著の編著者である、私もメンバーの一人の「限界研」の月例会のために長年場所を提供してくださったりと、私にとっては、駆け出し時代から批評家として独り立ちしていくにあたってひとかたならぬお世話になった（現在もなっている）、恩人と言える編集者のお一人である。そのような経緯もあり、もし自分がミステリ評論の単著を出すならば、企画を提案するのは、数々のミステリ小説や『本格ミステリー・ワールド』の版元という以上に、南雲堂以外には考えられなかった。今回もまた、星野さんは、遅々として進まない私の改稿作業や慌ただしい連絡にも、終始、丁寧に、的確に対応してくださった。当初、評論集の形を提案した私に対して、「一つのまとまった評論書の形にしましょう」と提案してくださったのも星野さんであり、結果的に、自分でも満足のいく本に仕上がった。これまでの数々の仕事でいただいたサポートも含めて、星野さんには大きな感謝の念を捧げたい。また、長い期間にわたるため、個別にお名前は挙げないが、元原稿の掲載媒体である『群像』『メフィスト』『ユリイカ』『ジャーロ』、『オイディプス症候群』ノベルス版、『日本探偵小説を知る』の当時の各担当編集者の方々にも深く御礼を申し上げる。

映画論である『イメージの進行形』(人文書院)、『新映画論』に続き、この『謎解きはどこにある』の刊行で、自分としては、二〇代から三〇代までの批評の重要な仕事のほぼ全貌が、ようやくまとまった形になり、踏ん切りがついたという感じがしている。

そして、笠井さんとともに、ここでぜひそのお名前に触れておきたい方がいる。故・松坂健さんだ。ホテルなどのサービス産業について大学で教鞭を執られるとともに、博覧強記の愛書家(ビブリオフィル)、そして世界的なミステリ研究者でもあった松坂さんとは、じつはミステリ業界ではなく、現在の私の勤務先の大学に同じ年に入職されてこられた職場の「同僚」として知り合った。当時の私は、まったく不勉強であり、松坂さんがミステリ評論ばかりか、映画評論でも著名な同業の先達であるということを知らなかった。一方、驚くほど幅広い人脈と早耳で有名な松坂さんのほうはなんと私のことまでご存じで、あの人懐っこい笑顔で話しかけてきてくださった。

それから松坂さんが定年で退職されるまでの数年間、大学バスのなかなど、さまざまな場所でいろいろなお話しを聞かせていただいた。二〇一六年には小鷹信光さんを偲ぶ会にお声をかけていただいたり（その会場では、小鷹氏の義理の息子である東さんともお会いしたのだった）、退職の際には、数十年前の『ＳＦマガジン』の貴重なバックナンバーを段ボール数箱分も譲ってくださった。

いつお会いしても少年のような好奇心とエネルギッシュな情熱を全身から発散していた。それだけに、ご退職後、わずか数年で病を得て亡くなられたと知ったときは信じられなかった。あの弾けるような笑顔にもう再会できないと思うと、ただ残念である。松坂さんにこそ、本書を手に取っていただき、読んでほしかった。松坂さんとのご縁にも、この場を借りて感謝したいと思う。

そして、笠井さんとともに、私の二〇代のあいだ、結果的に本書の議論に結実することになる、本格ミステリや現代思想、サブカル批評などを一緒に読んできた「限界研」の友人たちにもあらためて感謝を記しておきたい。前述の前島賢さんはじめ、飯田一史さん、海老原豊さん、岡和田晃さん、小森健太朗さん、シノハラユウキさん、蔓葉信博さん、冨塚亮平さん、西貝怜さん、藤田直哉さん、前田久さんなどには、いろいろな面で刺激を受けてきた。飯田さんには、本書の記述の一部で貴重なご教示をいただいたし、藤田さんのご著書『娯楽としての炎上』（南雲堂）からは重要な先行研究として、多くの示唆を受けた。

特に、旧知のミステリ評論家・蔓葉信博さんには、お忙しいなか、本書の草稿全体に目を通していただき、ミステリに関する記述について大変有益なコメントを多数いただいた。記して厚く謝意を表したい。ただ、これも定型的な断りながら、最終的な文責が私にあることはいうまでもない。

他にも、円堂都司昭さん、押野武志さん、片上平二郎さん、千澤のり子さん、辻村深月さん、藤井義允さん、宮本道人さん、諸岡卓真さん、横濱雄二さんなど、これまでミステリ評論と関わるなかで知り合った多くの方々にも感謝の気持ちを送りたい。

装幀を担当してくださった奥定泰之さんは、本書のたたずまいに親しみやすく、瀟洒な奥行きを与えていただいた。学生時代から数々の文芸書でお名前を拝見してきた奥定さんに装幀を担当していただけたことは大変光栄だった。

また、素敵な作品を使用させていただいた気鋭のイラストレーター、ナカムラユウキさんにもお礼を申し上げたい。

そして最後になるが、心からの感謝とともに、本書を捧げたい二人の家族がいる。ミステリ好きな妻には自分が大変な状況のなか、今回も執筆作業に向かう日常のさまざまな局面できめ細やかなサポートと励ましをもらった。いつもありがとう。

そして、夏休みを使って本書の初稿をおおかたまとめ終えてからしばらく経った昨秋、私には初めての子どもが生まれた。以来、本書にまつわる作業を進める目下の私にとって、最大の謎と魅惑の対象となっているのが、彼の存在である。本書が刊行されるころ、ようやく一歳を迎えているだろう息子がいまから十年後、私と同じように探偵小説に巡り合い、その尽きぬ魅力を知ってくれるようであれば、そしてそのときまで本書の議論がこのジャンルにとって何らかの有益な示唆を与え続けているようであれば、新米の父親としても著者としても、とても幸せに思う。
最愛の妻と息子に本書を捧げる。

二〇二三年七月五日　書斎で坂本龍一『out of noise』を聴きながら

渡邉　大輔

私たちはどう生きるべきなのか？
その答えは、ミステリの中にある。
現代ミステリこそが
ポスト・トゥルースに抗する！
ポスト・コロナ時代を見通す

娯楽としての炎上

ポスト・トゥルース時代のミステリ

藤田直哉［著］

四六判上製　二九六ページ　定価**二四二〇**円（本体二二〇〇円＋税）

現代日本のミステリは、民主主義とネット・ファシズムの狭間で引き裂かれながら、新しい社会のあり方、人間のあり方、倫理のあり方、論理のあり方を模索している。読者の欲望と社会のあり方とが骨絡みになったジャンルであるからこそ、ミステリがそのジャンルそのものによって価値を持つ状況になっている。

本書は現代ミステリからポスト・トゥルース時代を理解し、ポスト・トゥルース時代から現代ミステリを理解する。一挙両得な新たな試みの批評書である。

本格ミステリの探偵はどのような推理をすべきか？
そして、社会とどう対峙すべきか？
戦中派の天城一と戦後派の笠井潔の作品から
その答えを探し求める評論書！

数学者と哲学者の密室

天城一と笠井潔、そして探偵と密室と社会

飯城勇三［著］

四六判上製　三六八ページ　定価三三〇〇円（本体三〇〇〇円＋税）

天城一と笠井潔は、資質的にはよく似ている。名探偵の独特なレトリック、戦争や社会批判といったテーマの導入、トリックのバリエーションへのこだわり、ハイデガー哲学の援用、作中に取り込まれた評論等々。本書では、これらの類似点を用いて、本格ミステリの本質を考察する。

JOKER（ジョーカー）　この世界の片隅に
屍人荘の殺人　ホモ・デウス

3・11以後のカルチャーを精緻に論考し、
二一世紀的な革命と反革命をめぐり考察、
ポスト・コロナ時代を見通す

例外状態の道化師（ジョーカー）
ポスト3・11文化論

笠井潔［著］

四六判上製　三八四ページ　定価**二七五〇**円（本体二五〇〇円＋税）

二一世紀に入り格差化と新たな貧困、テロと無動機殺人、右傾化と排外主義の勃興などを背景に絶対自由（フリーダム）と自治／自立／自己権力を求める蜂起（アプライジング）と、ファシズムを典型とする権威主義的暴動（ライアット）との衝突が世界各地で生じている
3・11以後の作品から映画、小説、批評など「今」のカルチャーを論考し、ポスト・コロナ時代への指標とする。

謎解きはどこにある
現代日本ミステリの思想

2023年11月20日　第一刷発行

著　者 ―――― 渡邉大輔
発行者 ―――― 南雲一範
装　丁 ―――― 奥定泰之
装　画 ―――― ナカムラユウキ
校　正 ―――― 株式会社鷗来堂
発行所 ―――― 株式会社南雲堂
東京都新宿区山吹町361　郵便番号162-0801
電話番号　(03)3268-2384
ファクシミリ　(03)3260-5425
URL　https://www.nanun-do.co.jp
E-Mail　nanundo@post.email.ne.jp

印刷所 ―――― 図書印刷株式会社
製本所 ―――― 図書印刷株式会社

ISBN 978-4-523-26615-0　C0095

［人名索引］

あ行

相沢沙呼　291, 295, 296
アイダサキ　240
相原博之　153, 155
アインシュタイン、アルベルト　346
青崎有吾　12, 284
青山剛昌　9
赤木智弘　135
茜灯里　351, 353
秋元康　27, 321, 322, 330
芥川龍之介　6
浅田彰　133, 142, 251
芦辺拓　324
東浩紀　7, 25, 51, 65, 112, 113, 134, 153, 162, 163, 201-206, 210, 211, 213-215, 220, 221, 222, 249, 251, 328, 329, 360, 361, 363
阿津川辰海　12, 339, 341, 343
我孫子武丸　12, 265
阿部和重　104, 134, 173, 204, 208, 257, 359
安部公房　53
安倍晋三　85
天祢涼　262, 263, 266, 277, 278, 308
彩坂美月　245
綾辻行人　7, 12, 34, 48, 85, 133, 181, 185, 234, 237, 264-267
鮎川哲也　234
有川浩　209
有栖川有栖　12, 34
アリストテレス　118, 247, 248, 311
安藤礼二　33
飯城勇三　13, 67, 251
飯田一史　209, 363
石持浅海　249, 259, 261
一田和樹　13, 14, 277
稲田豊史　10, 11, 340, 341
稲葉振一郎　215
乾くるみ　136
井上真偽　12, 16, 45, 294, 295, 299, 300, 301
今村昌弘　12, 291
岩井俊二　134
岩内章太郎　300, 301
岩田ユキ　134
ヴァン・ダイン、S・S　19, 20, 62, 71, 132, 178, 236
ウィーナー、ノーバート　43, 161
ウィトゲンシュタイン、ルートヴィヒ　47, 191
ヴィルヌーヴ、ドゥニ　348
ヴェイユ、シモーヌ　67, 69
ウェーバー、マックス　184
植草甚一　21
ウォルトン、ケンダル　225
雨穴　343
歌野晶午　240, 242, 243, 245, 265, 277
宇野常寛　204, 221
海猫沢めろん　208
梅田望夫　85
エーコ、ウンベルト　311
エディソン、トーマス・アルバ　19
江戸川乱歩　5, 8, 9, 21, 110, 126, 127, 235, 276, 324, 355
柄本時生　327
円堂都司昭　13, 26, 133, 246, 250-254, 345, 364
大江健三郎　325
大岡昇平　32, 33, 35, 59
大澤真幸　43, 345-348
オースティン、ジョン・ラングショー　218
太田克史　25, 204, 205, 210, 214, 215, 220, 221
大塚英志　203
オーデン、ウィスタン・ヒュー　79, 142, 143
オールティック、リチャード・ダニエル　125
岡本太郎　57, 88, 89

小川国夫　32
小栗虫太郎　32, 37, 103
押井守　111
落合陽一　84
乙一　25, 203
オルテガ・イ・ガセ、ホセ　145

か行

カー、ディクスン　7, 62, 132
カヴァイエス、ジャン　91
笠井潔　7, 9, 13, 14, 19, 20, 23, 26, 34, 35, 37, 38, 43, 49, 59-77, 79-81, 84-92, 95, 97, 98, 102, 109, 110, 132, 140-143, 178, 179, 203, 222, 223, 233-235, 242-246, 249, 256, 302, 303, 313, 341, 347, 356, 360-363
片上平二郎　343, 364
上遠野浩平　122, 203
ガニング、トム　127, 315
カフカ、フランツ　208
鎌池和馬　207, 212
柄谷行人　61, 73, 74, 84, 86, 172, 173, 211, 215, 249
カルナップ、ルドルフ　39, 40, 47, 217, 247
川西政明　38, 39
カント、イマヌエル　39, 50, 51, 53-56, 118, 216, 298, 310
カンバーバッチ、ベネディクト　26, 276, 305
北國浩二　259, 261
北田暁大　134
北村薫　97
北山猛邦　12, 140, 141, 182, 223, 224, 226
キットラー、フリードリヒ　161, 162
城戸喜由　341, 343
木村多江　336
キャロル、ルイス　184
キュヴィエ、ジョルジュ　129
京極夏彦　7, 12, 96, 103-106, 122, 178, 179, 194, 235, 236, 250, 261, 263, 266, 277, 278, 285, 308
クイーン、エラリー　7, 13, 19, 62, 67, 71, 72, 80, 86, 87, 132, 236, 249, 310, 325, 340, 341
国木田独歩　211
熊野純彦　50, 51
グライス、ポール　218, 228
クラカウアー、ジークフリート　20, 21, 314
クリスティ、アガサ　7, 19, 32, 62, 86, 132, 178, 194, 236, 324
クリステヴァ、ジュリア　67
クリプキ、ソール・アーロン　172, 221
栗本薫　169
黒澤いづみ　291, 293
クロフツ、フリーマン・ウィルス　37, 47
クワイン、ウィラード・ヴァン・オーマン　217, 219, 269
グレイヴス、ルパート　309
くわがきあゆ　337
ゲイティス、マーク　309
ゲーテ、ヨハン・ヴォルフガング・フォン　35, 135, 141
ケストナー、エーリッヒ　194
コニコヴァ、マリア　306, 307
小林秀雄　215
小峰元　169
小森健太朗　13, 14, 26, 122, 123, 222, 246-249, 252-254, 259, 269, 270, 274, 363
コント、オーギュスト　216

さ行

サール、ジョン・ロジャーズ　218, 225
斎藤幸平　350
斎藤環　203
サイモン、ハーバート・アレクサンダー　261, 269, 276, 308, 311
榊林銘　343, 347, 348, 351
坂口安吾　32
佐久間紀佳　332, 333

桜井ユキ　336
桜坂洋　211
桜庭一樹　12, 105, 106, 186, 187, 211-213
迫田孝也　325
佐々木基一　53
サジー , レオン　21
佐藤青南　239
佐藤友哉　7, 12, 25, 46-48, 98, 106, 203, 204, 209, 213, 214, 235, 255
サルトル、ジャン＝ポール　67, 87, 89
椎名麟三　53
シービオク夫妻　311
ジェームズ、ウィリアム　55, 57, 188, 219
ジェロー、アーロン　21
志賀重昂　211
ジジェク、スラヴォイ　20, 148, 345
島田荘司　132, 234, 251, 256, 257, 265, 324
島田雅彦　134
清水高志　57, 91
下西風澄　189
シモンドン、ジルベール　91, 119, 311, 318
シャヴィロ、スティーヴン　302
斜線堂有紀　291
シュー、ウージェーヌ　99
殊能将之　12
シュワルツ、ヴァネッサ　127, 130
ジョイス、ジェームズ　61, 164, 208
ジョンソン、スティーヴン　101
白井智之　291, 295, 297
城平京　14, 245, 279, 281, 283, 291, 295, 301, 324
新海誠　134, 152
菅原和也　284, 285
杉井光　289
スコット、アンドリュー　313
鈴木謙介　219, 221, 255
スティッチ、スティーヴン　268, 269
スティグレール、ベルナール　310, 311, 318
セイヤーズ、ドロシー・L　62
清涼院流水　12, 102, 122, 134, 178, 235, 250, 251, 253
セール、ミシェル　91
ソフォクレス　79, 141, 180
ゾラ、エミール　127, 212

た行

高木彬光　35, 169
高里椎奈　24, 121-125, 128, 129, 131, 132, 134, 135, 137, 138, 356
高田崇史　12
高橋源一郎　208
高橋弥七郎　173
滝本竜彦　152, 204
竹中直人　324, 326
竹本健治　43, 97
巽昌章　12, 97, 194, 195, 245, 255
田中圭　323, 335
田中慎弥　209
田中哲司　327
谷川流　187, 189, 190
チャン、テッド　348
チェスタトン、ギルバート・キース　98, 291, 340
チェン、ドミニク　114, 115
千澤のり子　13, 277, 364
チャーニアク、クリストファー　268-271
チューリング、アラン　161
辻村深月　12, 24, 25, 34, 48, 140, 141, 167-178, 181-183, 185-187, 191, 193-200, 229, 265, 269, 288, 289, 338, 357, 364
都筑道夫　324
ツルゲーネフ、イワン　35
蔓葉信博　13, 16, 17, 169, 181, 241, 293, 313, 343, 363
鶴見俊輔　39, 47, 51
ディーン、ジェームズ　35
デイヴィドソン、ドナルド　190, 191, 269
デカルト、ルネ　65, 160, 185, 216
デリダ、ジャック　51, 215, 351

ドイル、アーサー・コナン　19, 57, 307, 311, 312, 314-316
ドゥルーズ、ジル　75, 100, 101, 142, 203, 213, 219, 317
トゥルッツィ、マルチェロ　311
ドストエフスキー、ヒョードル　6, 33, 35, 60
トドロフ、ツヴェタン　184-186
トランプ、ドナルド　15, 45
トリアー、ラース・フォン　186

な行

内藤了　240
中井英夫　7, 32, 103
中上健次　134, 212, 325, 359
中野重治　35
中野独人　208
永嶺重俊　21
仲俣暁生　203
中村大介　91
奈須きのこ　71, 203, 204, 229
七瀬晶　13, 277
生瀬勝久　326
成馬零一　323, 329, 331, 332
ナルスジャック、トマ　10
ニーチェ、フリードリヒ・ウィルヘルム　64, 135, 272
似鳥鶏　278
西尾維新　7, 12, 13, 24, 25, 34, 46-48, 71, 102, 122, 135, 136, 147, 149, 151, 152, 178, 179, 183, 203, 204, 226-228, 235, 249, 252, 253, 265, 355
西島秀俊　324, 335
西田幾多郎　55, 57, 90, 91
ノーラン、クリストファー　10, 332, 348
野崎六助　13, 277
野間宏　31, 53
法月綸太郎　7, 12, 13, 34, 38, 39, 43, 48, 86-88, 97, 132, 168, 169, 181, 243, 245, 265, 286-288

は行

バークリー、アントニー　258
パース、チャールズ・サンダース　311, 313, 314
バーナーズ＝リー、ティム　237
バーネット、フランシス・ホジソン　194
ハーバーマス、ユルゲン　144
ハーマン、グレアム　88, 292, 293
バーマン、モリス　184, 185
ハイデガー、マルティン　39, 40, 67, 81, 88, 148, 159, 190, 216, 222, 254
パウンド、エズラ　208
袴田吉彦　326
バザン、アンドレ　314
バタイユ、ジョルジュ　57, 64, 67-69, 83, 88
ハドソン、ロック　78
花田清輝　31, 53, 57
埴谷雄高　21-24, 31-40, 43-47, 49-59, 95, 338, 356
バフチン、ミハイル　42
早坂吝　12, 285-287
原田知世　323
パリサー、イーライ　112, 113
ハリス、トマス　239
パルヴァー、ララ　312
バルト、ロラン　225
東野圭吾　169
ヒッチコック、アルフレッド　38, 324
平林初之輔　223
平山瑞穂　173, 208
フーコー、ミシェル　67, 77, 78, 131, 137, 168, 169, 180, 181, 209, 219
深水黎一郎　294
福嶋亮大　204, 205
福永武彦　32
藤子・F・不二雄　193
藤田直哉　13-17, 206, 207, 243, 245, 246, 277, 345, 363

フッサール、エトムント　65, 216
ブラシエ、レイ　55
ブランショ、モーリス　208
フリーマン、マーティン　305
プルースト、マルセル　61
古川日出男　206, 207, 209, 212
古野まほろ　106, 278, 279
フレーゲ、ゴットロープ　218, 222, 246, 247
フロイト、ジークムント　24, 139, 140, 142, 144, 148, 150-155, 158-164, 166, 171, 173
フローベール、ギュスターヴ　166
ブロッホ、エルンスト　20
ヘイクラフト、ハワード　177, 178, 345
ヘーゲル、ゲオルク・ヴィルヘルム・フリードリヒ　35, 63, 64, 91, 99, 117, 141, 144, 147, 161
ベンサム、ジェレミー　78
ベンヤミン、ヴァルター　20, 21, 126, 133, 145, 162-165, 179, 180, 277, 345
ホイ、ユク　90, 91
ボーヴォワール、シモーヌ・ド　67, 88
ポー、エドガー・アラン　8, 19, 33, 56, 57, 62, 75, 108, 110, 129-132, 138, 179, 183, 276, 291, 325
ボードウェル、デイヴィッド　162
ボードリヤール、ジャン　249
ボードレール、シャルル　145, 179, 180, 277
保篠龍緒　21
堀田善衛　32
ホブズボーム、エリック　20
ホランド・ジョン・H　257
ボルツ、ノルベルト　261
ボルヘス、ホルヘ・ルイス　208
ホロヴィッツ,アンソニー　289
ホワイトヘッド、アルフレッド・ノース　247

ま行

マーキュリー、フレディ　78
舞城王太郎　7, 12, 25, 98, 102, 178, 204, 211, 235, 273, 274
松岡圭祐　278
マッスミ、ブライアン　318, 319
松田政男　53
松本清張　47, 234
円居挽　12, 14, 293
麻耶雄嵩　7
マラブー、カトリーヌ　117
マラルメ、ステファヌ　208
マルクス、カール　41, 63, 64, 91, 148
丸谷才一　32, 33, 59
三浦雅士　34, 35
三木那由他　228, 229
ミケルセン、ラース　309
道尾秀介　182, 224, 226
美馬達哉　351
宮沢りえ　327
ミル、ジョン・スチュアート　216
村上春樹　42, 43, 208, 249, 265
室生犀星　148
メイ　164, 165
メイヤスー、カンタン　51, 216, 292, 298-302
モース、マルセル　89
森川智喜　12, 16, 285-287
森博嗣　7, 12, 23, 95, 96, 98, 99, 101-113, 115, 116, 119, 122, 235, 237, 244, 356
諸岡卓真　13, 255, 357, 364
両角長彦　267

や行

ヤコブソン、ロマン　225
矢野龍王　240-242, 245, 277
山形石雄　208
山上徹也　85

山田正紀　208
山田真歩　326
山本直樹　52-55, 57
遊井かなめ　13, 14, 277
結城充考　240-243
夢野久作　32, 37
横溝正史　194
吉田健一　291, 359
芳根京子　336
吉見俊哉　125
米澤穂信　12, 14, 24, 34, 101, 139-141, 143, 144, 146-149, 151, 152, 154, 155, 157-161, 163, 166, 180, 182, 209, 224, 225, 241, 268, 271-273, 278, 282, 307, 334, 335, 357

ら行

ライプニッツ、ゴットフリート・ヴィルヘルム　253
ラインゴールド、ハワード　145
ラカン、ジャック　20, 67, 131, 142, 148, 159-161, 163, 225
ラッセル、バートランド　13, 222, 246-249
リーヴス、マット　328
竜騎士07　203, 204, 249
琳　293
ルーマン、ニクラス　210, 257
レヴィ＝ストロース、クロード　215
レヴィナス、エマニュエル　67, 82, 88, 172, 173
ローティ、リチャード　177, 188-191, 196, 197, 219
ロールズ、ジョン　182

わ行

綿矢りさ　48

［作品・書籍名索引］

あ行

『青い十字架』　98
『蒼海館の殺人』　339-341
『赤い糸』　164, 165
『赤朽葉家の伝説』　105, 106, 211, 213
『あと十五秒で死ぬ』　343, 347-349, 351, 352
『あなたの番です』　27, 321, 330, 331
『あなたの番です　劇場版』　322
『雨宮兄弟の骨董事件簿』　124, 125, 128, 129
『アラビアの夜の種族』　206, 207
『アルキメデスは手を汚さない』　169
『アルセーヌ・ルパン』　21
『暗黒残酷監獄』　341, 343
『イニシエーション・ラブ』　136
『犬はどこだ』　155
『イメージの進行形』　17, 51, 319, 329, 362
『インシテミル』　14, 224, 225, 271-273, 278, 281, 282, 334, 335
『インセプション』　10
『隠喩としての建築』　73, 74
『ヴァンパイヤー戦争』　72
『ウィルヘルム・マイスターの修行時代』　141
『ウェブ社会の思想』　219, 221
『ウェブ進化論』　85
『ヴォイド・シェイパ』　111, 115
『姑獲鳥の夏』　105
『海辺のカフカ』　208
『うる星やつら』　228
『映画を早送りで観る人たち』　10, 11, 340-342
『エーミールと探偵たち』　194

『エクリチュールと差異』 215
『エコイック・メモリ』 240-242
『エナメルを塗った魂の比重』 106
『エラリー・クイーン論』 13, 251
『オイディプス症候群』 67, 69, 73, 76, 77, 82, 86, 356, 362
『踊るジョーカー』 182
『折れた竜骨』 139, 268

か行

『怪人二十面相』 6, 21
『怪盗ジゴマと活動写真の時代』 21
『かがみの孤城』 173, 192, 193
『夏期限定トロピカルパフェ事件』 156, 157
『鍵のない夢を見る』 167
『カササギ殺人事件』 289
『カラスの親指』 182
『空の境界』 71
『枯木灘』 325
『監獄の誕生』 78, 168, 209
『感染症社会』 351
『キウイγは時計仕掛け』 113
『キドナプキディング』 183
『君の名は。』 318
『キャットフード』 286
『キャラ化するニッポン』 153, 155
『吸血鬼と精神分析』 68, 69, 73, 82, 83, 86
『キョウカンカク』 262, 263
『極限推理コロシアム』 240, 241, 271, 277
『虚構推理』 14, 26, 245, 273, 279, 281, 283, 290, 291, 294, 295, 301, 358
『虚構推理　逆襲の敗北の日』 279
『虚構推理　スリーピング・マーダー』 279, 283, 295
『虚構推理短編集　岩永琴子の出現』 279, 291
『虚構推理短編集　岩永琴子の純心』 279
『虚構推理短編集　岩永琴子の密室』 279
『虚構の時代の果て』 43
『虚無への供物』 32, 37
『キングを探せ』 243, 245
『銀の檻を溶かして』 121-123, 131, 135, 137
『空海論／仏教論』 91
『偶然性・アイロニー・連帯』 189
『朽ちる散る落ちる』 99
『クビキリサイクル』 7, 265
『クリミナル・マインド』 239
『クレヨンしんちゃん』 9
『クローバーフィールド／HAKAISHA』 328
『形而上学入門』 254
『警視庁考察一課』 322
『ゲーム的リアリズムの誕生』 185, 201, 203, 213,-215, 221, 249, 329
『月光ゲーム　Yの悲劇'88』 34
『幻想文学論序説』 184, 185
『現代本格ミステリの研究』 13
『現代ミステリとは何か』 13, 16, 17, 293, 343
『幻惑の死と使途』 112-114, 116, 117
『公開法廷』 14
『公共性の構造転換』 144
『傲慢と善良』 174, 175, 192, 193
『凍りのくじら』 193
『黒死館殺人事件』 32
『黒牢城』 139, 155, 157
『コズミック』 134
『子どもたちは夜と遊ぶ』 171, 193, 195-197
『娯楽としての炎上』 13-15, 17, 207, 363
『娯楽としての殺人』 176, 177

さ行

『最愛』 322, 331

『最高の教師』 322
『最終兵器彼女』 152
『サイバーミステリ宣言！』 13, 277
『砂糖菓子の弾丸は撃ち抜けない』 186, 187
『サマー・アポカリプス』 72
『さよなら妖精』 139, 148, 155, 160, 161
『栞と嘘の季節』 209
『事件』 32
『ジゴマ』 21
『屍人荘の殺人』 291
『実験的経験』 113
『詩的私的ジャック』 109, 118, 119
『シャーロック・ホームズ』 5, 19, 57, 305, 315, 358
『シャドウ』 224, 225
『十角館の殺人』 34, 185, 186, 234, 264
『春期限定いちごタルト事件』 146, 147, 151, 156, 157
『純粋理性批判』 39, 50
『少女には向かない職業』 186
『少年検閲官』 223
『抒情小曲集』 148
『死霊』 22, 31-47, 49, 55, 59, 356
『新映画論』 17, 18, 21, 51, 315, 361, 362
『新世紀エヴァンゲリオン』 202, 236
『新・戦争論』 69, 71
『真犯人フラグ』 27, 321-328, 332-336
『水没ピアノ』 46, 47, 106
『涼宮ハルヒの消失』 187
『スノーホワイト』 285-289, 293, 296, 302
『すべてがFになる』 99, 101
『スロウハイツの神様』 48, 193, 229
『聖家族』 209
『聖女の毒杯』 294
『精神分析入門・続』 155, 160, 161
『精神分析の四基本概念』 161, 163
『世界でいちばん透きとおった物語』 289
『世界の中心で、愛をさけぶ』 173
『ゼロ年代の想像力』 203
『ゼロ年代の論点』 251
『その可能性はすでに考えた』 294, 296, 298-300
『存在と時間』 148, 149

た行

『太陽の坐る場所』 174, 175
『樽』 47
『探究』 73, 74, 173
『探偵小説と記号的人物』 13, 71, 73, 140, 141, 235
『探偵小説と二〇世紀精神』 110
『探偵小説のクリティカル・ターン』 13, 123, 236, 357, 361
『探偵小説の様相論理学』 13, 249
『探偵小説の論理学』 13, 222, 246, 249, 253, 254, 259, 270
『探偵小説は「セカイ」と遭遇した』 9, 13, 71
『探偵小説論』 37, 222, 223, 235, 341
『探偵小説論序説』 61, 98, 142, 179, 222, 303, 313
『父と子』 35
『地の果て 至上の時』 325
『追想五断章』 271-273
『冷たい校舎の時は止まる』 168, 169, 172, 173, 193, 195-198, 265
『チャイナ橙の謎』 87
『ディスコ探偵水曜日』 273, 274
『訂正可能性の哲学』 221
『哲学者の密室』 70, 71, 73-76, 81-83, 85-88
『哲学の脱構築』 219
『テレーズ・ラカン』 127
『テロルの現象学』 63-65, 67, 68, 70, 74, 85, 90
『天啓の器』 81
『電車男』 208
『天帝のはしたなき果実』 106

『点と線』 37, 47
『ドイツ・イデオロギー』 41
『東京から考える』 134
『東京結合人間』 291
『動物化するポストモダン』 153, 202, 203, 205, 251
『十日間の不思議』 341
『毒入りチョコレート事件』 258
『ドグラ・マグラ』 32
『図書準備室』 209
『ドッグヴィル』 186
『ドラえもん』 9, 167, 193, 194
『ドラキュラの遺言』 161
『トランスクリティーク』 73
『ドローン探偵と世界の終わりの館』 285, 287, 293

な行

『内省と遡行』 73
『「謎」の解像度』 13, 133, 250, 253, 254
『夏の王国で目覚めない』 245, 271
『夏のレプリカ』 114
『斜めから見る』 345
『名前探しの放課後』 169, 173, 174, 194
『二銭銅貨』 8, 110, 276
『ニッポニアニッポン』 104, 208
『日本近代文学の起源』 211
『日本風景論』 211
『人間に向いてない』 291-293
『盗まれた手紙』 110, 276
『ネコソギラジカル』 226, 355
『野火』 32
『法月綸太郎ミステリー塾　怒濤編』 13, 39

は行

『バイバイ、エンジェル』 59, 60, 63-68, 72, 83, 360
『馬疫』 351-353
『ハケンアニメ！』 169
『匣の中の失楽』 43
『二十才の微熱』 326
『パノラマ島奇談』 126, 324
『ハヤブサ消防団』 322
『薔薇の女』 68, 72
『パリの秘密』 99
『ハンス・プファールの無類の冒険』 184
『緋色の研究』 314
『左巻キ式ラストリゾート』 208
『羊たちの沈黙』 239
『ヒトクイマジカル』 47, 226
『人新世の「資本論」』 350
『ヒプノシスマイク』 318
『秘密の花園』 194
『氷菓』 152
『秒速５センチメートル』 134
『ブギーポップは笑わない』 122
『不合理ゆえに吾信ず』 51
『不思議の国のアリス』 184
『ブラッド・アンド・チョコレート』 284, 285
『プラ・バロック』 240, 242, 243
『古畑任三郎』 6
『不連続殺人事件』 32
『文学的映画論』 53, 55
『変な家』 343
『変な絵』 343
『放課後』 169
『ぼくのメジャースプーン』 174, 175, 177, 193, 198, 199
『ほしのこえ』 152
『ボトルネック』 148, 150, 151
『ボヘミアン・ラプソディ』 318
『本と鍵の季節』 209

ま行

『丸太町ルヴォワール』 15
『満願』 139
『岬』 325

『ミステリー・アリーナ』 294
『ミステリ・オペラ』 208
『ミステリで読む現代日本』 13, 277
『密室殺人ゲーム・マニアックス』 240, 242, 277
『ミヤザワケンジ・グレーテストヒッツ』 208
『武蔵野』 211
『名探偵コナン』 6, 9
『名探偵のいけにえ』 295-298
『名探偵は嘘をつかない』 339
『メエルシュトレエムに呑まれて』 75
『メッセージ』 348, 349
『メメント』 348
『モナドロギー』 253
『モルグ街の殺人』 19, 75, 129, 138, 183, 325

や行

『優しい密室』 169
『闇のなかの思想』 32
『闇のなかの夢想』 32
『闇祓』 170, 171, 192, 193, 288, 289
『有限と微小のパン』 100, 101, 103
『雪密室』 34
『夢を与える』 48
『ユリシーズ』 77
『米澤屋書店』 139

ら行

『ラガド』 267, 268
『楽園とは探偵の不在なり』 291
『リバース』 259-261, 263
『龍神の雨』 182
『リリイ・シュシュのすべて』 134
『レジェンドアニメ！』 169
『レモンと殺人鬼』 337
『檸檬のころ』 134
『煉獄の時』 59, 69, 73, 81-83, 86, 88-91
『論理哲学論考』 47
『論理の蜘蛛の巣の中で』 12, 97, 195, 255

わ行

『わが一高時代の犯罪』 35, 169
『忘れえぬ人々』 211
『忘れないと誓ったぼくがいた』 173, 208
『笑わない数学者』 102, 107

英語

『Another』 266, 267
『DDD2』 229
『DEATH NOTE』 85
『LAW&ORDER: 犯罪心理捜査班』 239
『medium 霊媒探偵城塚翡翠』 291, 295-297
『SHERLOCK』 26, 276, 277, 284, 305-319, 321, 358
『TENET テネット』 10, 348, 349
『THE MYSTERY DAY』 323
『VIVANT』 322
『Xの悲劇』 66
『Yの悲劇』 80

記号

『φは壊れたね』 99

数字

『1000の小説とバックベアード』 209, 213
『20世紀の歴史』 20
『21世紀探偵小説』 9, 13, 236, 243, 357
『8・15と3・11』 71, 89

［事項索引］

あ行

アーキテクチャ　84, 217, 221, 241, 256, 284, 305
アンチ・ミステリ　32
映　画　6, 7, 9-11, 17-22, 32, 42, 49, 51-55, 111, 121, 127-129, 134, 162-164, 228, 229, 239, 266, 306, 314, 315, 318, 319, 322, 326-329, 332, 333, 336, 338, 340-342, 348, 349, 354, 355, 359, 361, 362
オブジェクト指向　17, 22, 26, 57, 88, 89, 275, 281, 283, 292-295

か行

壊格系　14, 284
可塑性　115-119
還元公理　247, 249, 252, 254, 256, 259, 261
奇跡の存在証明　45, 300
黒い水脈　32, 37
クローズド・サークル　134, 241, 264-267, 271
形式主義　20, 60-62, 68, 176, 178
ケータイ小説　150, 164, 166
ゲーム的リアリズム　328
限界小説研究会（限界研）　7, 9, 13, 14, 16, 17, 109, 123, 236, 243, 257, 274, 293, 343, 357, 360, 361, 363
検索型ミステリ　22, 26, 233, 255, 259, 265, 273, 275-277, 283, 284, 287, 288, 290, 305, 308-311, 318, 334, 335, 357
後期クイーン的問題　13, 38, 66, 67, 80, 157, 243, 341, 346
考察系ドラマ　9, 27, 321-324, 327-329, 332, 334-336

さ行

最小合理性　268-271
サイバーミステリ　284
自同律の不快　39, 40, 44, 49-52, 55-57
思弁的実在論　17, 18, 50, 57, 90, 117, 216, 292, 298, 317
ジャンルX　14, 70
叙述トリック　136, 196, 245
新型コロナウイルス　70, 300, 331, 338, 350-352
新本格　7, 12, 13, 23, 32, 34, 48, 85, 96, 97, 108, 131-135, 149, 168, 180, 181, 204, 223, 233-237, 240, 243, 246, 252, 256, 264-266, 271, 274, 292, 357
精神分析　18, 24, 68, 82, 97, 131, 139, 140, 142-144, 148, 152, 155-164, 170, 171, 215
セカイ系　25, 34, 111, 136, 146, 148, 150, 152, 174, 257, 265

た行

大量死理論　19, 23, 70
多重解決　16, 278, 281, 294, 298, 342
脱格系　14, 34, 70-72, 102, 109, 235, 240, 243, 249, 253, 260, 265, 266, 270, 284, 309
データベース　112, 123, 153, 159, 166, 202, 203, 205, 206, 209, 212, 214-217, 221, 224, 227, 238, 240, 251, 272, 279, 306
特殊設定　16, 285, 290, 291, 295, 344
図書館　123, 206-213

な行

日常の謎　24, 101, 181, 209, 210, 266
ニヒリズム　33, 35, 45, 49, 69, 90, 178
人間中心主義　50, 53, 54, 57, 301
ノンヒューマン　22, 31, 54, 55, 57, 86, 88, 288, 290, 291

は行

倍速視聴　11, 340, 342
パズル映画　9, 332, 333
人新世　291, 293, 350
ビルドゥングス・ロマン（教養小説）　24, 35, 111, 139-144, 146, 151, 158, 166
『ファウスト』　7, 12, 25, 34, 47, 70, 96, 97, 102, 122, 183, 201-205, 210, 213, 214, 220, 226, 229, 235, 236, 265, 284, 301, 309, 338, 355, 357
ファンタジー　25, 96, 121, 167, 168, 183-195, 197-200, 217, 269, 357
プラグマティズム　18, 25, 55, 183, 188, 190, 191, 195, 197, 198, 219, 269, 357
ポストヒューマン　17, 18, 25, 26, 55, 57, 89, 90, 275, 287, 288, 300, 303, 351, 352, 357
ポストモダン　21, 22, 50, 65, 75, 86, 123, 133, 136, 153, 167, 168, 171, 188, 201-203, 205, 215, 220, 225, 234, 249-251, 255, 298, 329, 338

ま行

見立て　50, 164, 191, 193-195, 283, 357
メタバース　220, 241
『メフィスト』　12, 23, 24, 34, 95-98, 103, 105, 106, 108, 121-123, 131, 132, 135, 138, 167, 178, 180, 194, 197, 201, 203, 235, 236, 240, 250, 261, 262, 265, 291, 301, 309, 356, 357, 362
モダニズム　60-62, 68, 176, 202, 215

や行

様相論理　13, 172, 249, 252, 254, 258

ら行

ライトノベル　14, 24, 84, 95, 97, 102, 122, 139, 149, 168, 185, 202, 203, 205
リドルストーリー　272, 347
リベラリズム　175, 177, 198, 220, 246
ロゴス・コード　14, 248, 249, 252-254, 258-261, 264, 266-271, 291

英語

Amazonプライム・ビデオ　331, 340
YouTuber　85, 219, 241, 327, 328, 330
Netflix　11, 340, 347
SNS　42, 44, 45, 84, 100, 112, 178, 220, 286, 318, 324, 326-330, 332, 334
X（旧・Twitter）　112, 243, 276, 305, 322, 327-330, 332